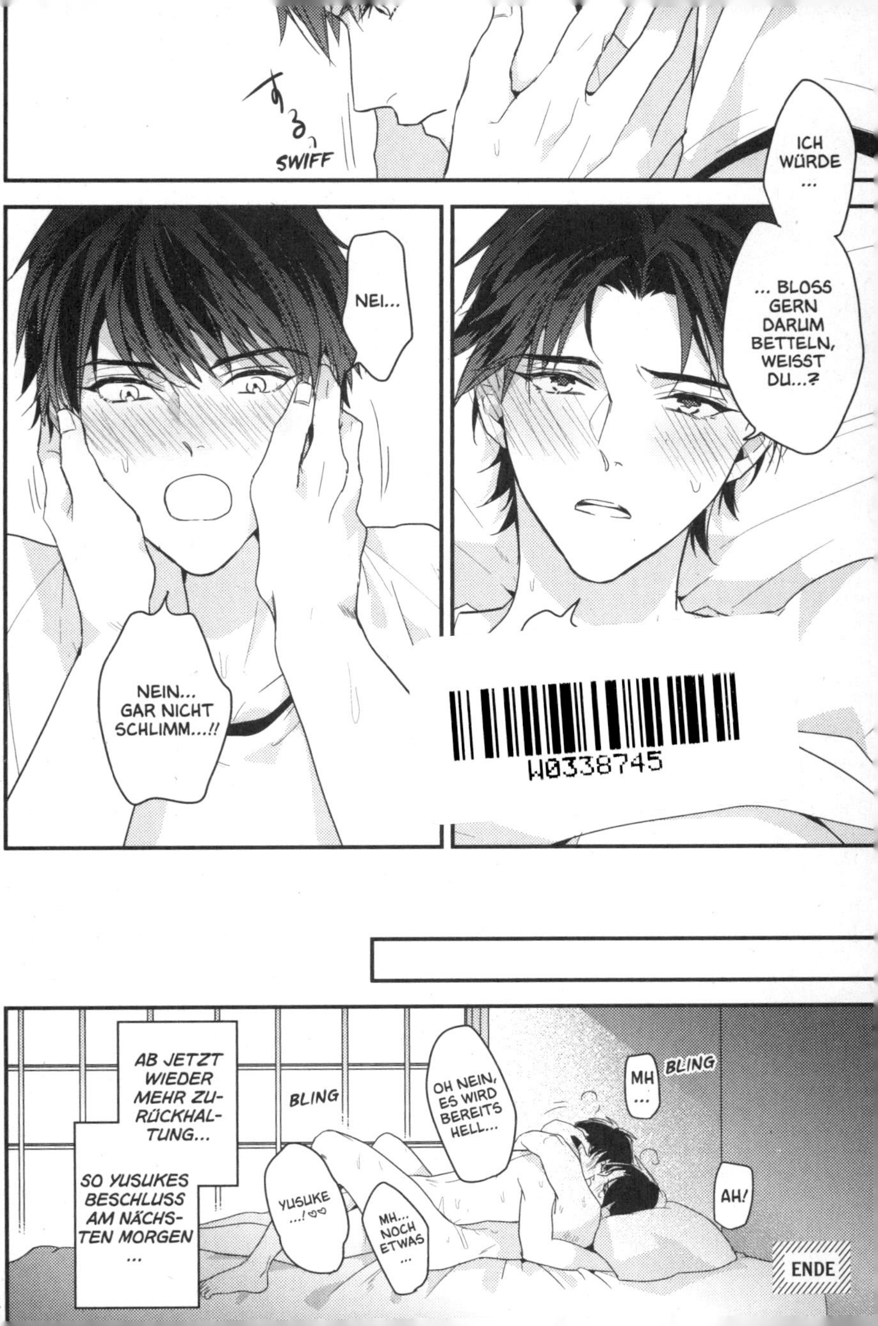
する
SWIFF
ICH WÜRDE ...
... BLOSS GERN DARUM BETTELN, WEISST DU...?
NEI...
NEIN... GAR NICHT SCHLIMM...!!
MH ...
BLING
AH!
OH NEIN, ES WIRD BEREITS HELL...
BLING
MH... NOCH ETWAS ...
YUSUKE ...!♡♡
AB JETZT WIEDER MEHR ZU-RÜCKHAL-TUNG...
SO YUSUKES BESCHLUSS AM NÄCHS-TEN MORGEN ...
ENDE

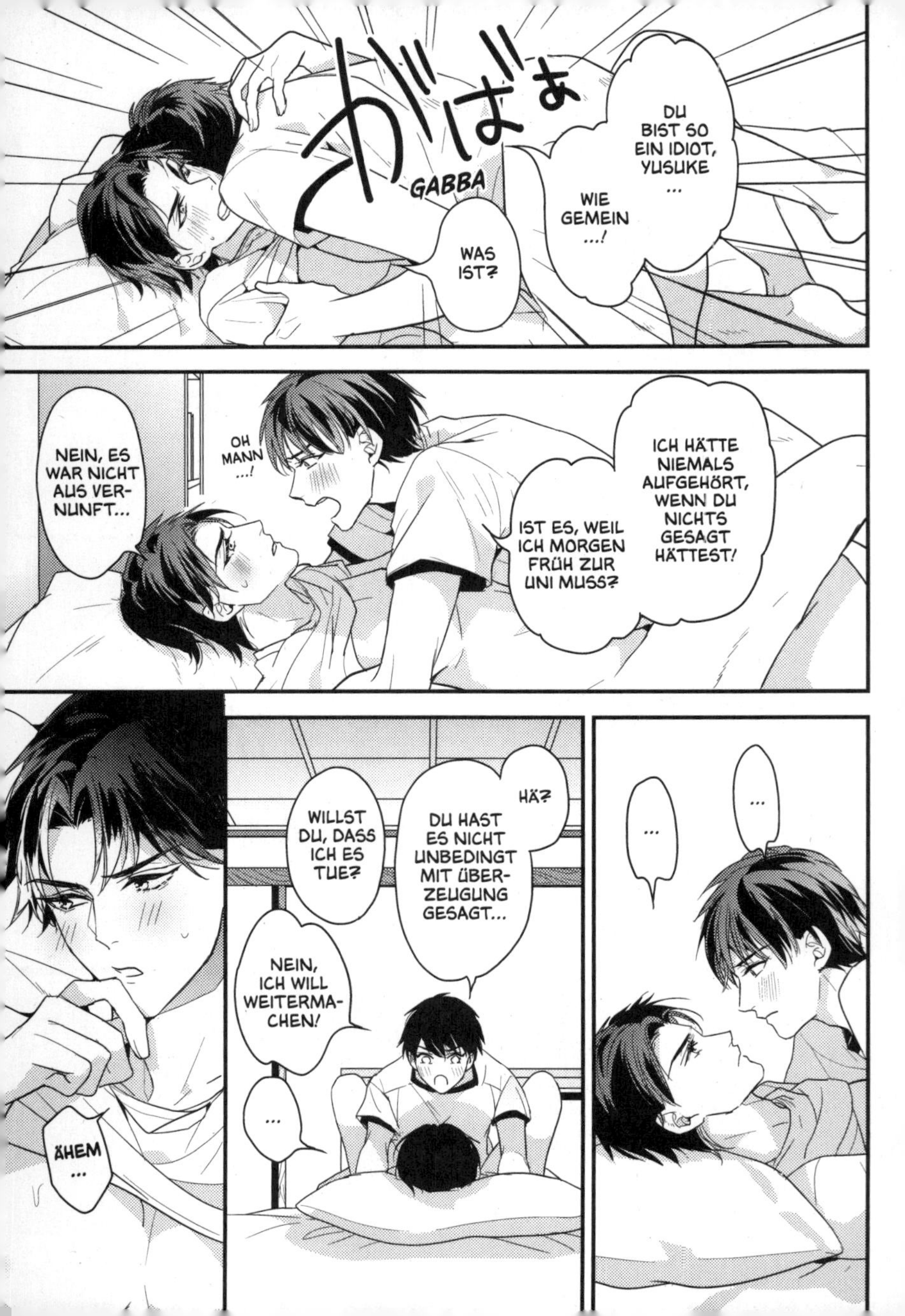
DU BIST SO EIN IDIOT, YUSUKE ...
WIE GEMEIN ...!
がばぁ
GABBA
WAS IST?
ICH HÄTTE NIEMALS AUFGEHÖRT, WENN DU NICHTS GESAGT HÄTTEST!
IST ES, WEIL ICH MORGEN FRÜH ZUR UNI MUSS?
OH MANN ...!
NEIN, ES WAR NICHT AUS VER-NUNFT...
...
...
HÄ?
DU HAST ES NICHT UNBEDINGT MIT ÜBER-ZEUGUNG GESAGT...
WILLST DU, DASS ICH ES TUE?
NEIN, ICH WILL WEITERMA-CHEN!
...
ÄHEM ...

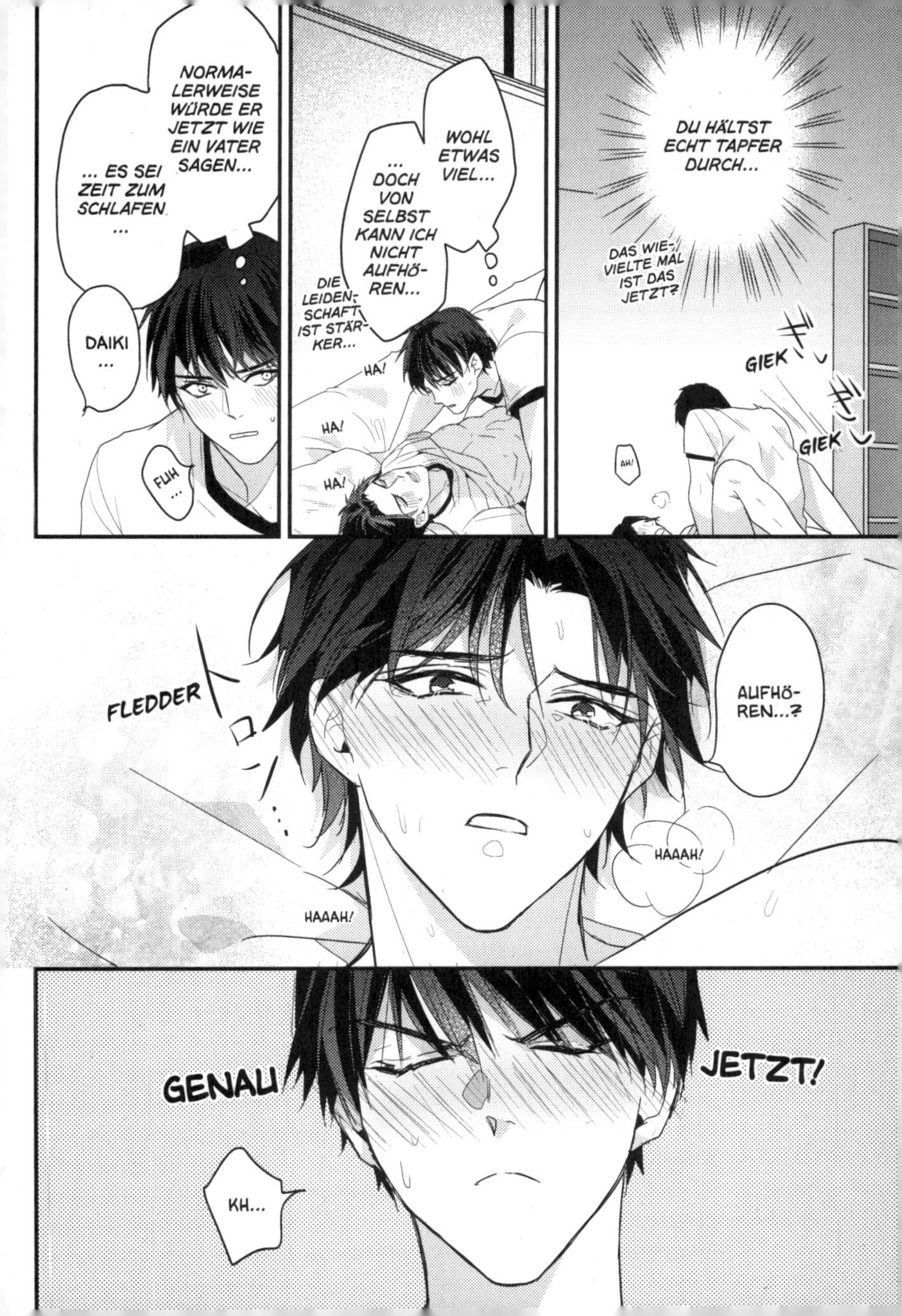
DU HÄLTST ECHT TAPFER DURCH...
DAS WIE-VIELTE MAL IST DAS JETZT?
GIEK
GIEK
AH!
WOHL ETWAS VIEL...
... DOCH VON SELBST KANN ICH NICHT AUFHÖREN...
DIE LEIDEN-SCHAFT IST STÄRKER...
HA!
HA!
HA!
NORMA-LERWEISE WÜRDE ER JETZT WIE EIN VATER SAGEN...
... ES SEI ZEIT ZUM SCHLAFEN ...
DAIKI ...
FUH ...
AUFHÖ-REN...?
HAAAH!
FLEDDER
HAAAH!
GENAU JETZT!
KH...

BONUSMANGA

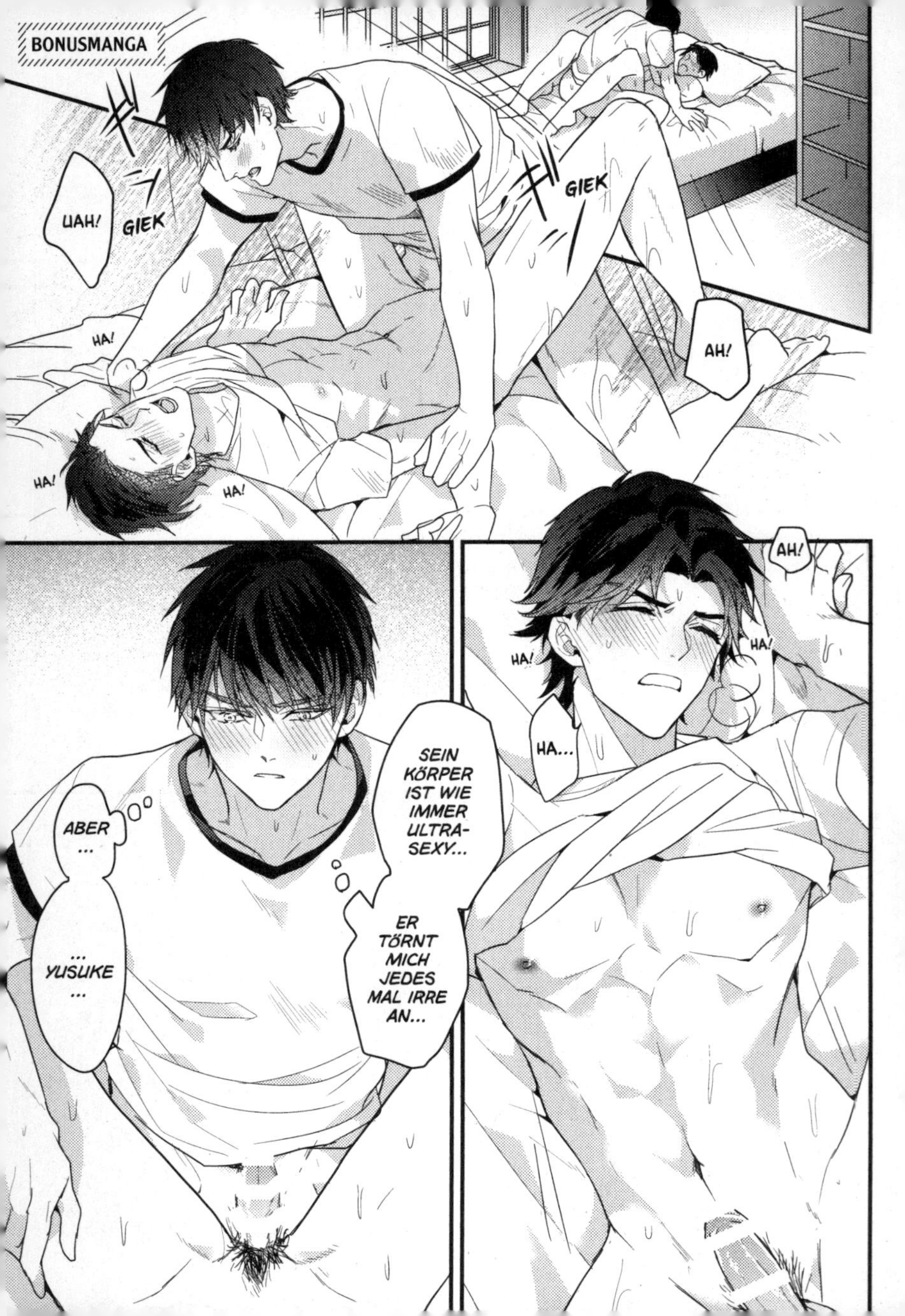
GIEK
AH!
UAH!
GIEK
HA!
HA!
HA!
AH!
HA!
HA!
HA…
SEIN KÖRPER IST WIE IMMER ULTRA-SEXY…
ER TÖRNT MICH JEDES MAL IRRE AN…
ABER …
… YUSUKE …

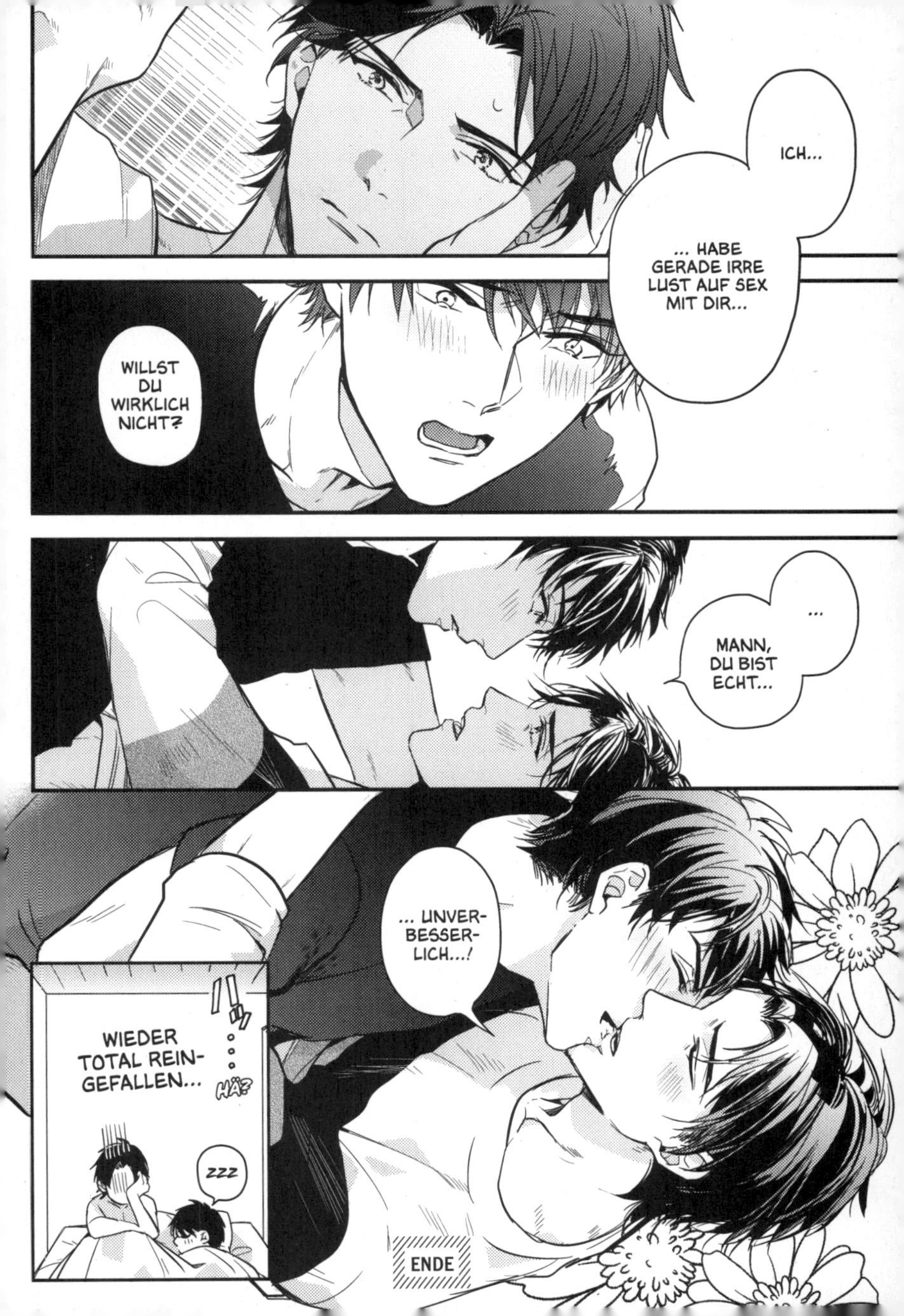
ICH...
... HABE GERADE IRRE LUST AUF SEX MIT DIR...
WILLST DU WIRKLICH NICHT?
...
MANN, DU BIST ECHT...
... UNVER-BESSER-LICH...!
WIEDER TOTAL REIN-GEFALLEN...
HÄ?
ZZZ
ENDE

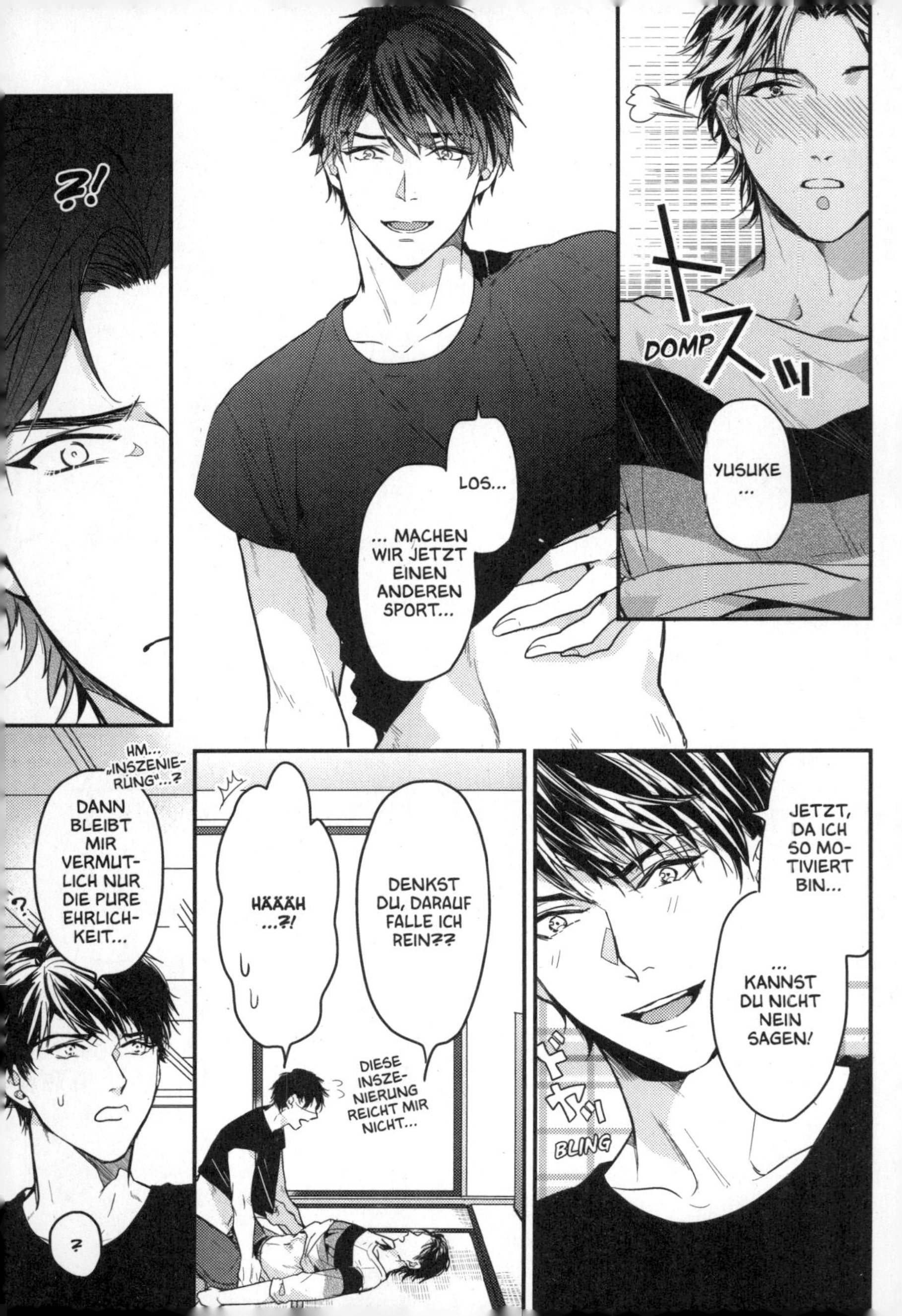
DOMP
YUSUKE ...
LOS...
... MACHEN WIR JETZT EINEN ANDEREN SPORT...
?!
JETZT, DA ICH SO MOTIVIERT BIN...
... KANNST DU NICHT NEIN SAGEN!
BLING
DENKST DU, DARAUF FALLE ICH REIN??
HÄÄÄH ...?!
DIESE INSZENIERUNG REICHT MIR NICHT...
HM... „INSZENIERUNG"...?
DANN BLEIBT MIR VERMUTLICH NUR DIE PURE EHRLICHKEIT...
?
?

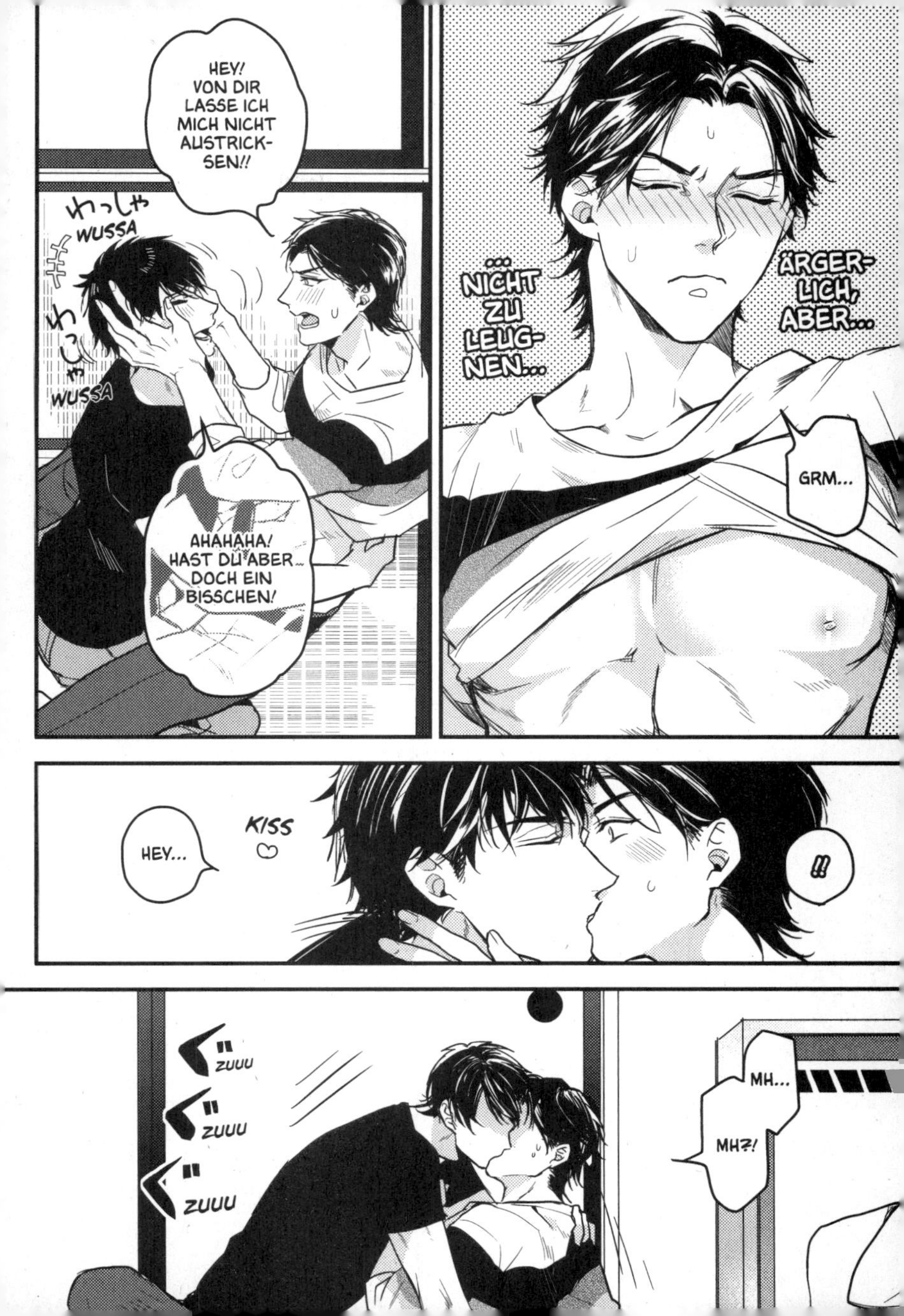
ÄRGERLICH, ABER...
...NICHT ZU LEUGNEN...
GRM...
HEY! VON DIR LASSE ICH MICH NICHT AUSTRICKSEN!!
わっしゃ
WUSSA
わっしゃ
WUSSA
AHAHAHA! HAST DU ABER DOCH EIN BISSCHEN!
!!
KISS
HEY...
MH...
MH?!
ZUUU
ZUUU
ZUUU

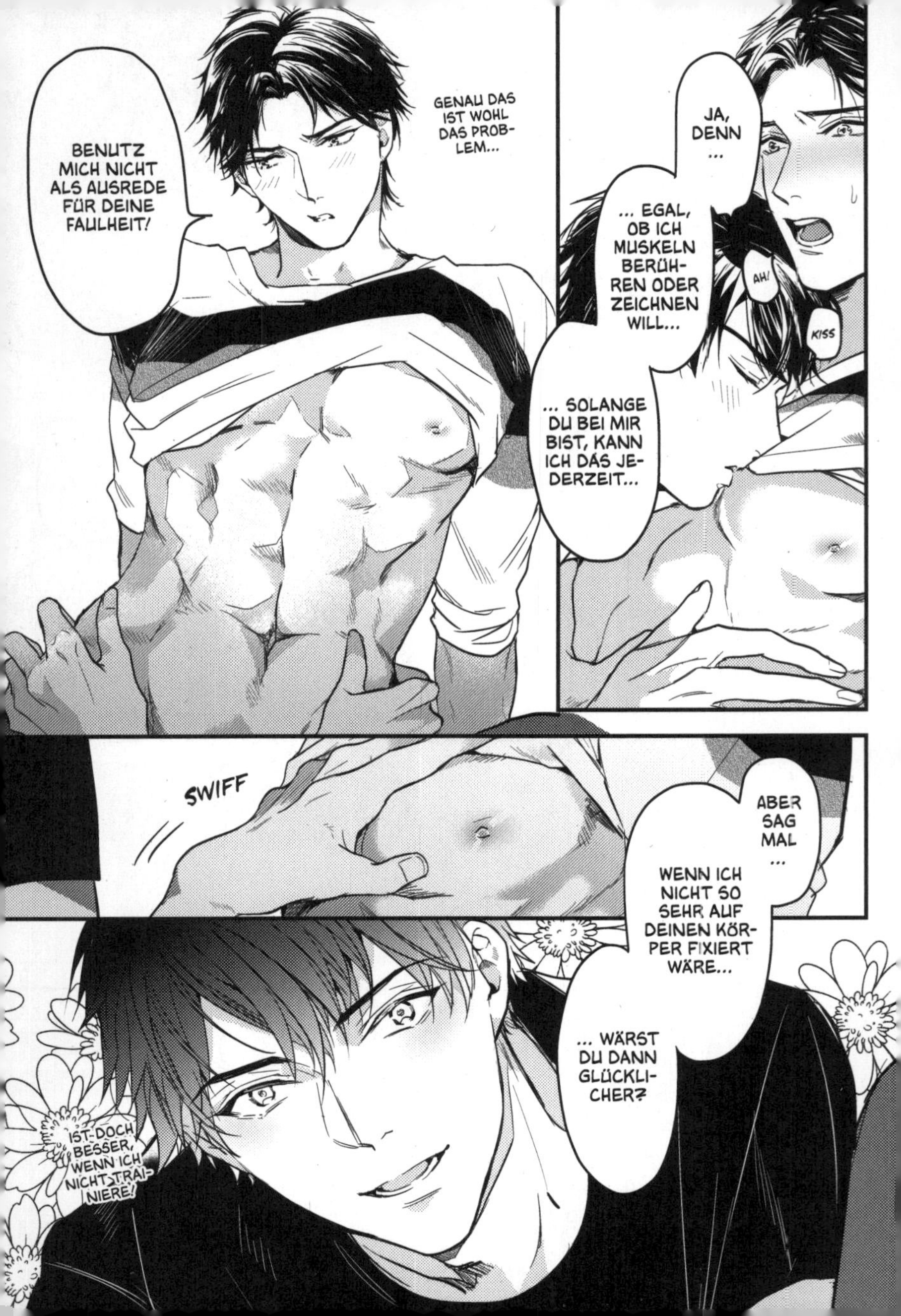
JA, DENN …
… EGAL, OB ICH MUSKELN BERÜHREN ODER ZEICHNEN WILL …
AH!
KISS
… SOLANGE DU BEI MIR BIST, KANN ICH DAS JEDERZEIT …
GENAU DAS IST WOHL DAS PROBLEM …
BENUTZ MICH NICHT ALS AUSREDE FÜR DEINE FAULHEIT!
ABER SAG MAL …
SWIFF
WENN ICH NICHT SO SEHR AUF DEINEN KÖRPER FIXIERT WÄRE …
… WÄRST DU DANN GLÜCKLICHER?
IST DOCH BESSER, WENN ICH NICHT TRAINIERE!

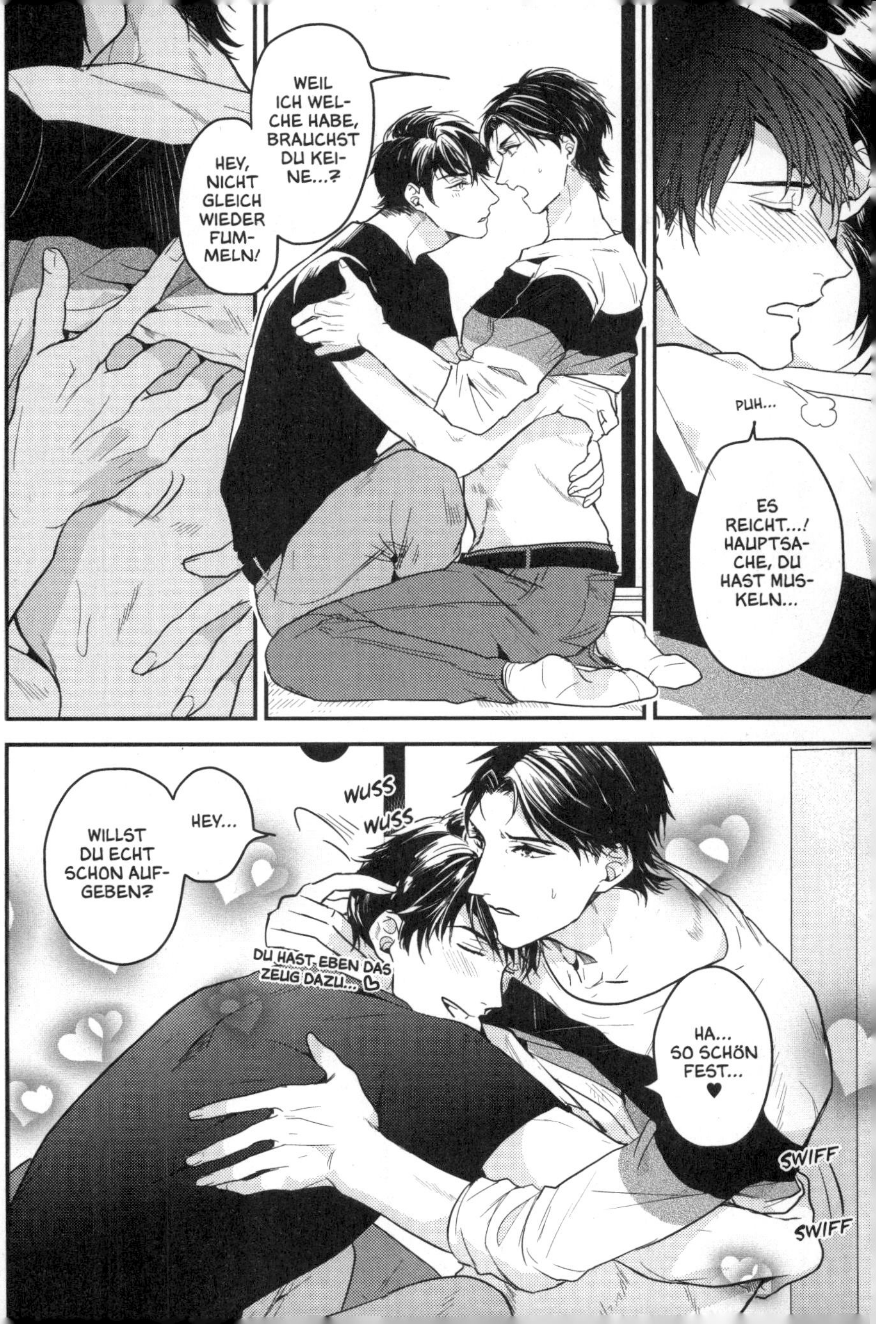
PUH...
ES REICHT...! HAUPTSA-CHE, DU HAST MUS-KELN...
WEIL ICH WEL-CHE HABE, BRAUCHST DU KEI-NE...?
HEY, NICHT GLEICH WIEDER FUM-MELN!
SWIFF
SWIFF
HA... SO SCHÖN FEST... ♥
DU HAST EBEN DAS ZEUG DAZU... ♥
WUSS
WUSS
HEY...
WILLST DU ECHT SCHON AUF-GEBEN?

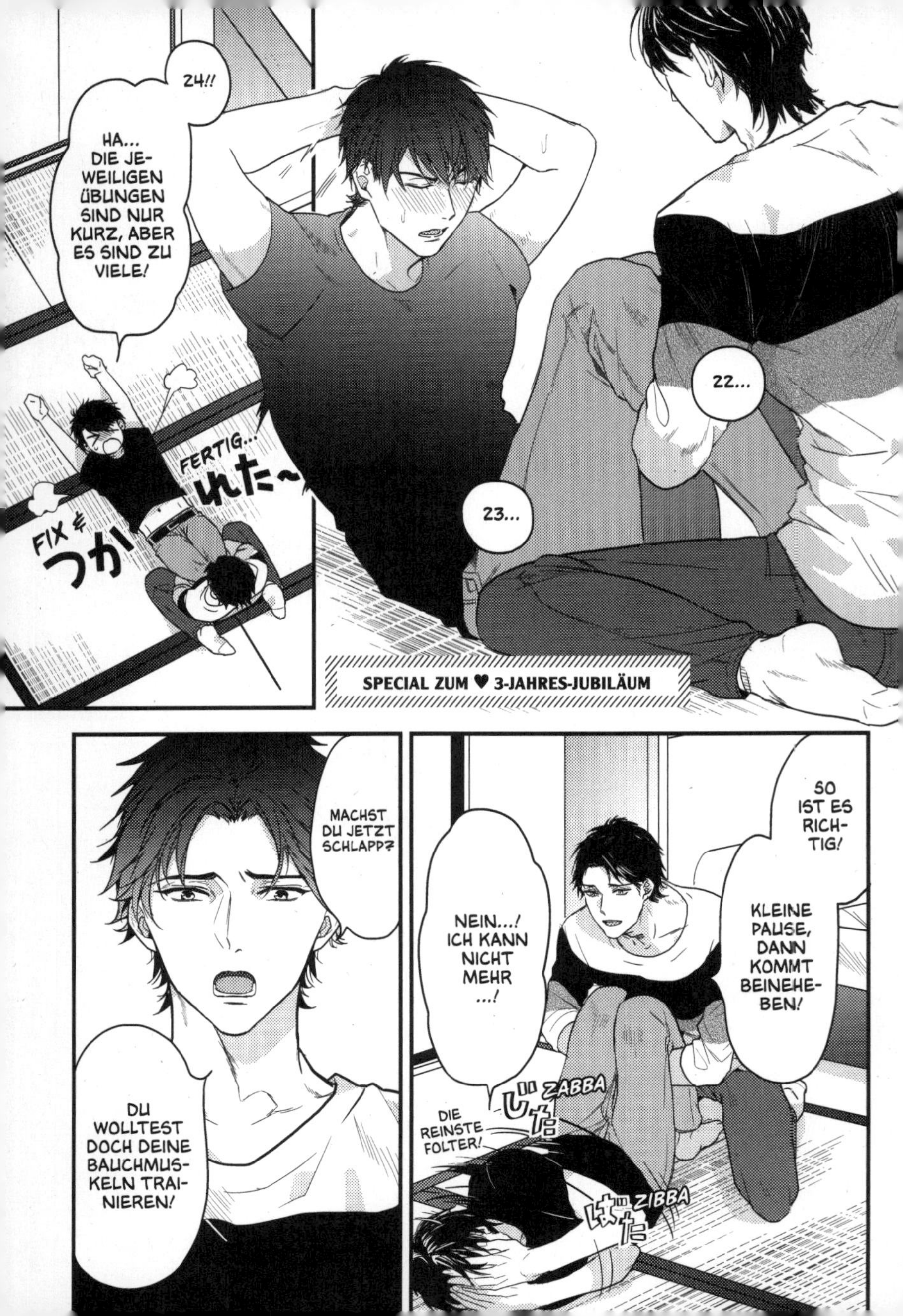
22...
23...
24!!
HA... DIE JEWEILIGEN ÜBUNGEN SIND NUR KURZ, ABER ES SIND ZU VIELE!
FIX & FERTIG... つかれた～
SPECIAL ZUM ♥ 3-JAHRES-JUBILÄUM
SO IST ES RICHTIG!
KLEINE PAUSE, DANN KOMMT BEINEHEBEN!
NEIN...! ICH KANN NICHT MEHR ...!
ZABBA じた
DIE REINSTE FOLTER!
ZIBBA ばた
MACHST DU JETZT SCHLAPP?
DU WOLLTEST DOCH DEINE BAUCHMUSKELN TRAINIEREN!

Passion Drawing
by
Hitsuji Sakura

Passion Drawing

by

Hitsuji Sakura

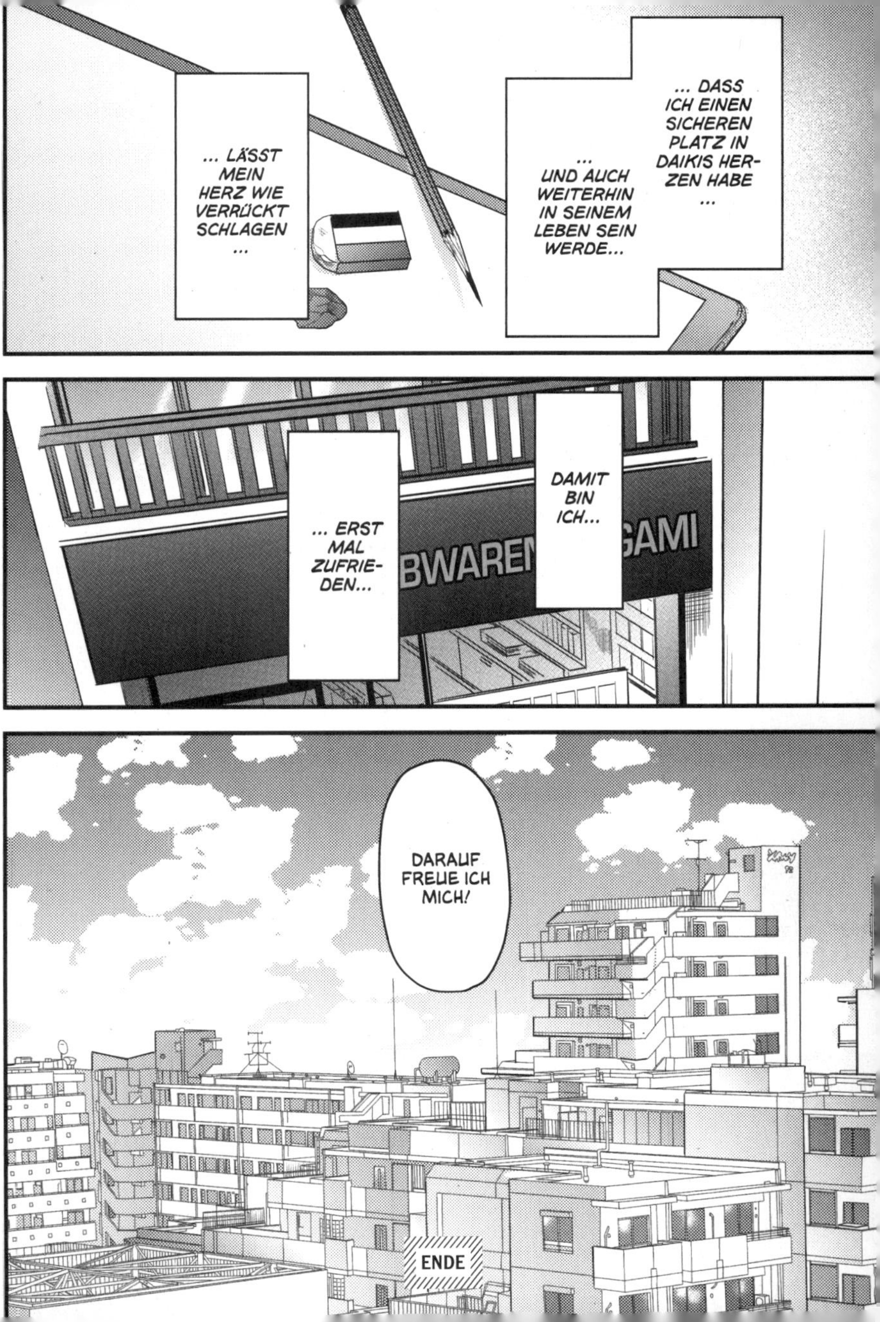
... DASS ICH EINEN SICHEREN PLATZ IN DAIKIS HERZEN HABE ...
... UND AUCH WEITERHIN IN SEINEM LEBEN SEIN WERDE...
... LÄSST MEIN HERZ WIE VERRÜCKT SCHLAGEN ...
DAMIT BIN ICH...
... ERST MAL ZUFRIEDEN...
DARAUF FREUE ICH MICH!
ENDE

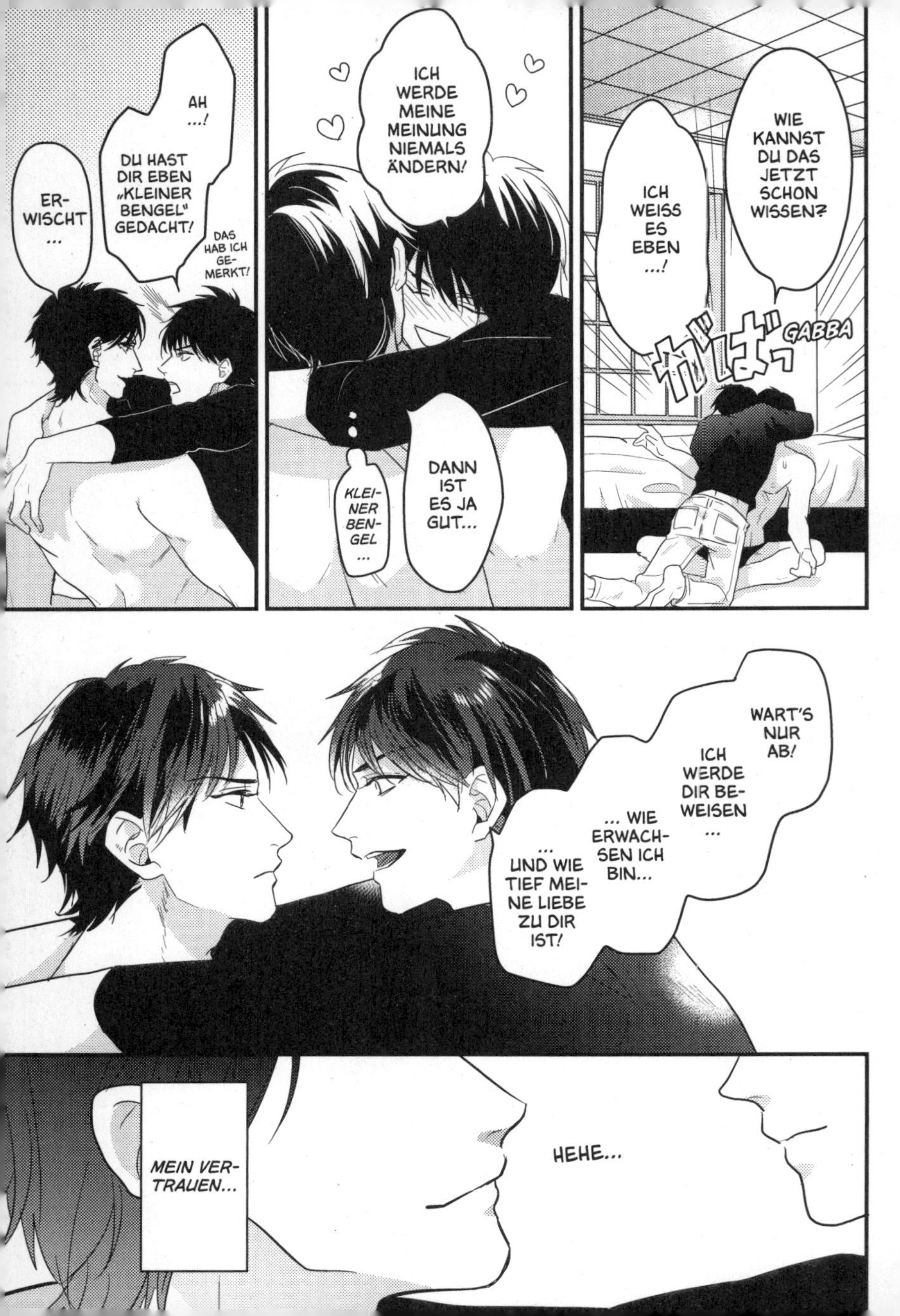
WIE KANNST DU DAS JETZT SCHON WISSEN?
ICH WEISS ES EBEN ...!
GABBA
ICH WERDE MEINE MEINUNG NIEMALS ÄNDERN!
DANN IST ES JA GUT...
KLEI-NER BEN-GEL ...
AH ...!
DU HAST DIR EBEN „KLEINER BENGEL" GEDACHT!
DAS HAB ICH GE-MERKT!
ER-WISCHT ...
WART'S NUR AB!
ICH WERDE DIR BE-WEISEN ...
... WIE ERWACH-SEN ICH BIN...
... UND WIE TIEF MEI-NE LIEBE ZU DIR IST!
HEHE...
MEIN VER-TRAUEN...

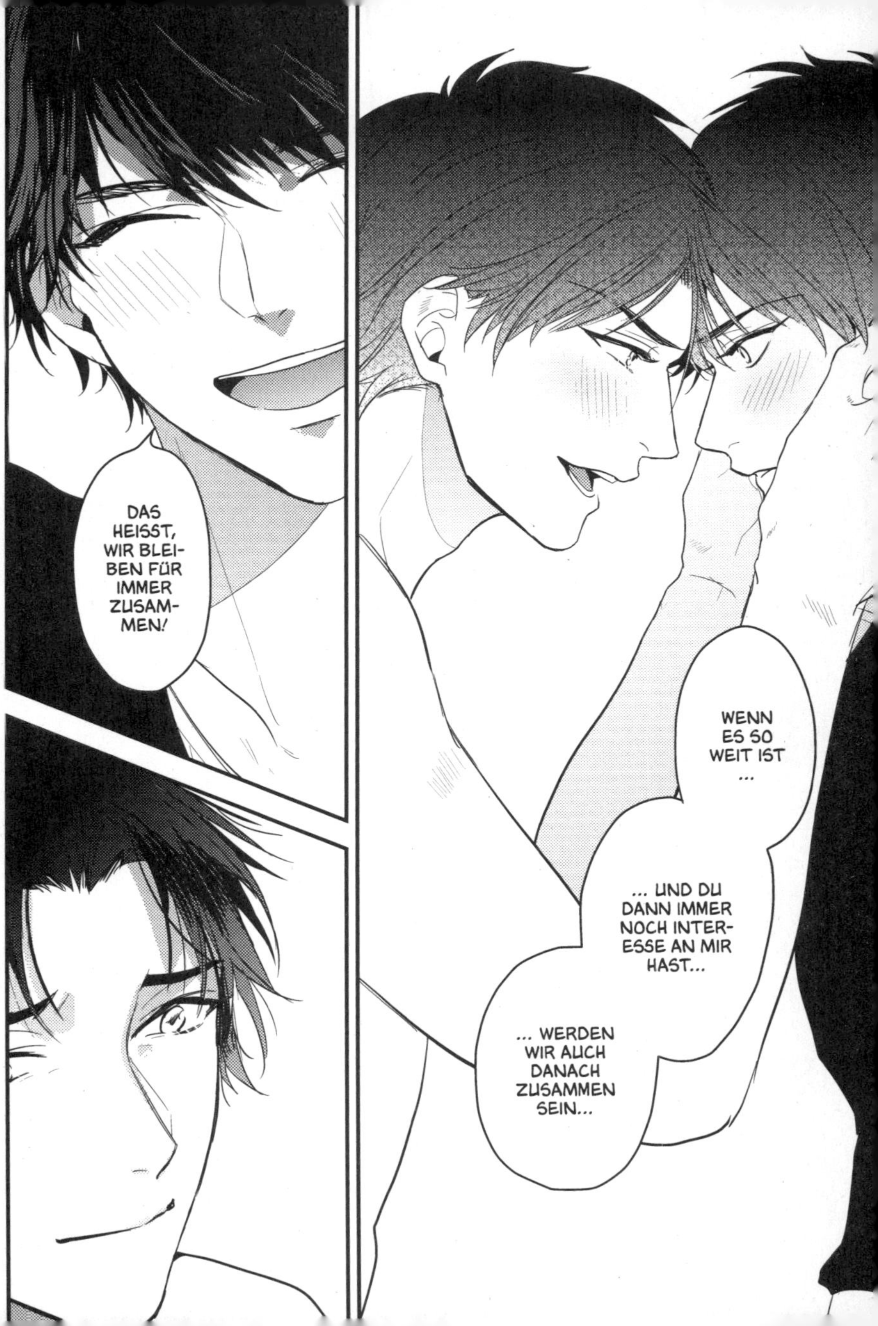
WENN ES SO WEIT IST ...
... UND DU DANN IMMER NOCH INTERESSE AN MIR HAST...
... WERDEN WIR AUCH DANACH ZUSAMMEN SEIN...
DAS HEISST, WIR BLEIBEN FÜR IMMER ZUSAMMEN!

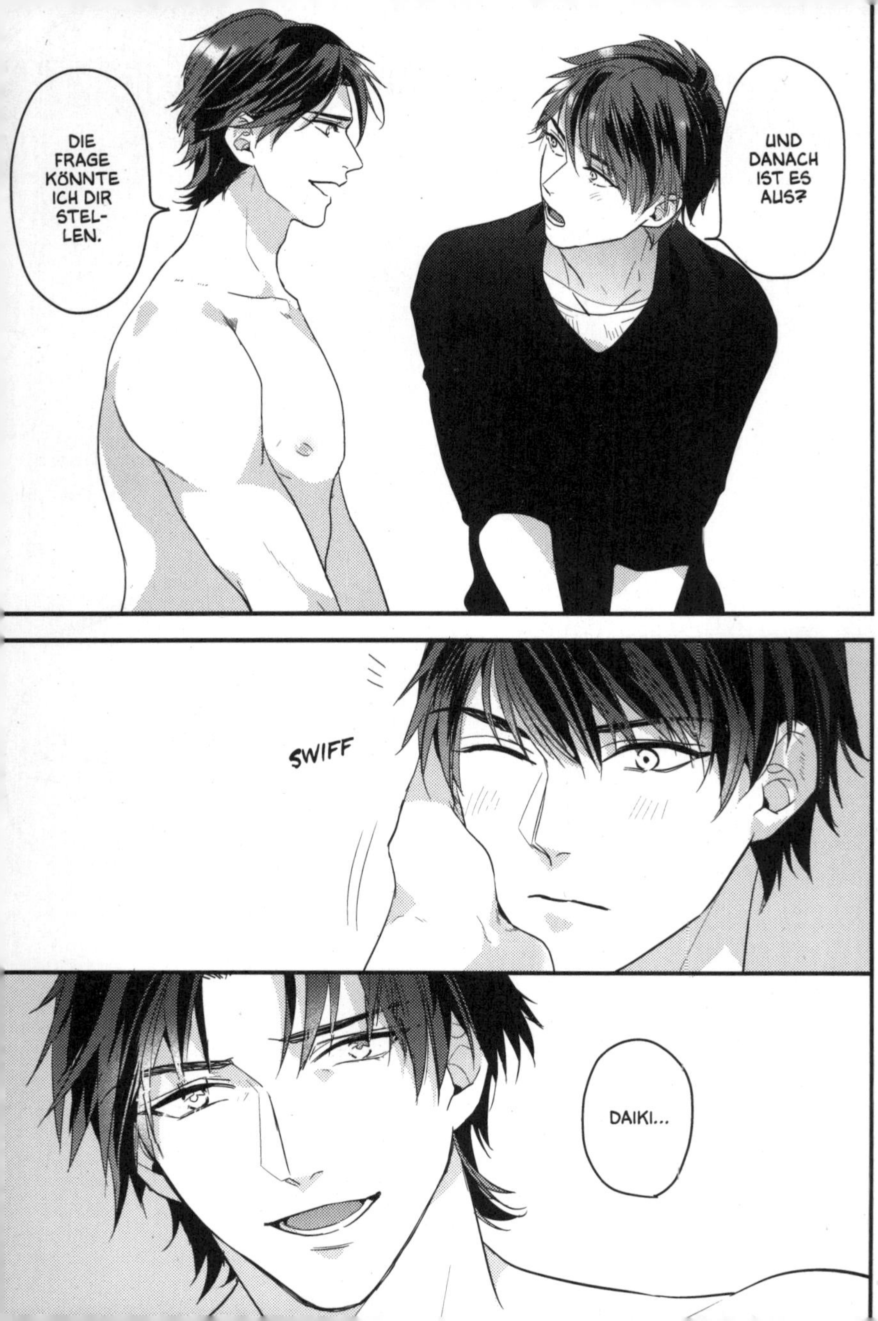
UND DANACH IST ES AUS?
DIE FRAGE KÖNNTE ICH DIR STEL-LEN.
SWIFF
DAIKI...

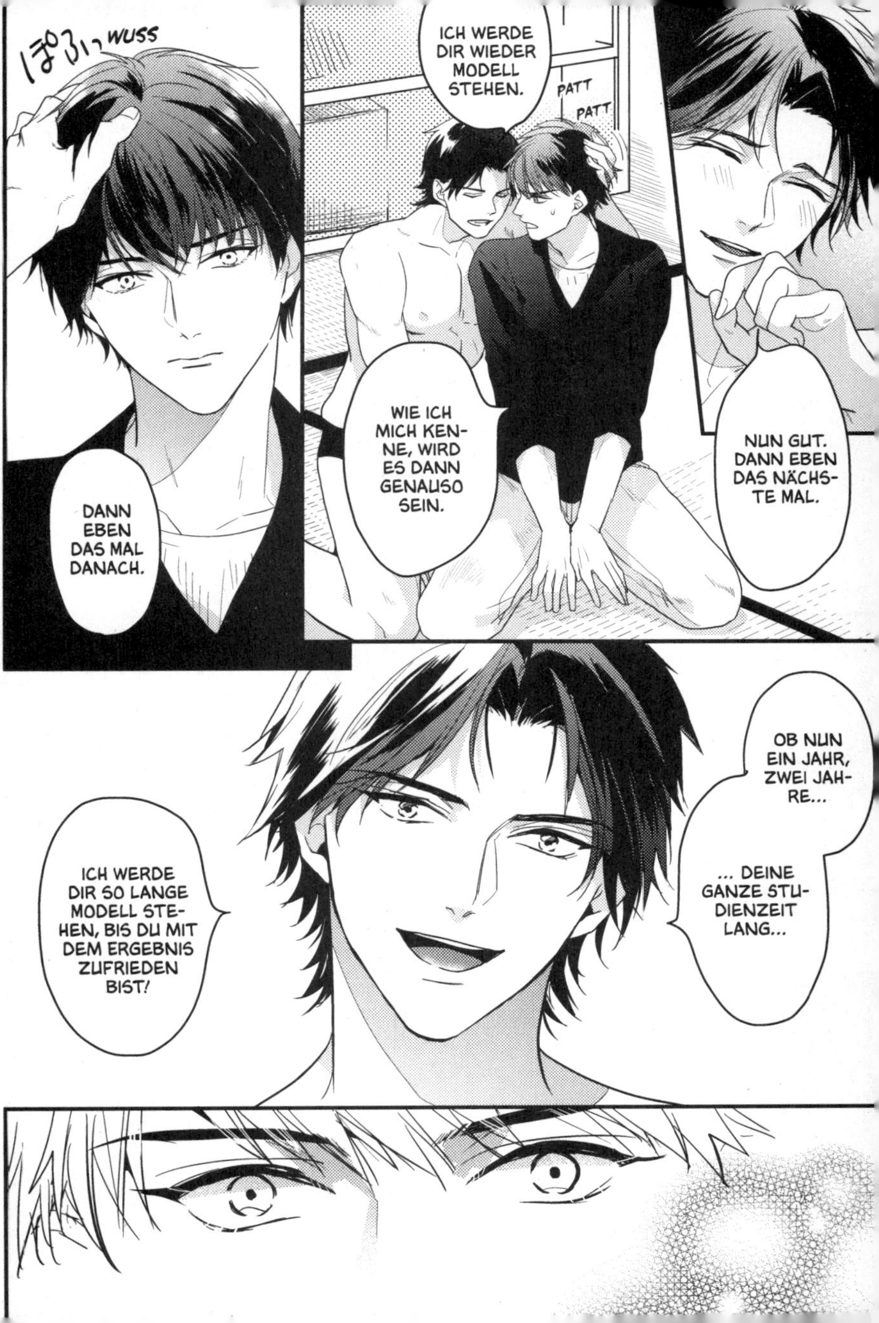
NUN GUT. DANN EBEN DAS NÄCHS-TE MAL.
ICH WERDE DIR WIEDER MODELL STEHEN.
PATT
PATT
WIE ICH MICH KEN-NE, WIRD ES DANN GENAUSO SEIN.
ぽふっ WUSS
DANN EBEN DAS MAL DANACH.
OB NUN EIN JAHR, ZWEI JAH-RE...
... DEINE GANZE STU-DIENZEIT LANG...
ICH WERDE DIR SO LANGE MODELL STE-HEN, BIS DU MIT DEM ERGEBNIS ZUFRIEDEN BIST!

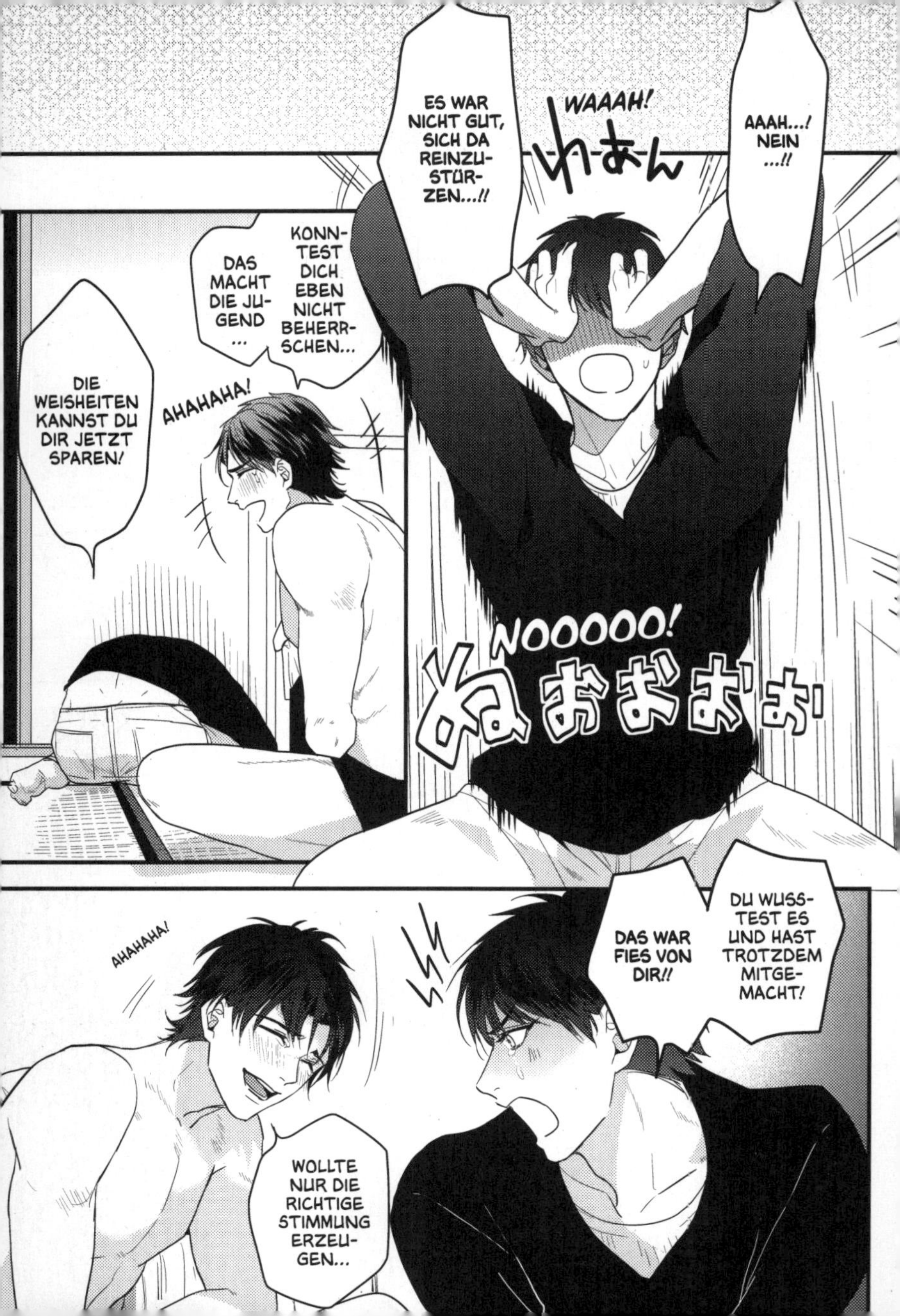
AAAH...! NEIN ...!!
WAAAH!
わあん
ES WAR NICHT GUT, SICH DA REINZUSTÜRZEN...!!
KONNTEST DICH EBEN NICHT BEHERRSCHEN...
DAS MACHT DIE JUGEND ...
AHAHAHA!
DIE WEISHEITEN KANNST DU DIR JETZT SPAREN!
NOOOOO!
ぬおおおお
DU WUSSTEST ES UND HAST TROTZDEM MITGEMACHT!
DAS WAR FIES VON DIR!!
AHAHAHA!
WOLLTE NUR DIE RICHTIGE STIMMUNG ERZEUGEN...

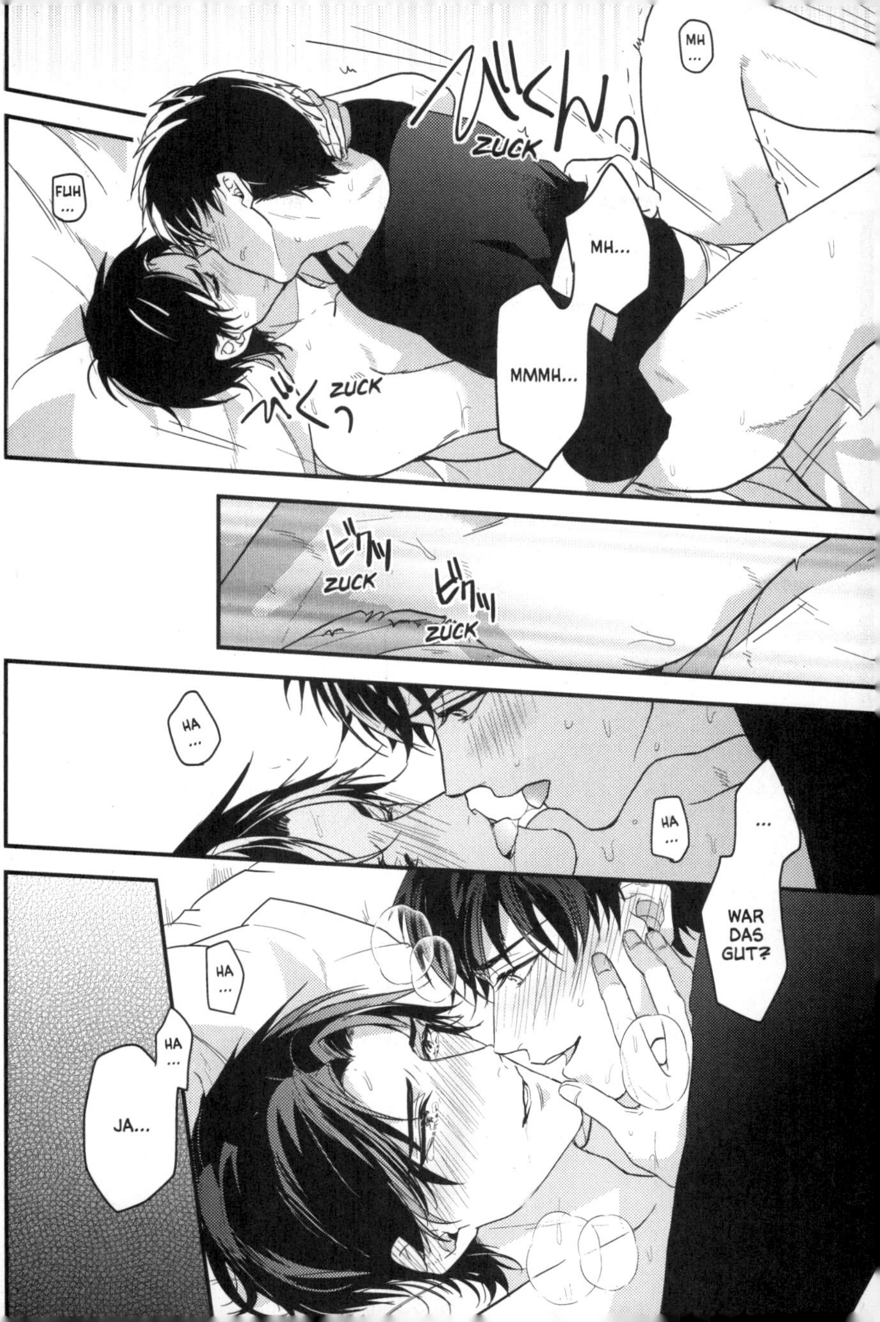
MH ...
ZUCK
MH...
MMMH...
FUH ...
ZUCK
ZUCK
ZUCK
...
HA ...
HA ...
WAR DAS GUT?
HA ...
HA ...
JA...

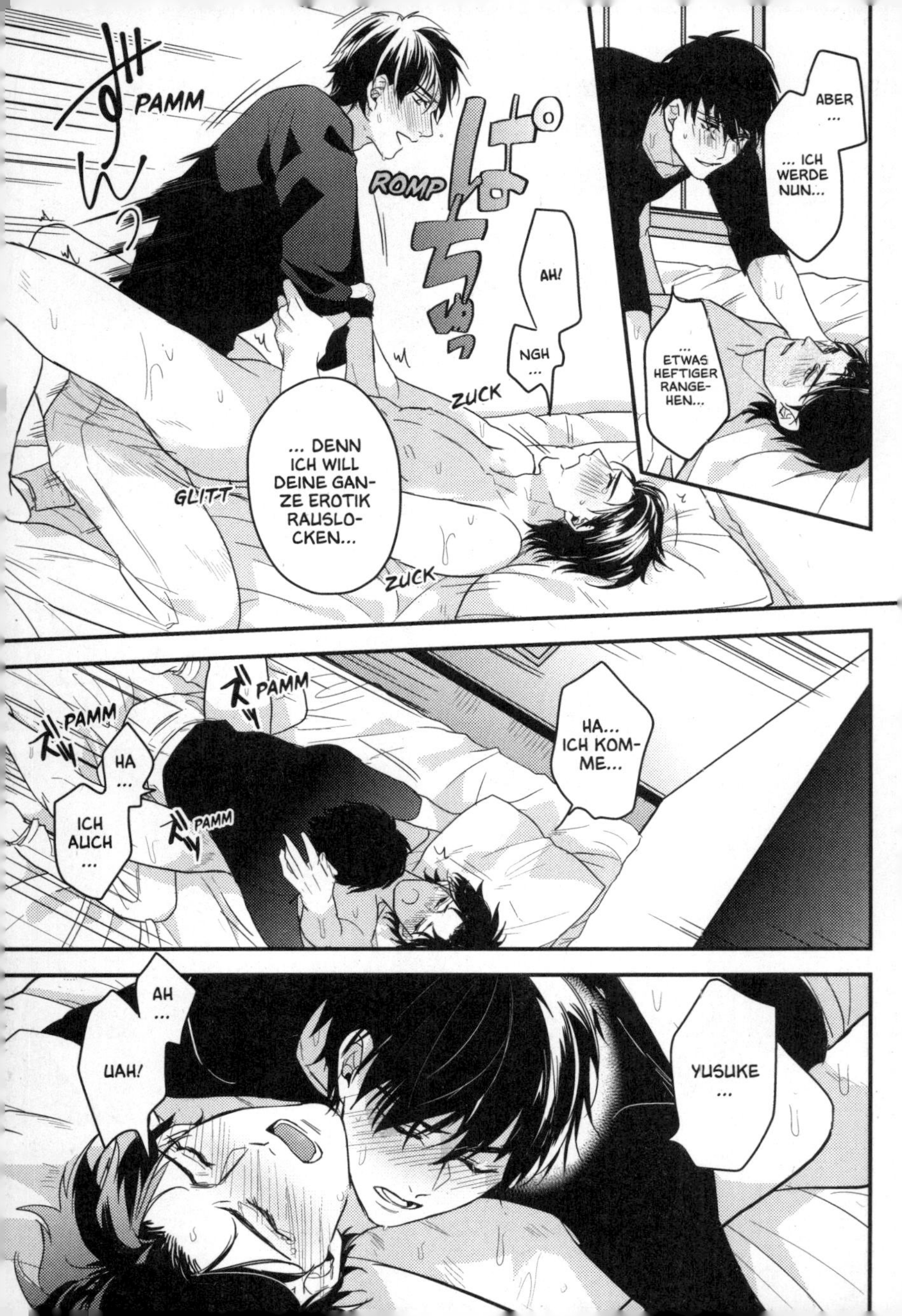
ABER ...
... ICH WERDE NUN...
... ETWAS HEFTIGER RANGE-HEN...
PAMM
ROMP
AH!
NGH ...
ZUCK
... DENN ICH WILL DEINE GAN-ZE EROTIK RAUSLO-CKEN...
GLITT
ZUCK
PAMM
HA... ICH KOM-ME...
PAMM
HA ...
ICH AUCH ...
PAMM
YUSUKE ...
AH ...
UAH!

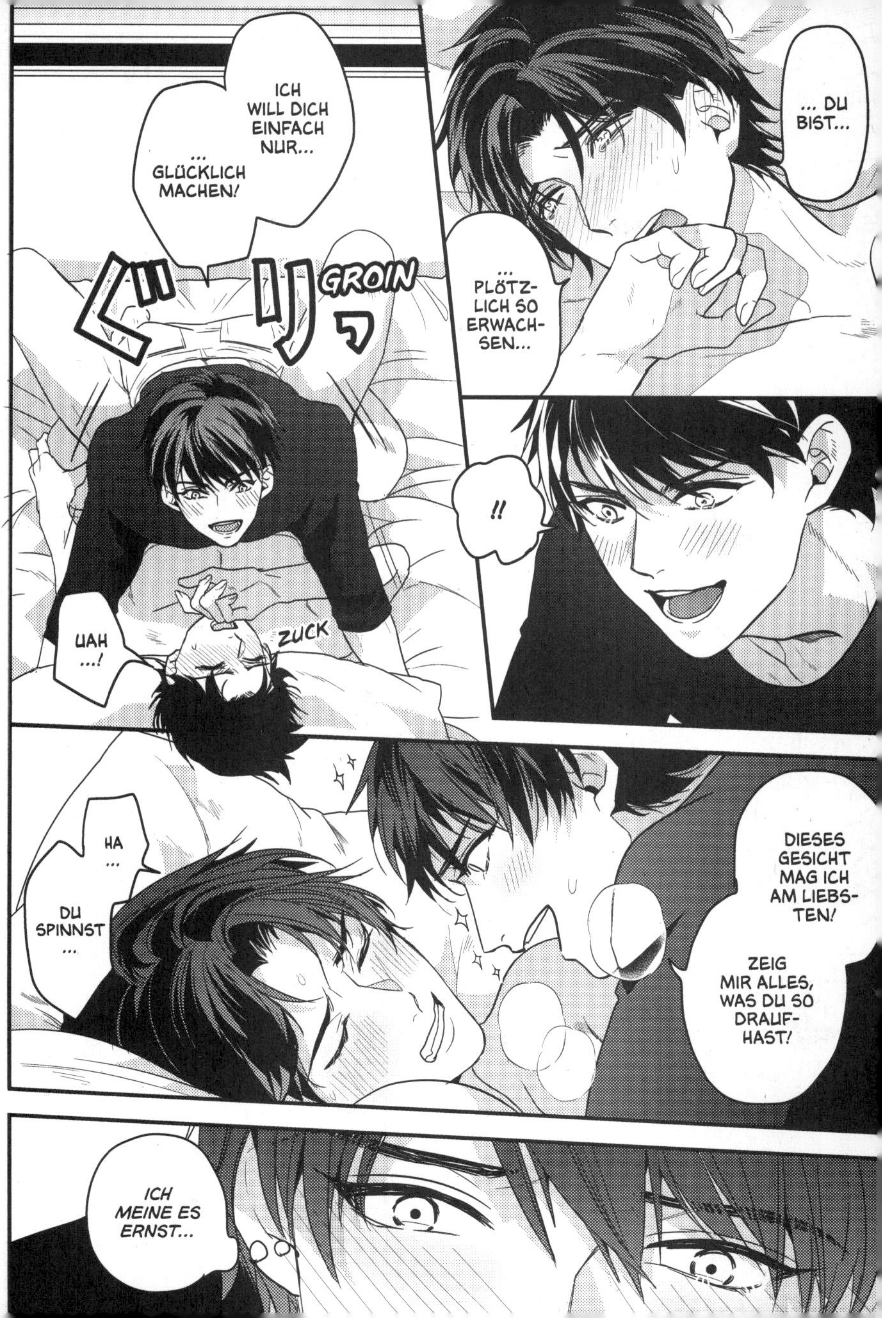
... DU BIST...
... PLÖTZLICH SO ERWACHSEN...
!!
ICH WILL DICH EINFACH NUR... ... GLÜCKLICH MACHEN!
GROIN
UAH ...!
ZUCK
DIESES GESICHT MAG ICH AM LIEBSTEN!
ZEIG MIR ALLES, WAS DU SO DRAUFHAST!
HA ...
DU SPINNST ...
ICH MEINE ES ERNST...

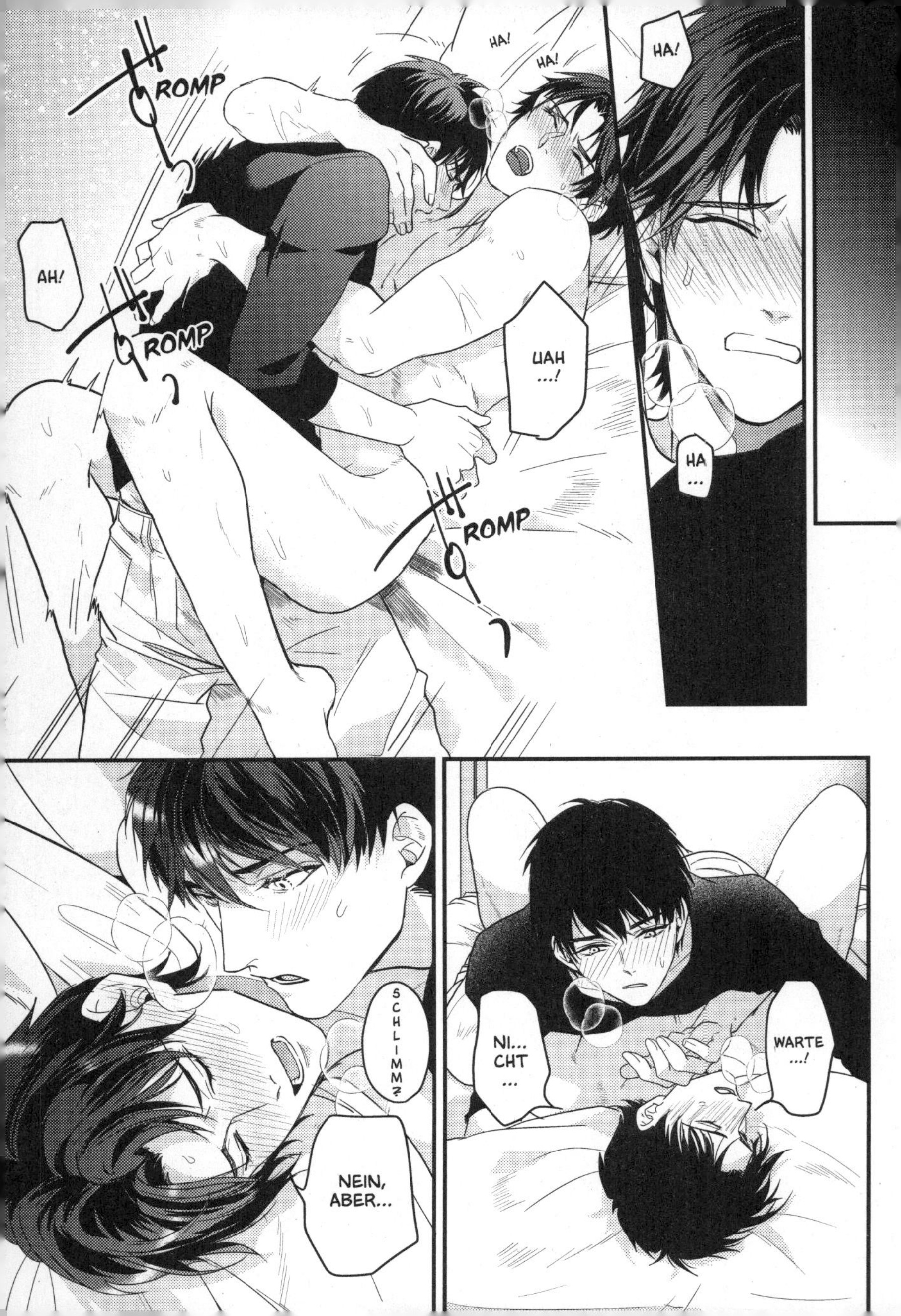
HA!
HA ...
HA!
HA!
ROMP
UAH ...!
AH!
ROMP
ROMP
WARTE ...!
NI... CHT ...
SCHLIMM?
NEIN, ABER...

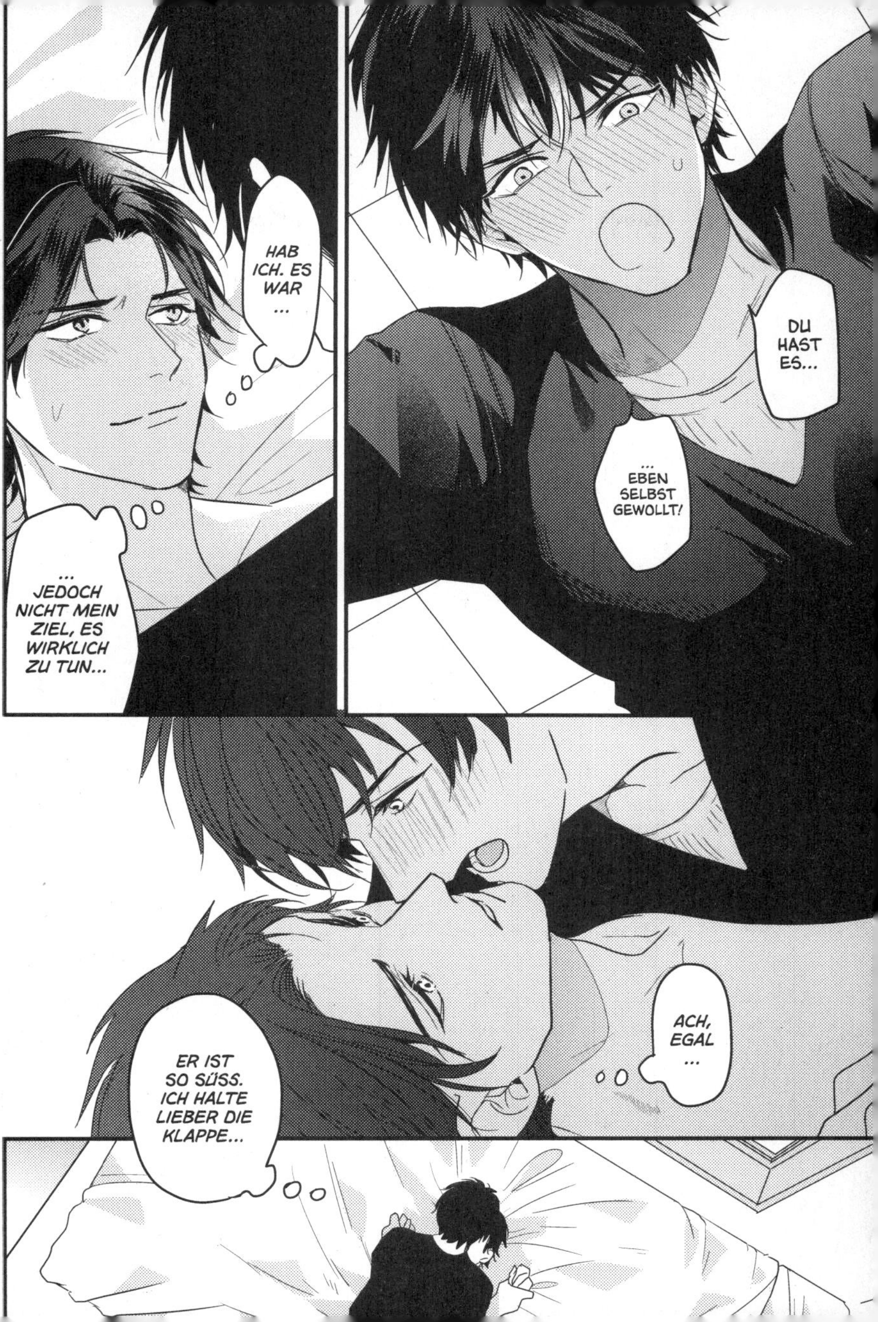
DU HAST ES...
... EBEN SELBST GEWOLLT!
HAB ICH. ES WAR ...
... JEDOCH NICHT MEIN ZIEL, ES WIRKLICH ZU TUN...
ACH, EGAL ...
ER IST SO SÜSS. ICH HALTE LIEBER DIE KLAPPE...

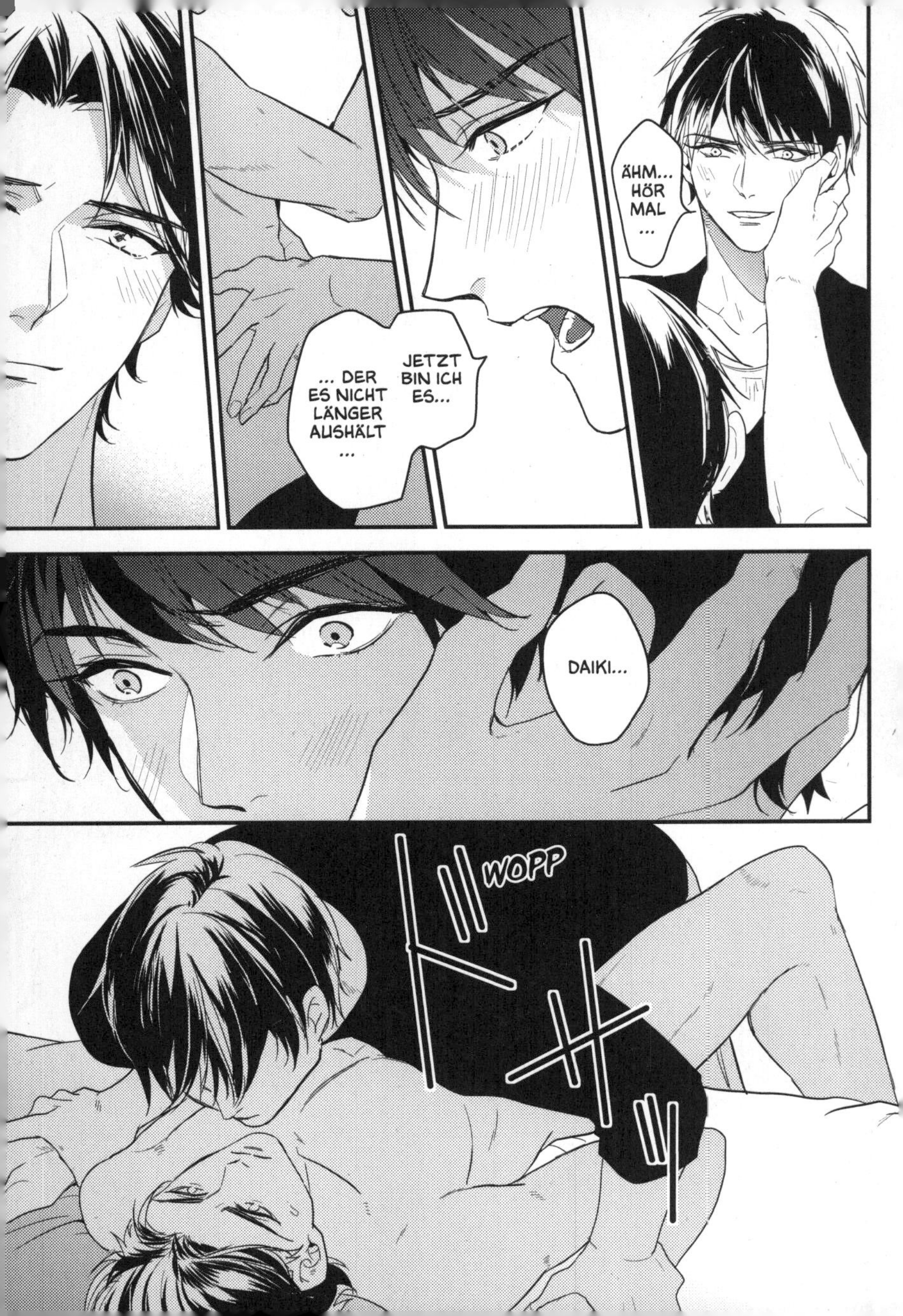
ÄHM... HÖR MAL ...
JETZT BIN ICH ES...
... DER ES NICHT LÄNGER AUSHÄLT ...
DAIKI...
WOPP

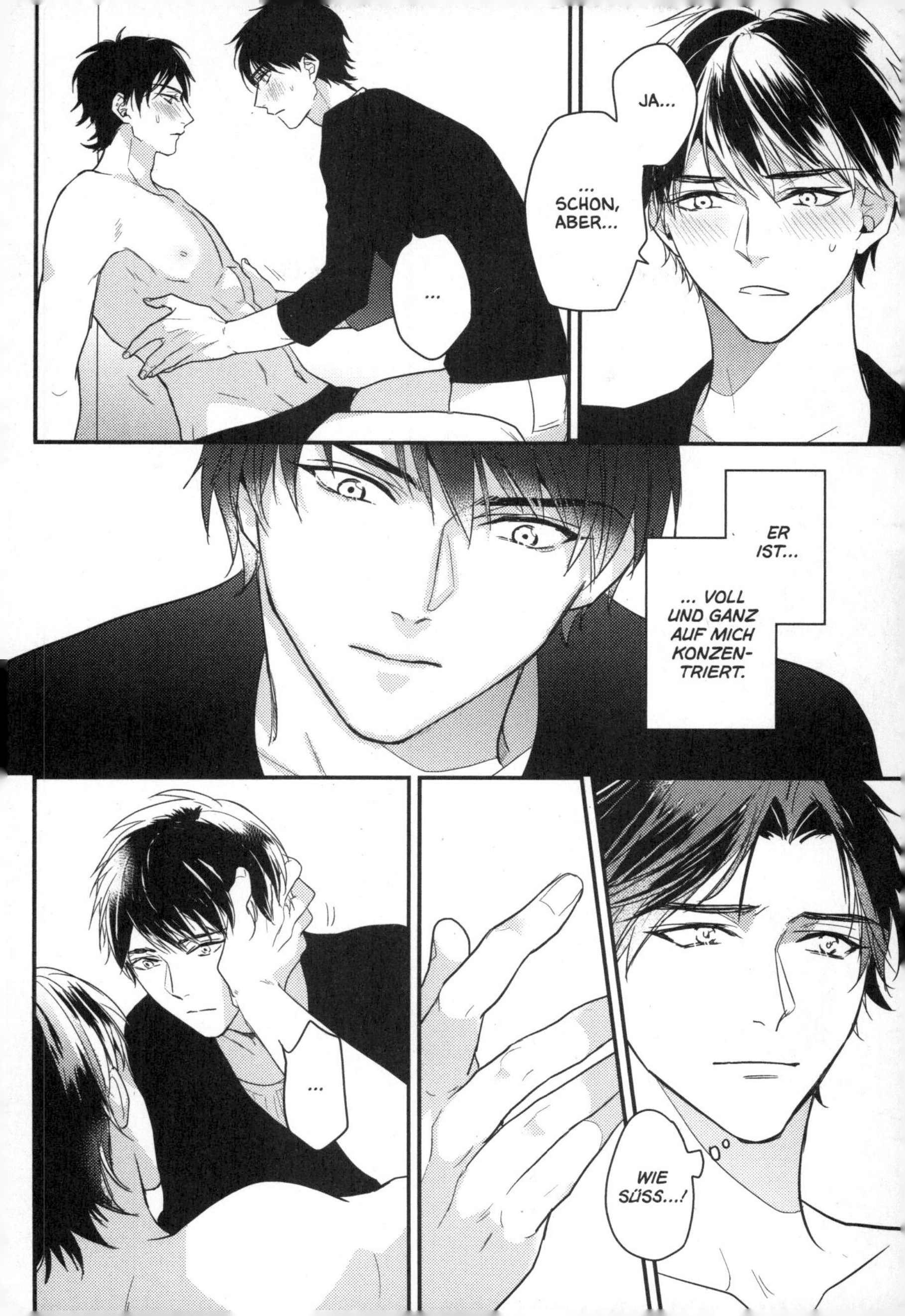
JA…
… SCHON, ABER…
…
ER IST…
… VOLL UND GANZ AUF MICH KONZENTRIERT.
WIE SÜSS…!
…

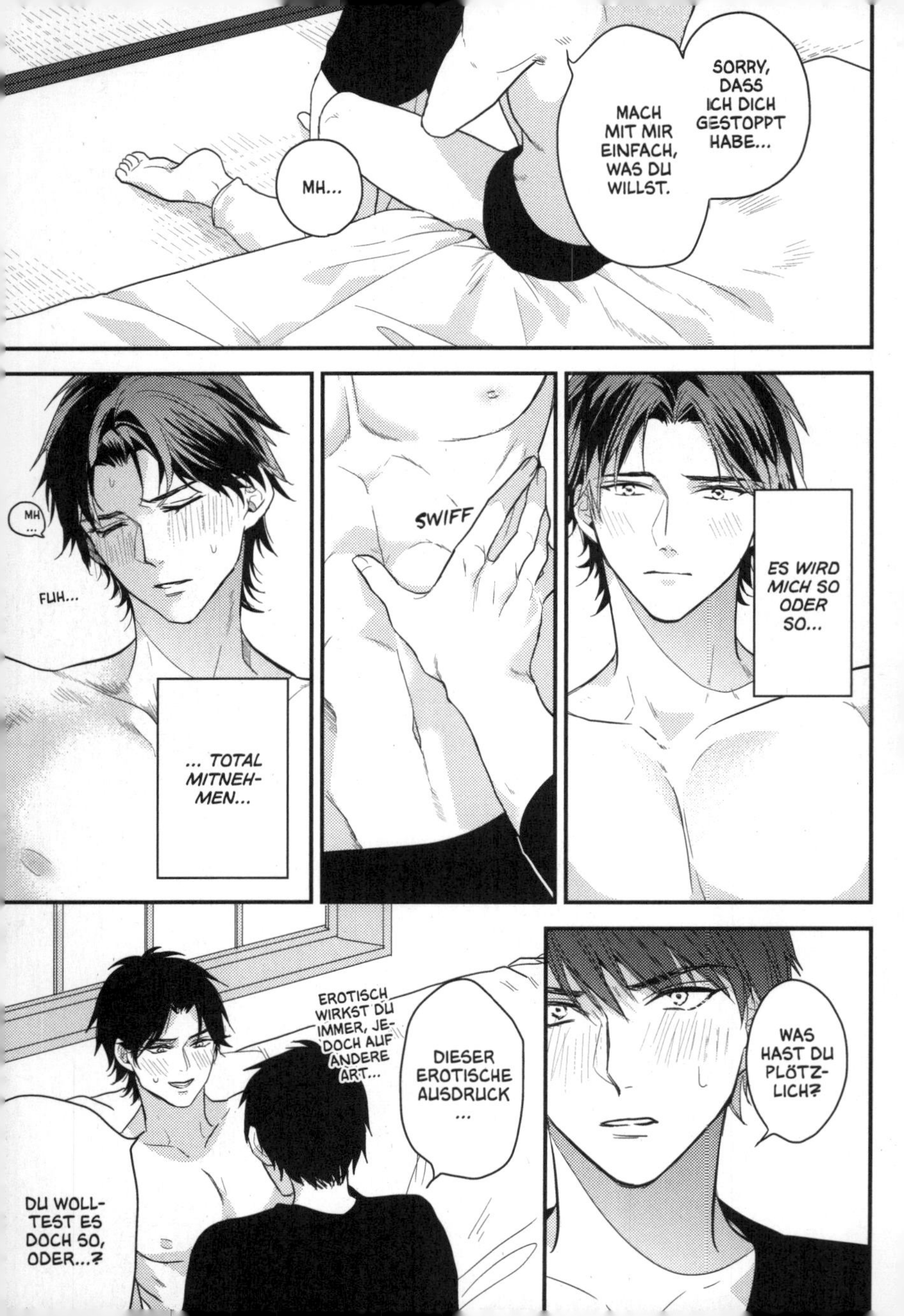
SORRY, DASS ICH DICH GESTOPPT HABE...
MACH MIT MIR EINFACH, WAS DU WILLST.
MH...
ES WIRD MICH SO ODER SO...
SWIFF
MH ...
FUH...
... TOTAL MITNEH-MEN...
WAS HAST DU PLÖTZ-LICH?
DIESER EROTISCHE AUSDRUCK ...
EROTISCH WIRKST DU IMMER, JE-DOCH AUF ANDERE ART...
DU WOLL-TEST ES DOCH SO, ODER...?

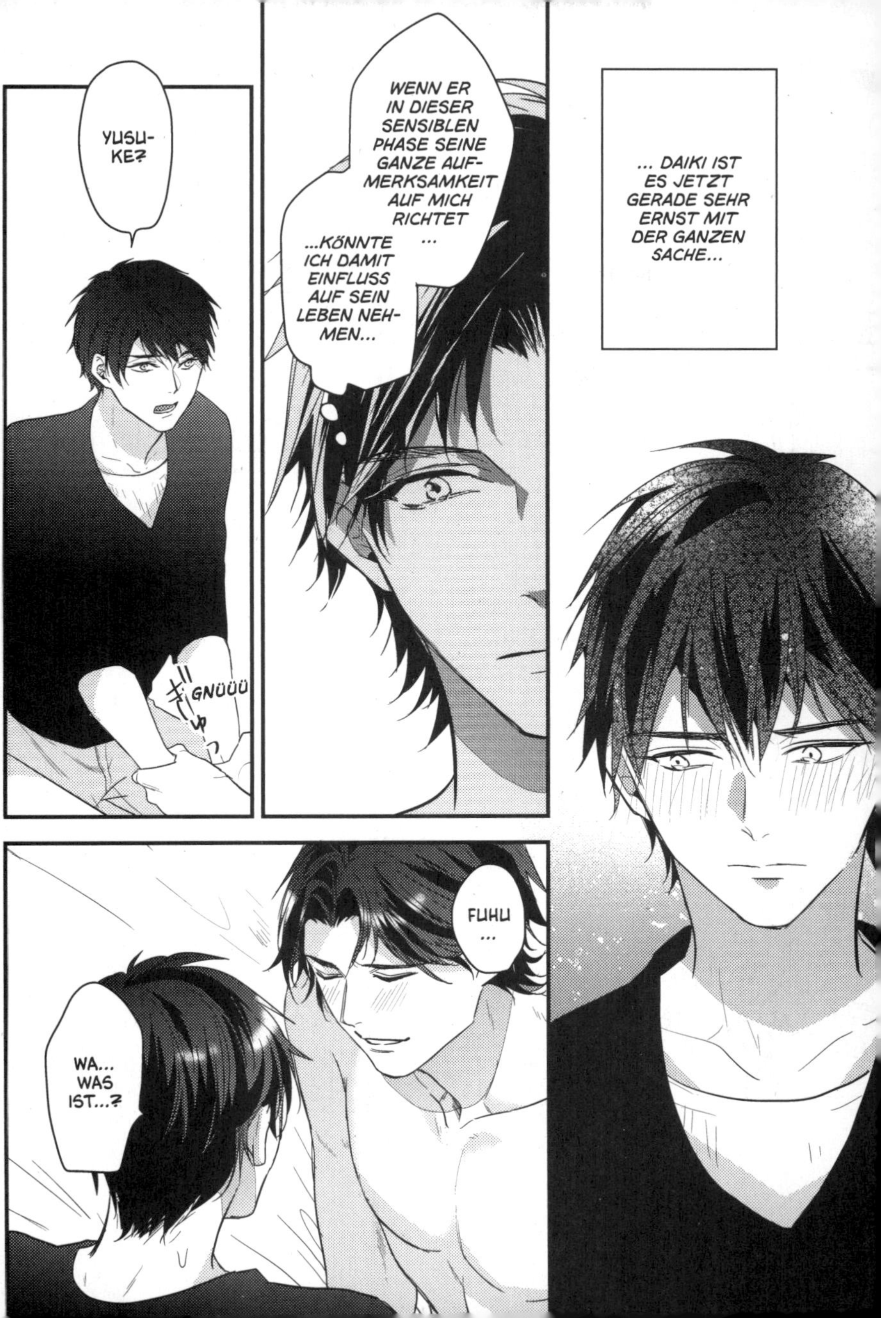
... DAIKI IST ES JETZT GERADE SEHR ERNST MIT DER GANZEN SACHE...
WENN ER IN DIESER SENSIBLEN PHASE SEINE GANZE AUFMERKSAMKEIT AUF MICH RICHTET ...
...KÖNNTE ICH DAMIT EINFLUSS AUF SEIN LEBEN NEHMEN...
YUSUKE?
GNÜÜÜ
FUHU ...
WA... WAS IST...?

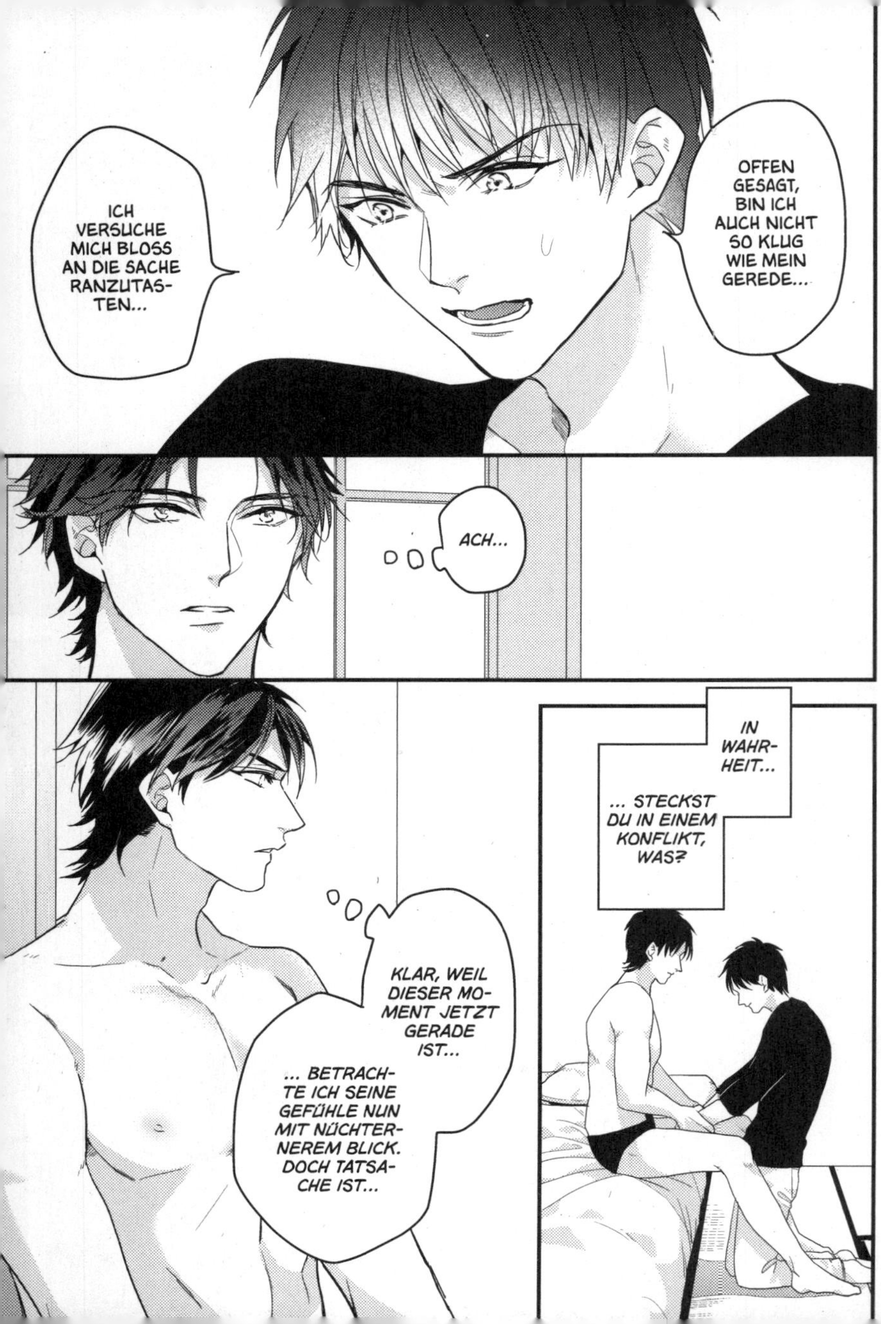
OFFEN GESAGT, BIN ICH AUCH NICHT SO KLUG WIE MEIN GEREDE...
ICH VERSUCHE MICH BLOSS AN DIE SACHE RANZUTASTEN...
ACH...
IN WAHRHEIT...
... STECKST DU IN EINEM KONFLIKT, WAS?
KLAR, WEIL DIESER MOMENT JETZT GERADE IST...
... BETRACHTE ICH SEINE GEFÜHLE NUN MIT NÜCHTERNEREM BLICK. DOCH TATSACHE IST...

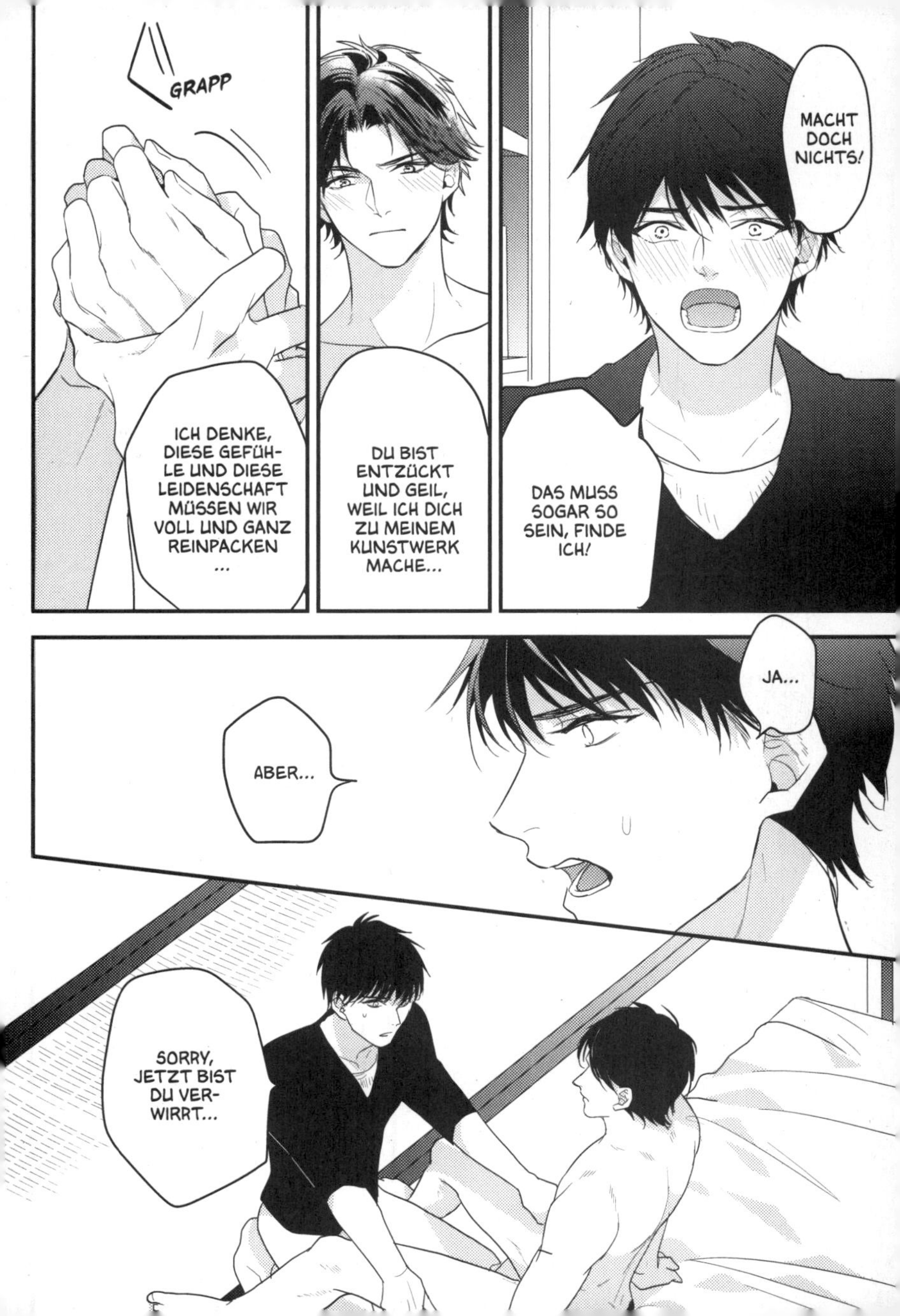
MACHT DOCH NICHTS!
DAS MUSS SOGAR SO SEIN, FINDE ICH!
DU BIST ENTZÜCKT UND GEIL, WEIL ICH DICH ZU MEINEM KUNSTWERK MACHE...
GRAPP
ICH DENKE, DIESE GEFÜHLE UND DIESE LEIDENSCHAFT MÜSSEN WIR VOLL UND GANZ REINPACKEN ...
JA...
ABER...
SORRY, JETZT BIST DU VERWIRRT...

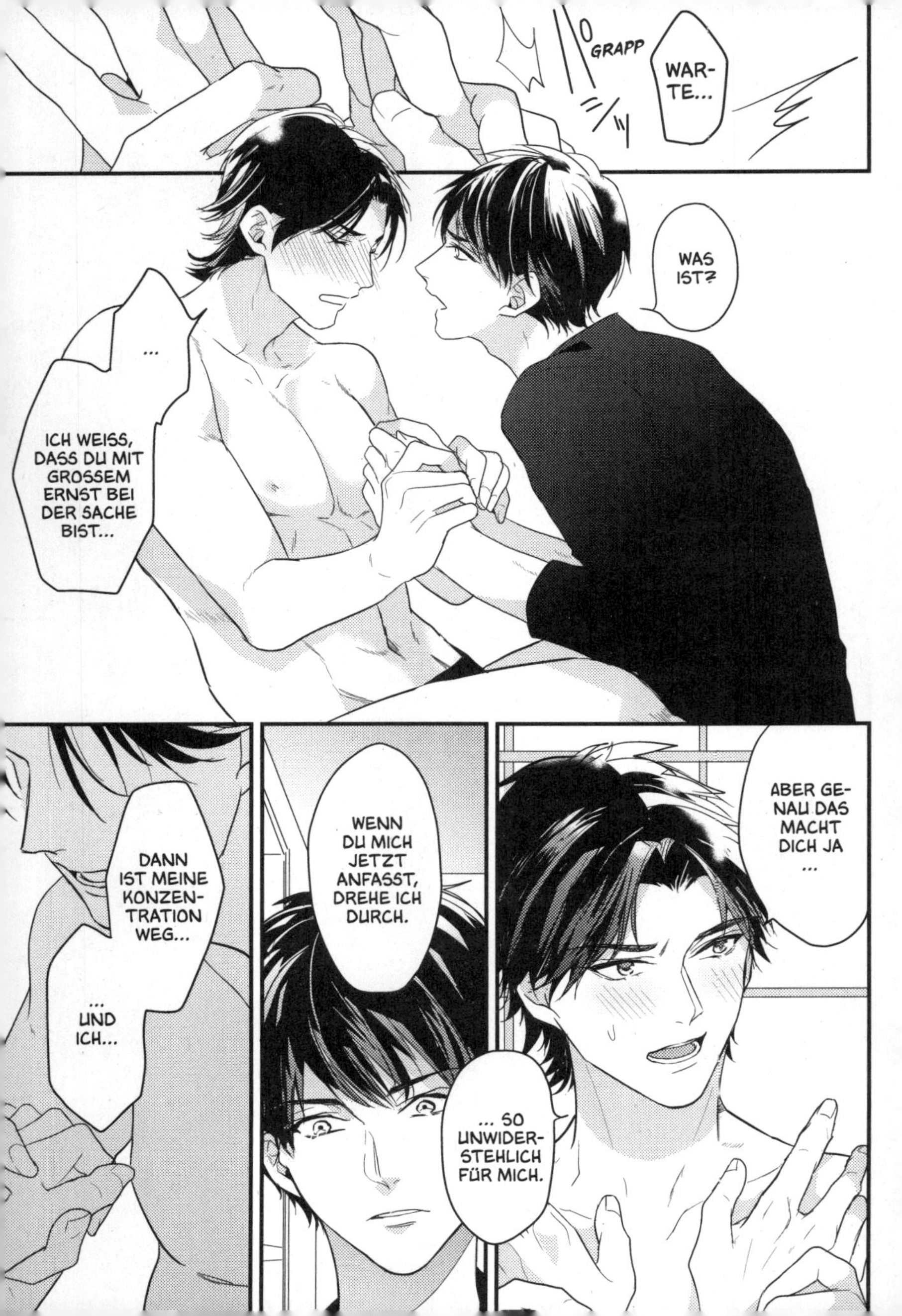
GRAPP
WAR-TE...
WAS IST?
...
ICH WEISS, DASS DU MIT GROSSEM ERNST BEI DER SACHE BIST...
WENN DU MICH JETZT ANFASST, DREHE ICH DURCH.
DANN IST MEINE KONZEN-TRATION WEG...
... UND ICH...
ABER GE-NAU DAS MACHT DICH JA ...
... SO UNWIDER-STEHLICH FÜR MICH.

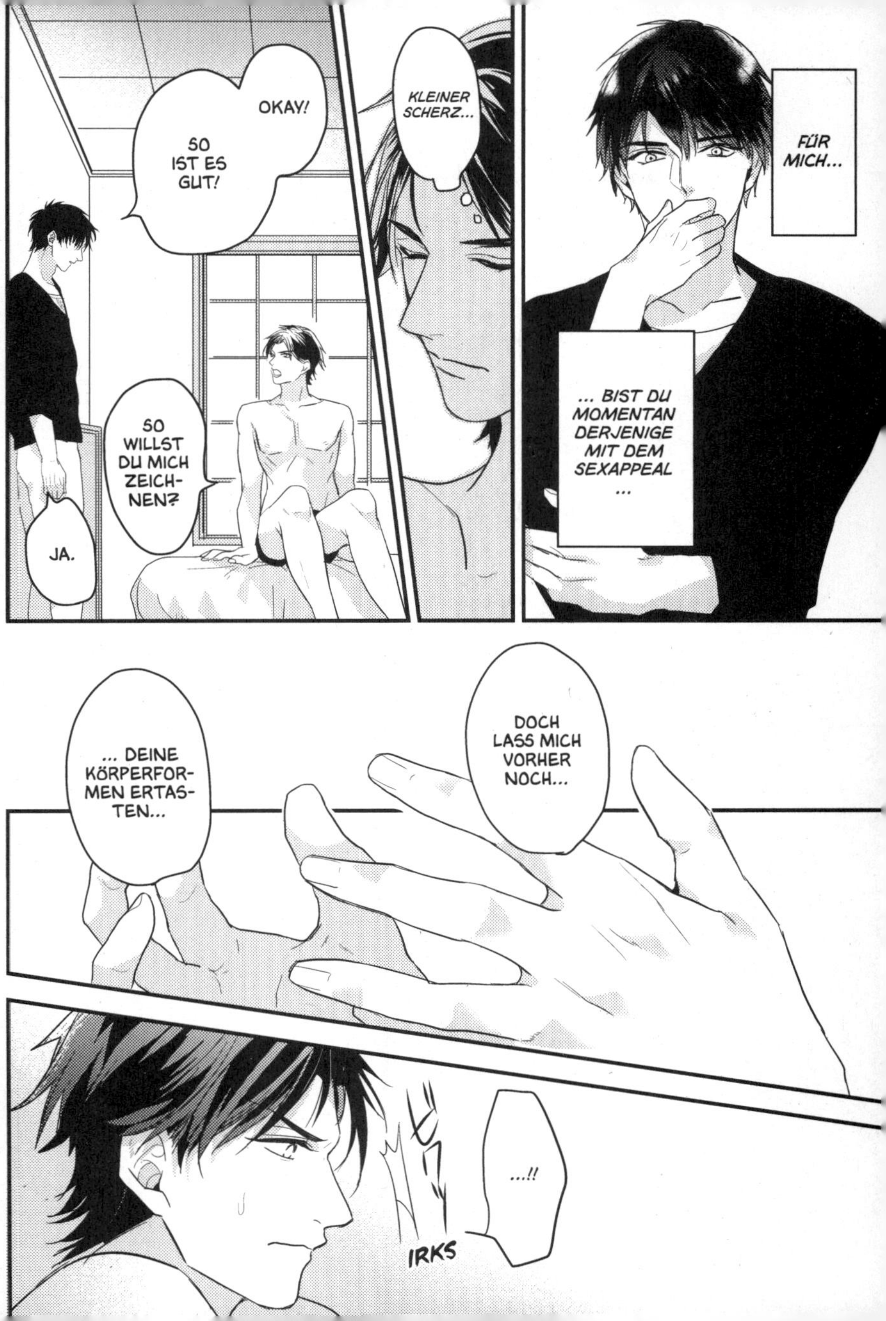
FÜR MICH...
... BIST DU MOMENTAN DERJENIGE MIT DEM SEXAPPEAL ...
KLEINER SCHERZ...
OKAY!
SO IST ES GUT!
SO WILLST DU MICH ZEICHNEN?
JA.
DOCH LASS MICH VORHER NOCH...
... DEINE KÖRPERFORMEN ERTASTEN...
...!!
IRKS

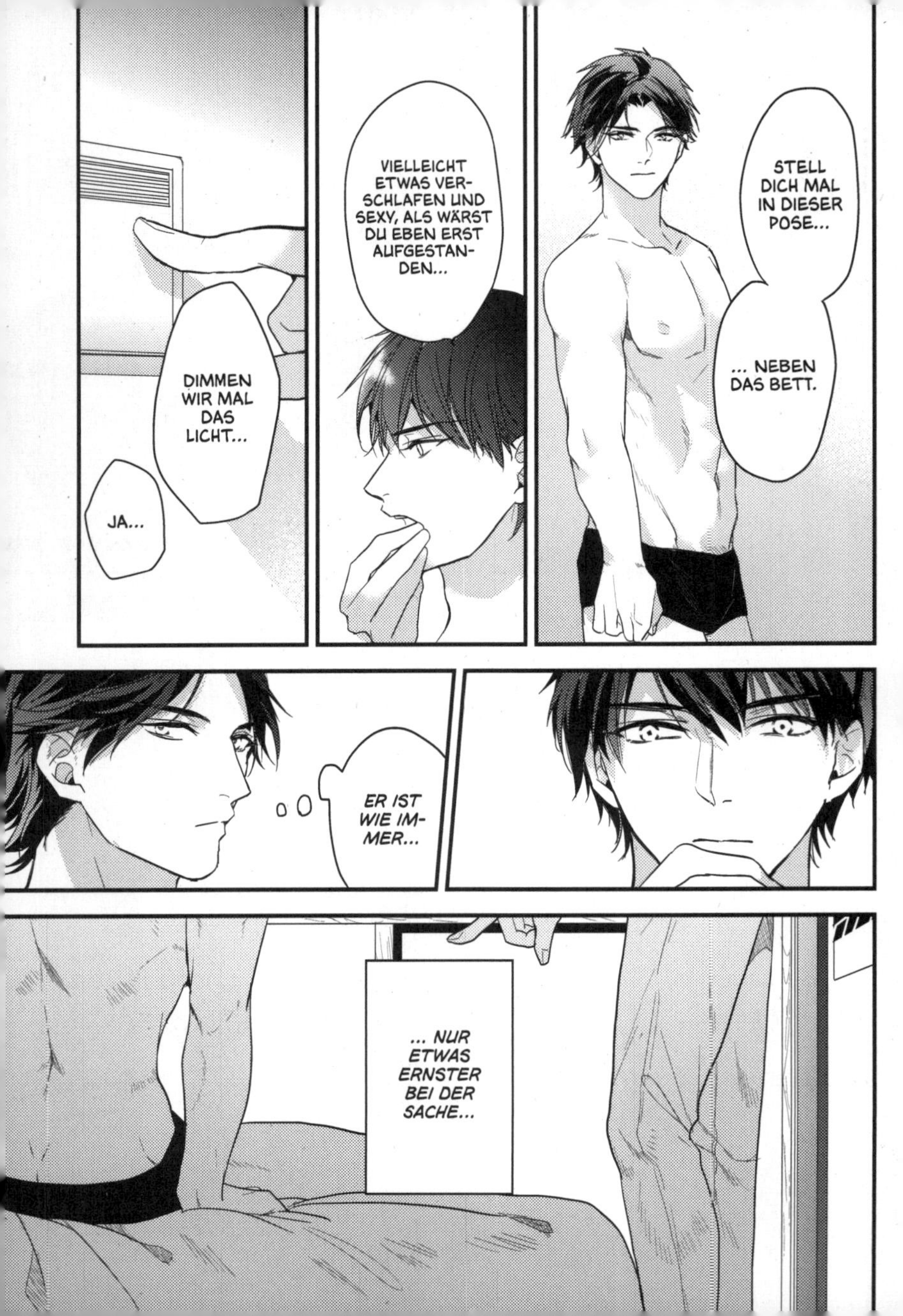
STELL DICH MAL IN DIESER POSE...
... NEBEN DAS BETT.
VIELLEICHT ETWAS VERSCHLAFEN UND SEXY, ALS WÄRST DU EBEN ERST AUFGESTANDEN...
DIMMEN WIR MAL DAS LICHT...
JA...
ER IST WIE IMMER...
... NUR ETWAS ERNSTER BEI DER SACHE...

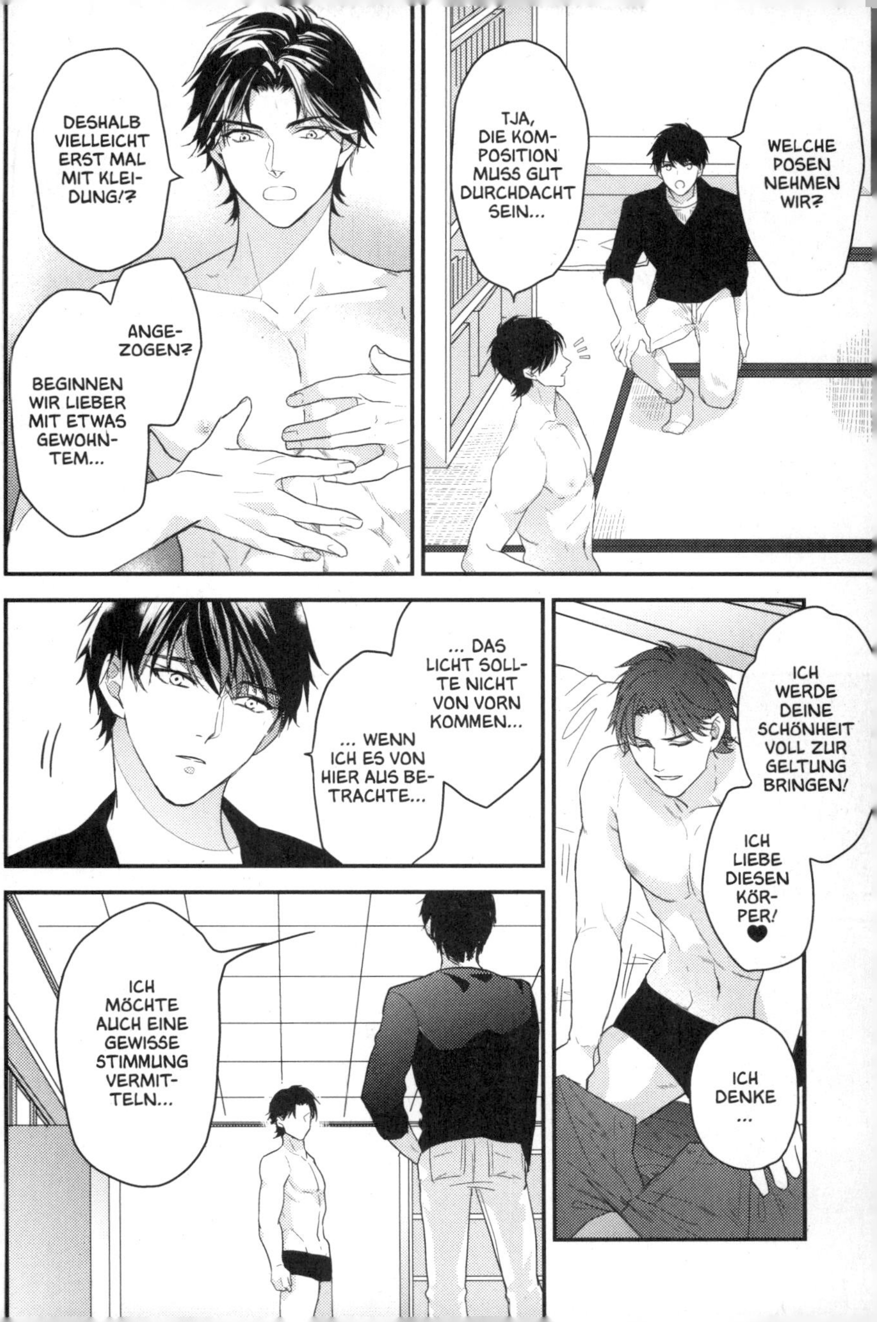
WELCHE POSEN NEHMEN WIR?
TJA, DIE KOMPOSITION MUSS GUT DURCHDACHT SEIN...
DESHALB VIELLEICHT ERST MAL MIT KLEIDUNG!?
ANGEZOGEN?
BEGINNEN WIR LIEBER MIT ETWAS GEWOHNTEM...
ICH WERDE DEINE SCHÖNHEIT VOLL ZUR GELTUNG BRINGEN!
ICH LIEBE DIESEN KÖRPER!
ICH DENKE ...
... DAS LICHT SOLLTE NICHT VON VORN KOMMEN...
... WENN ICH ES VON HIER AUS BETRACHTE...
ICH MÖCHTE AUCH EINE GEWISSE STIMMUNG VERMITTELN...

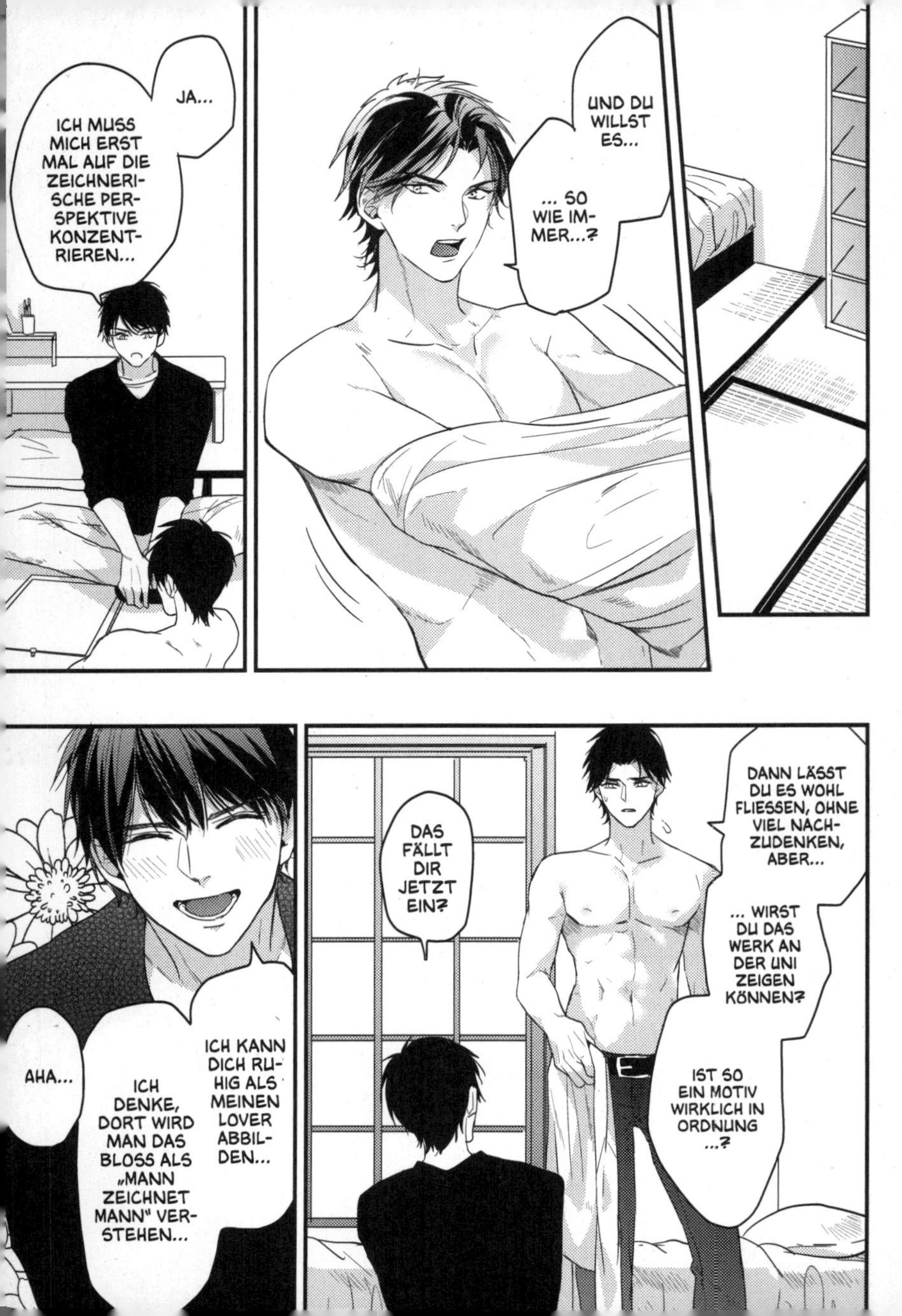
UND DU WILLST ES...
... SO WIE IMMER...?
JA...
ICH MUSS MICH ERST MAL AUF DIE ZEICHNERISCHE PERSPEKTIVE KONZENTRIEREN...
DANN LÄSST DU ES WOHL FLIESSEN, OHNE VIEL NACHZUDENKEN, ABER...
... WIRST DU DAS WERK AN DER UNI ZEIGEN KÖNNEN?
IST SO EIN MOTIV WIRKLICH IN ORDNUNG ...?
DAS FÄLLT DIR JETZT EIN?
ICH KANN DICH RUHIG ALS MEINEN LOVER ABBILDEN...
ICH DENKE, DORT WIRD MAN DAS BLOSS ALS „MANN ZEICHNET MANN" VERSTEHEN...
AHA...

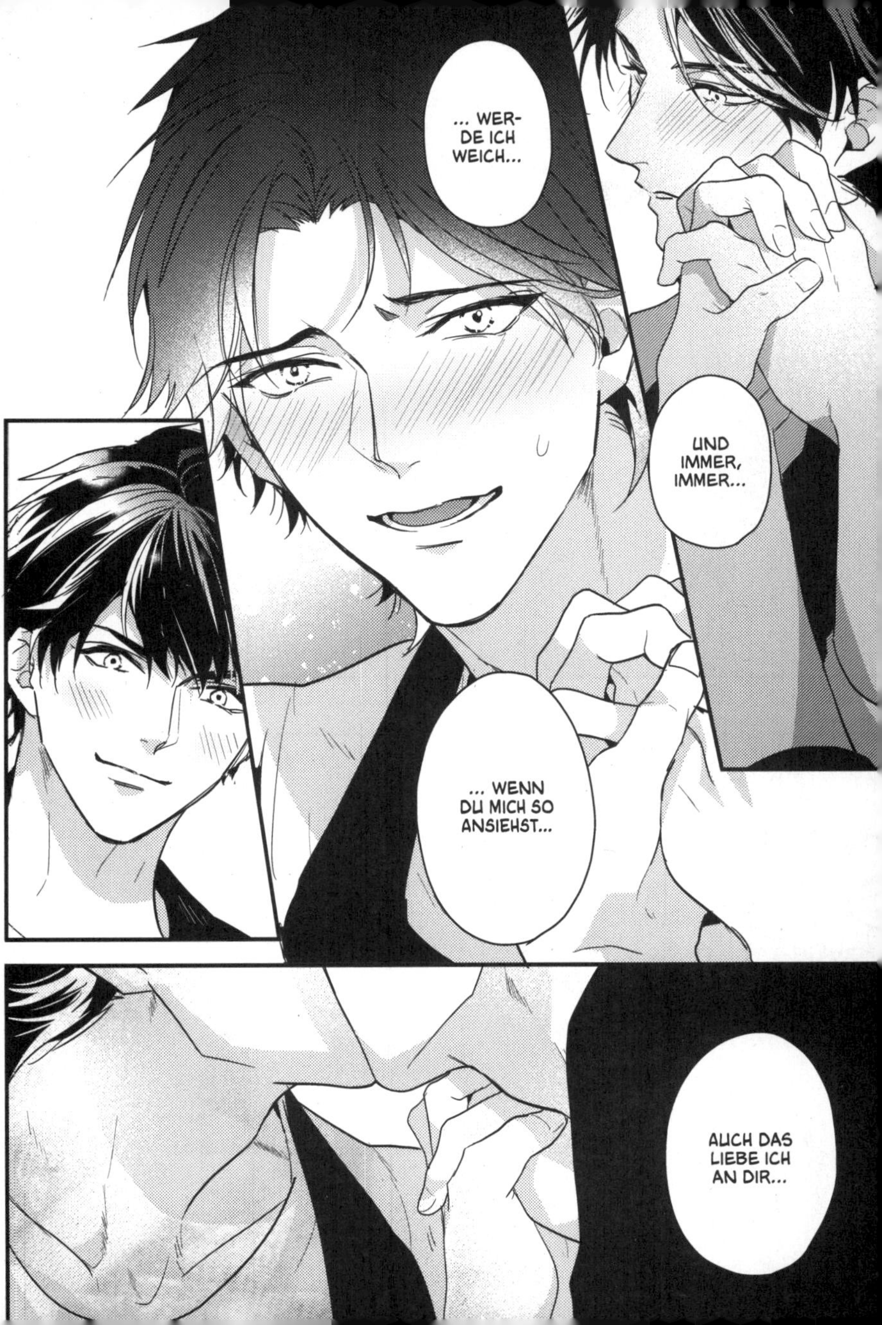
... WER-DE ICH WEICH...
UND IMMER, IMMER...
... WENN DU MICH SO ANSIEHST...
AUCH DAS LIEBE ICH AN DIR...

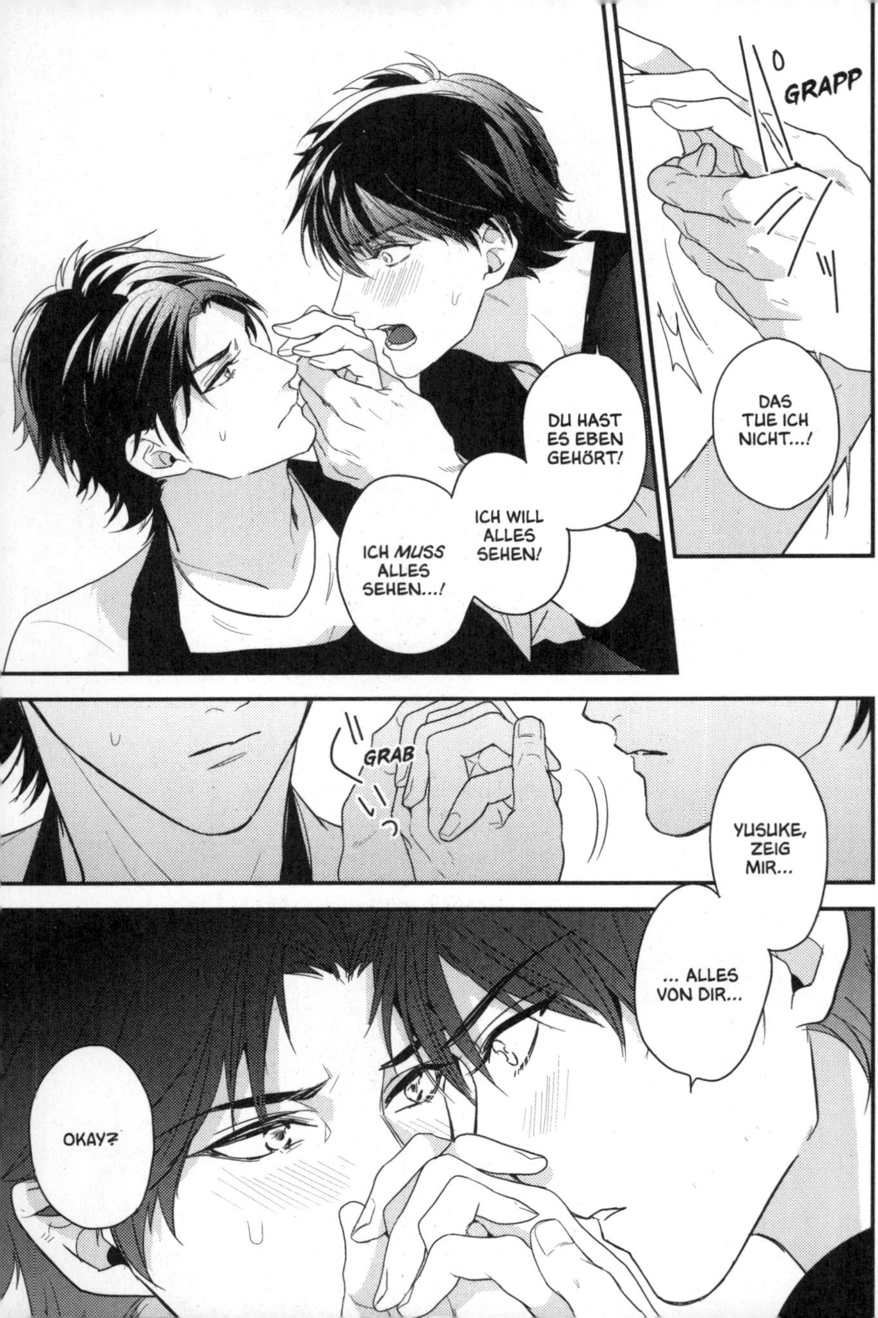
GRAPP
DAS TUE ICH NICHT...!
DU HAST ES EBEN GEHÖRT!
ICH WILL ALLES SEHEN!
ICH *MUSS* ALLES SEHEN...!
GRAB
YUSUKE, ZEIG MIR...
... ALLES VON DIR...
OKAY?

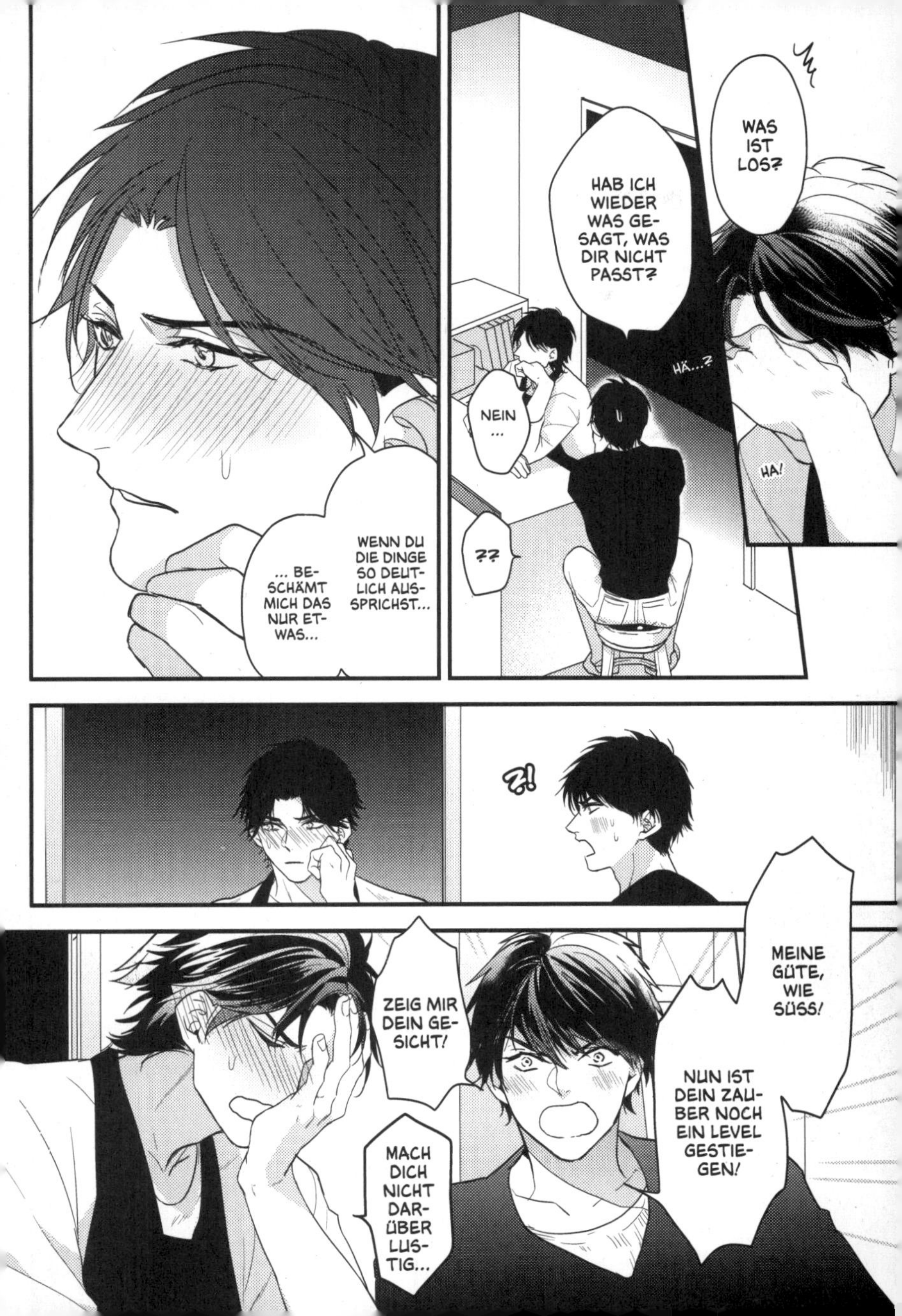

WAS IST LOS?
HAB ICH WIEDER WAS GESAGT, WAS DIR NICHT PASST?
HÄ...?
HA!
NEIN ...
??
WENN DU DIE DINGE SO DEUTLICH AUSSPRICHST...
... BESCHÄMT MICH DAS NUR ETWAS...
?!
MEINE GÜTE, WIE SÜSS!
NUN IST DEIN ZAUBER NOCH EIN LEVEL GESTIEGEN!
ZEIG MIR DEIN GESICHT!
MACH DICH NICHT DARÜBER LUSTIG...

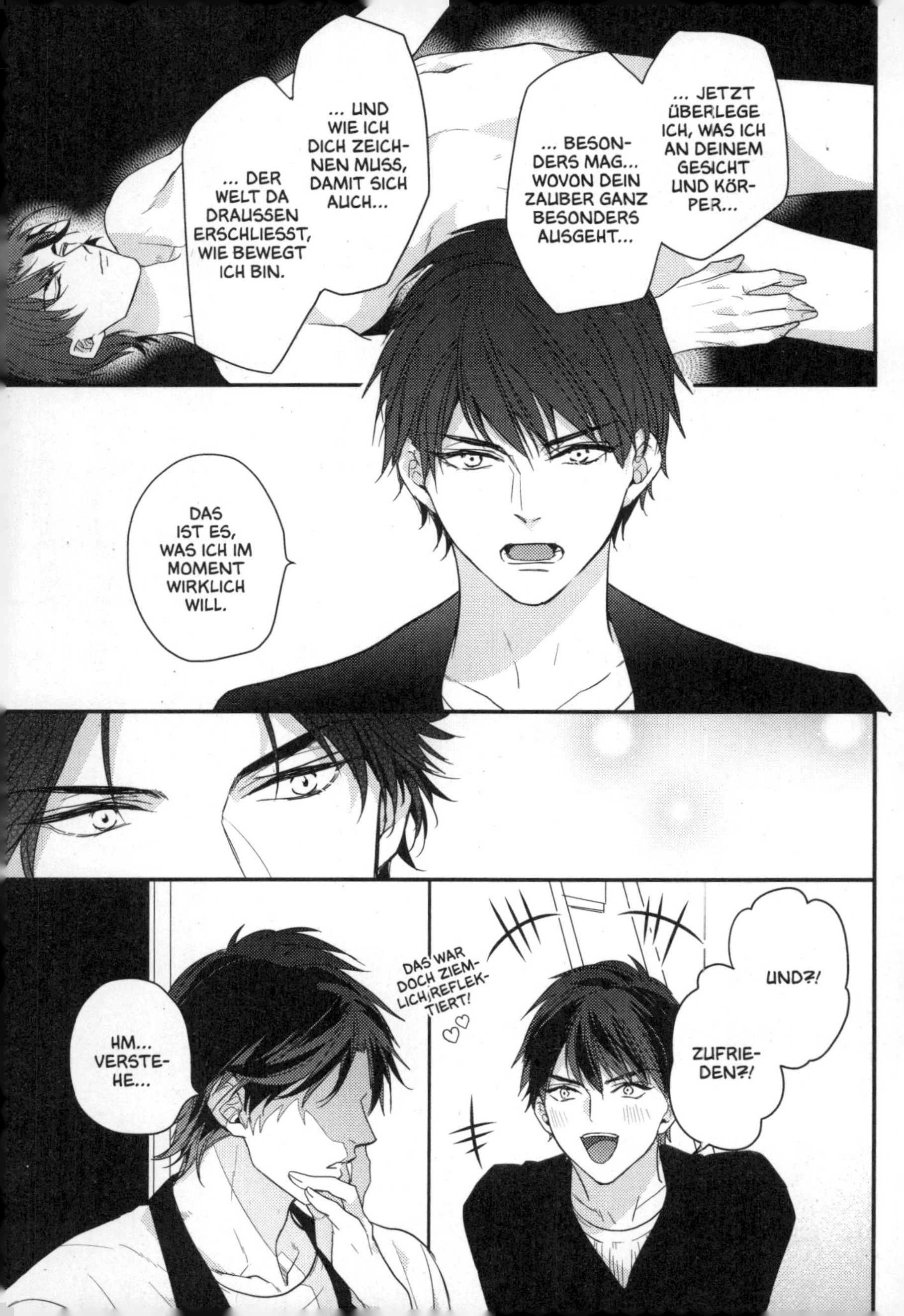

... JETZT ÜBERLEGE ICH, WAS ICH AN DEINEM GESICHT UND KÖR-PER...
... BESON-DERS MAG... WOVON DEIN ZAUBER GANZ BESONDERS AUSGEHT...
... UND WIE ICH DICH ZEICH-NEN MUSS, DAMIT SICH AUCH...
... DER WELT DA DRAUSSEN ERSCHLIESST, WIE BEWEGT ICH BIN.
DAS IST ES, WAS ICH IM MOMENT WIRKLICH WILL.
UND?!
ZUFRIE-DEN?!
DAS WAR DOCH ZIEM-LICH REFLEK-TIERT!
HM... VERSTE-HE...

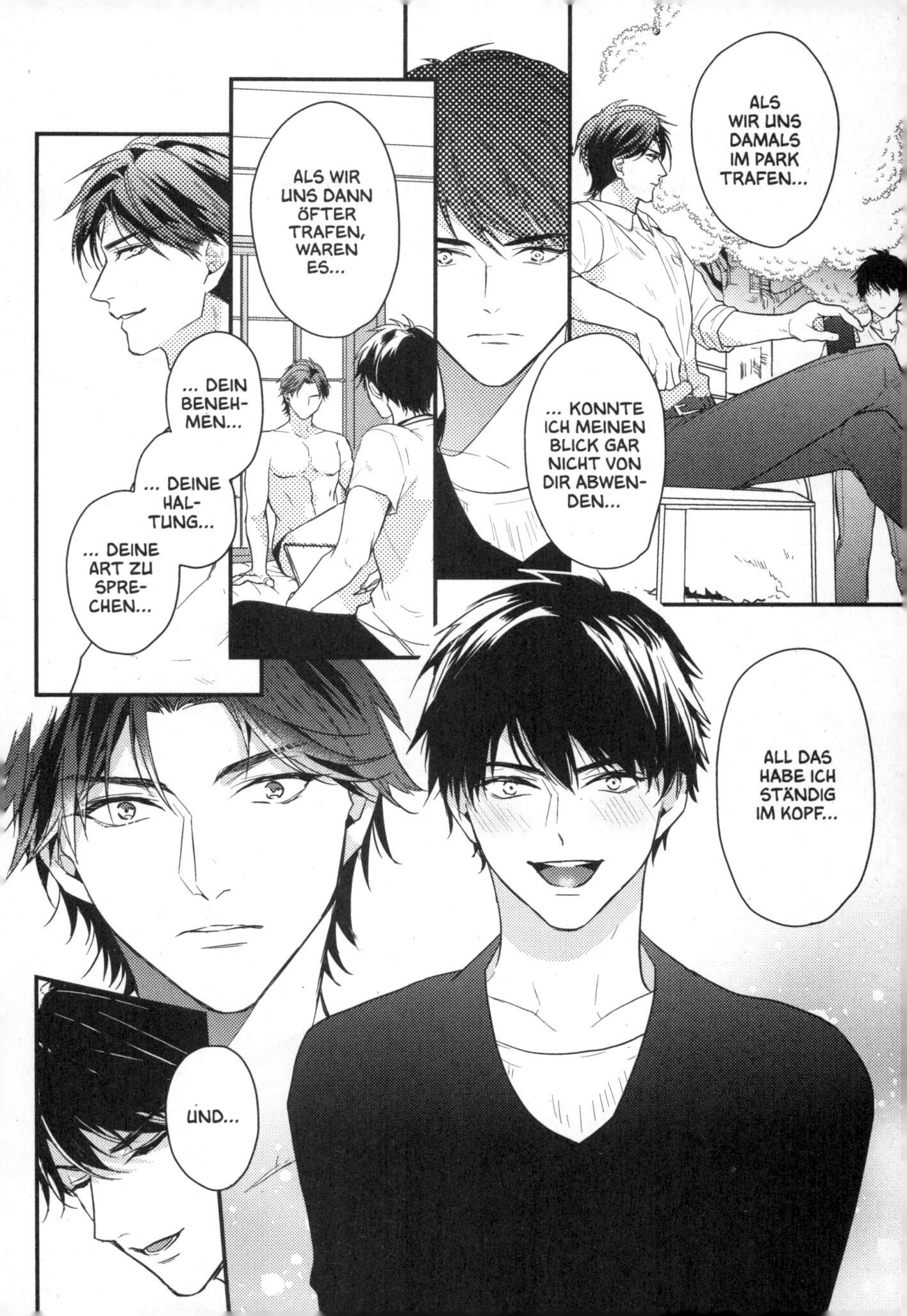
ALS WIR UNS DAMALS IM PARK TRAFEN...
... KONNTE ICH MEINEN BLICK GAR NICHT VON DIR ABWENDEN...
ALS WIR UNS DANN ÖFTER TRAFEN, WAREN ES...
... DEIN BENEHMEN...
... DEINE HALTUNG...
... DEINE ART ZU SPRECHEN...
ALL DAS HABE ICH STÄNDIG IM KOPF...
UND...

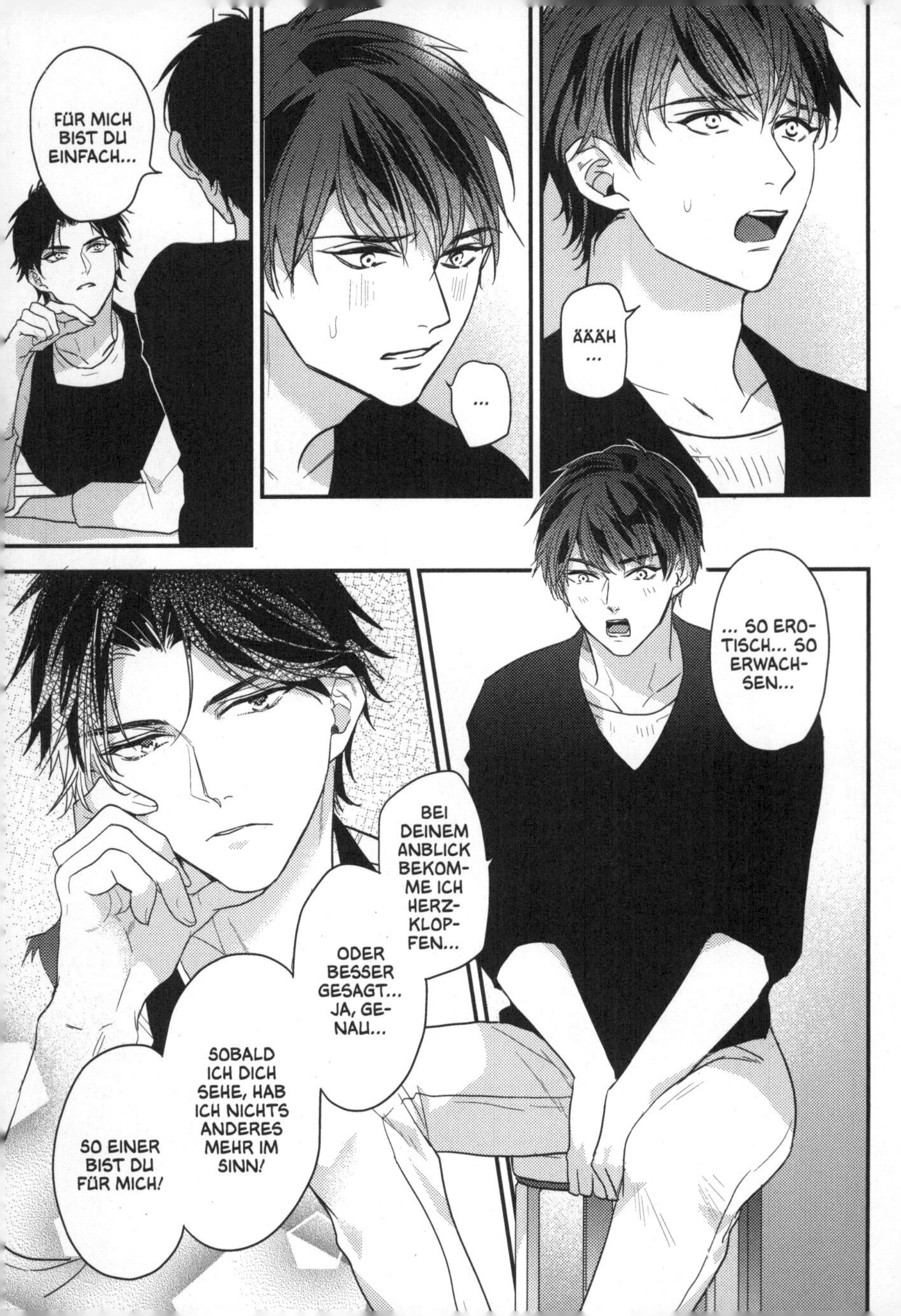
…
ÄÄÄH …
FÜR MICH BIST DU EINFACH…
… SO EROTISCH… SO ERWACHSEN…
BEI DEINEM ANBLICK BEKOMME ICH HERZKLOPFEN…
ODER BESSER GESAGT… JA, GENAU…
SOBALD ICH DICH SEHE, HAB ICH NICHTS ANDERES MEHR IM SINN!
SO EINER BIST DU FÜR MICH!

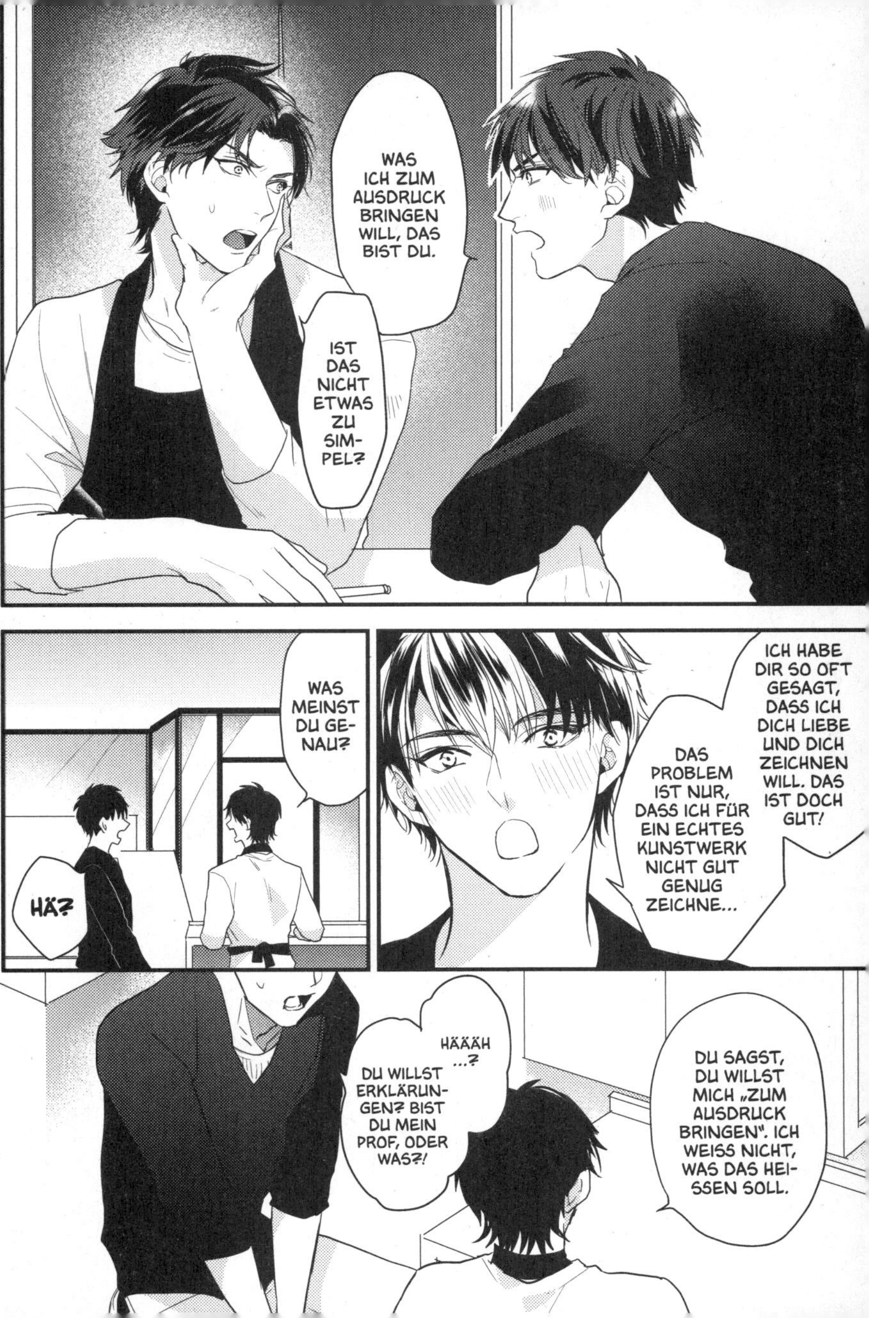
WAS ICH ZUM AUSDRUCK BRINGEN WILL, DAS BIST DU.
IST DAS NICHT ETWAS ZU SIMPEL?
ICH HABE DIR SO OFT GESAGT, DASS ICH DICH LIEBE UND DICH ZEICHNEN WILL. DAS IST DOCH GUT!
DAS PROBLEM IST NUR, DASS ICH FÜR EIN ECHTES KUNSTWERK NICHT GUT GENUG ZEICHNE...
WAS MEINST DU GENAU?
HÄ?
DU SAGST, DU WILLST MICH „ZUM AUSDRUCK BRINGEN". ICH WEISS NICHT, WAS DAS HEISSEN SOLL.
HÄÄÄH ...?
DU WILLST ERKLÄRUNGEN? BIST DU MEIN PROF, ODER WAS?!

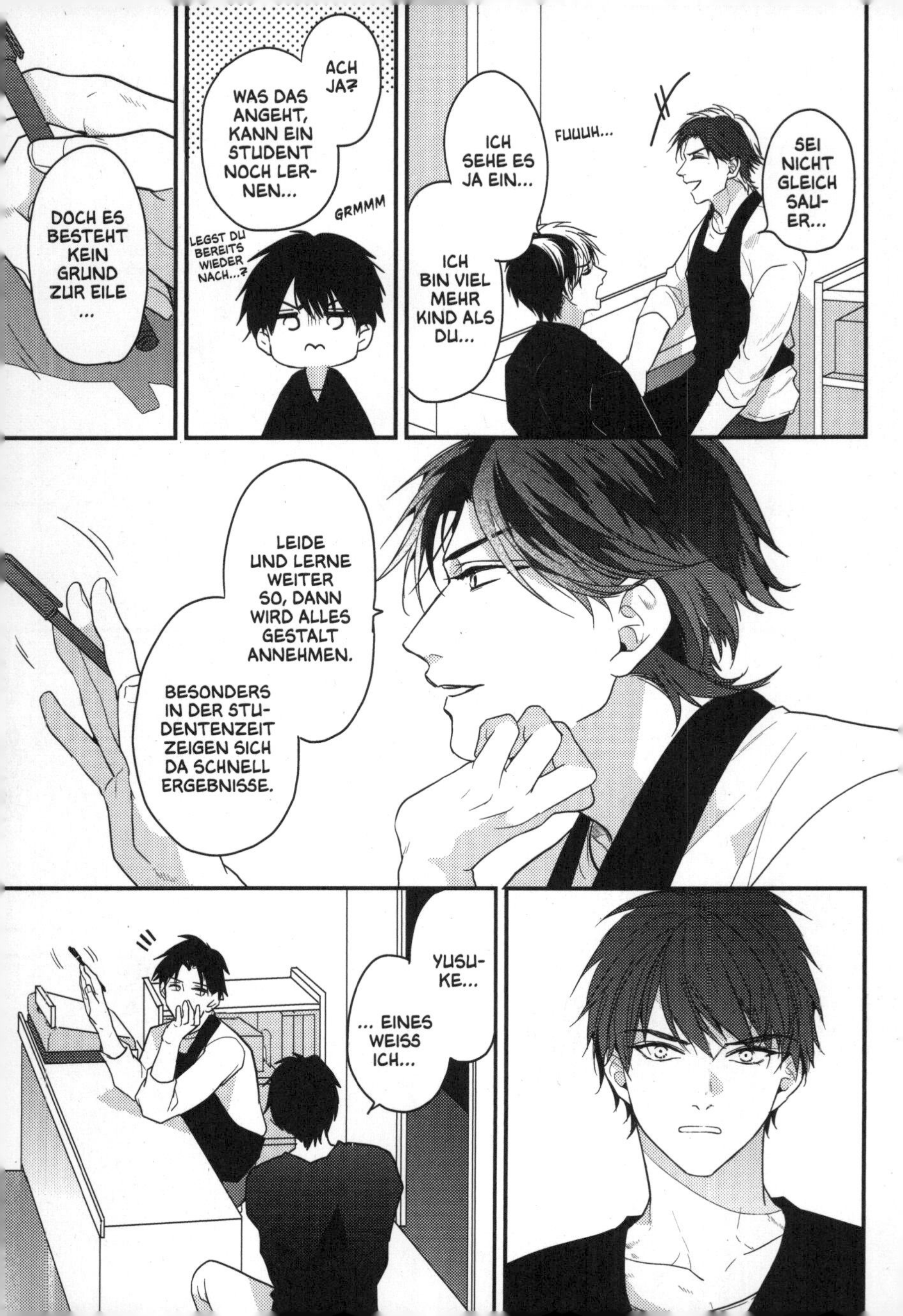
SEI NICHT GLEICH SAUER...
FUUUH...
ICH SEHE ES JA EIN...
ICH BIN VIEL MEHR KIND ALS DU...
ACH JA?
WAS DAS ANGEHT, KANN EIN STUDENT NOCH LERNEN...
GRMMM
LEGST DU BEREITS WIEDER NACH...?
DOCH ES BESTEHT KEIN GRUND ZUR EILE ...
LEIDE UND LERNE WEITER SO, DANN WIRD ALLES GESTALT ANNEHMEN.
BESONDERS IN DER STUDENTENZEIT ZEIGEN SICH DA SCHNELL ERGEBNISSE.
YUSUKE...
... EINES WEISS ICH...

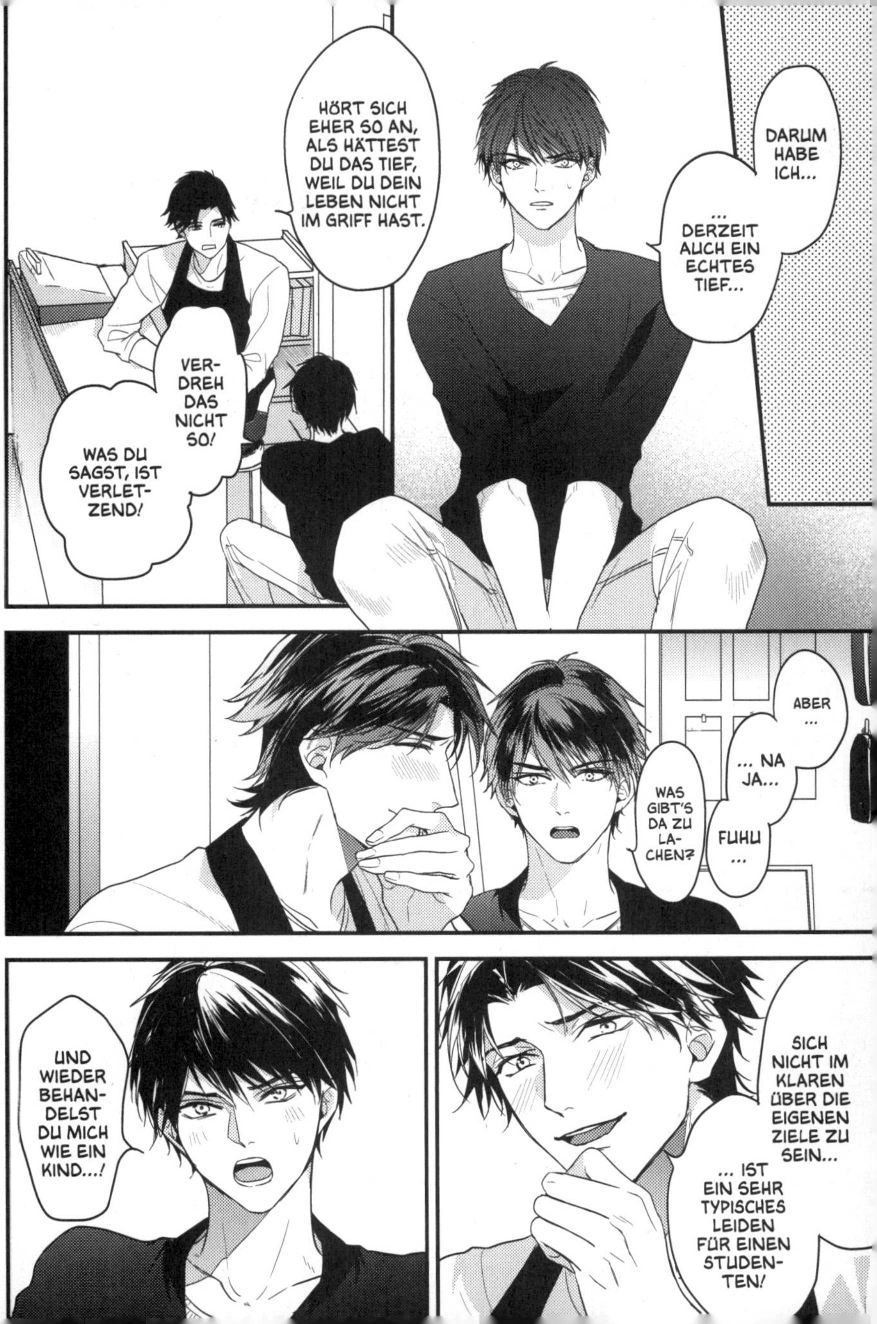
DARUM HABE ICH...
... DERZEIT AUCH EIN ECHTES TIEF...
HÖRT SICH EHER SO AN, ALS HÄTTEST DU DAS TIEF, WEIL DU DEIN LEBEN NICHT IM GRIFF HAST.
VERDREH DAS NICHT SO!
WAS DU SAGST, IST VERLETZEND!
ABER ...
... NA JA...
FUHU ...
WAS GIBT'S DA ZU LACHEN?
SICH NICHT IM KLAREN ÜBER DIE EIGENEN ZIELE ZU SEIN...
... IST EIN SEHR TYPISCHES LEIDEN FÜR EINEN STUDENTEN!
UND WIEDER BEHANDELST DU MICH WIE EIN KIND...!

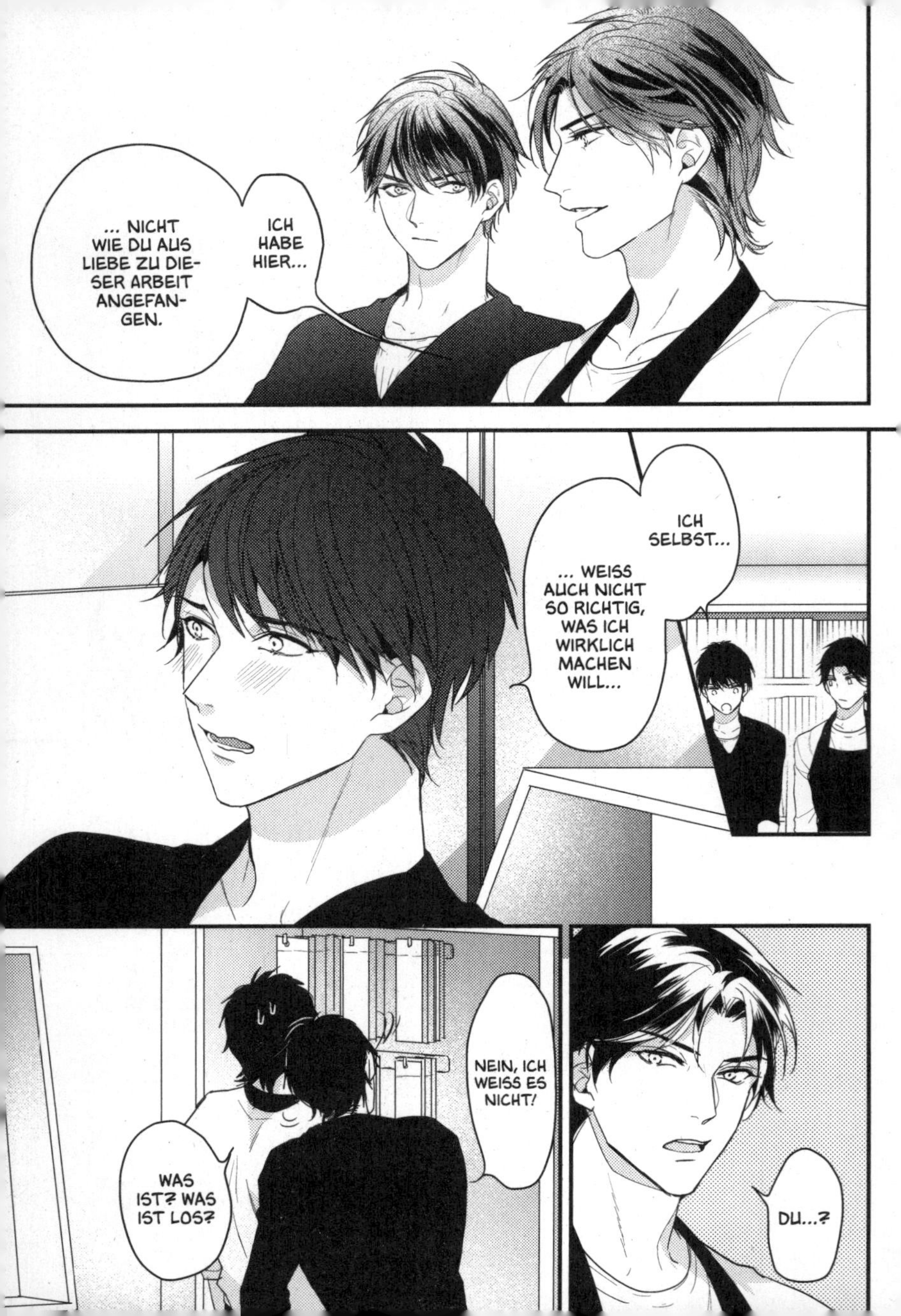
ICH HABE HIER...
... NICHT WIE DU AUS LIEBE ZU DIE-SER ARBEIT ANGEFAN-GEN.
ICH SELBST...
... WEISS AUCH NICHT SO RICHTIG, WAS ICH WIRKLICH MACHEN WILL...
DU...?
NEIN, ICH WEISS ES NICHT!
WAS IST? WAS IST LOS?

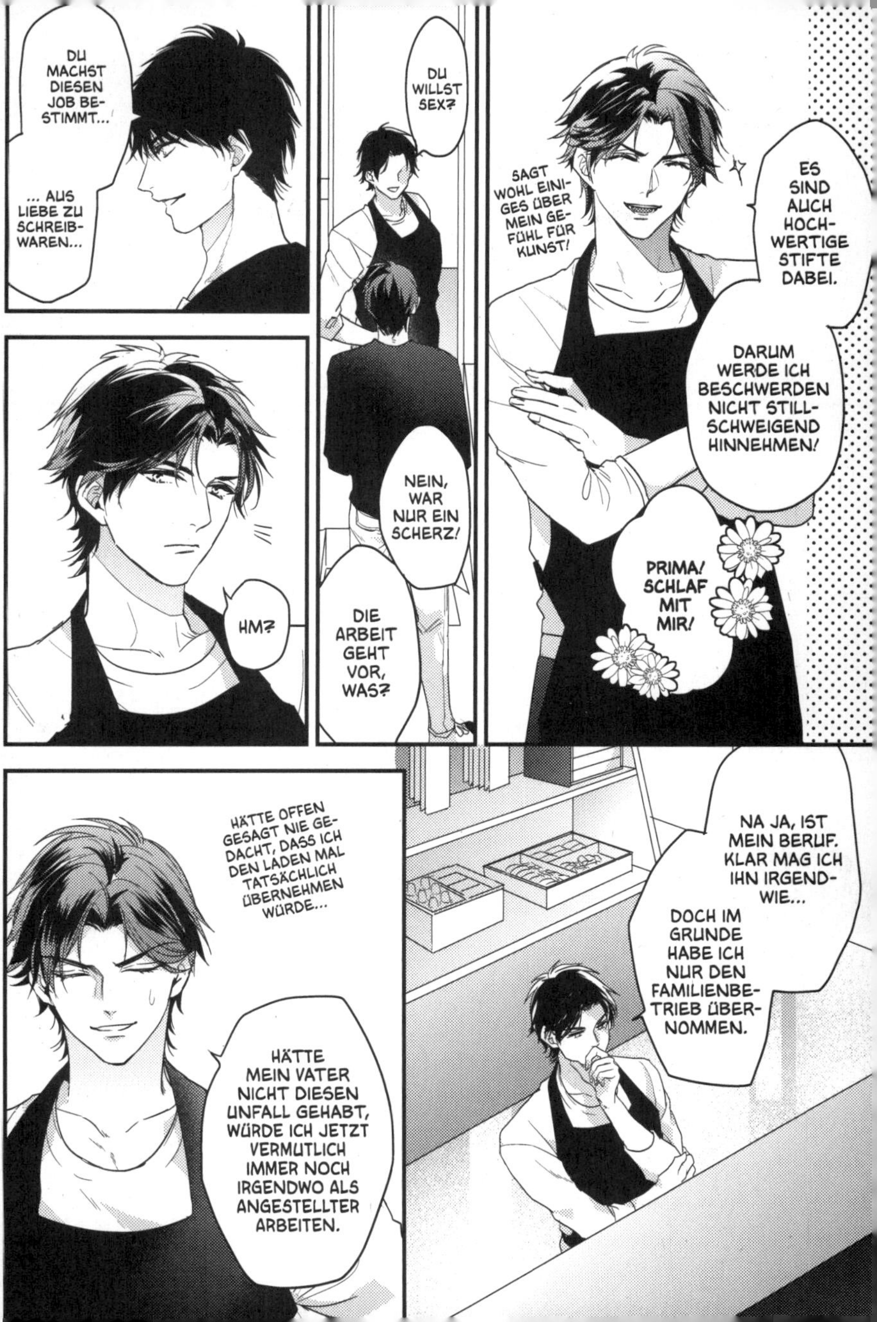
ES SIND AUCH HOCHWERTIGE STIFTE DABEI.
SAGT WOHL EINIGES ÜBER MEIN GEFÜHL FÜR KUNST!
DARUM WERDE ICH BESCHWERDEN NICHT STILLSCHWEIGEND HINNEHMEN!
PRIMA! SCHLAF MIT MIR!
DU WILLST SEX?
NEIN, WAR NUR EIN SCHERZ!
DIE ARBEIT GEHT VOR, WAS?
DU MACHST DIESEN JOB BESTIMMT...
... AUS LIEBE ZU SCHREIBWAREN...
HM?
NA JA, IST MEIN BERUF. KLAR MAG ICH IHN IRGENDWIE...
DOCH IM GRUNDE HABE ICH NUR DEN FAMILIENBETRIEB ÜBERNOMMEN.
HÄTTE OFFEN GESAGT NIE GEDACHT, DASS ICH DEN LADEN MAL TATSÄCHLICH ÜBERNEHMEN WÜRDE...
HÄTTE MEIN VATER NICHT DIESEN UNFALL GEHABT, WÜRDE ICH JETZT VERMUTLICH IMMER NOCH IRGENDWO ALS ANGESTELLTER ARBEITEN.

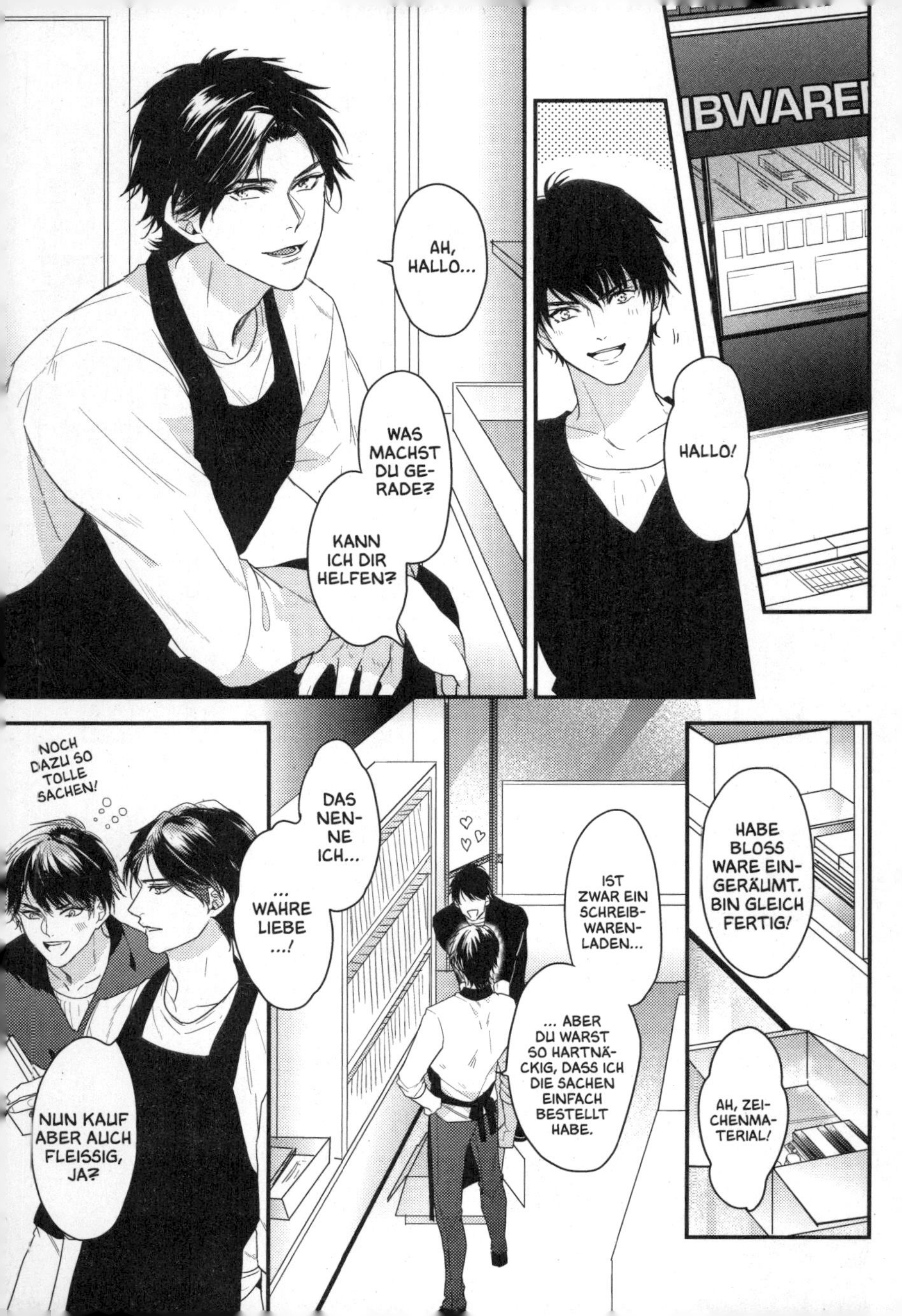
HALLO!
AH, HALLO...
WAS MACHST DU GERADE?
KANN ICH DIR HELFEN?
HABE BLOSS WARE EINGERÄUMT. BIN GLEICH FERTIG!
AH, ZEICHENMATERIAL!
IST ZWAR EIN SCHREIBWARENLADEN...
... ABER DU WARST SO HARTNÄCKIG, DASS ICH DIE SACHEN EINFACH BESTELLT HABE.
DAS NENNE ICH...
... WAHRE LIEBE ...!
NOCH DAZU SO TOLLE SACHEN!
NUN KAUF ABER AUCH FLEISSIG, JA?

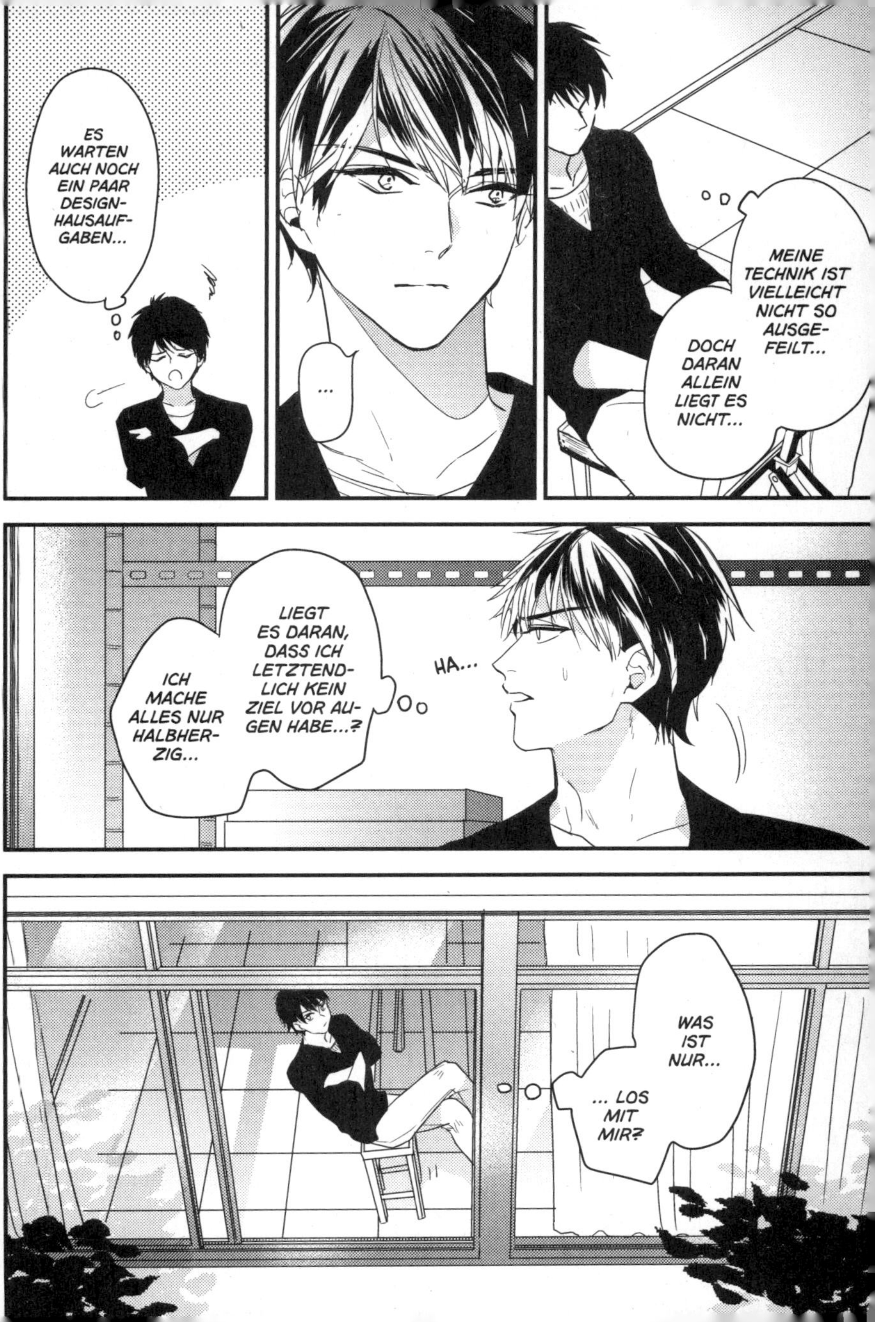
MEINE TECHNIK IST VIELLEICHT NICHT SO AUSGE-FEILT...
DOCH DARAN ALLEIN LIEGT ES NICHT...
...
ES WARTEN AUCH NOCH EIN PAAR DESIGN-HAUSAUFGABEN...
HA...
LIEGT ES DARAN, DASS ICH LETZTEND-LICH KEIN ZIEL VOR AU-GEN HABE...?
ICH MACHE ALLES NUR HALBHER-ZIG...
WAS IST NUR...
... LOS MIT MIR?

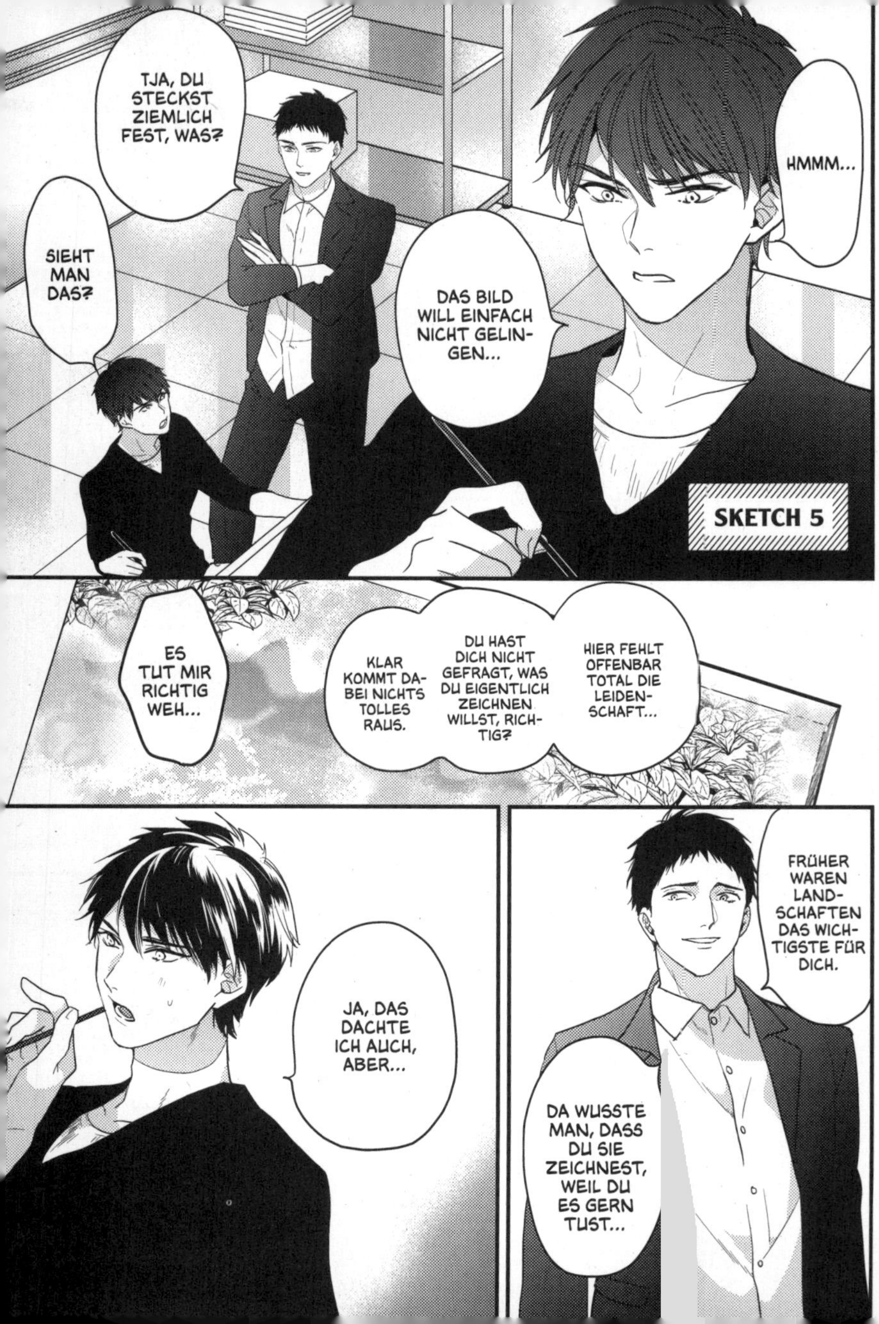
SKETCH 5
HMMM...
DAS BILD WILL EINFACH NICHT GELIN-GEN...
TJA, DU STECKST ZIEMLICH FEST, WAS?
SIEHT MAN DAS?
HIER FEHLT OFFENBAR TOTAL DIE LEIDEN-SCHAFT...
DU HAST DICH NICHT GEFRAGT, WAS DU EIGENTLICH ZEICHNEN WILLST, RICH-TIG?
KLAR KOMMT DA-BEI NICHTS TOLLES RAUS.
ES TUT MIR RICHTIG WEH...
FRÜHER WAREN LAND-SCHAFTEN DAS WICH-TIGSTE FÜR DICH.
DA WUSSTE MAN, DASS DU SIE ZEICHNEST, WEIL DU ES GERN TUST...
JA, DAS DACHTE ICH AUCH, ABER...

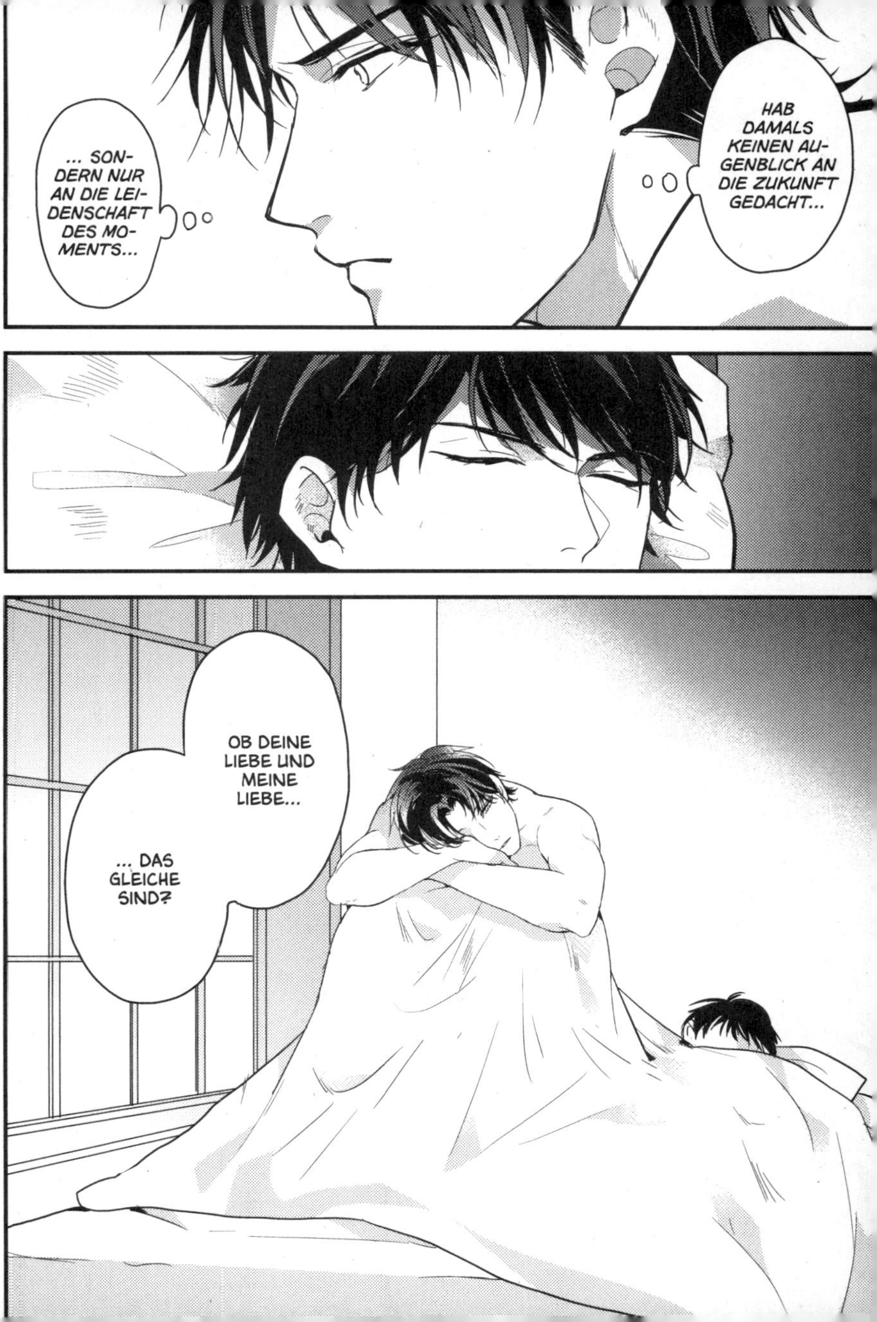
HAB DAMALS KEINEN AUGENBLICK AN DIE ZUKUNFT GEDACHT...
... SONDERN NUR AN DIE LEIDENSCHAFT DES MOMENTS...
OB DEINE LIEBE UND MEINE LIEBE...
... DAS GLEICHE SIND?

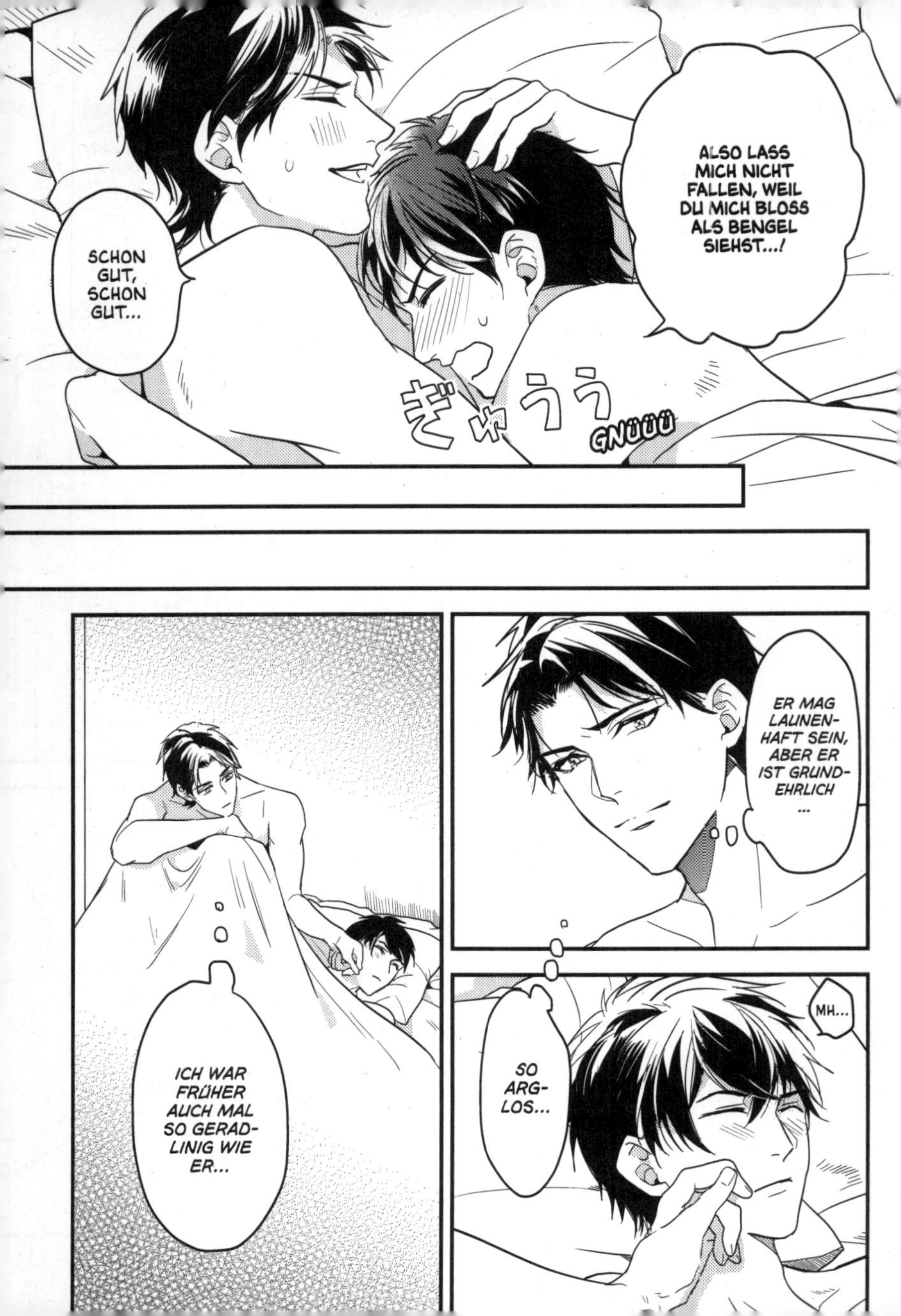
ALSO LASS MICH NICHT FALLEN, WEIL DU MICH BLOSS ALS BENGEL SIEHST...!
SCHON GUT, SCHON GUT...
ぎゅうう
GNÜÜÜ
ER MAG LAUNENHAFT SEIN, ABER ER IST GRUNDEHRLICH ...
MH...
SO ARGLOS...
ICH WAR FRÜHER AUCH MAL SO GERADLINIG WIE ER...

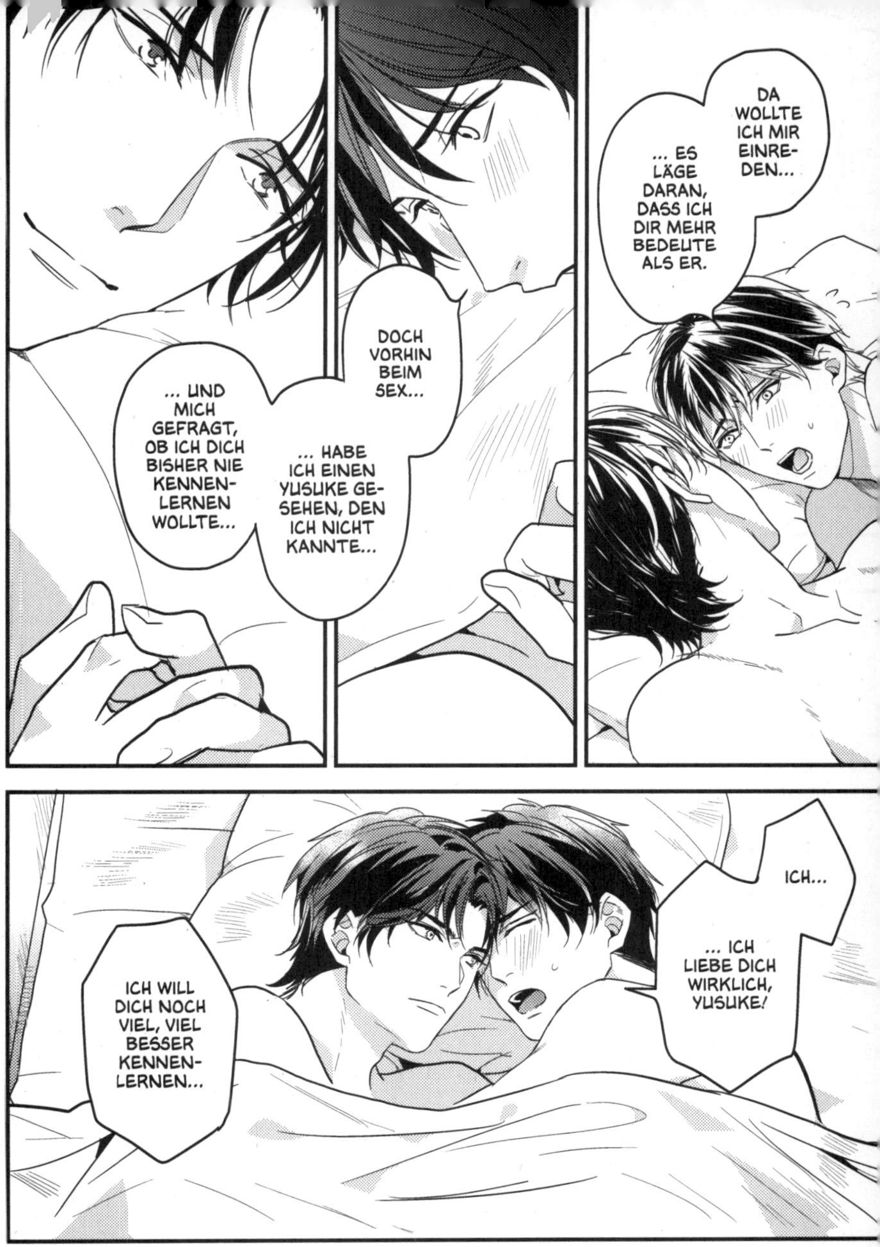
DA WOLLTE ICH MIR EINREDEN...
... ES LÄGE DARAN, DASS ICH DIR MEHR BEDEUTE ALS ER.
DOCH VORHIN BEIM SEX...
... HABE ICH EINEN YUSUKE GESEHEN, DEN ICH NICHT KANNTE...
... UND MICH GEFRAGT, OB ICH DICH BISHER NIE KENNENLERNEN WOLLTE...
ICH...
... ICH LIEBE DICH WIRKLICH, YUSUKE!
ICH WILL DICH NOCH VIEL, VIEL BESSER KENNENLERNEN...

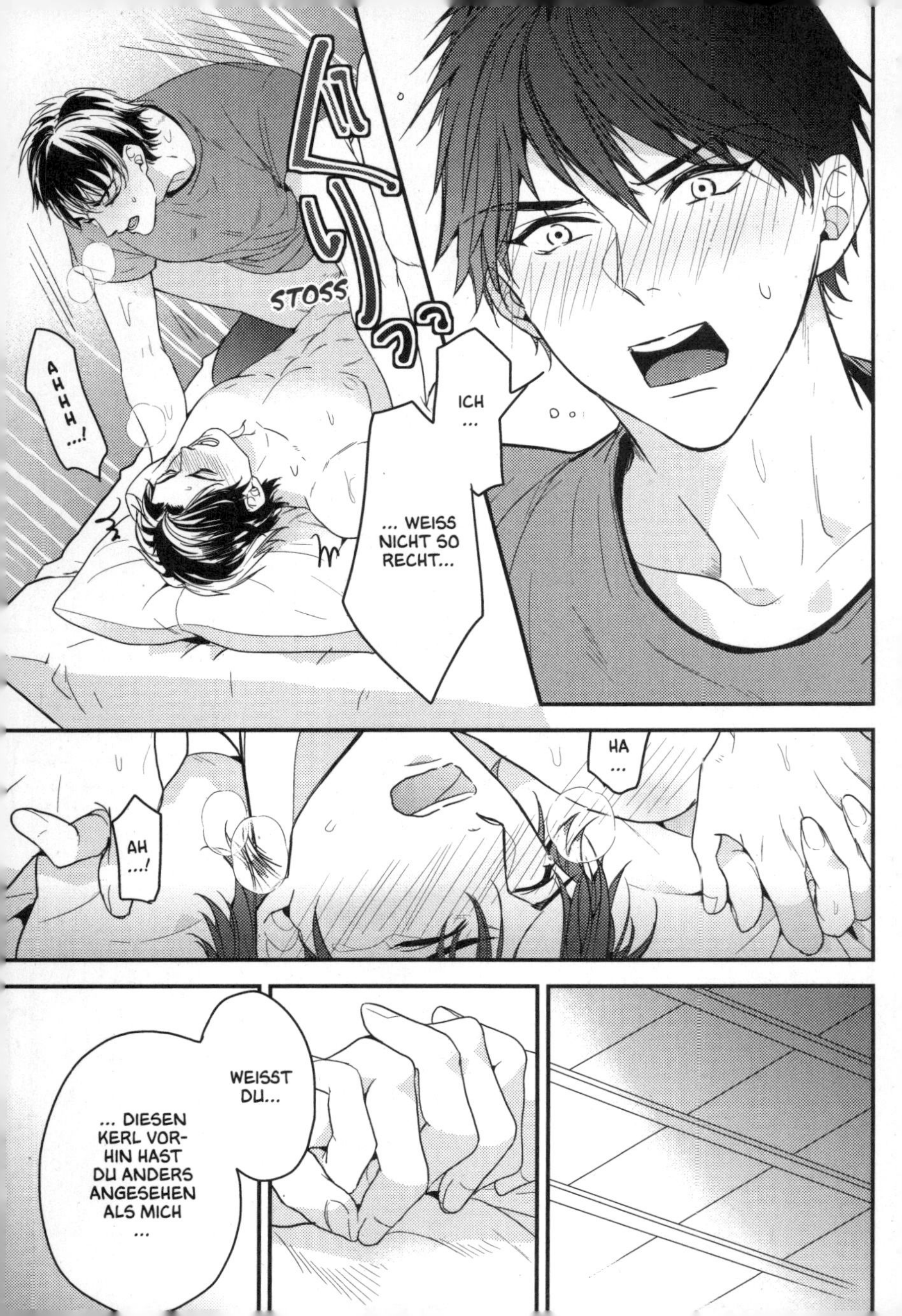
STOSS
AHHH ...!
ICH ...
... WEISS NICHT SO RECHT...
HA ...
AH ...!
WEISST DU...
... DIESEN KERL VORHIN HAST DU ANDERS ANGESEHEN ALS MICH ...

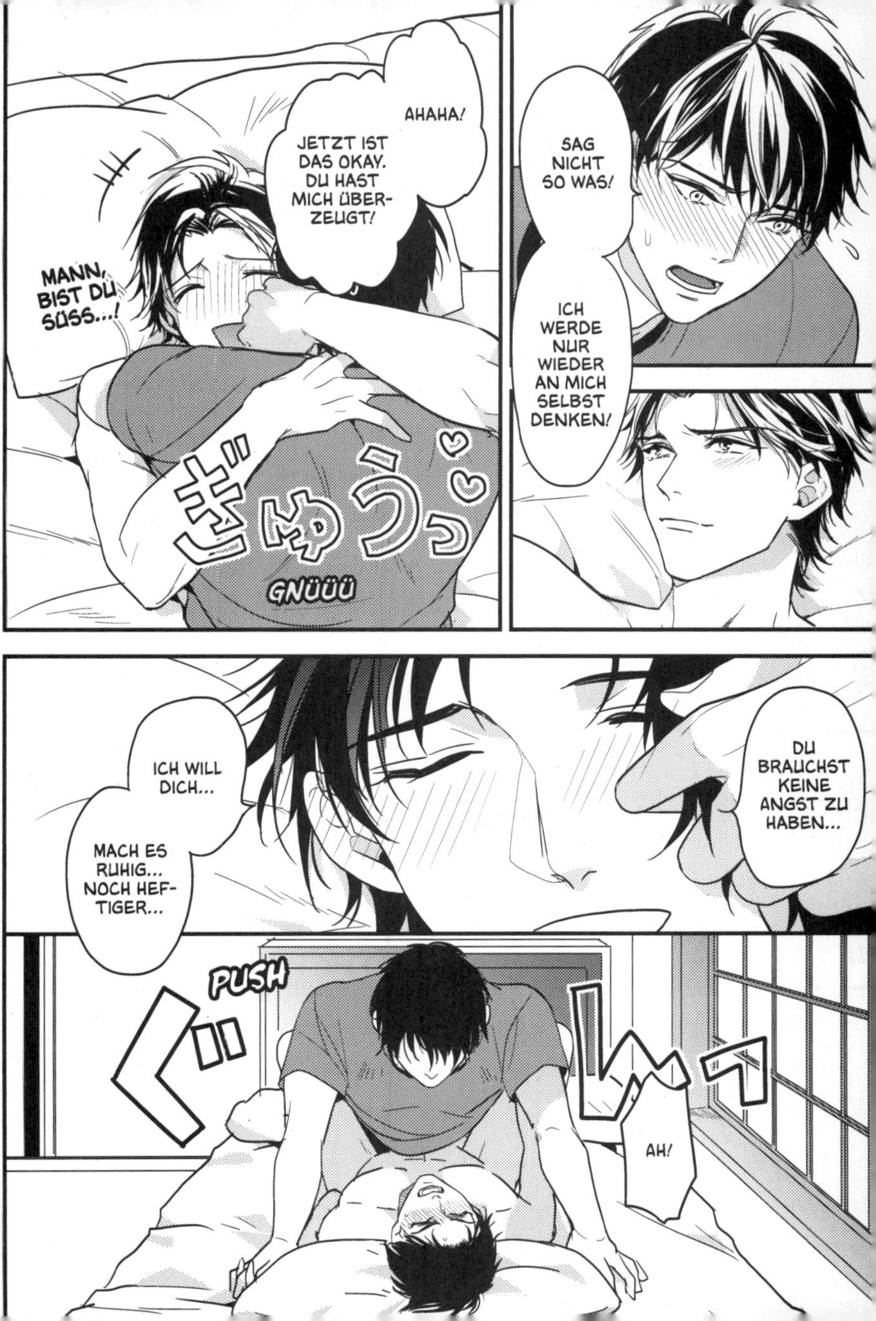
SAG NICHT SO WAS!
ICH WERDE NUR WIEDER AN MICH SELBST DENKEN!
AHAHA!
JETZT IST DAS OKAY. DU HAST MICH ÜBERZEUGT!
MANN, BIST DU SÜSS...!
ぎゅうっ
GNÜÜÜ
DU BRAUCHST KEINE ANGST ZU HABEN...
ICH WILL DICH...
MACH ES RUHIG... NOCH HEFTIGER...
PUSH
AH!

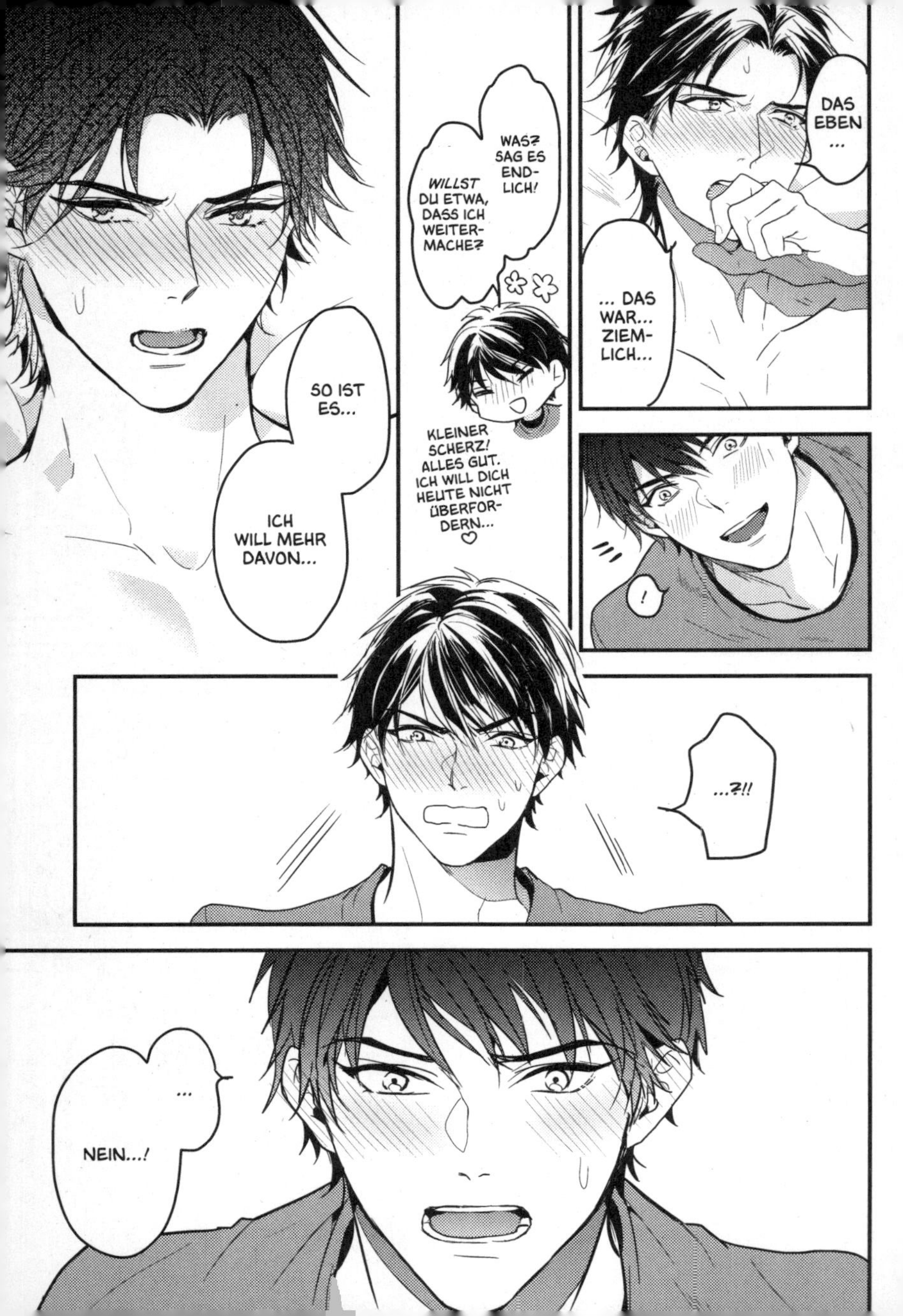
DAS EBEN ...
... DAS WAR... ZIEMLICH...
WAS? SAG ES END-LICH!
WILLST DU ETWA, DASS ICH WEITER-MACHE?
!
SO IST ES...
ICH WILL MEHR DAVON...
KLEINER SCHERZ! ALLES GUT. ICH WILL DICH HEUTE NICHT ÜBERFOR-DERN... ♡
...?!!
... NEIN...!

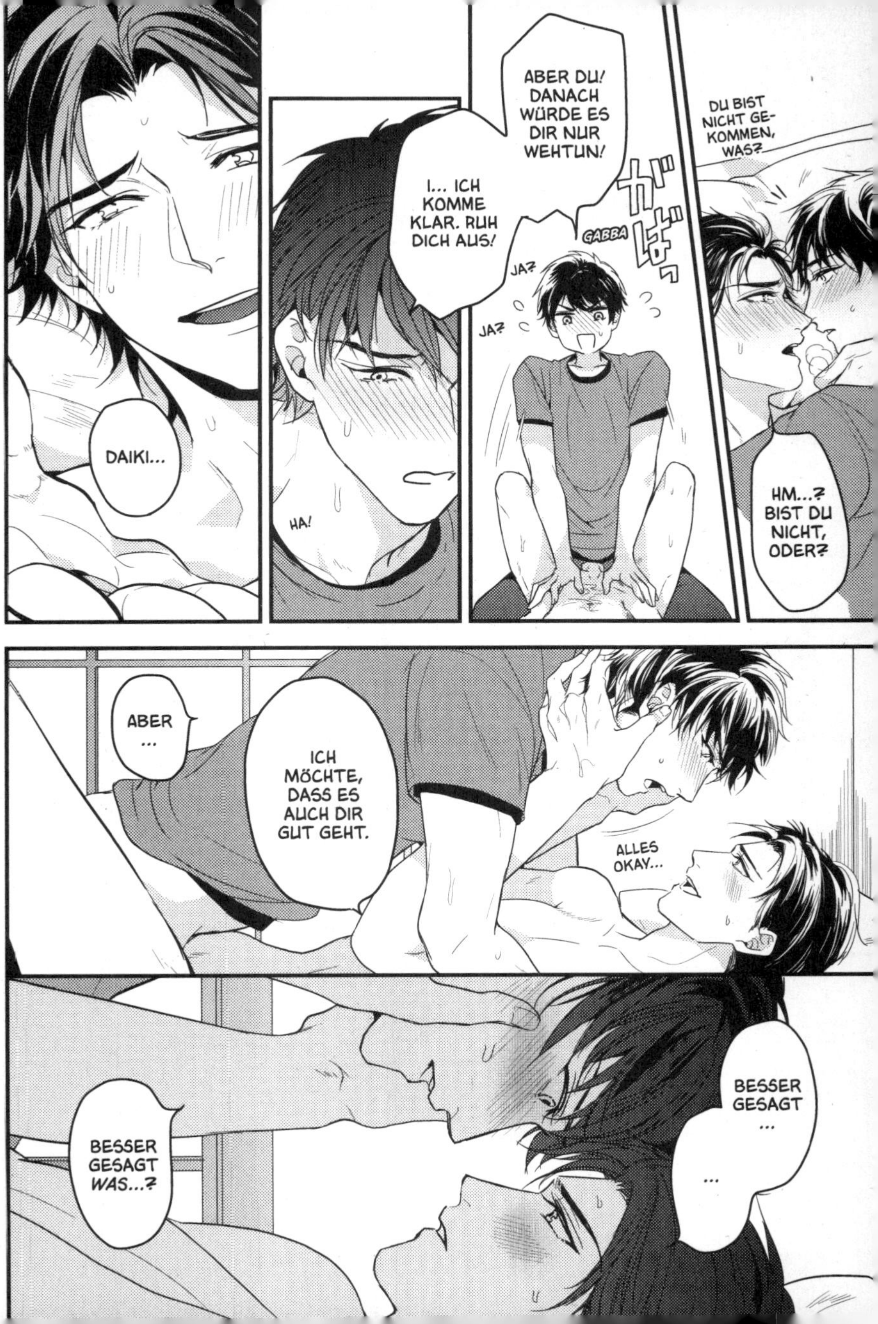
DU BIST NICHT GE-KOMMEN, WAS?
HM...? BIST DU NICHT, ODER?
ABER DU! DANACH WÜRDE ES DIR NUR WEHTUN!
GABBA
JA?
JA?
I... ICH KOMME KLAR. RUH DICH AUS!
HA!
DAIKI...
ALLES OKAY...
ICH MÖCHTE, DASS ES AUCH DIR GUT GEHT.
ABER ...
BESSER GESAGT ...
...
BESSER GESAGT WAS...?

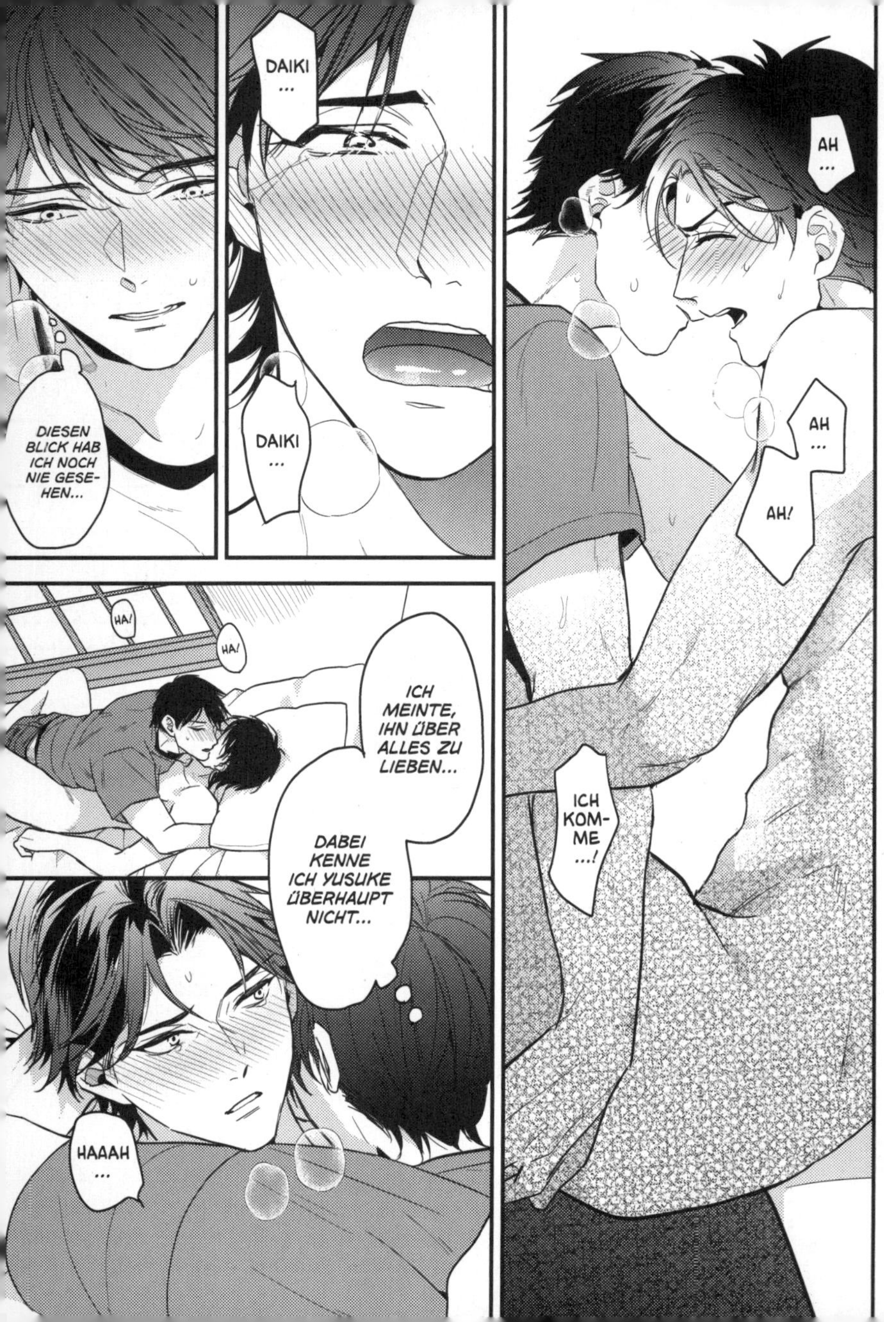
AH ...
AH ...
AH!
ICH KOMME ...!
DAIKI ...
DAIKI ...
DIESEN BLICK HAB ICH NOCH NIE GESEHEN...
HA!
HA!
ICH MEINTE, IHN ÜBER ALLES ZU LIEBEN...
DABEI KENNE ICH YUSUKE ÜBERHAUPT NICHT...
HAAAH ...

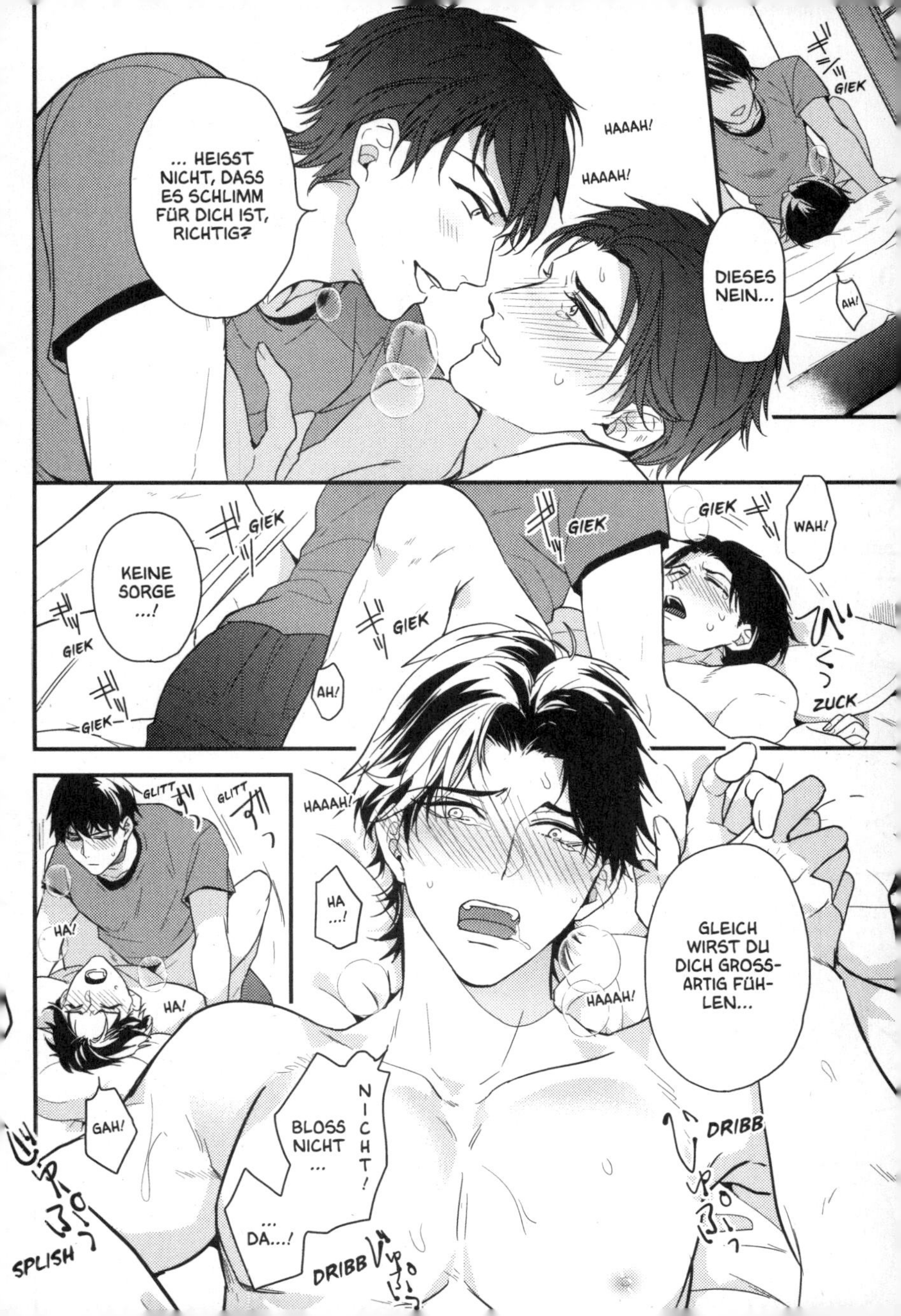
GIEK
DIESES NEIN...
AH!
HAAAH!
HAAAH!
... HEISST NICHT, DASS ES SCHLIMM FÜR DICH IST, RICHTIG?
GIEK
WAH!
ZUCK
GIEK
GIEK
KEINE SORGE ...!
GIEK
GIEK
AH!
GIEK
HAAAH!
GLEICH WIRST DU DICH GROSS-ARTIG FÜH-LEN...
HAAAH!
HA ...!
NICHT!
BLOSS NICHT ...
... DA...!
DRIBB
DRIBB
GLITT
GLITT
HA!
HA!
GAH!
SPLISH

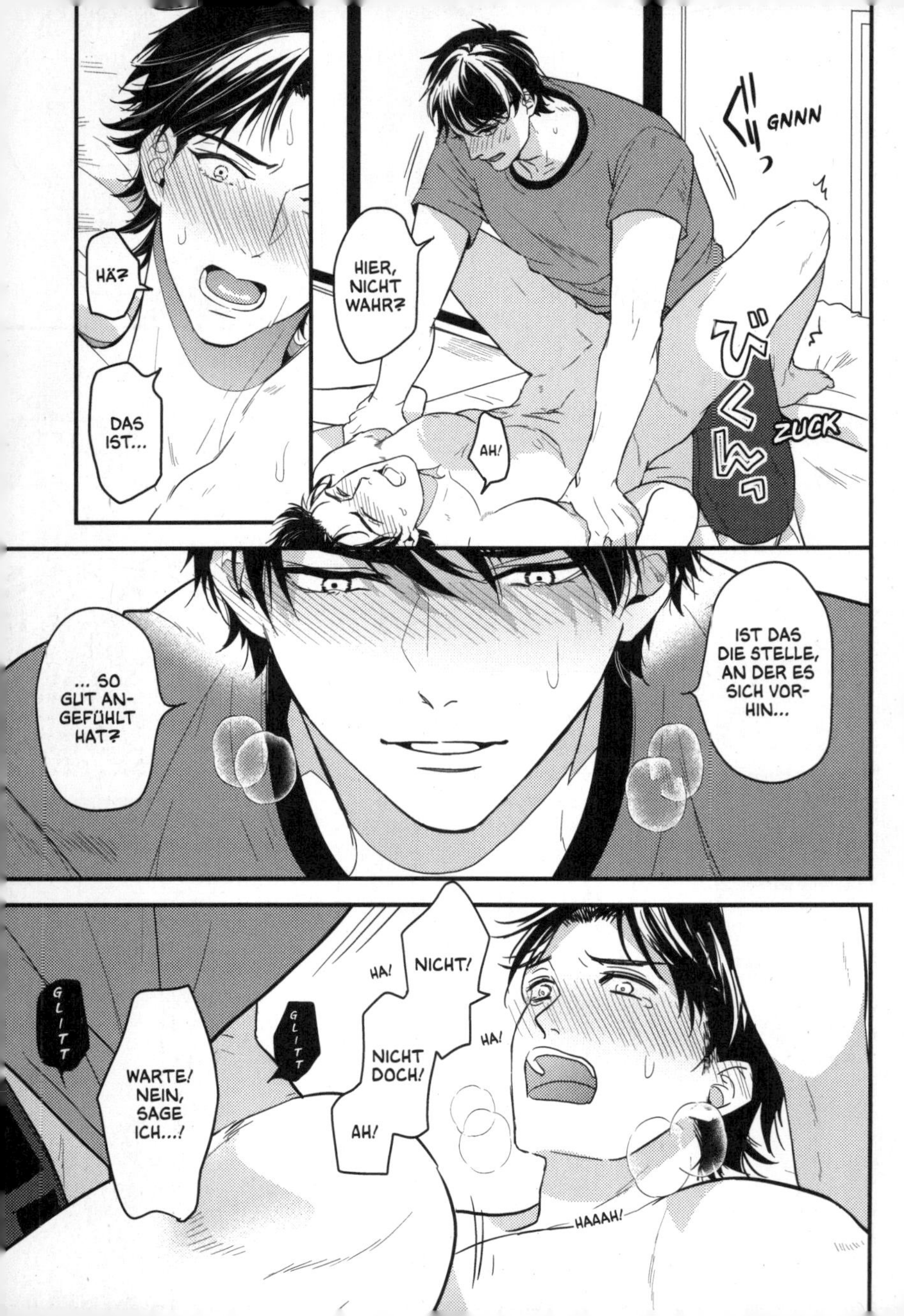
GNNN
HIER, NICHT WAHR?
ZUCK
AH!
HÄ?
DAS IST...
IST DAS DIE STELLE, AN DER ES SICH VORHIN...
... SO GUT ANGEFÜHLT HAT?
HA! NICHT!
HA!
NICHT DOCH!
AH!
HAAAH!
GLITT
WARTE! NEIN, SAGE ICH...!
GLITT

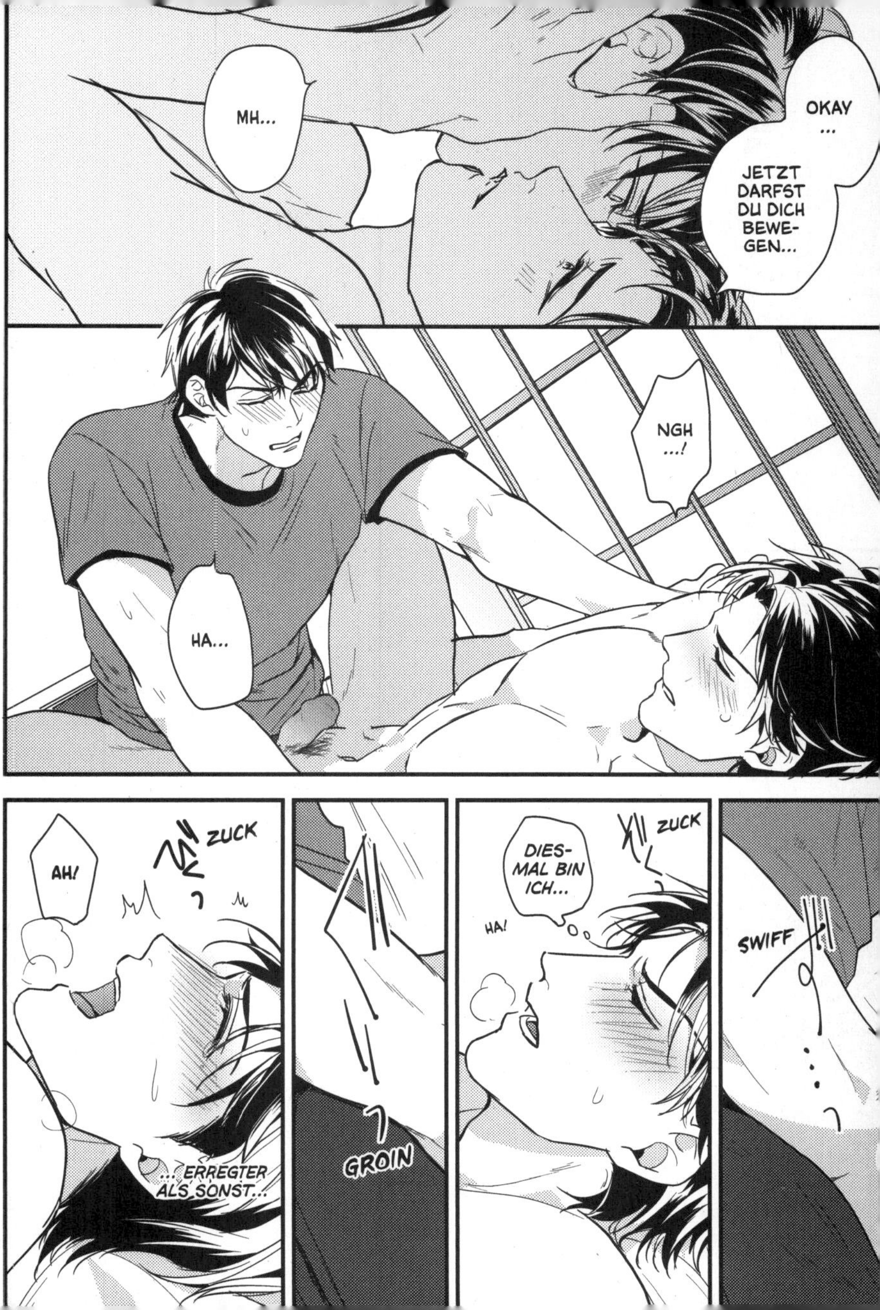
OKAY ...
JETZT DARFST DU DICH BEWEGEN...
MH...
NGH ...!
HA...
SWIFF
ZUCK
DIESMAL BIN ICH...
HA!
GROIN
ZUCK
AH!
... ERREGTER ALS SONST...

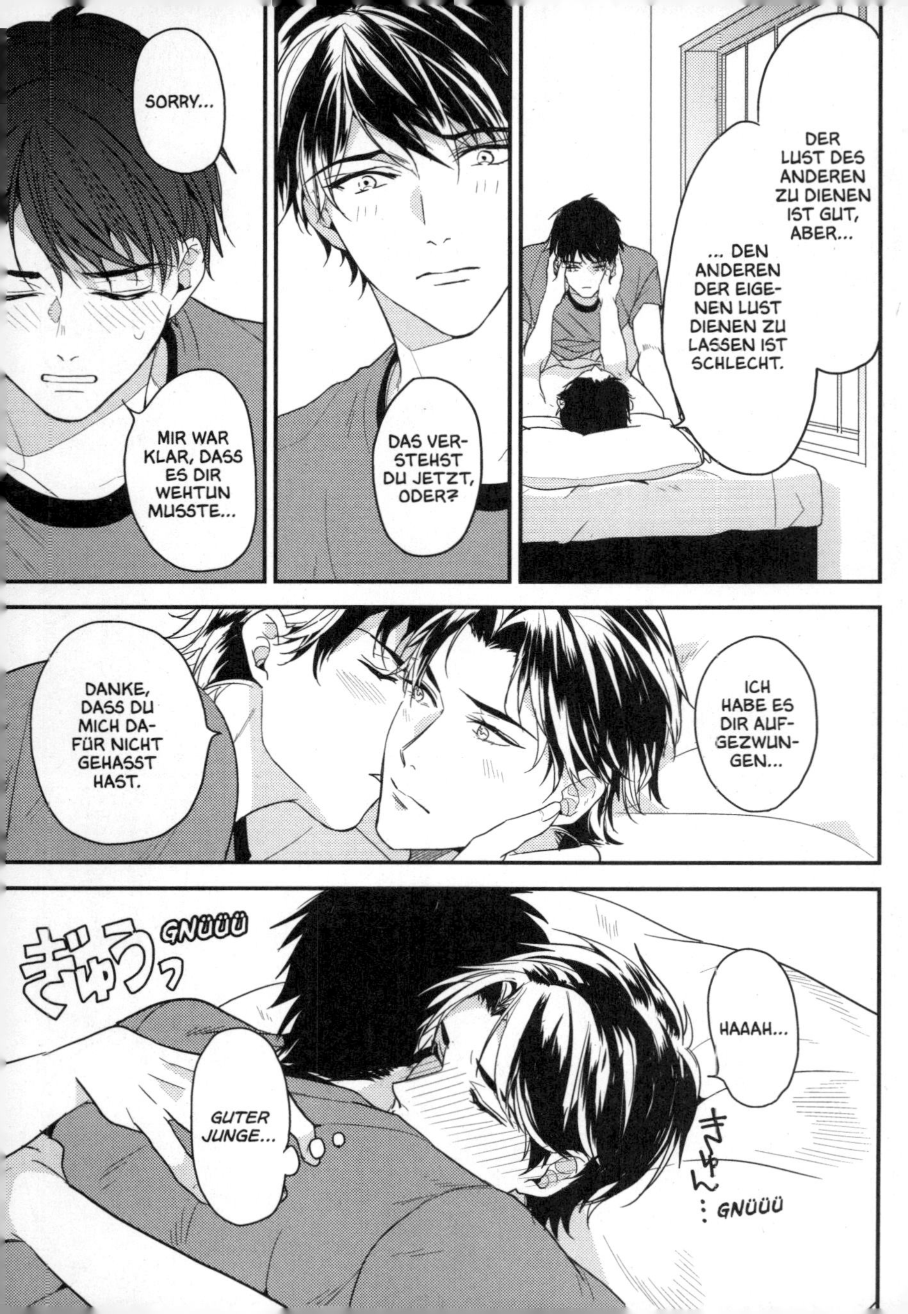
DER LUST DES ANDEREN ZU DIENEN IST GUT, ABER...
... DEN ANDEREN DER EIGENEN LUST DIENEN ZU LASSEN IST SCHLECHT.
DAS VERSTEHST DU JETZT, ODER?
SORRY...
MIR WAR KLAR, DASS ES DIR WEHTUN MUSSTE...
ICH HABE ES DIR AUFGEZWUNGEN...
DANKE, DASS DU MICH DAFÜR NICHT GEHASST HAST.
HAAAH...
きゅん…
GNÜÜÜ
GUTER JUNGE...
ぎゅうっ
GNÜÜÜ

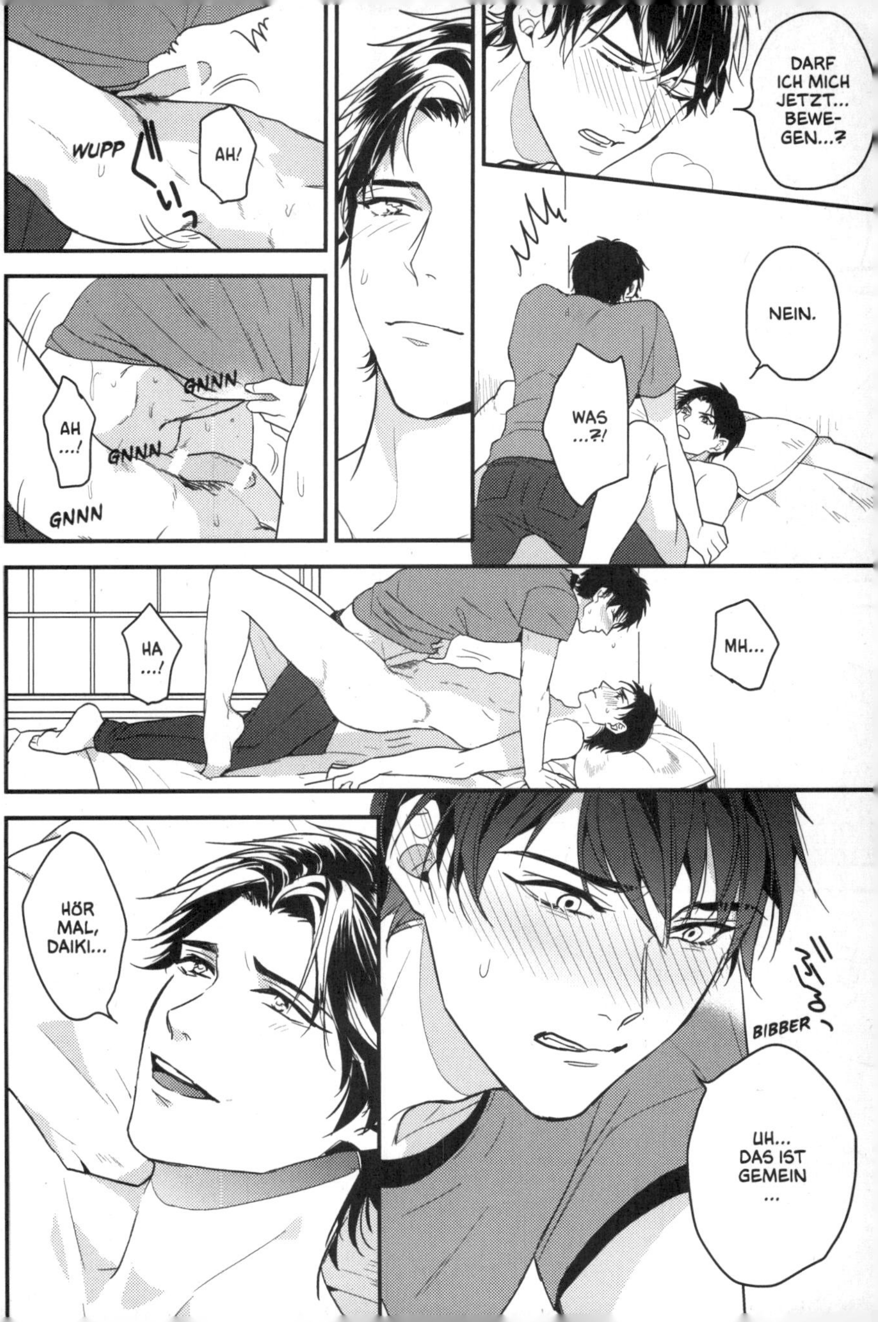
DARF ICH MICH JETZT... BEWEGEN...?
NEIN.
WAS ...?!
AH!
WUPP
AH ...!
GNNN
GNNN
GNNN
MH...
HA ...!
BIBBER
UH... DAS IST GEMEIN ...
HÖR MAL, DAIKI...

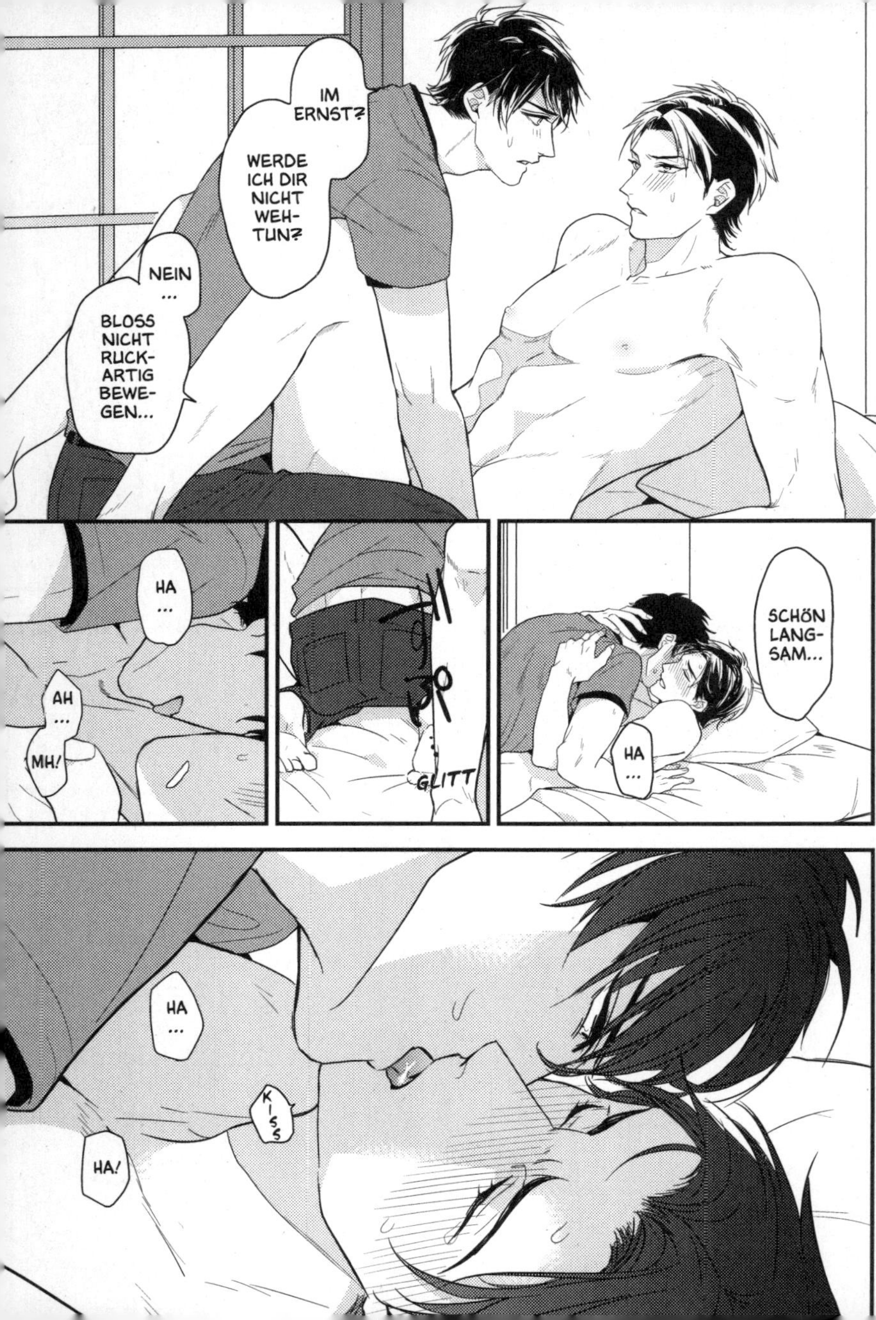
IM ERNST?
WERDE ICH DIR NICHT WEH-TUN?
NEIN ... BLOSS NICHT RUCK-ARTIG BEWE-GEN...
SCHÖN LANG-SAM...
HA ...
GLITT
HA ...
AH ...
MH!
HA ...
KISS
HA!

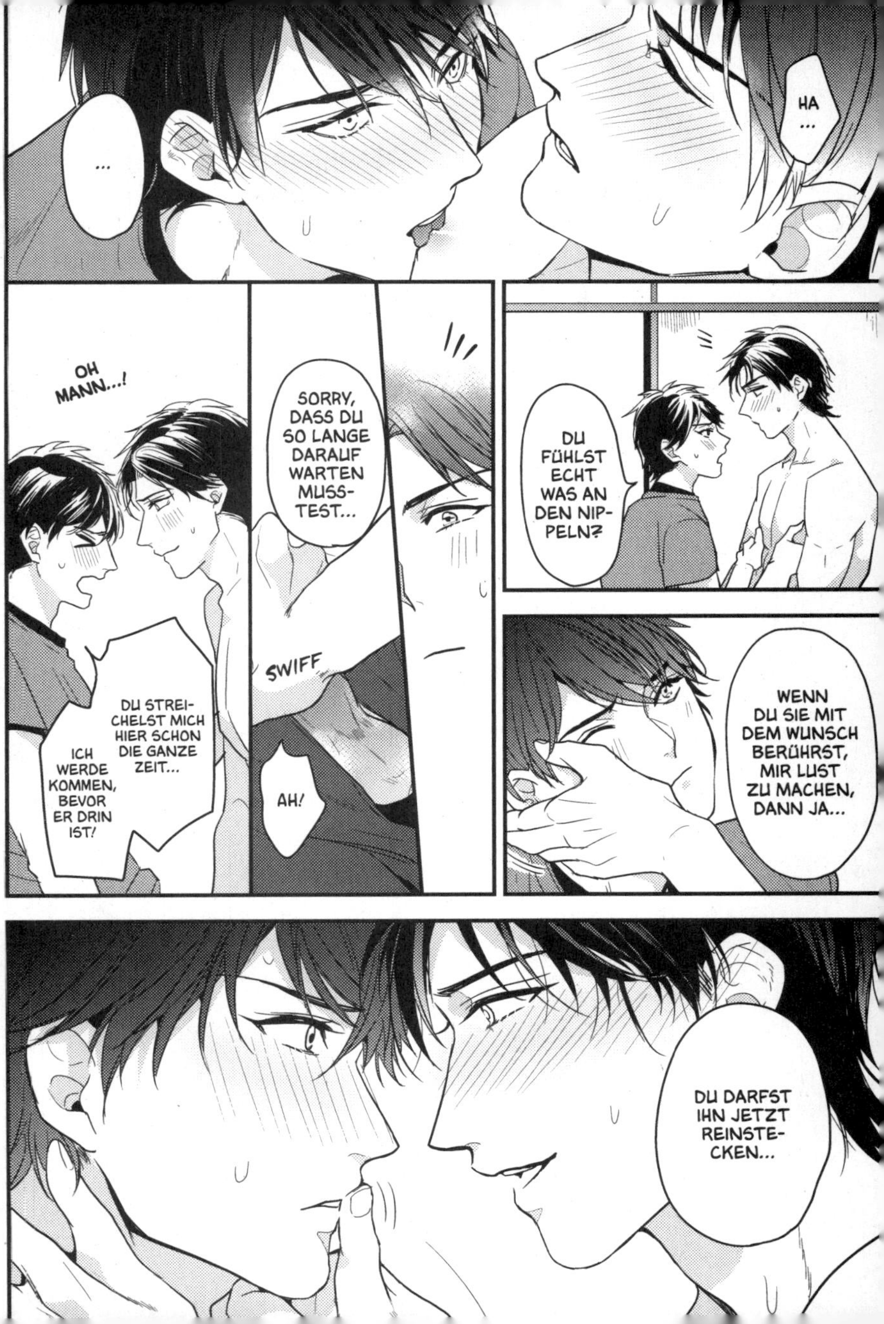
HA ...
...
DU FÜHLST ECHT WAS AN DEN NIPPELN?
WENN DU SIE MIT DEM WUNSCH BERÜHRST, MIR LUST ZU MACHEN, DANN JA...
SORRY, DASS DU SO LANGE DARAUF WARTEN MUSSTEST...
SWIFF
AH!
OH MANN...!
DU STREICHELST MICH HIER SCHON DIE GANZE ZEIT...
ICH WERDE KOMMEN, BEVOR ER DRIN IST!
DU DARFST IHN JETZT REINSTECKEN...

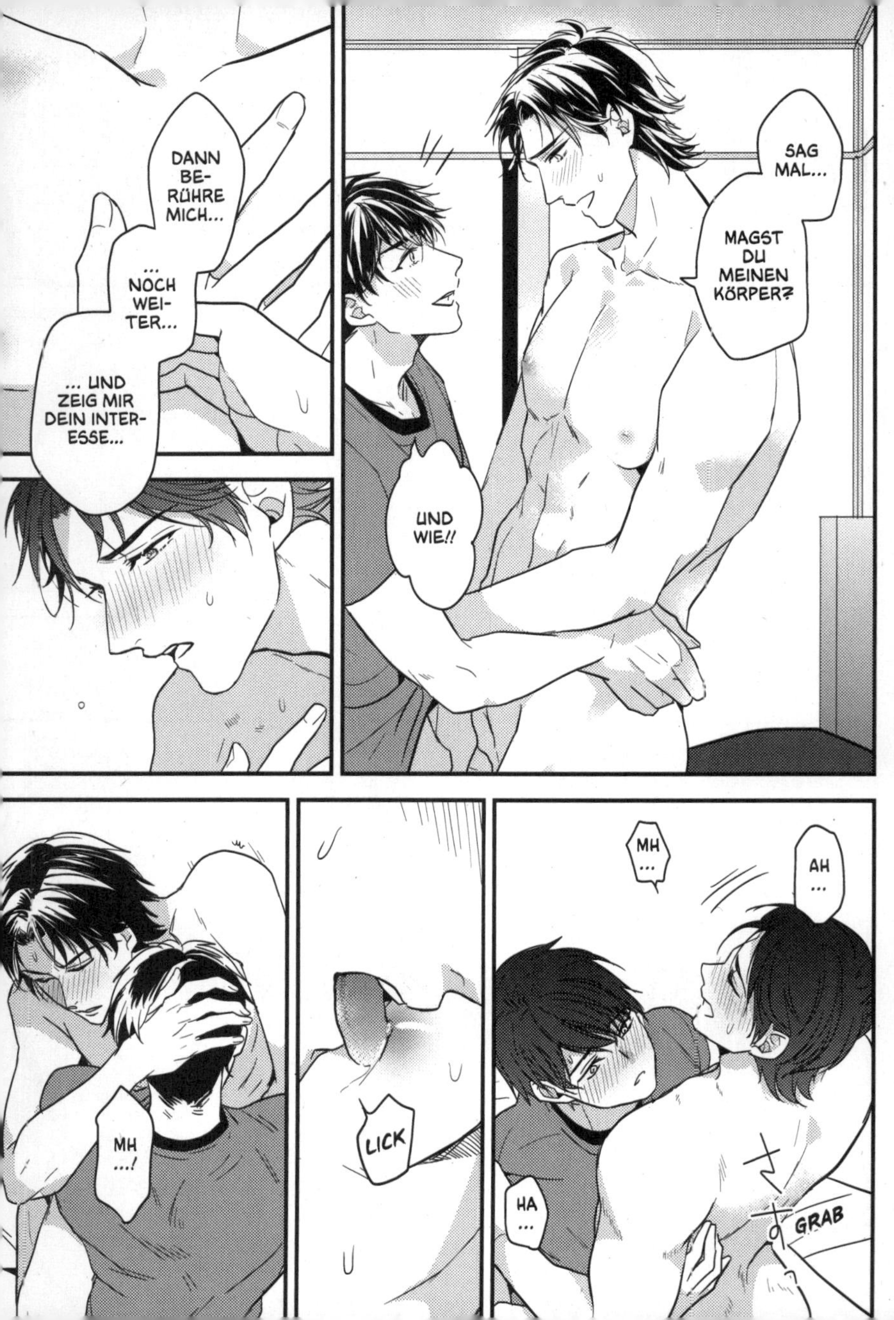
SAG MAL...
MAGST DU MEINEN KÖRPER?
UND WIE!!
DANN BE-RÜHRE MICH...
... NOCH WEI-TER...
... UND ZEIG MIR DEIN INTER-ESSE...
AH ...
MH ...
HA ...
GRAB
LICK
MH ...!

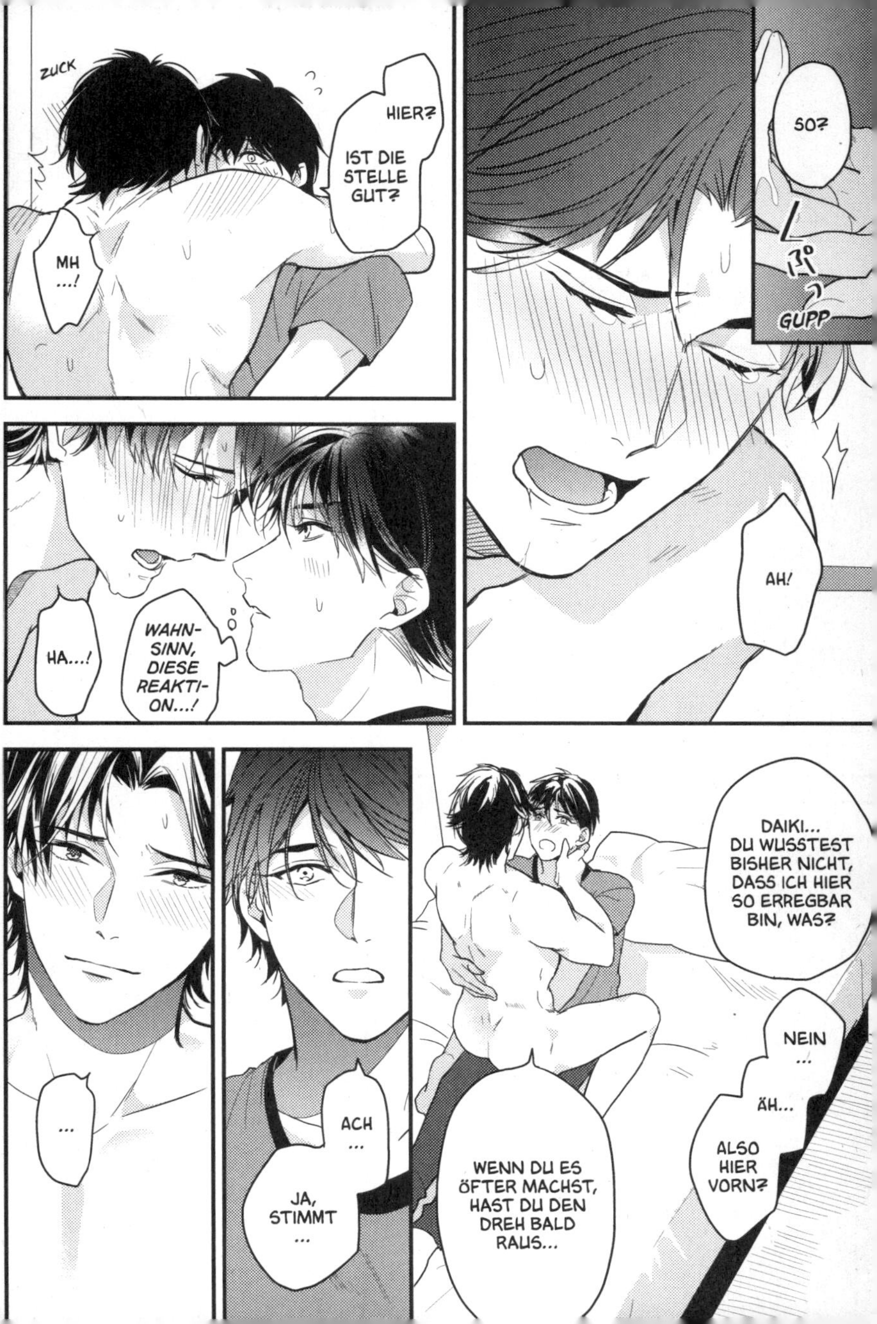
SO?
GUPP
AH!
ZUCK
HIER?
IST DIE STELLE GUT?
MH ...!
WAHN-SINN, DIESE REAKTI-ON...!
HA...!
DAIKI... DU WUSSTEST BISHER NICHT, DASS ICH HIER SO ERREGBAR BIN, WAS?
NEIN ...
ÄH...
ALSO HIER VORN?
WENN DU ES ÖFTER MACHST, HAST DU DEN DREH BALD RAUS...
ACH ...
JA, STIMMT ...
...

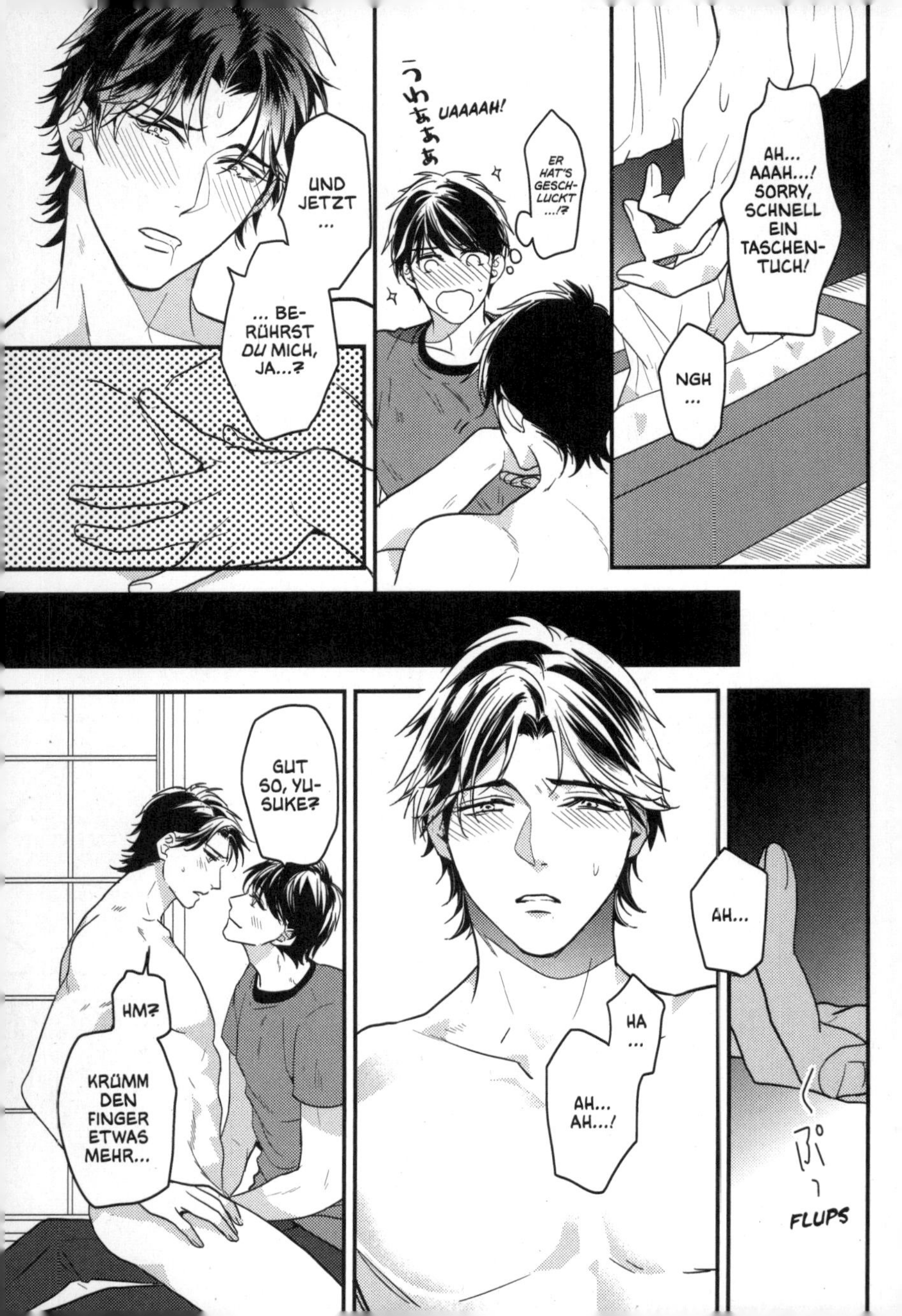
AH... AAAH...! SORRY, SCHNELL EIN TASCHENTUCH!
NGH ...
うわぁぁぁ
UAAAAH!
ER HAT'S GESCHLUCKT ...!?
UND JETZT ...
... BERÜHRST DU MICH, JA...?
AH...
くぷ
FLUPS
HA ...
AH... AH...!
GUT SO, YUSUKE?
HM?
KRÜMM DEN FINGER ETWAS MEHR...

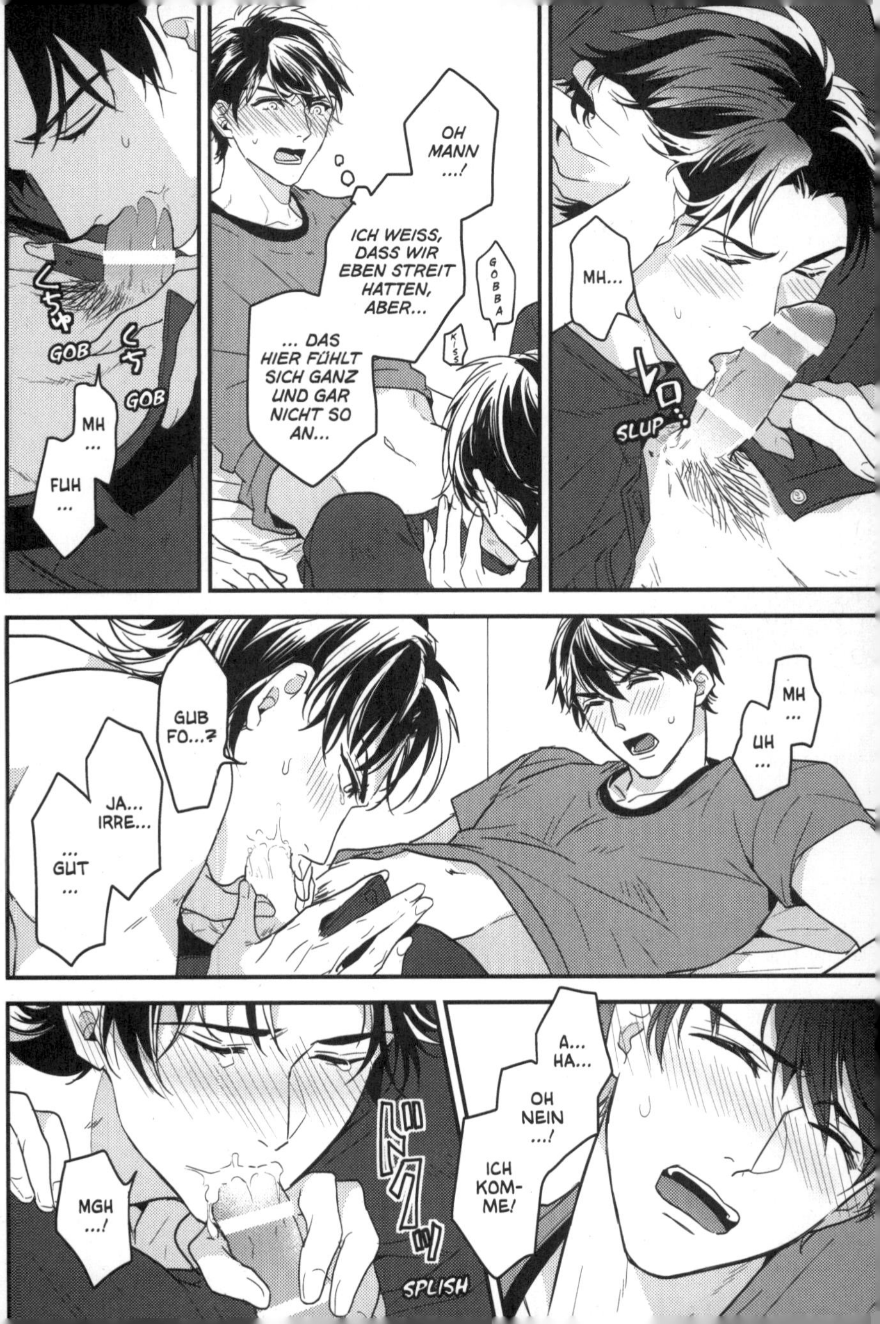
MH...
SLUP
OH MANN ...!
ICH WEISS, DASS WIR EBEN STREIT HATTEN, ABER...
... DAS HIER FÜHLT SICH GANZ UND GAR NICHT SO AN...
GOBBA
KISS
GOB
GOB
MH ...
FUH ...
MH ...
UH ...
GUB FO...?
JA... IRRE...
... GUT ...
A... HA...
OH NEIN ...!
ICH KOM-ME!
SPLISH
MGH ...!

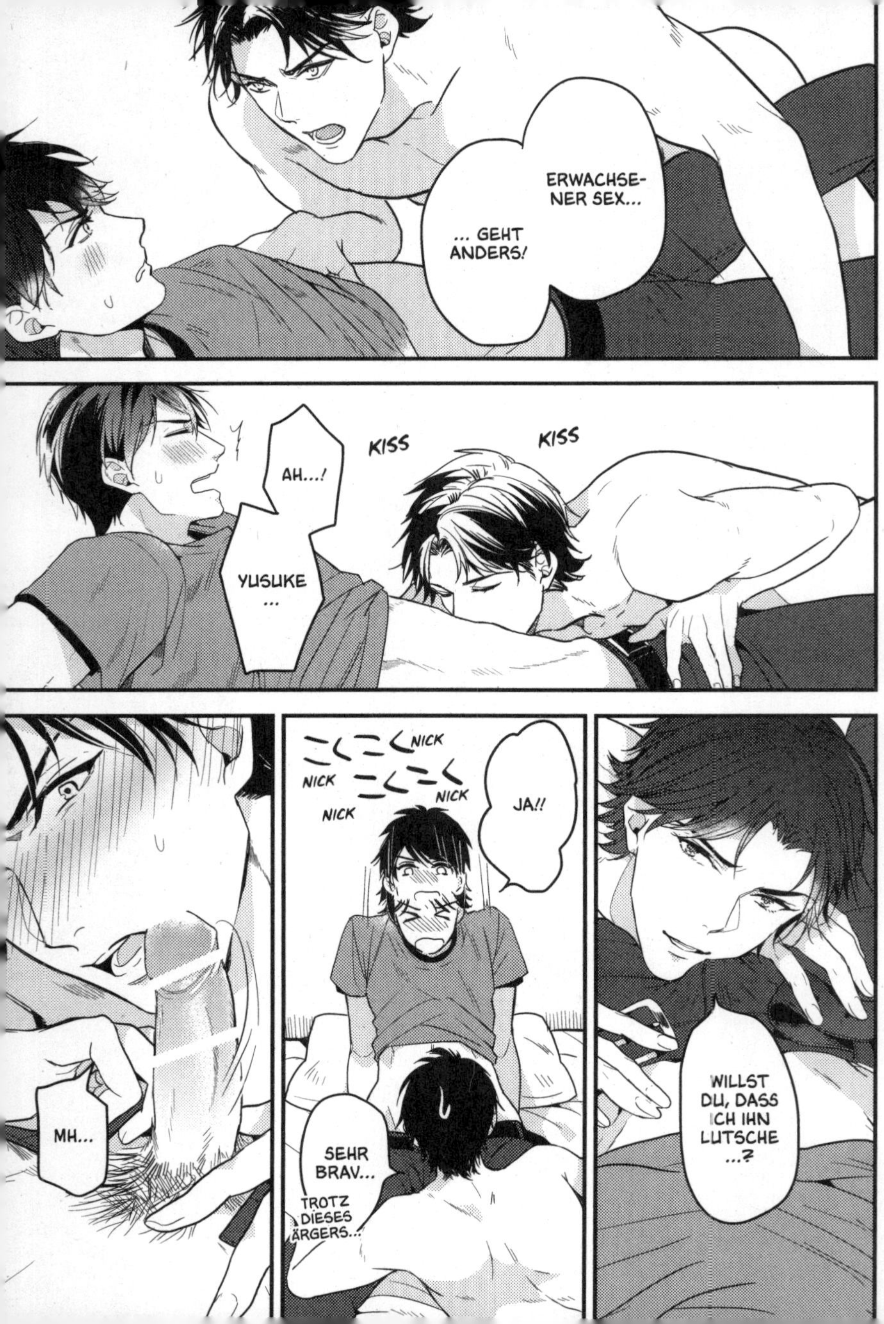
ERWACHSENER SEX...
... GEHT ANDERS!
KISS
KISS
AH...!
YUSUKE ...
WILLST DU, DASS ICH IHN LUTSCHE ...?
こくこく NICK
NICK こくこく NICK
NICK
JA!!
SEHR BRAV...
TROTZ DIESES ÄRGERS...
MH...

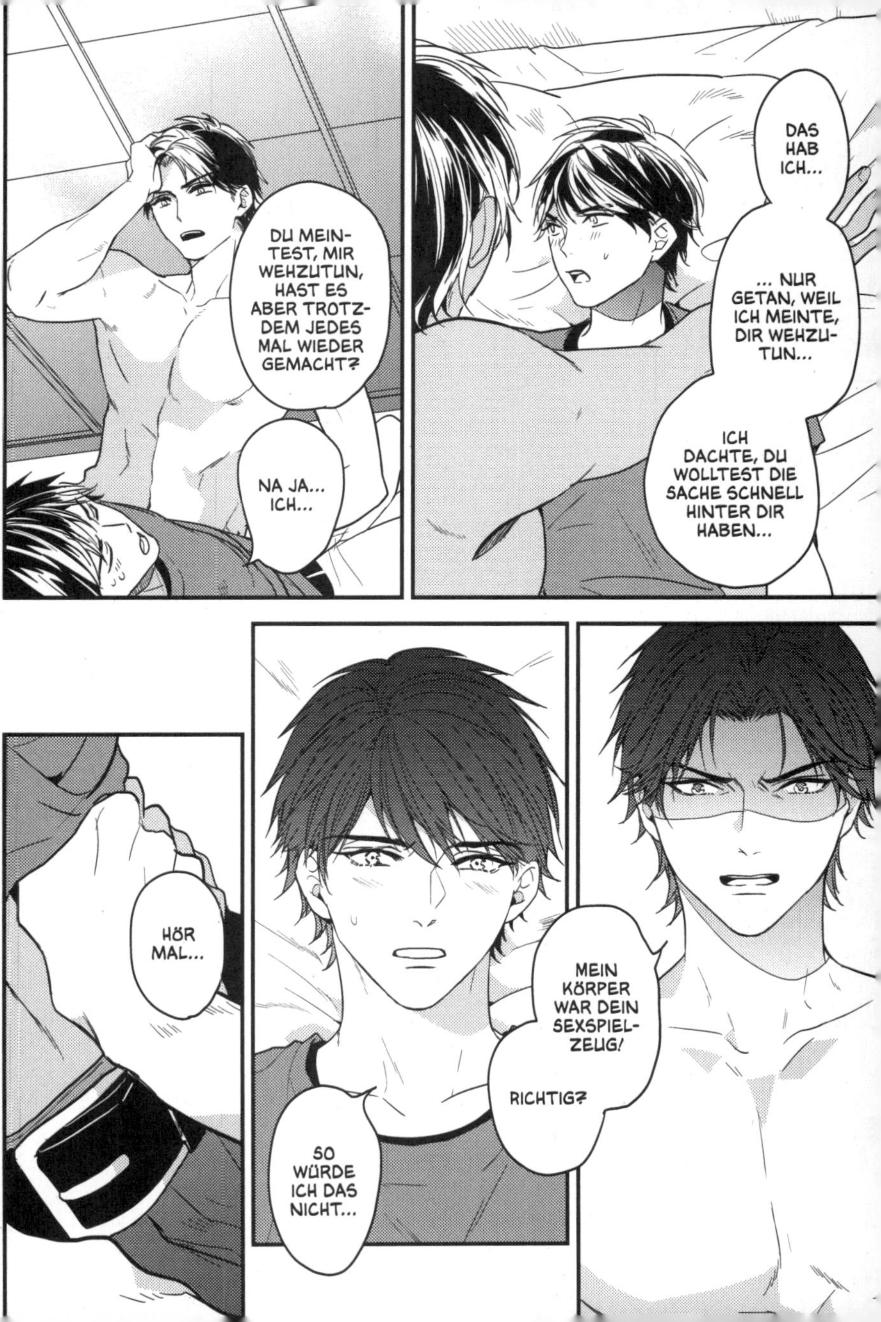
DAS HAB ICH...
... NUR GETAN, WEIL ICH MEINTE, DIR WEHZUTUN...
ICH DACHTE, DU WOLLTEST DIE SACHE SCHNELL HINTER DIR HABEN...
DU MEINTEST, MIR WEHZUTUN, HAST ES ABER TROTZDEM JEDES MAL WIEDER GEMACHT?
NA JA... ICH...
MEIN KÖRPER WAR DEIN SEXSPIELZEUG!
RICHTIG?
SO WÜRDE ICH DAS NICHT...
HÖR MAL...

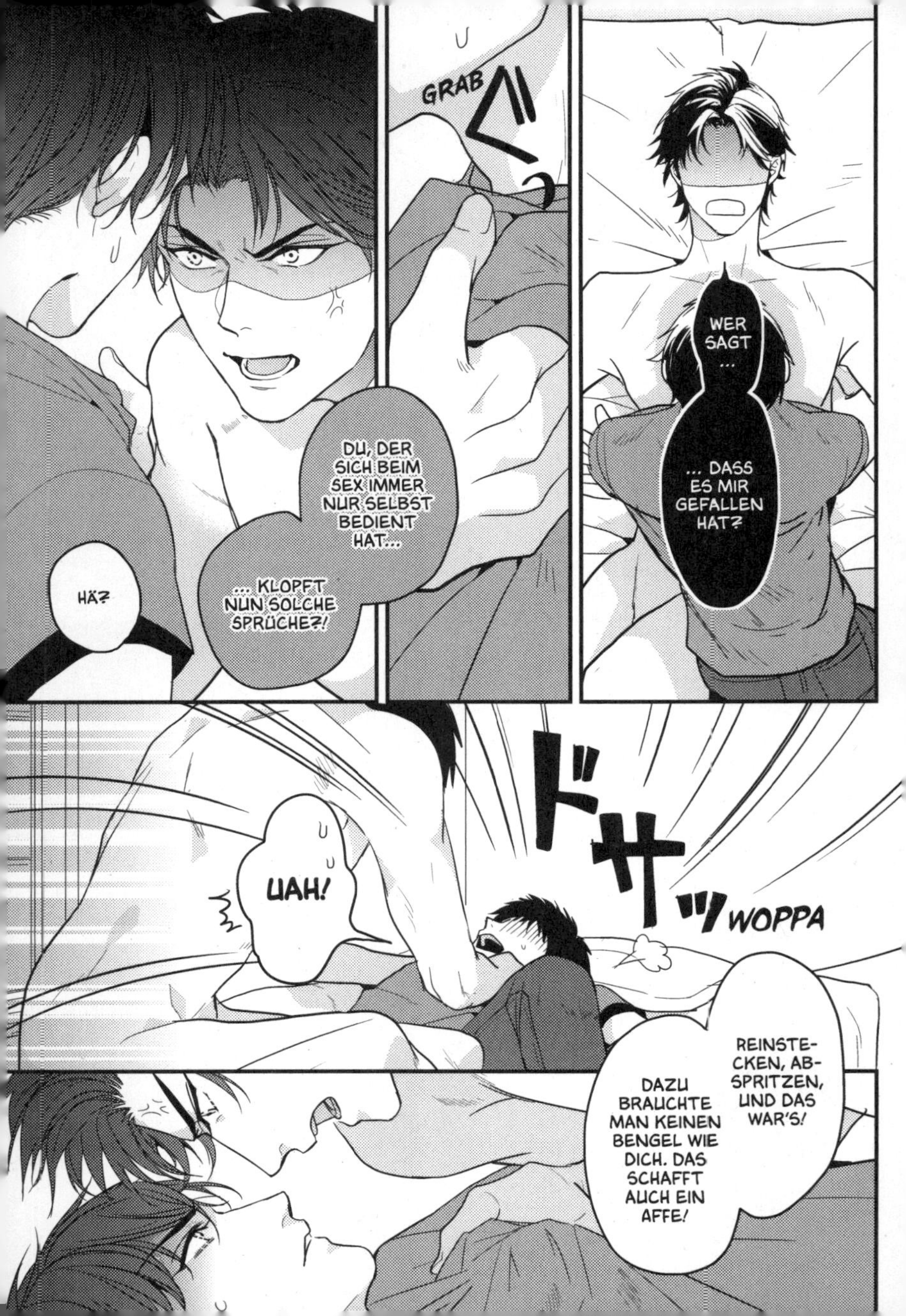
WER SAGT ...
... DASS ES MIR GEFALLEN HAT?
GRAB
DU, DER SICH BEIM SEX IMMER NUR SELBST BEDIENT HAT...
... KLOPFT NUN SOLCHE SPRÜCHE?!
HÄ?
ドサッ
WOPPA
UAH!
REINSTE-CKEN, AB-SPRITZEN, UND DAS WAR'S!
DAZU BRAUCHTE MAN KEINEN BENGEL WIE DICH. DAS SCHAFFT AUCH EIN AFFE!

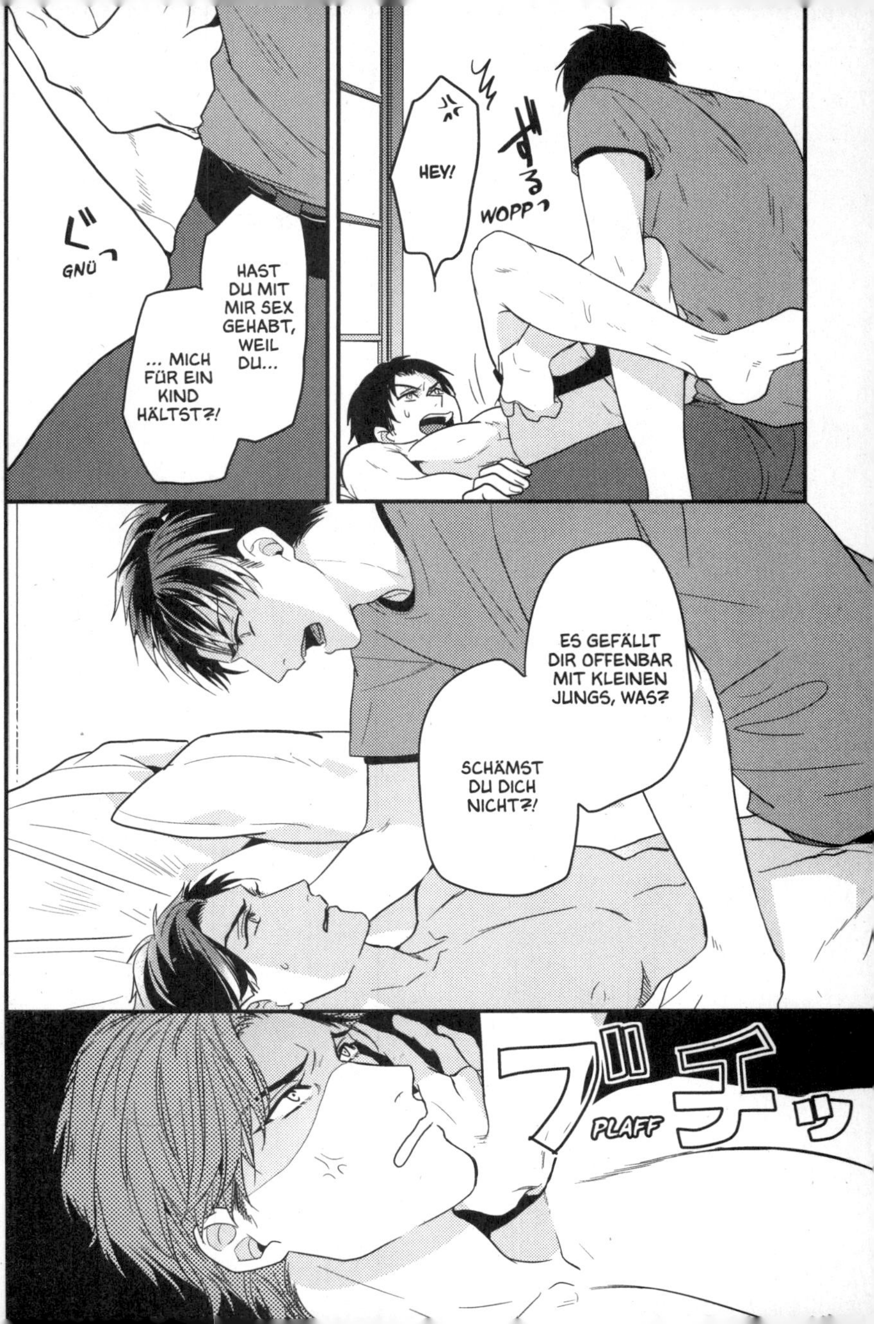

HEY!
ずる
WOPP
ぐっ
GNÜ
HAST DU MIT MIR SEX GEHABT, WEIL DU...
... MICH FÜR EIN KIND HÄLTST?!
ES GEFÄLLT DIR OFFENBAR MIT KLEINEN JUNGS, WAS?
SCHÄMST DU DICH NICHT?!
ブチッ
PLAFF

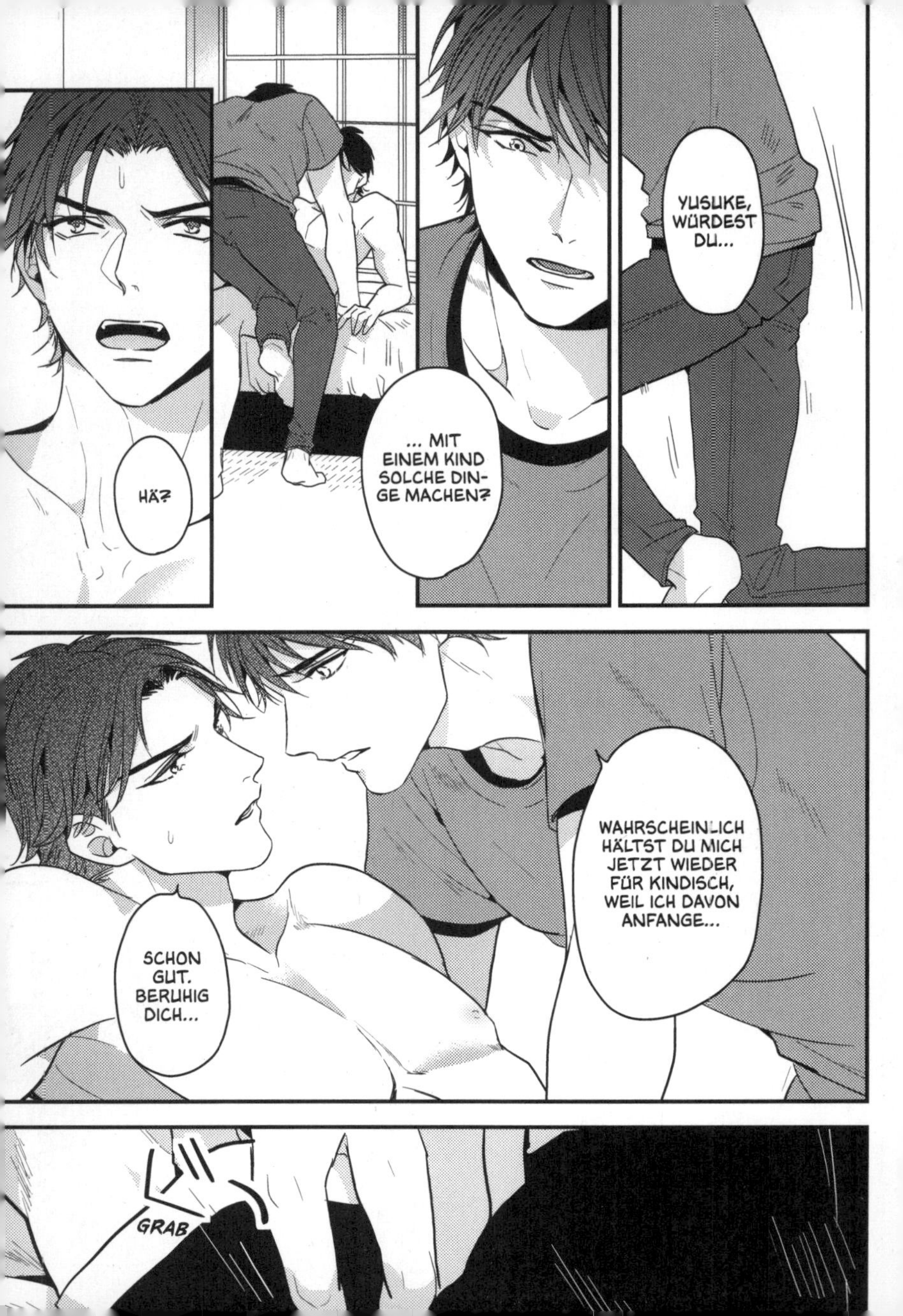
YUSUKE, WÜRDEST DU...
... MIT EINEM KIND SOLCHE DINGE MACHEN?
HÄ?
WAHRSCHEINLICH HÄLTST DU MICH JETZT WIEDER FÜR KINDISCH, WEIL ICH DAVON ANFANGE...
SCHON GUT. BERUHIG DICH...
GRAB

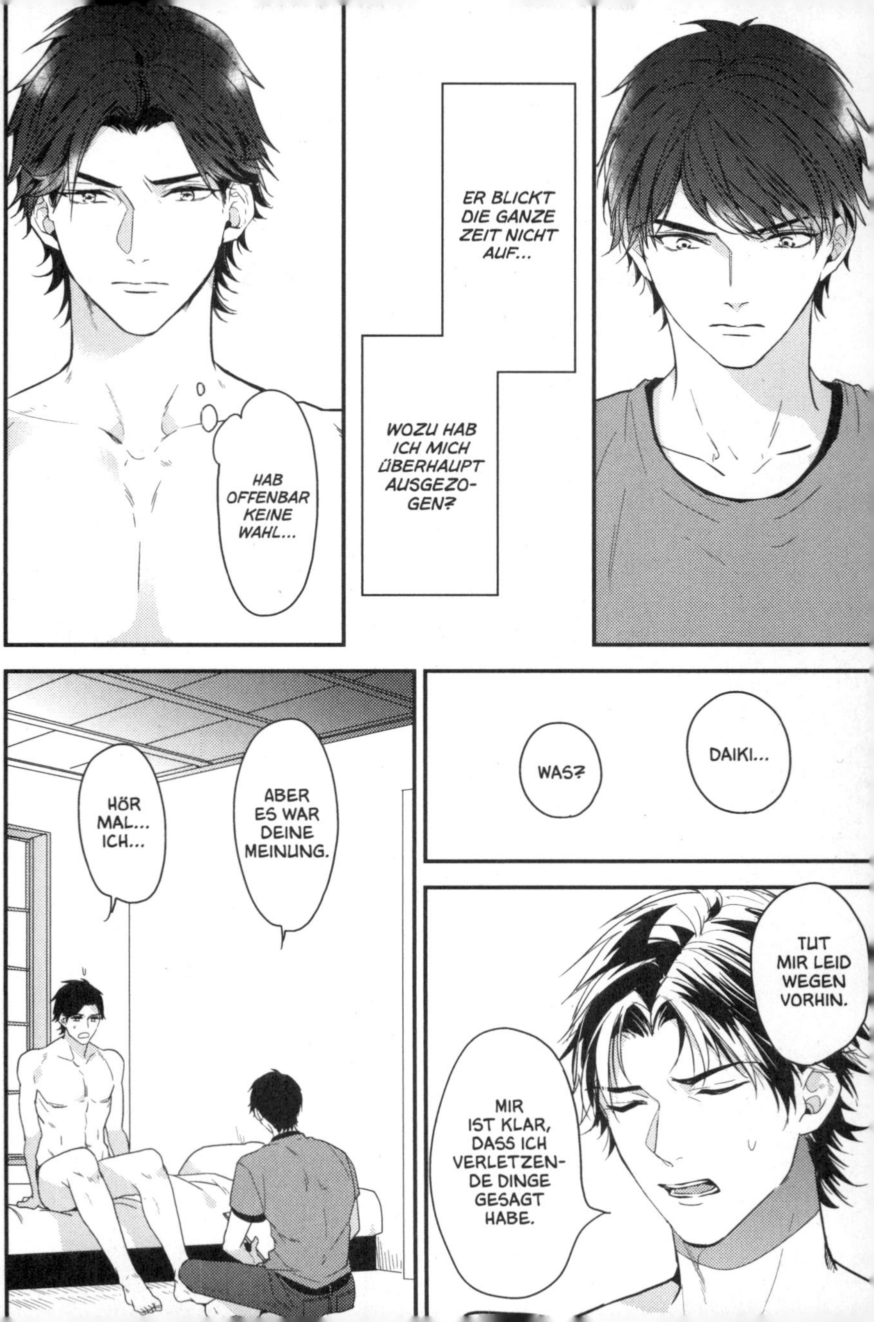
ER BLICKT DIE GANZE ZEIT NICHT AUF...
WOZU HAB ICH MICH ÜBERHAUPT AUSGEZOGEN?
HAB OFFENBAR KEINE WAHL...
DAIKI...
WAS?
TUT MIR LEID WEGEN VORHIN.
MIR IST KLAR, DASS ICH VERLETZENDE DINGE GESAGT HABE.
ABER ES WAR DEINE MEINUNG.
HÖR MAL... ICH...

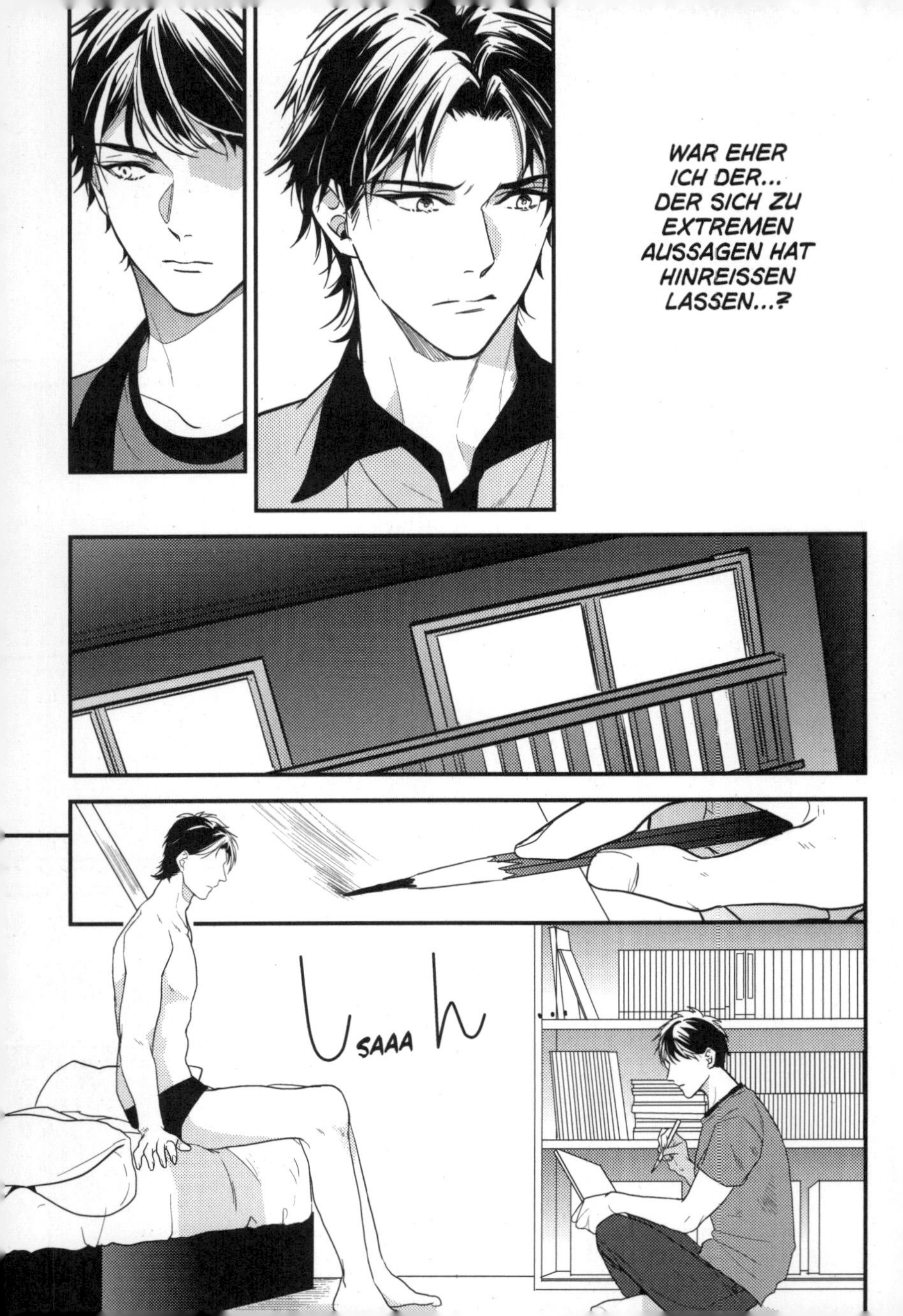
WAR EHER
ICH DER...
DER SICH ZU
EXTREMEN
AUSSAGEN HAT
HINREISSEN
LASSEN...?
Usaaah

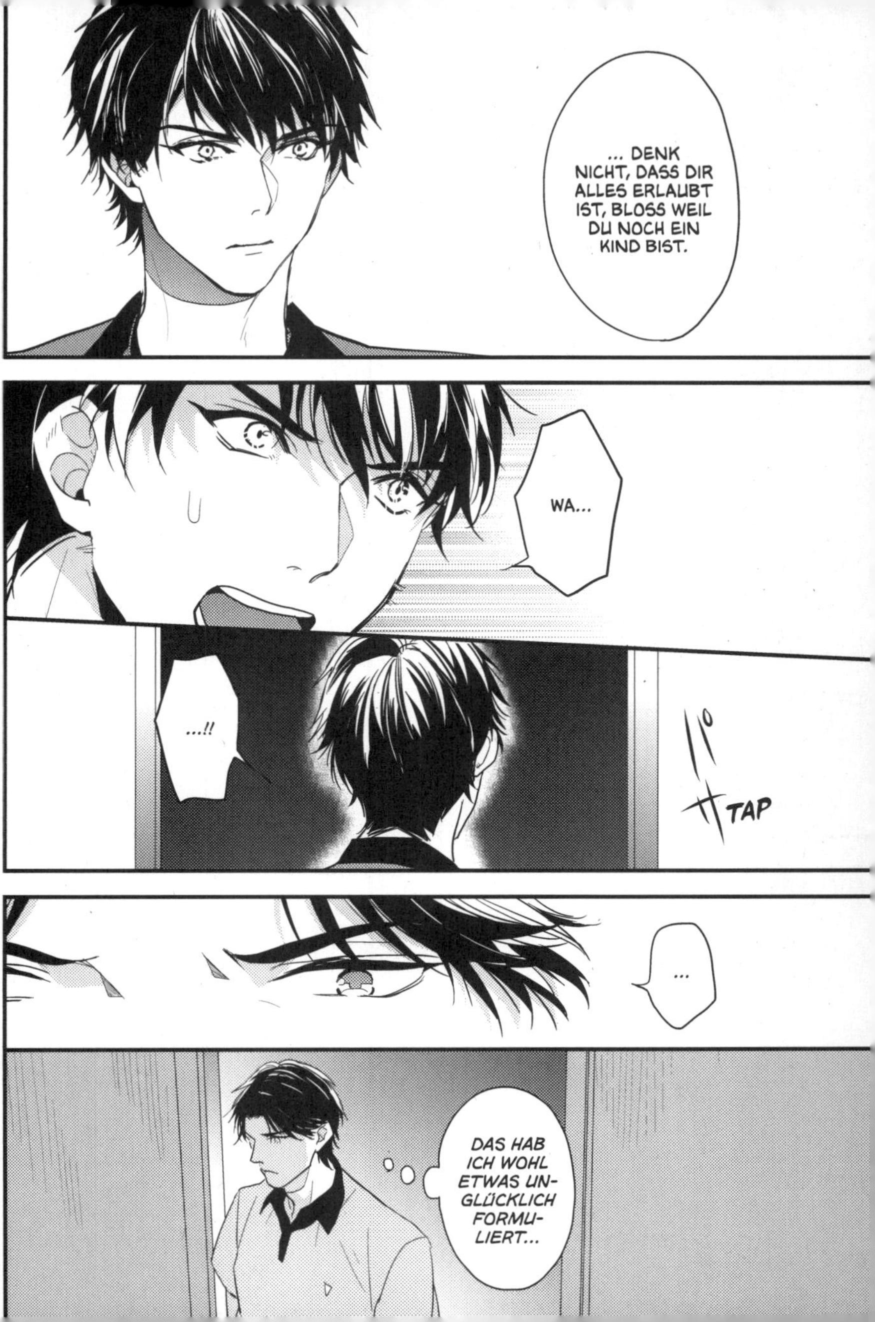
... DENK NICHT, DASS DIR ALLES ERLAUBT IST, BLOSS WEIL DU NOCH EIN KIND BIST.
WA...
TAP
...!!
...
DAS HAB ICH WOHL ETWAS UN-GLÜCKLICH FORMU-LIERT...

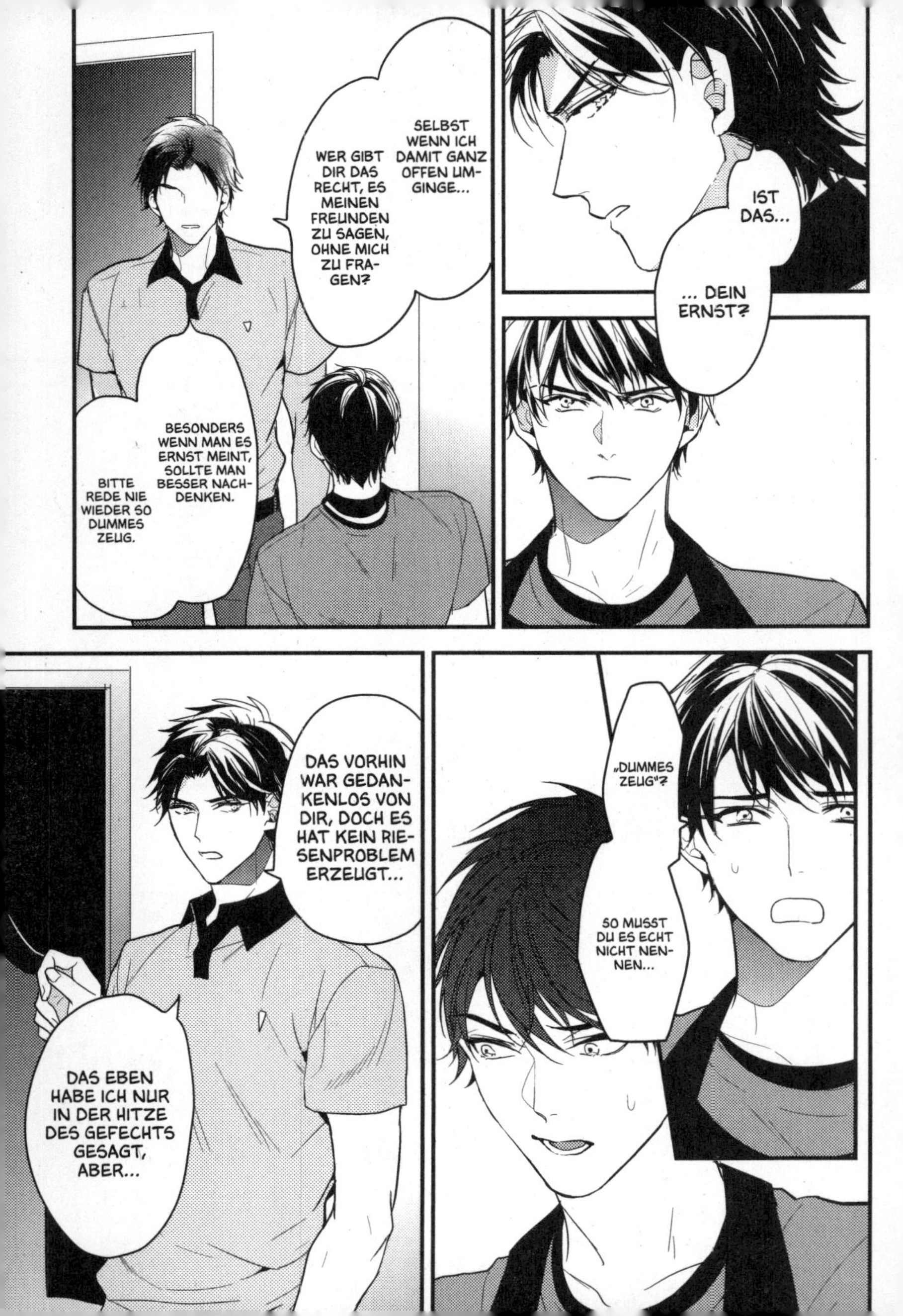

IST DAS...
... DEIN ERNST?
SELBST WENN ICH DAMIT GANZ OFFEN UMGINGE...
WER GIBT DIR DAS RECHT, ES MEINEN FREUNDEN ZU SAGEN, OHNE MICH ZU FRAGEN?
BESONDERS WENN MAN ES ERNST MEINT, SOLLTE MAN BESSER NACHDENKEN.
BITTE REDE NIE WIEDER SO DUMMES ZEUG.
„DUMMES ZEUG“?
SO MUSST DU ES ECHT NICHT NENNEN...
DAS VORHIN WAR GEDANKENLOS VON DIR, DOCH ES HAT KEIN RIESENPROBLEM ERZEUGT...
DAS EBEN HABE ICH NUR IN DER HITZE DES GEFECHTS GESAGT, ABER...

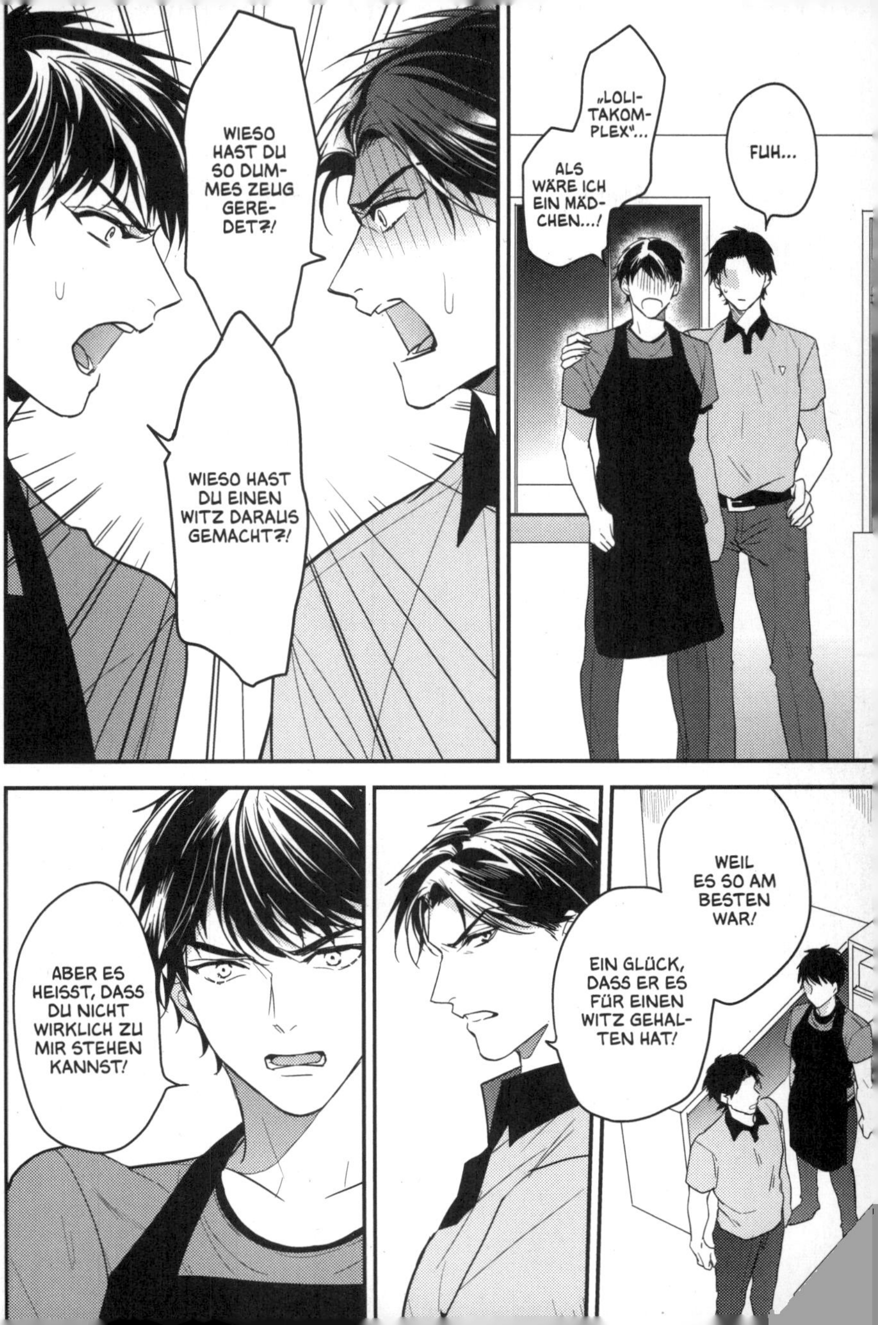
FUH...
„LOLITAKOMPLEX"...
ALS WÄRE ICH EIN MÄDCHEN...!
WIESO HAST DU SO DUMMES ZEUG GEREDET?!
WIESO HAST DU EINEN WITZ DARAUS GEMACHT?!
WEIL ES SO AM BESTEN WAR!
EIN GLÜCK, DASS ER ES FÜR EINEN WITZ GEHALTEN HAT!
ABER ES HEISST, DASS DU NICHT WIRKLICH ZU MIR STEHEN KANNST!

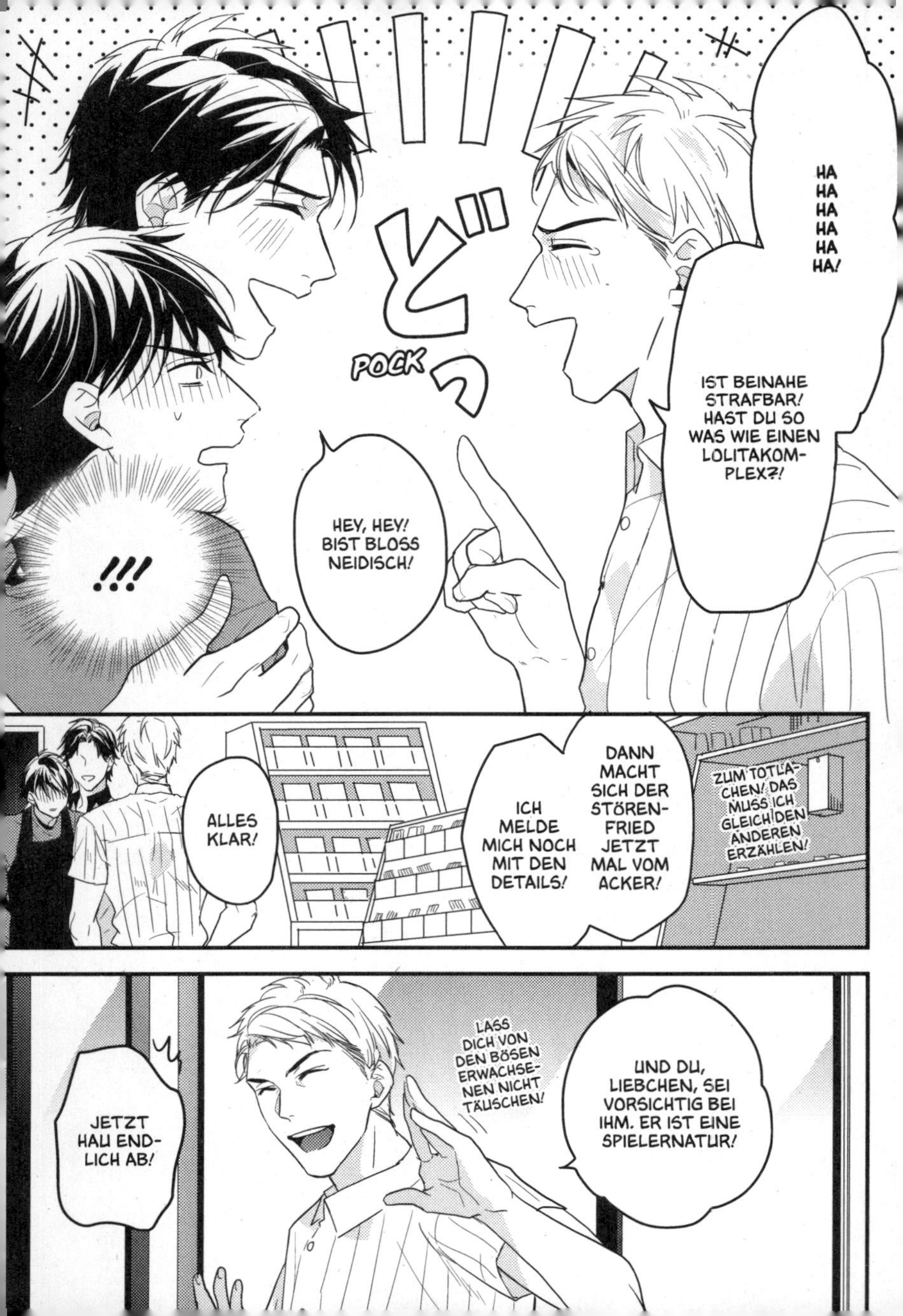
HA HA HA HA HA HA!
IST BEINAHE STRAFBAR! HAST DU SO WAS WIE EINEN LOLITAKOMPLEX?!
POCK
HEY, HEY! BIST BLOSS NEIDISCH!
!!!
ZUM TOTLACHEN! DAS MUSS ICH GLEICH DEN ANDEREN ERZÄHLEN!
DANN MACHT SICH DER STÖRENFRIED JETZT MAL VOM ACKER!
ICH MELDE MICH NOCH MIT DEN DETAILS!
ALLES KLAR!
UND DU, LIEBCHEN, SEI VORSICHTIG BEI IHM. ER IST EINE SPIELERNATUR!
LASS DICH VON DEN BÖSEN ERWACHSENEN NICHT TÄUSCHEN!
JETZT HAU ENDLICH AB!

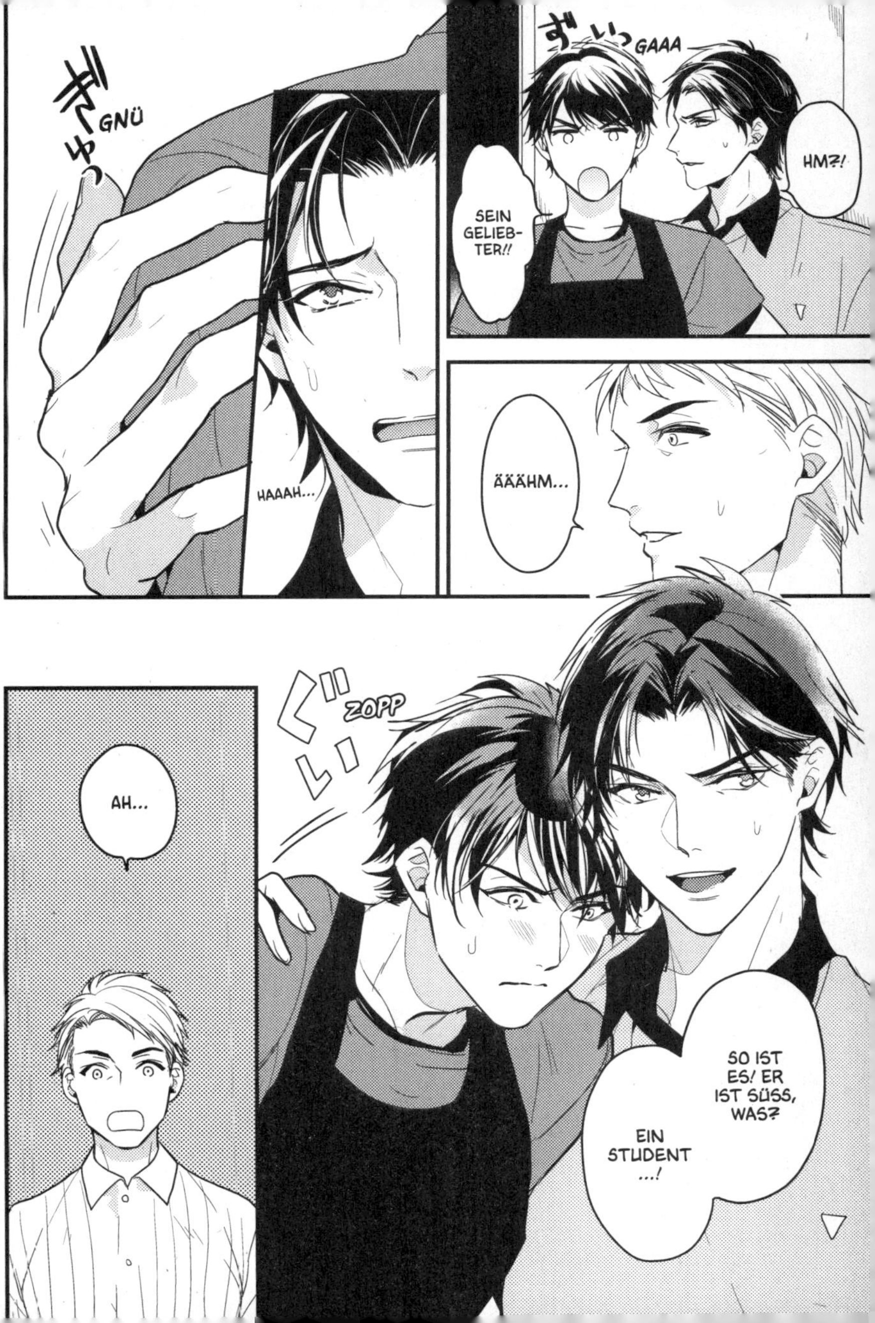

ず いっ GAAA
HM?!
SEIN GELIEB-TER!!
ぎゅっ GNÜ
HAAAH...
ÄÄÄHM...
ぐいっ ZOPP
SO IST ES! ER IST SÜSS, WAS?
EIN STUDENT ...!
AH...

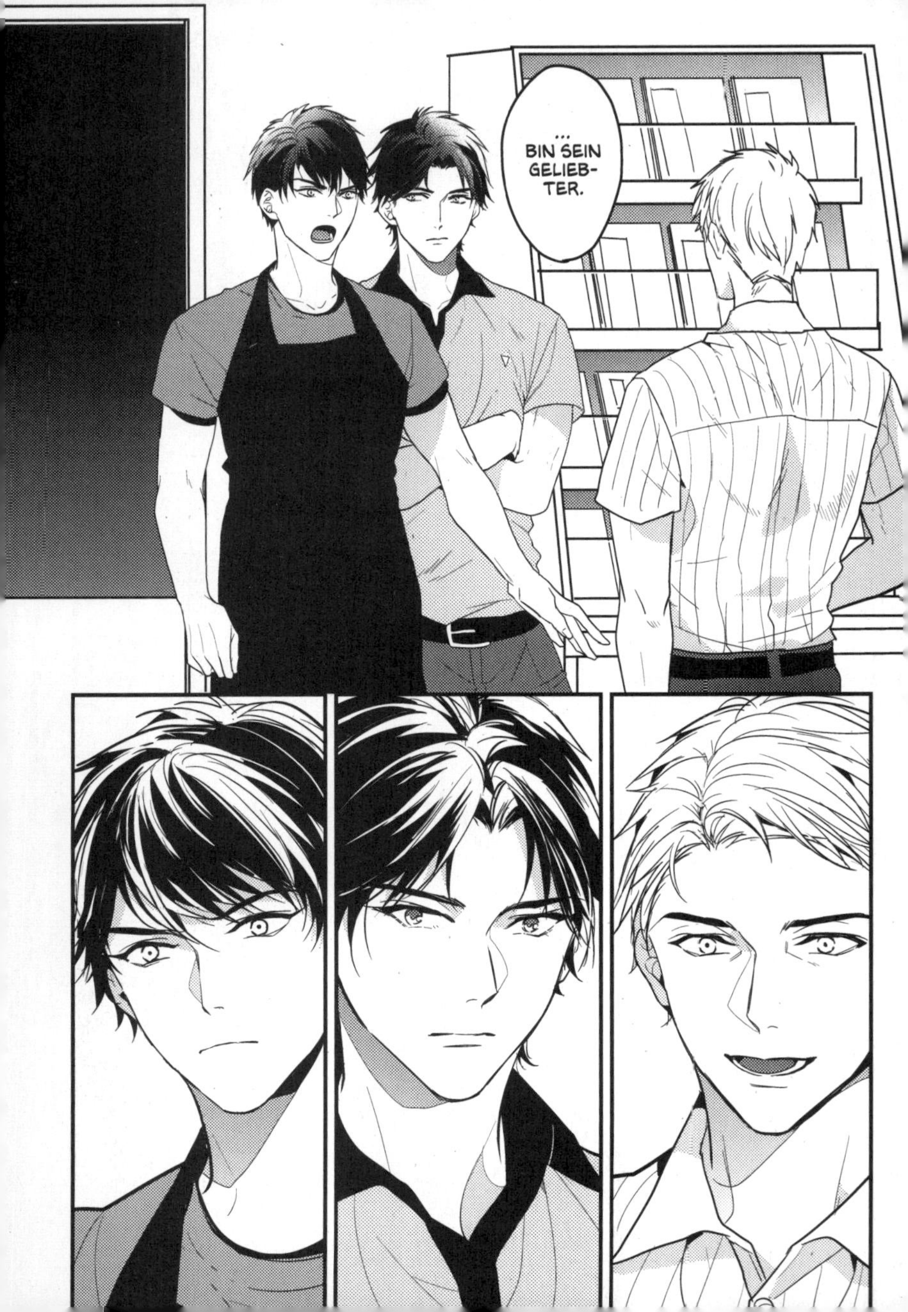
... BIN SEIN GELIEBTER.

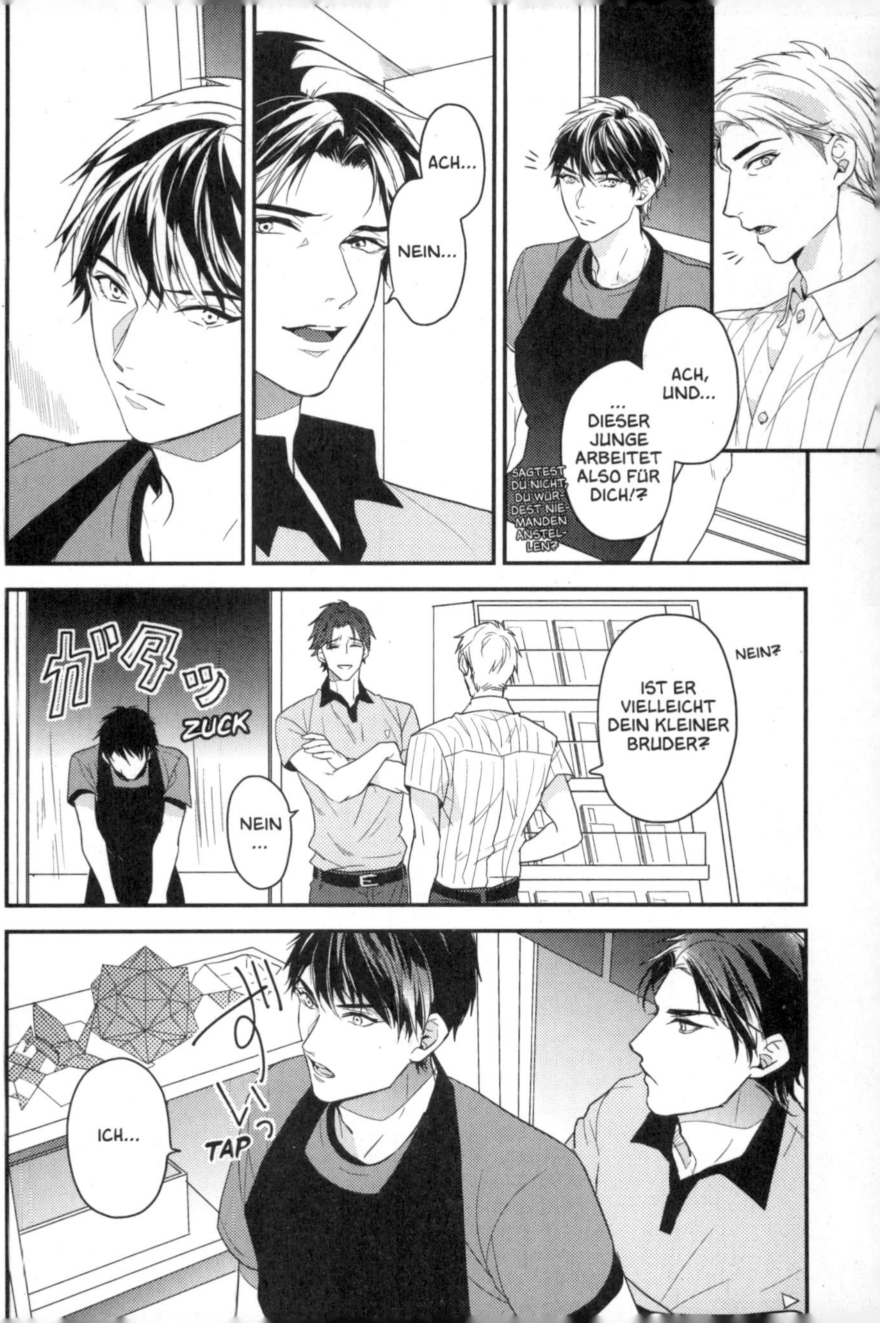
ACH, UND...
... DIESER JUNGE ARBEITET ALSO FÜR DICH!?
SAGTEST DU NICHT, DU WÜRDEST NIEMANDEN ANSTELLEN?
ACH...
NEIN...
NEIN?
IST ER VIELLEICHT DEIN KLEINER BRUDER?
NEIN ...
ガタッ
ZUCK
ICH...
TAP

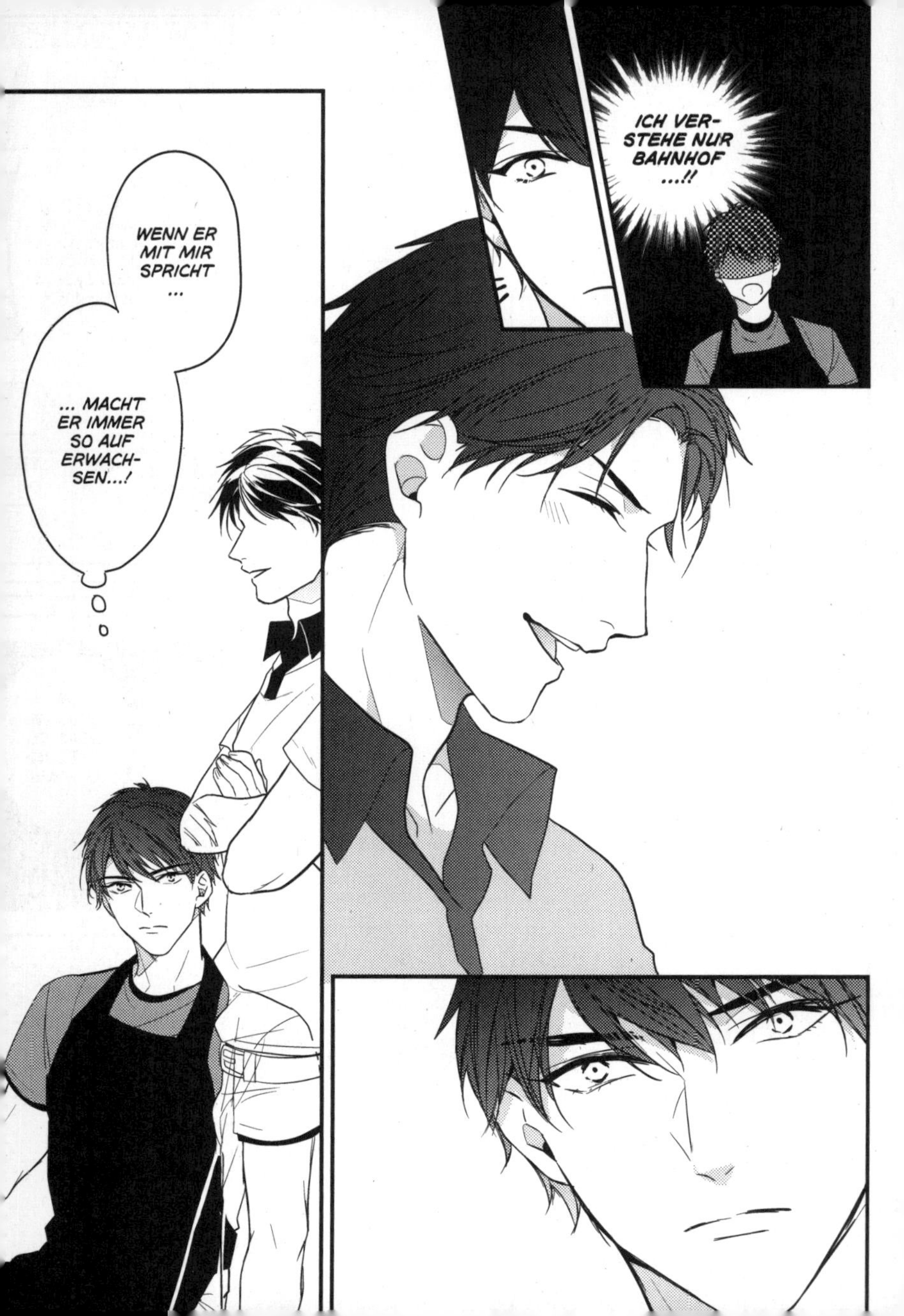
ICH VERSTEHE NUR BAHNHOF ...!!
WENN ER MIT MIR SPRICHT ...
... MACHT ER IMMER SO AUF ERWACHSEN...!

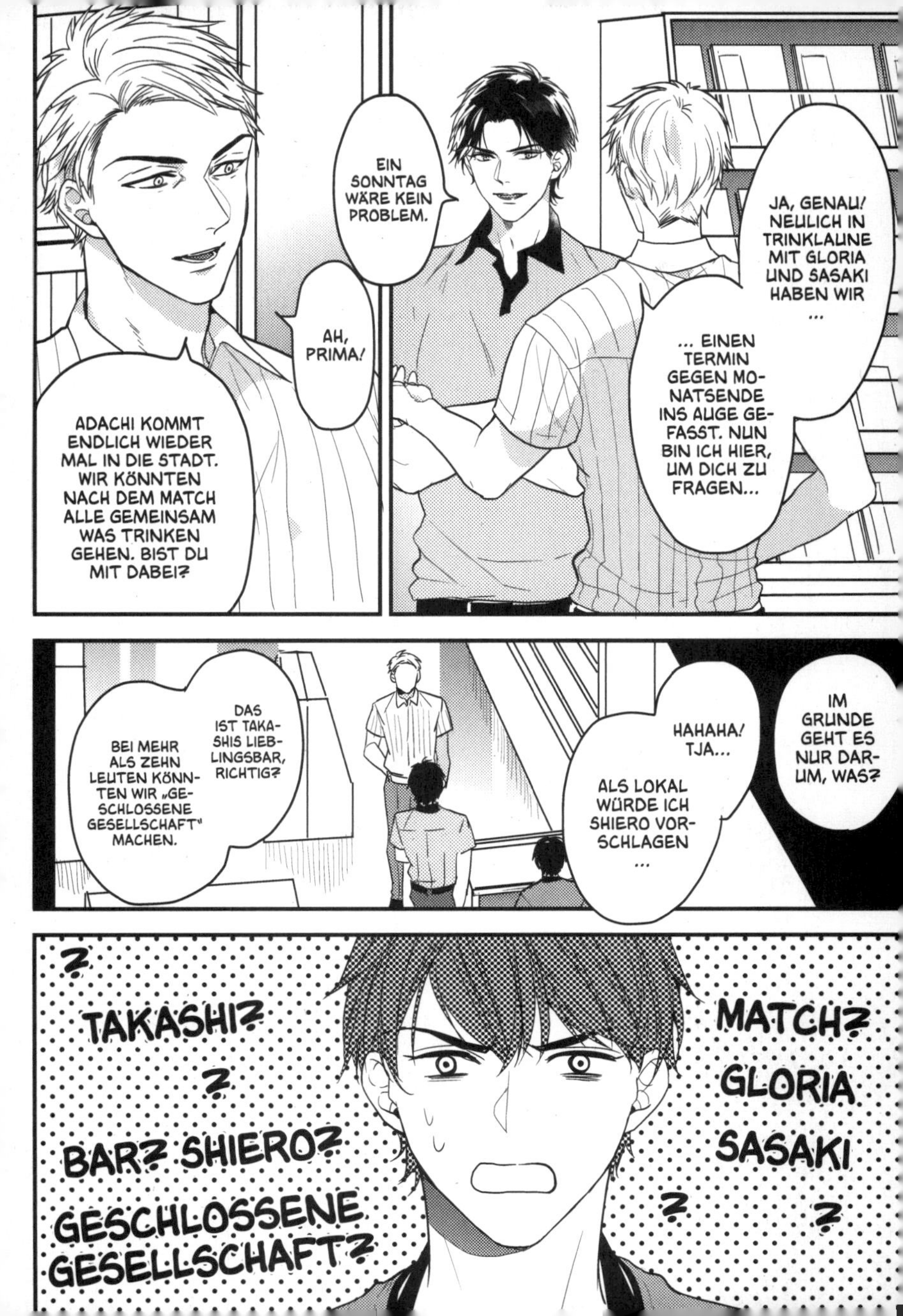
JA, GENAU! NEULICH IN TRINKLAUNE MIT GLORIA UND SASAKI HABEN WIR ...
... EINEN TERMIN GEGEN MONATSENDE INS AUGE GEFASST. NUN BIN ICH HIER, UM DICH ZU FRAGEN...
EIN SONNTAG WÄRE KEIN PROBLEM.
AH, PRIMA!
ADACHI KOMMT ENDLICH WIEDER MAL IN DIE STADT. WIR KÖNNTEN NACH DEM MATCH ALLE GEMEINSAM WAS TRINKEN GEHEN. BIST DU MIT DABEI?
IM GRUNDE GEHT ES NUR DARUM, WAS?
HAHAHA! TJA...
ALS LOKAL WÜRDE ICH SHIERO VORSCHLAGEN ...
DAS IST TAKASHIS LIEBLINGSBAR, RICHTIG?
BEI MEHR ALS ZEHN LEUTEN KÖNNTEN WIR „GESCHLOSSENE GESELLSCHAFT" MACHEN.
MATCH? GLORIA SASAKI ?
? TAKASHI? ? BAR? SHIERO? GESCHLOSSENE GESELLSCHAFT?

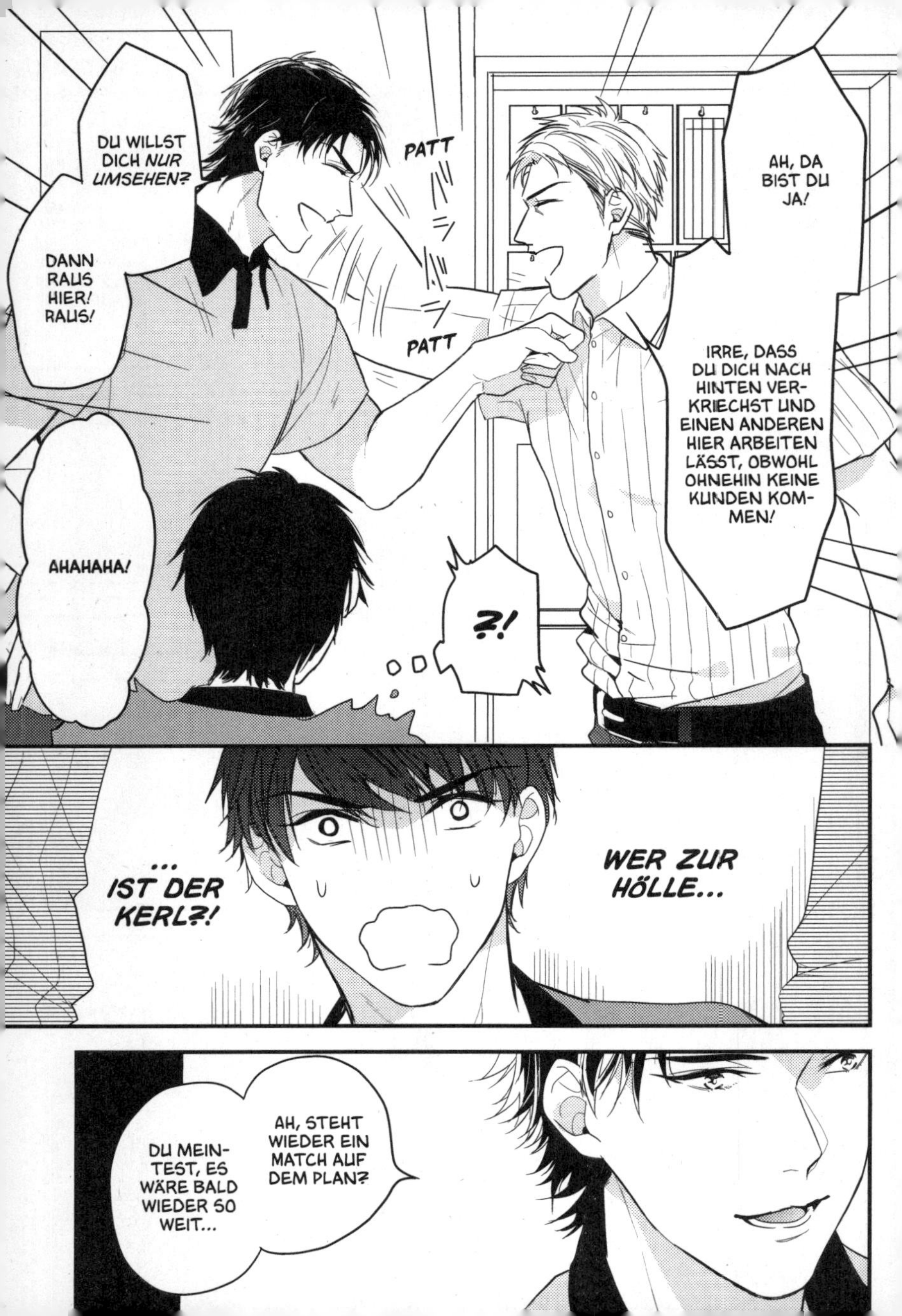
AH, DA BIST DU JA!
IRRE, DASS DU DICH NACH HINTEN VERKRIECHST UND EINEN ANDEREN HIER ARBEITEN LÄSST, OBWOHL OHNEHIN KEINE KUNDEN KOMMEN!
DU WILLST DICH NUR UMSEHEN?
DANN RAUS HIER! RAUS!
PATT
PATT
AHAHAHA!
?!
WER ZUR HÖLLE...
... IST DER KERL?!
AH, STEHT WIEDER EIN MATCH AUF DEM PLAN?
DU MEINTEST, ES WÄRE BALD WIEDER SO WEIT...

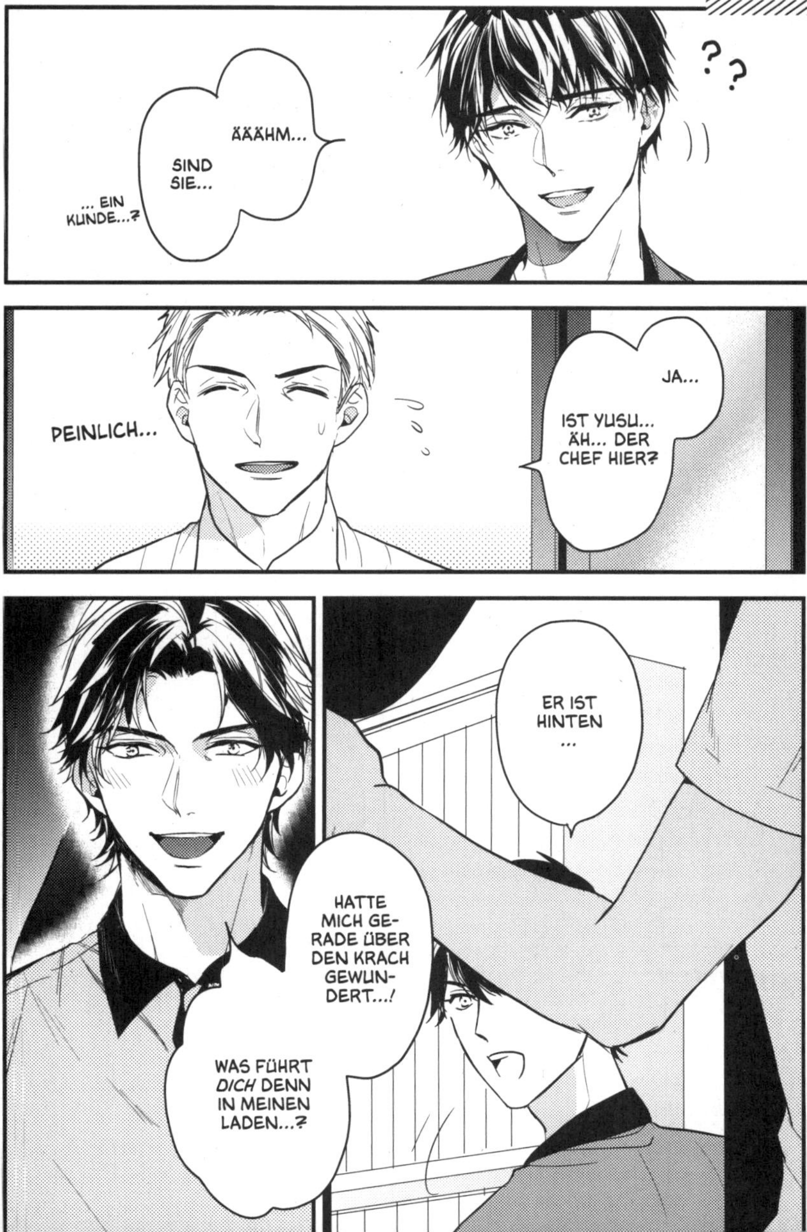
ÄÄÄHM... SIND SIE... ... EIN KUNDE...?
JA... IST YUSU... ÄH... DER CHEF HIER?
PEINLICH...
ER IST HINTEN ...
HATTE MICH GERADE ÜBER DEN KRACH GEWUNDERT...!
WAS FÜHRT *DICH* DENN IN MEINEN LADEN...?

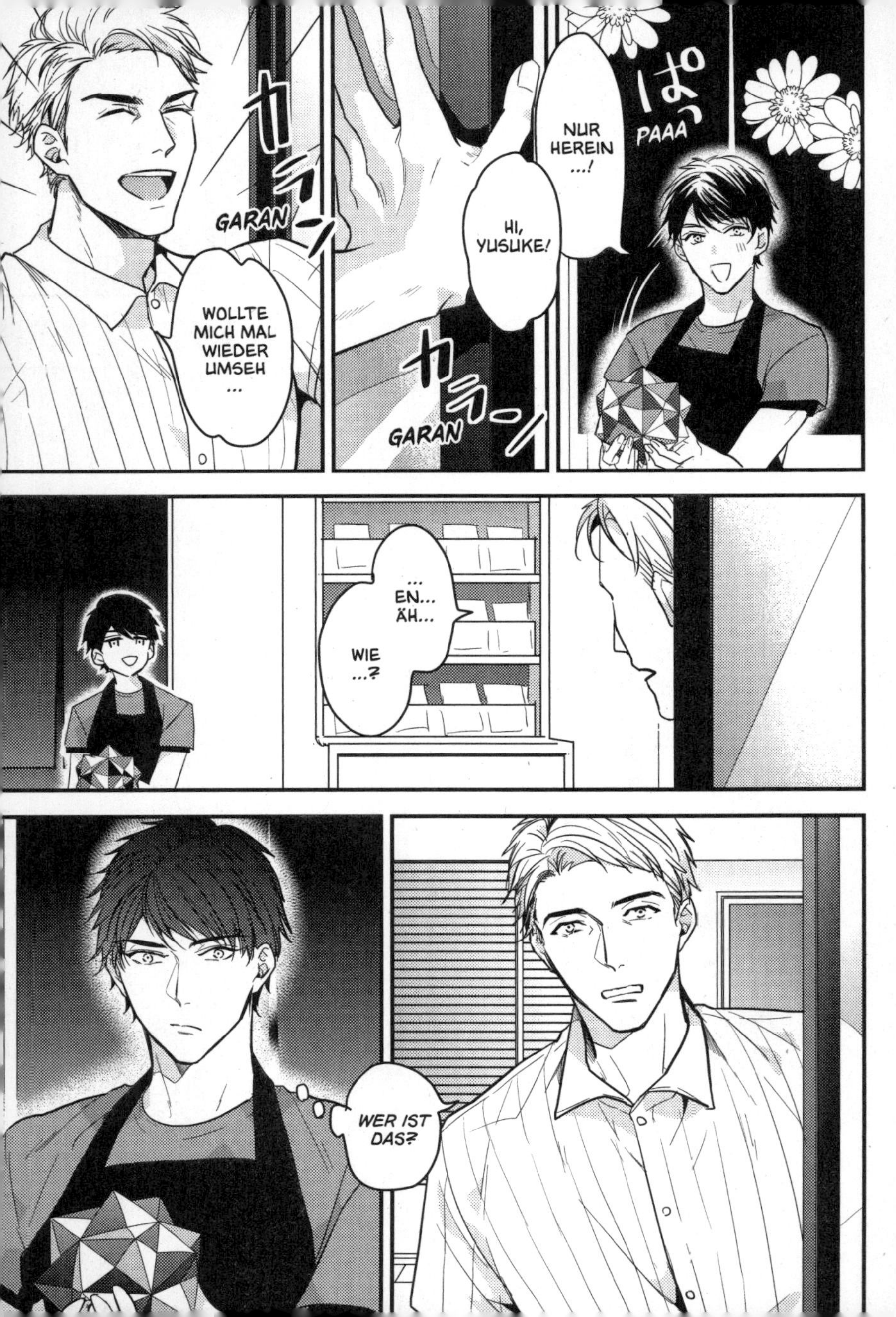
ぱっ
PAAA
NUR HEREIN ...!
HI, YUSUKE!
GARAN
GARAN
WOLLTE MICH MAL WIEDER UMSEH ...
... EN... ÄH...
WIE ...?
WER IST DAS?

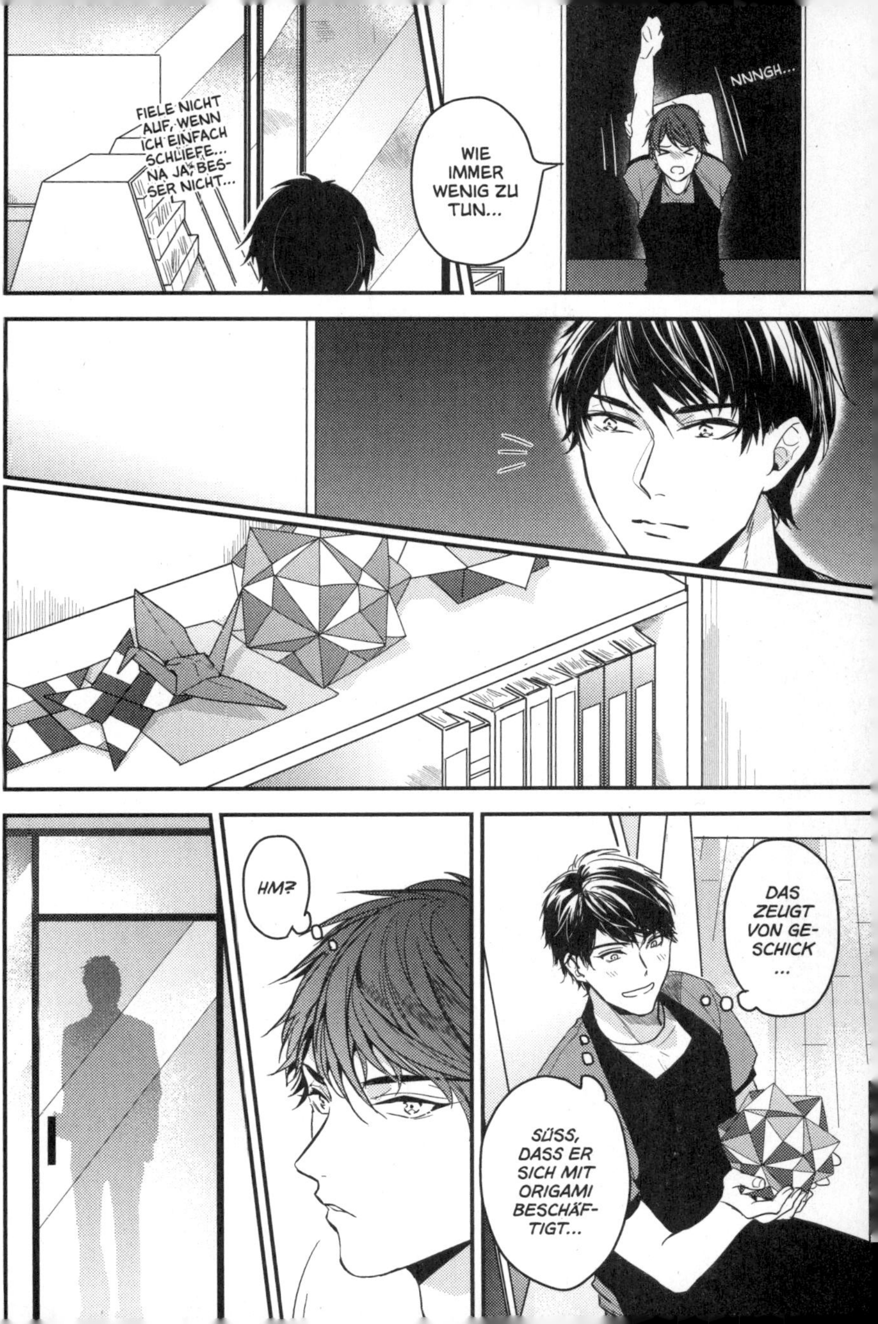
NNNGH…
WIE IMMER WENIG ZU TUN…
FIELE NICHT AUF, WENN ICH EINFACH SCHLIEFE… NA JA, BES-SER NICHT…
DAS ZEUGT VON GE-SCHICK …
SÜSS, DASS ER SICH MIT ORIGAMI BESCHÄF-TIGT…
HM?

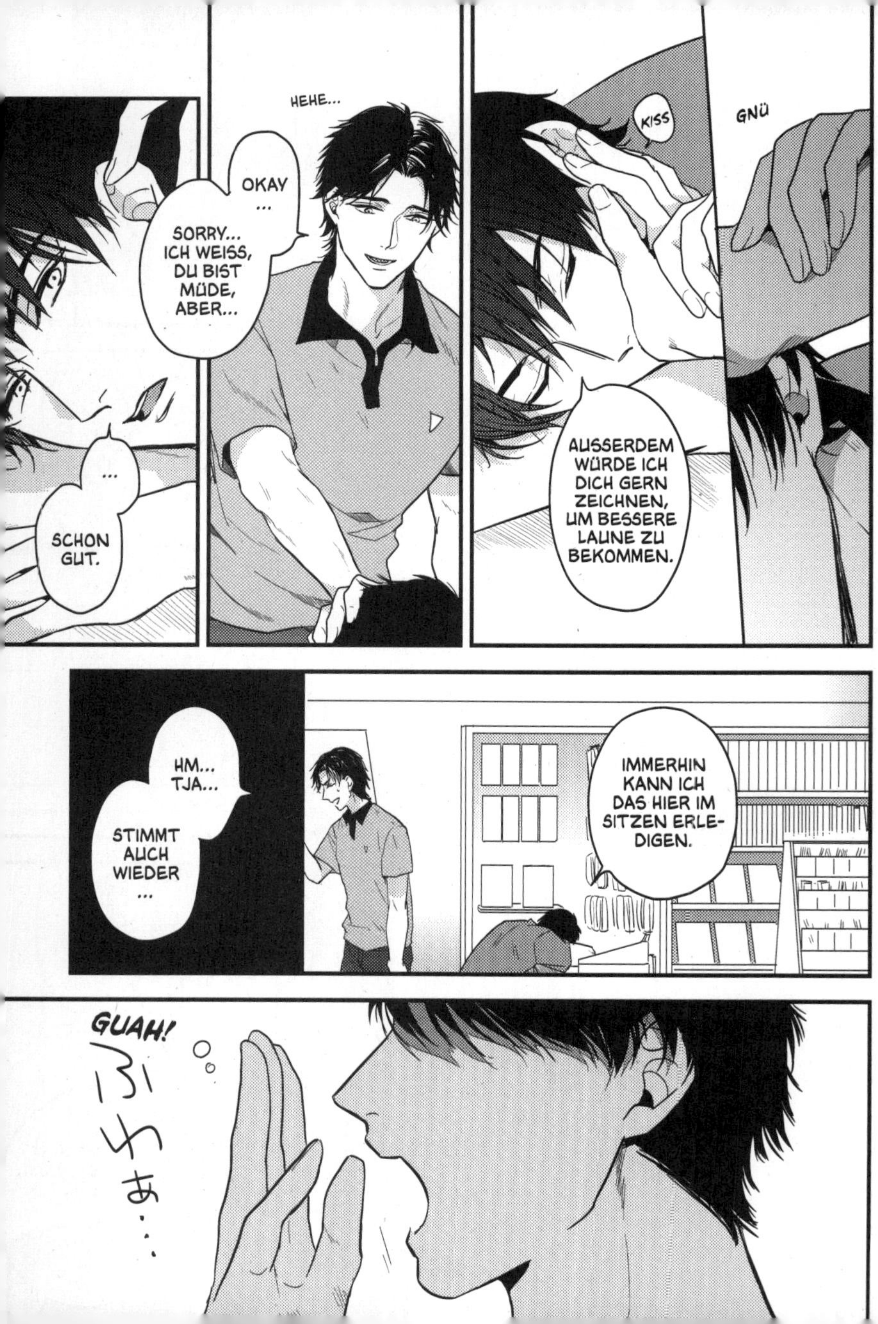
GNÜ
KISS
AUSSERDEM WÜRDE ICH DICH GERN ZEICHNEN, UM BESSERE LAUNE ZU BEKOMMEN.
HEHE...
OKAY ... SORRY... ICH WEISS, DU BIST MÜDE, ABER...
... SCHON GUT.
IMMERHIN KANN ICH DAS HIER IM SITZEN ERLE-DIGEN.
HM... TJA... STIMMT AUCH WIEDER ...
GUAH!
ふわあ...

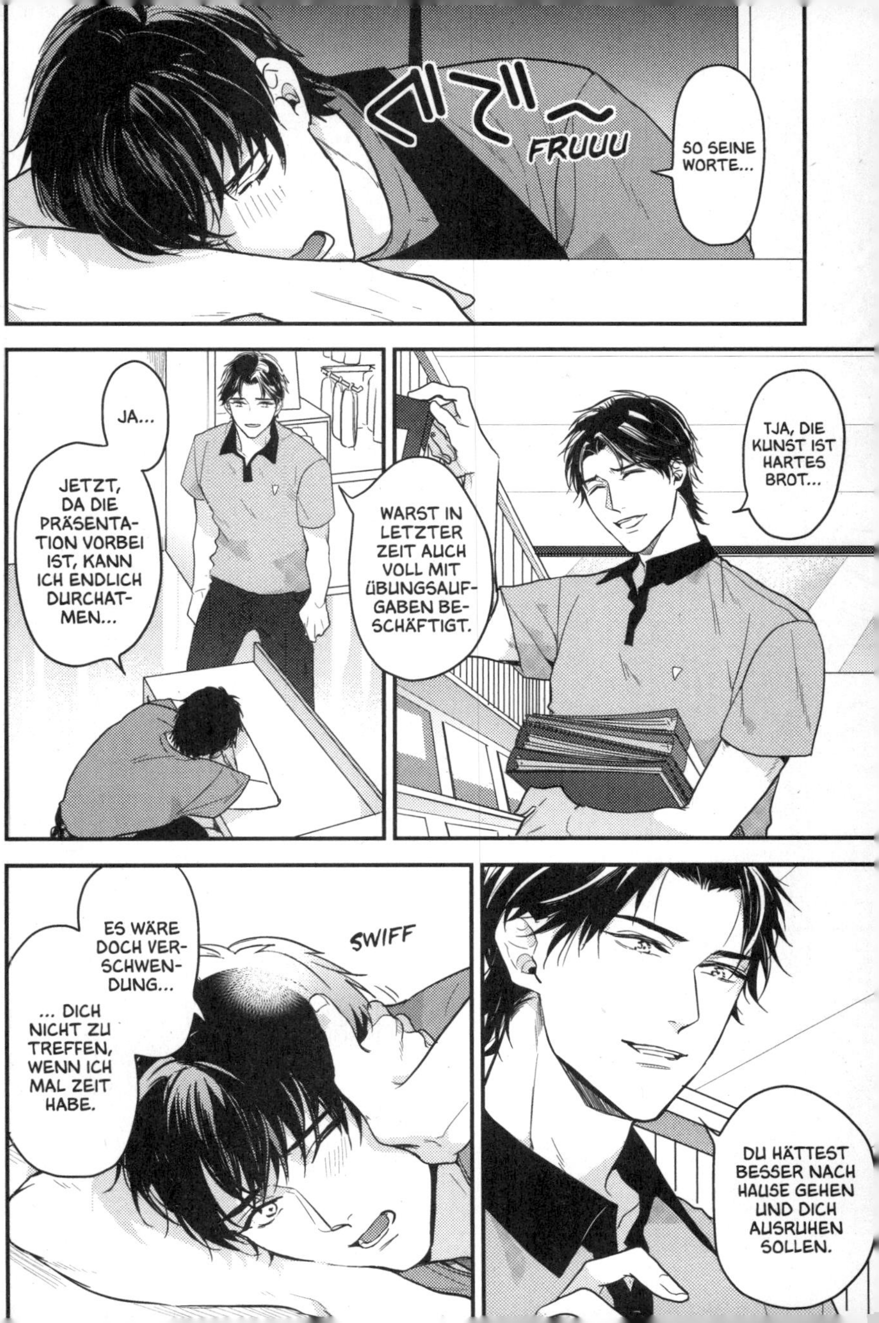

FRUUU
SO SEINE WORTE...
TJA, DIE KUNST IST HARTES BROT...
WARST IN LETZTER ZEIT AUCH VOLL MIT ÜBUNGSAUFGABEN BESCHÄFTIGT.
JA...
JETZT, DA DIE PRÄSENTATION VORBEI IST, KANN ICH ENDLICH DURCHATMEN...
DU HÄTTEST BESSER NACH HAUSE GEHEN UND DICH AUSRUHEN SOLLEN.
SWIFF
ES WÄRE DOCH VERSCHWENDUNG...
... DICH NICHT ZU TREFFEN, WENN ICH MAL ZEIT HABE.

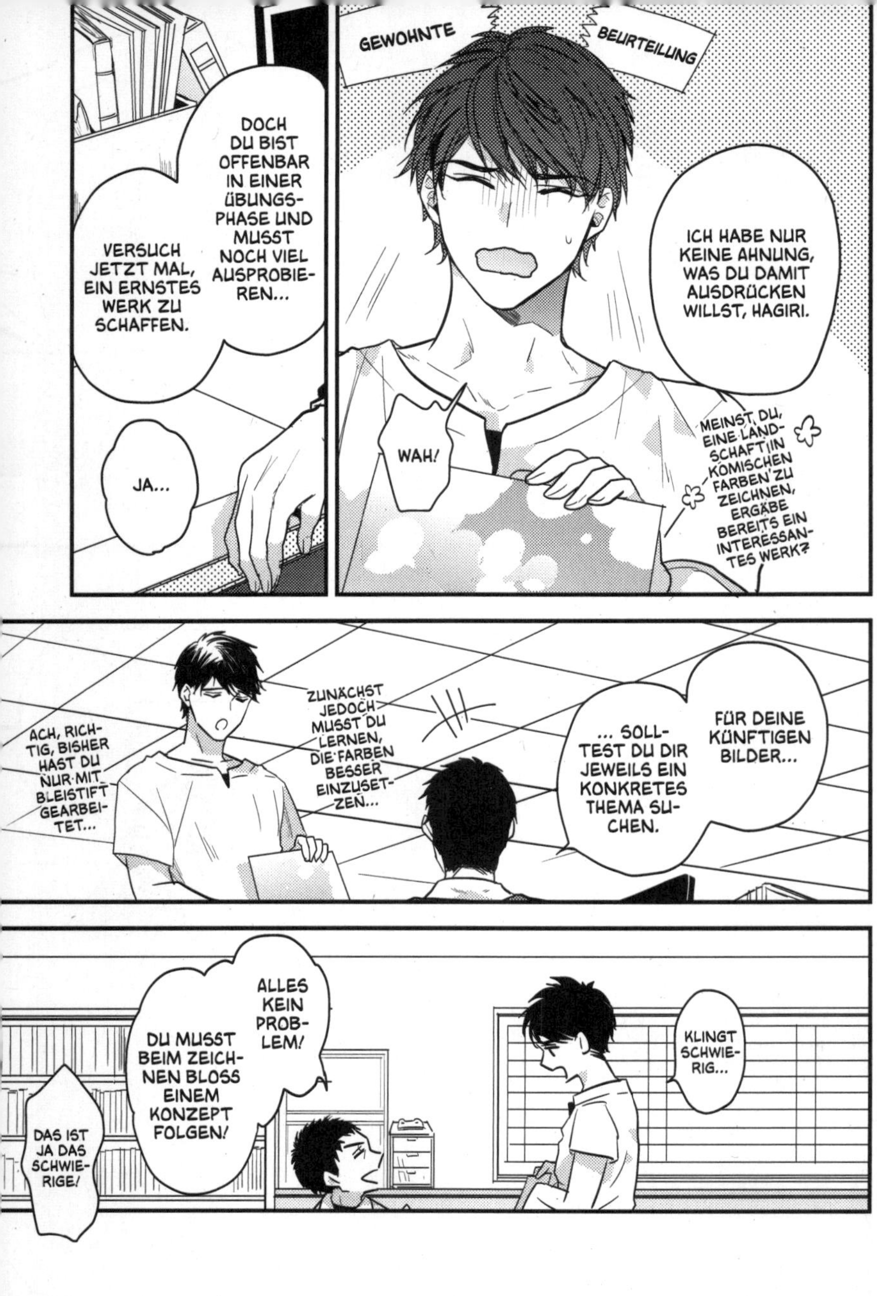
GEWOHNTE BEURTEILUNG
ICH HABE NUR KEINE AHNUNG, WAS DU DAMIT AUSDRÜCKEN WILLST, HAGIRI.
WAH!
MEINST DU, EINE LANDSCHAFT IN KOMISCHEN FARBEN ZU ZEICHNEN, ERGÄBE BEREITS EIN INTERESSANTES WERK?
DOCH DU BIST OFFENBAR IN EINER ÜBUNGSPHASE UND MUSST NOCH VIEL AUSPROBIEREN...
VERSUCH JETZT MAL, EIN ERNSTES WERK ZU SCHAFFEN.
JA...
FÜR DEINE KÜNFTIGEN BILDER...
... SOLLTEST DU DIR JEWEILS EIN KONKRETES THEMA SUCHEN.
ZUNÄCHST JEDOCH MUSST DU LERNEN, DIE FARBEN BESSER EINZUSETZEN...
ACH, RICHTIG, BISHER HAST DU NUR MIT BLEISTIFT GEARBEITET...
KLINGT SCHWIERIG...
ALLES KEIN PROBLEM!
DU MUSST BEIM ZEICHNEN BLOSS EINEM KONZEPT FOLGEN!
DAS IST JA DAS SCHWIERIGE!

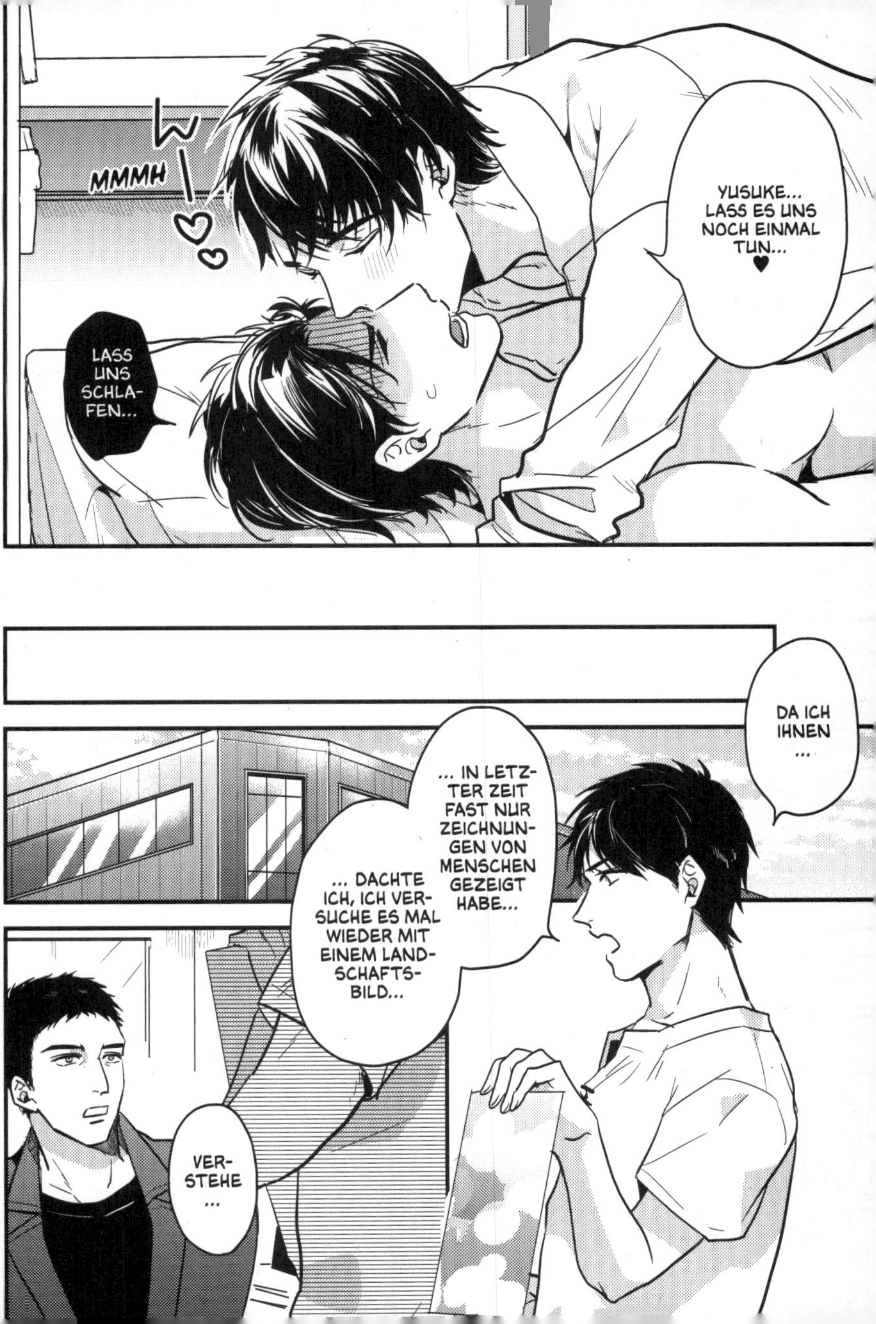
YUSUKE... LASS ES UNS NOCH EINMAL TUN... ♥
MMMH ♥ ♥
LASS UNS SCHLAFEN...
DA ICH IHNEN ...
... IN LETZTER ZEIT FAST NUR ZEICHNUNGEN VON MENSCHEN GEZEIGT HABE...
... DACHTE ICH, ICH VERSUCHE ES MAL WIEDER MIT EINEM LANDSCHAFTSBILD...
VERSTEHE ...

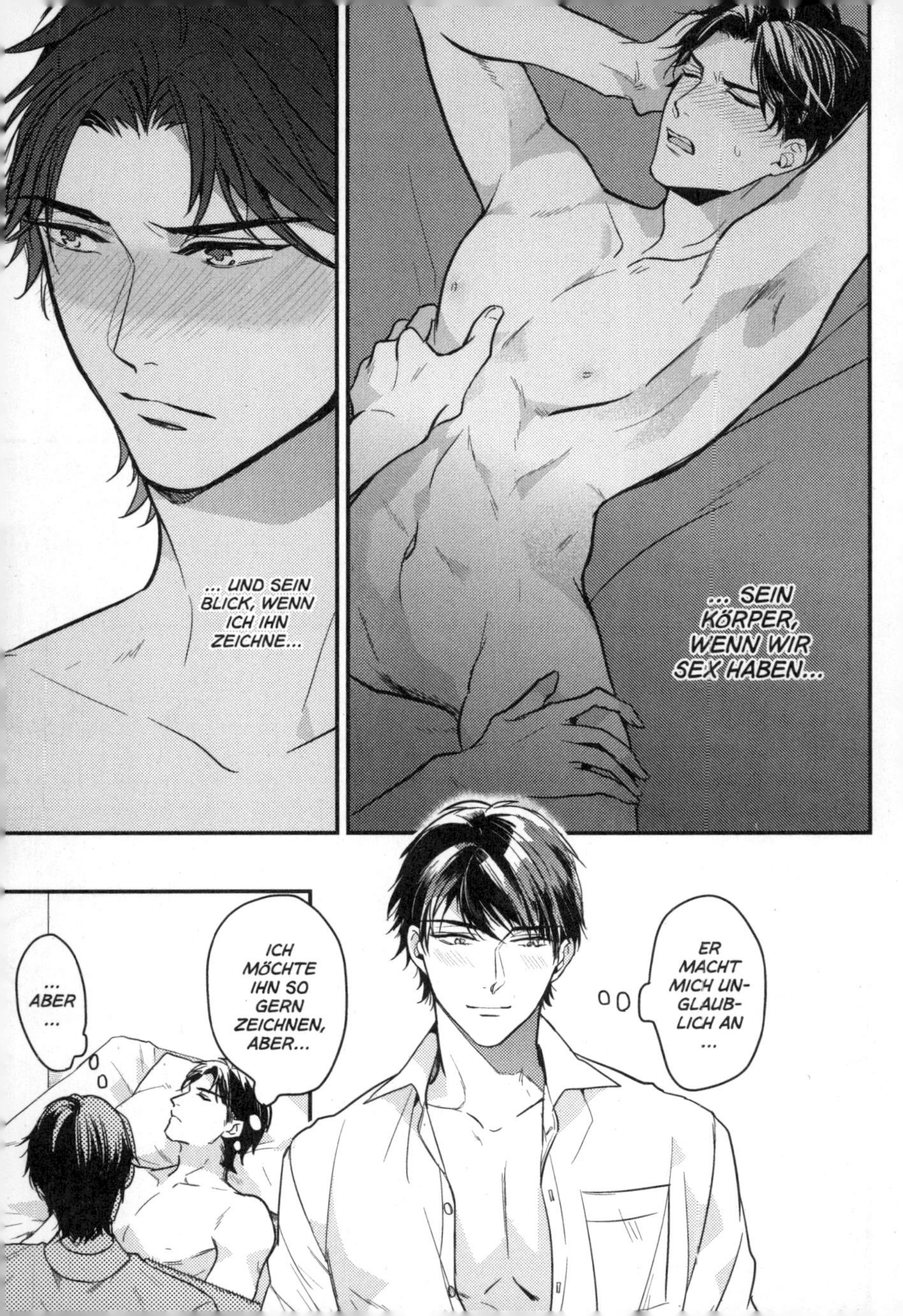
... SEIN KÖRPER, WENN WIR SEX HABEN...
... UND SEIN BLICK, WENN ICH IHN ZEICHNE...
ER MACHT MICH UN-GLAUB-LICH AN ...
ICH MÖCHTE IHN SO GERN ZEICHNEN, ABER...
... ABER ...

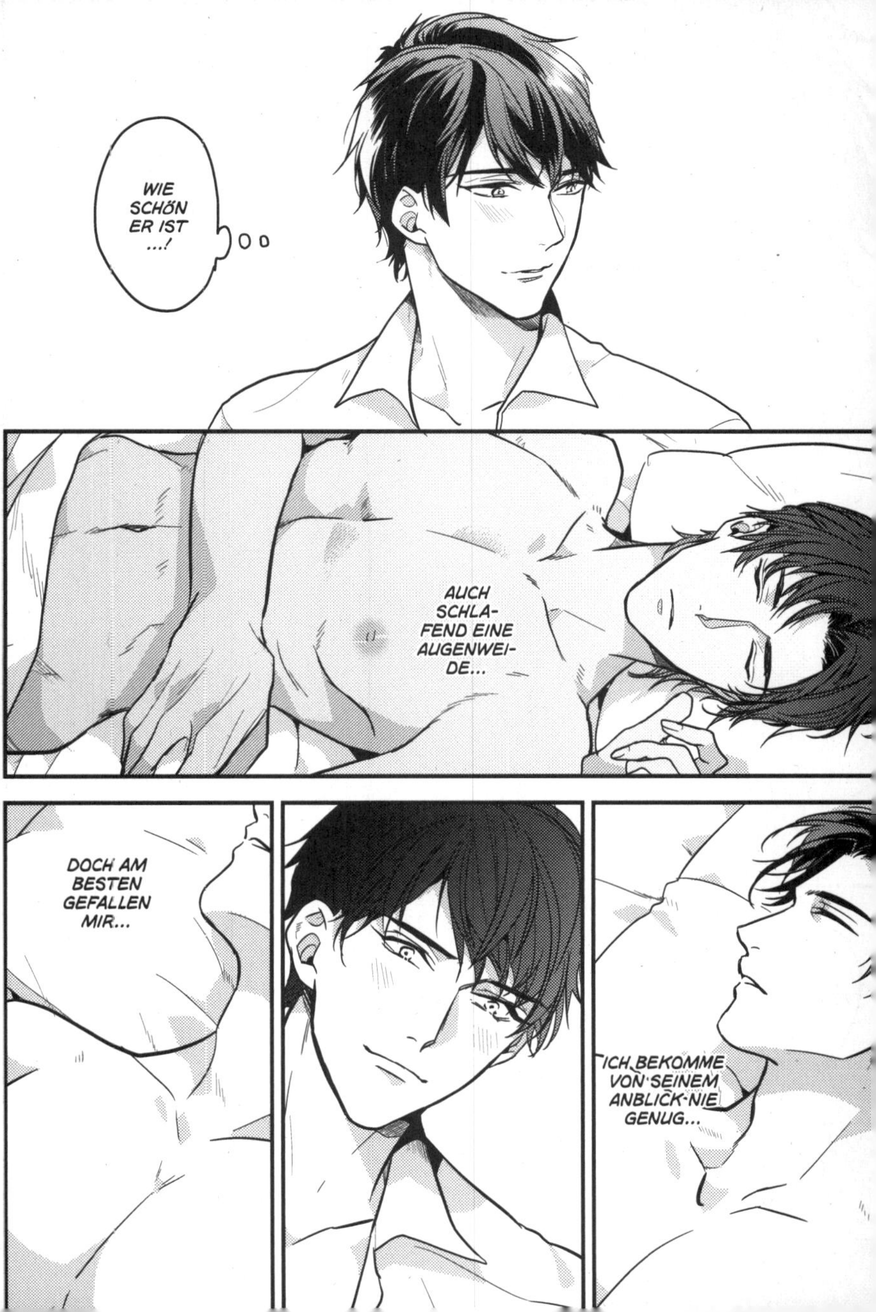
WIE SCHÖN ER IST ...!
AUCH SCHLAFEND EINE AUGENWEIDE...
DOCH AM BESTEN GEFALLEN MIR...
ICH BEKOMME VON SEINEM ANBLICK NIE GENUG...

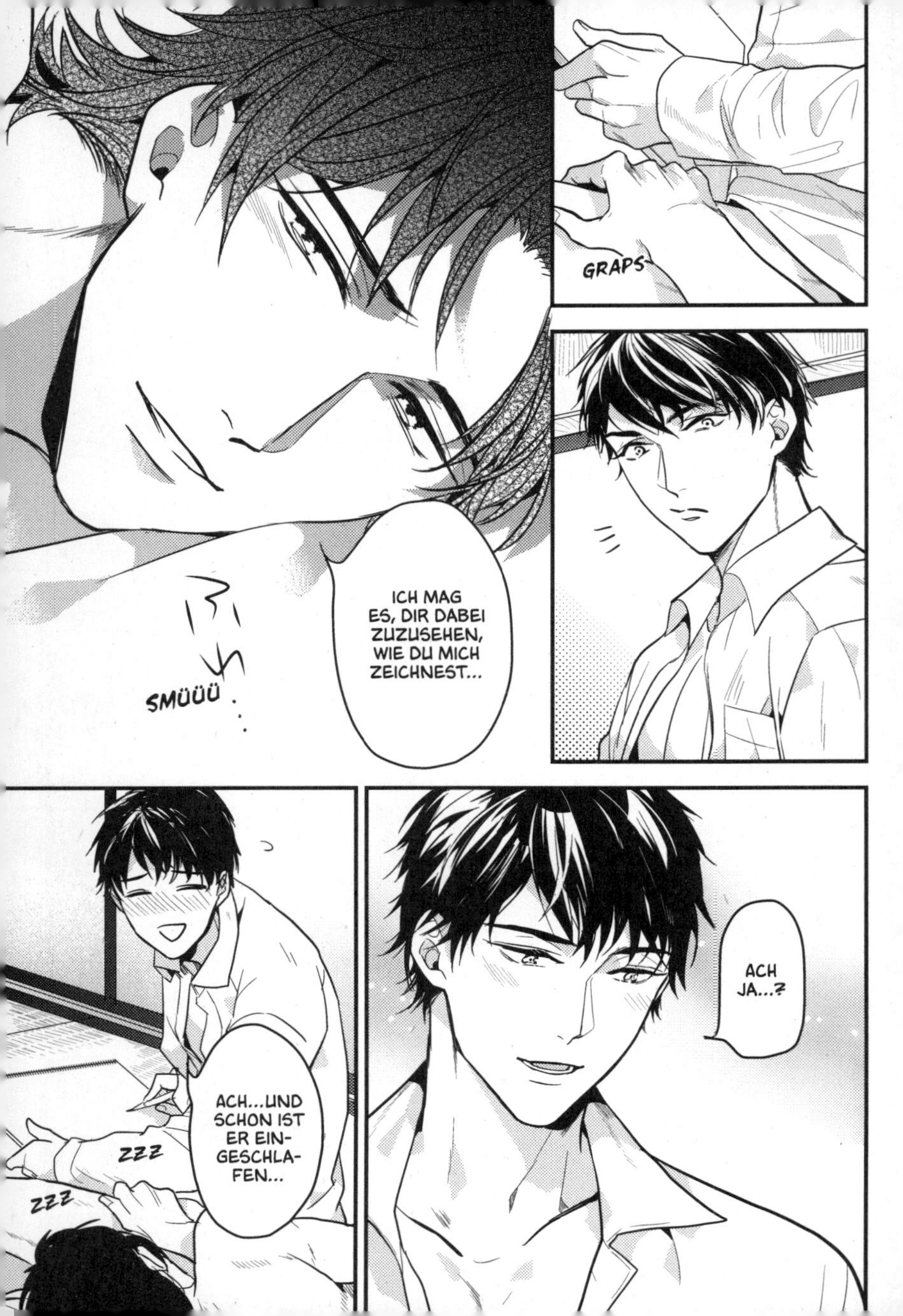
GRAPS
ICH MAG ES, DIR DABEI ZUZUSEHEN, WIE DU MICH ZEICHNEST...
SMÜÜÜ
ACH JA...?
ACH...UND SCHON IST ER EINGESCHLAFEN...
ZZZ
ZZZ

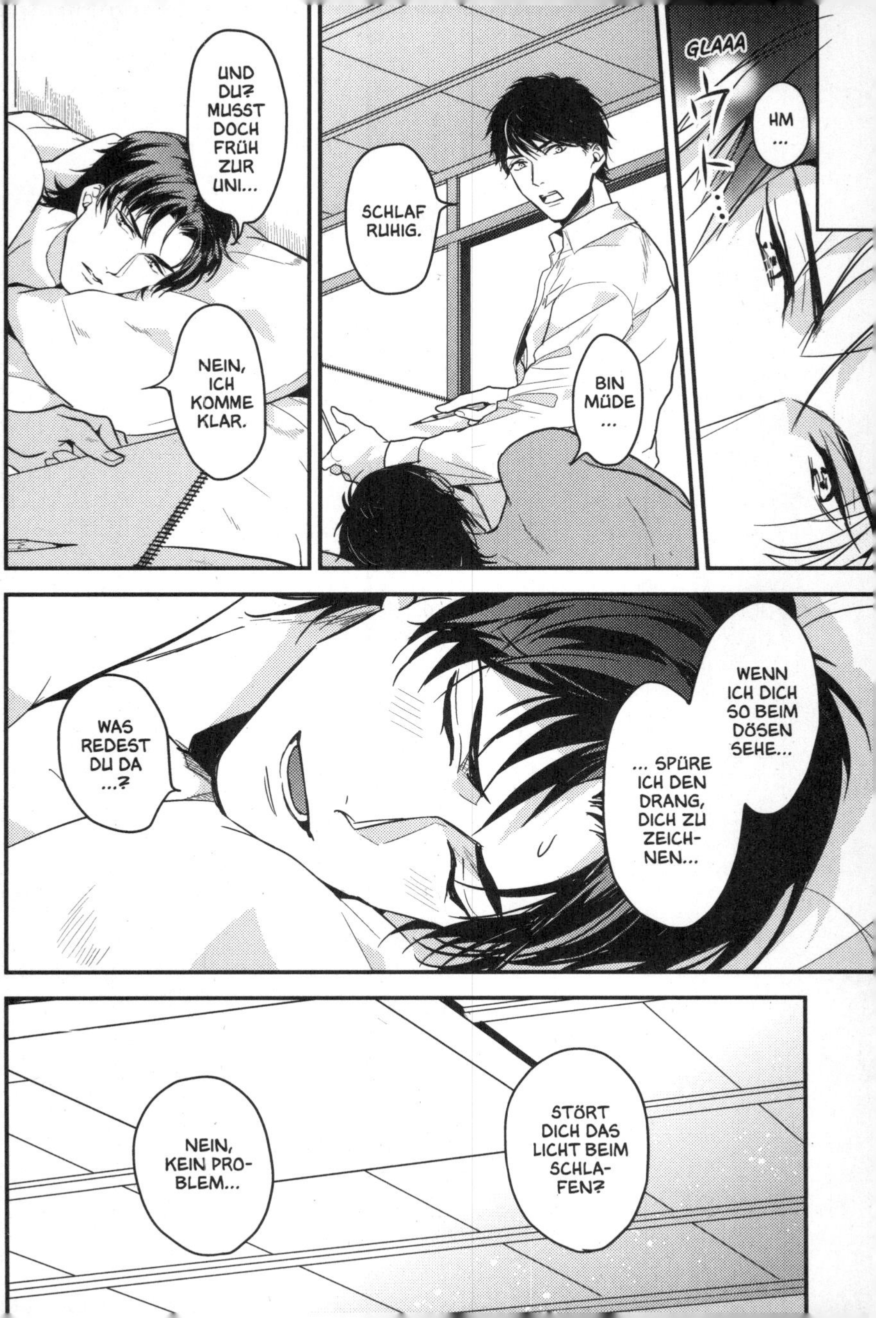
GLAAA
HM ...
SCHLAF RUHIG.
BIN MÜDE ...
UND DU? MUSST DOCH FRÜH ZUR UNI...
NEIN, ICH KOMME KLAR.
WENN ICH DICH SO BEIM DÖSEN SEHE...
... SPÜRE ICH DEN DRANG, DICH ZU ZEICH-NEN...
WAS REDEST DU DA ...?
STÖRT DICH DAS LICHT BEIM SCHLA-FEN?
NEIN, KEIN PRO-BLEM...

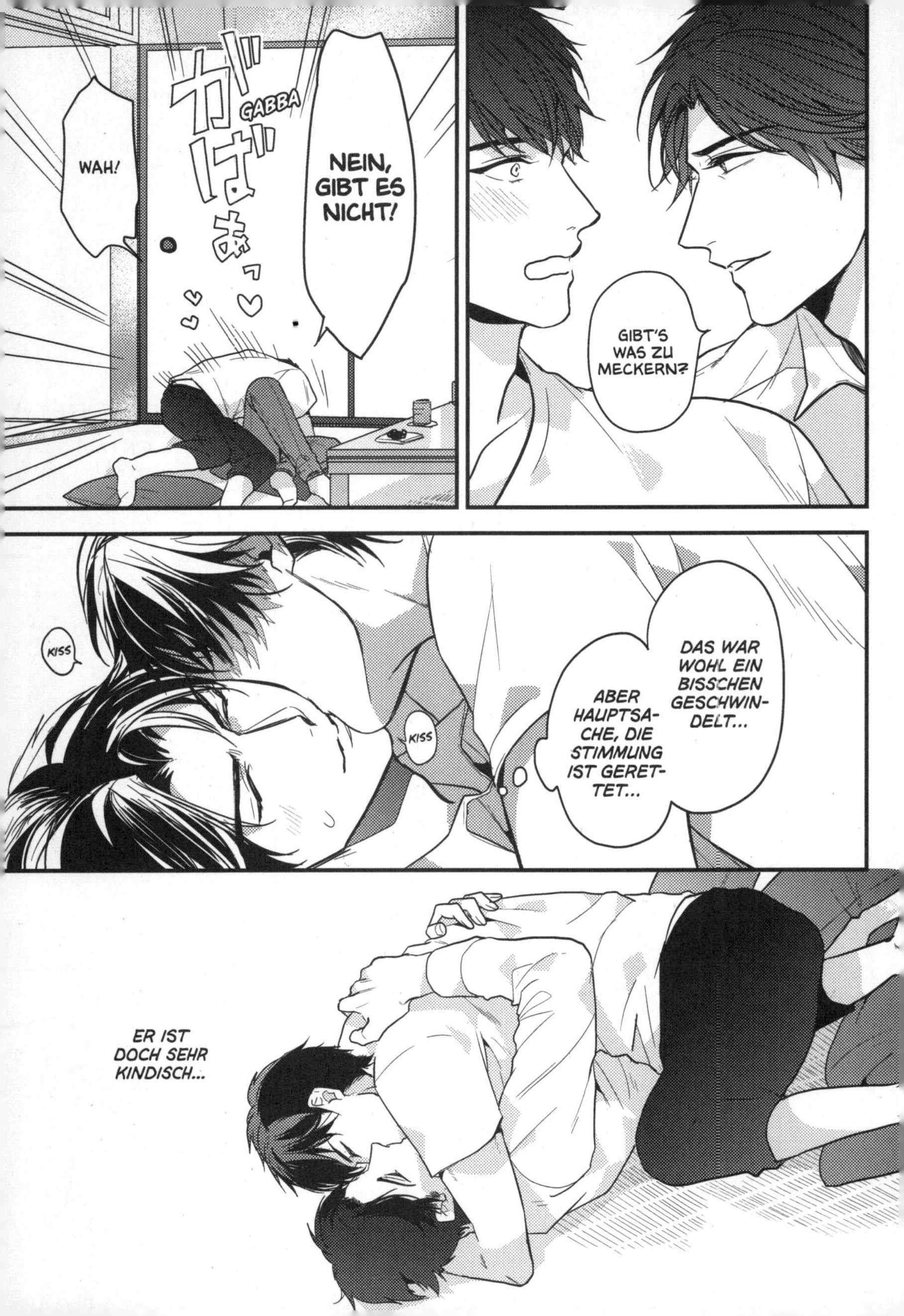
GIBT'S WAS ZU MECKERN?
NEIN, GIBT ES NICHT!
がばぁっ
GABBA
WAH!
KISS
KISS
DAS WAR WOHL EIN BISSCHEN GESCHWINDELT...
ABER HAUPTSACHE, DIE STIMMUNG IST GERETTET...
ER IST DOCH SEHR KINDISCH...

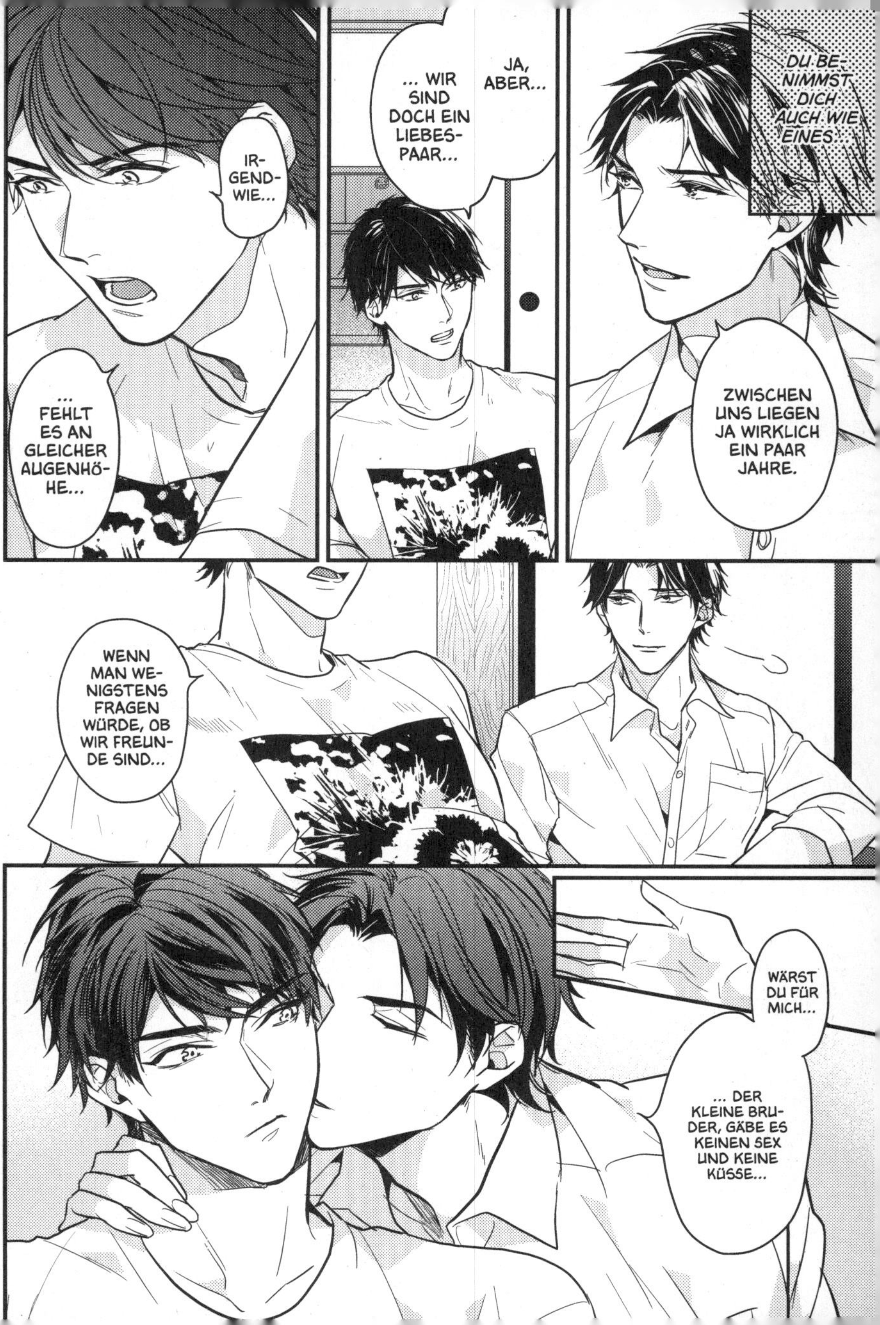

DU BENIMMST DICH AUCH WIE EINES.
ZWISCHEN UNS LIEGEN JA WIRKLICH EIN PAAR JAHRE.
JA, ABER...
... WIR SIND DOCH EIN LIEBESPAAR...
IRGENDWIE...
... FEHLT ES AN GLEICHER AUGENHÖHE...
WENN MAN WENIGSTENS FRAGEN WÜRDE, OB WIR FREUNDE SIND...
WÄRST DU FÜR MICH...
... DER KLEINE BRUDER, GÄBE ES KEINEN SEX UND KEINE KÜSSE...

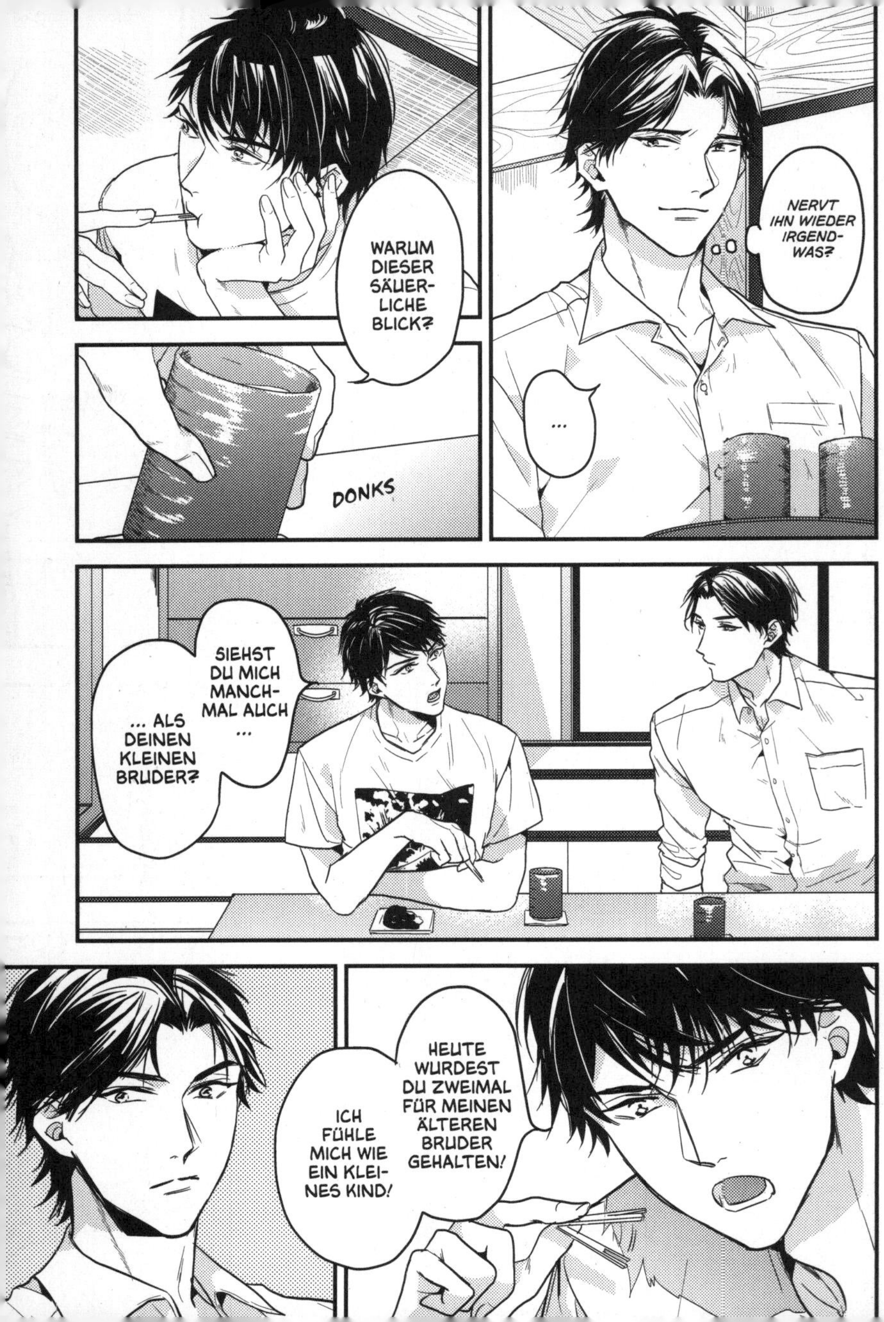
NERVT IHN WIEDER IRGENDWAS?
WARUM DIESER SÄUERLICHE BLICK?
...
DONKS
SIEHST DU MICH MANCHMAL AUCH ...
... ALS DEINEN KLEINEN BRUDER?
HEUTE WURDEST DU ZWEIMAL FÜR MEINEN ÄLTEREN BRUDER GEHALTEN!
ICH FÜHLE MICH WIE EIN KLEINES KIND!

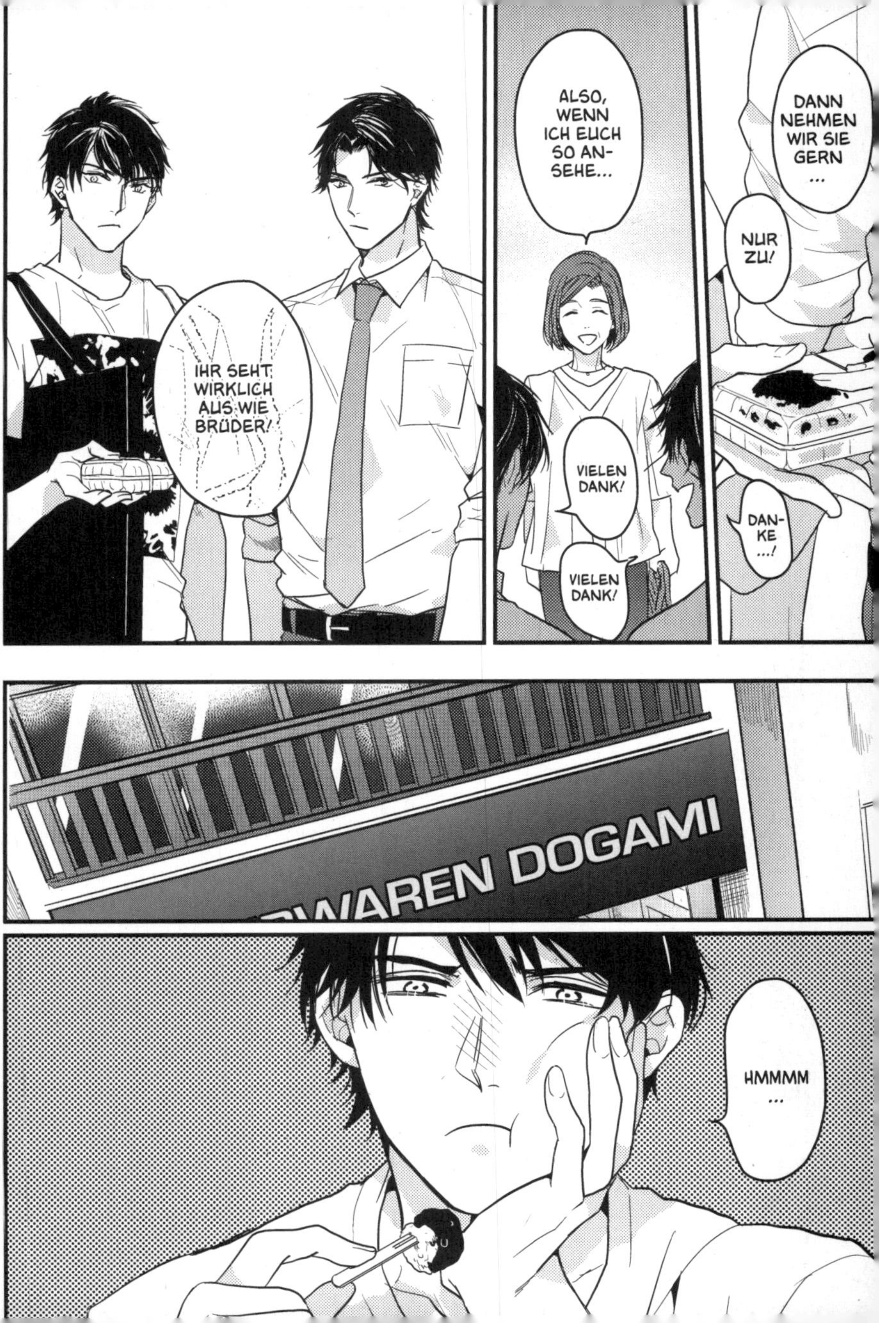
DANN NEHMEN WIR SIE GERN ...
NUR ZU!
DANKE ...!
ALSO, WENN ICH EUCH SO ANSEHE...
VIELEN DANK!
VIELEN DANK!
IHR SEHT WIRKLICH AUS WIE BRÜDER!
WAREN DOGAMI
HMMMM ...

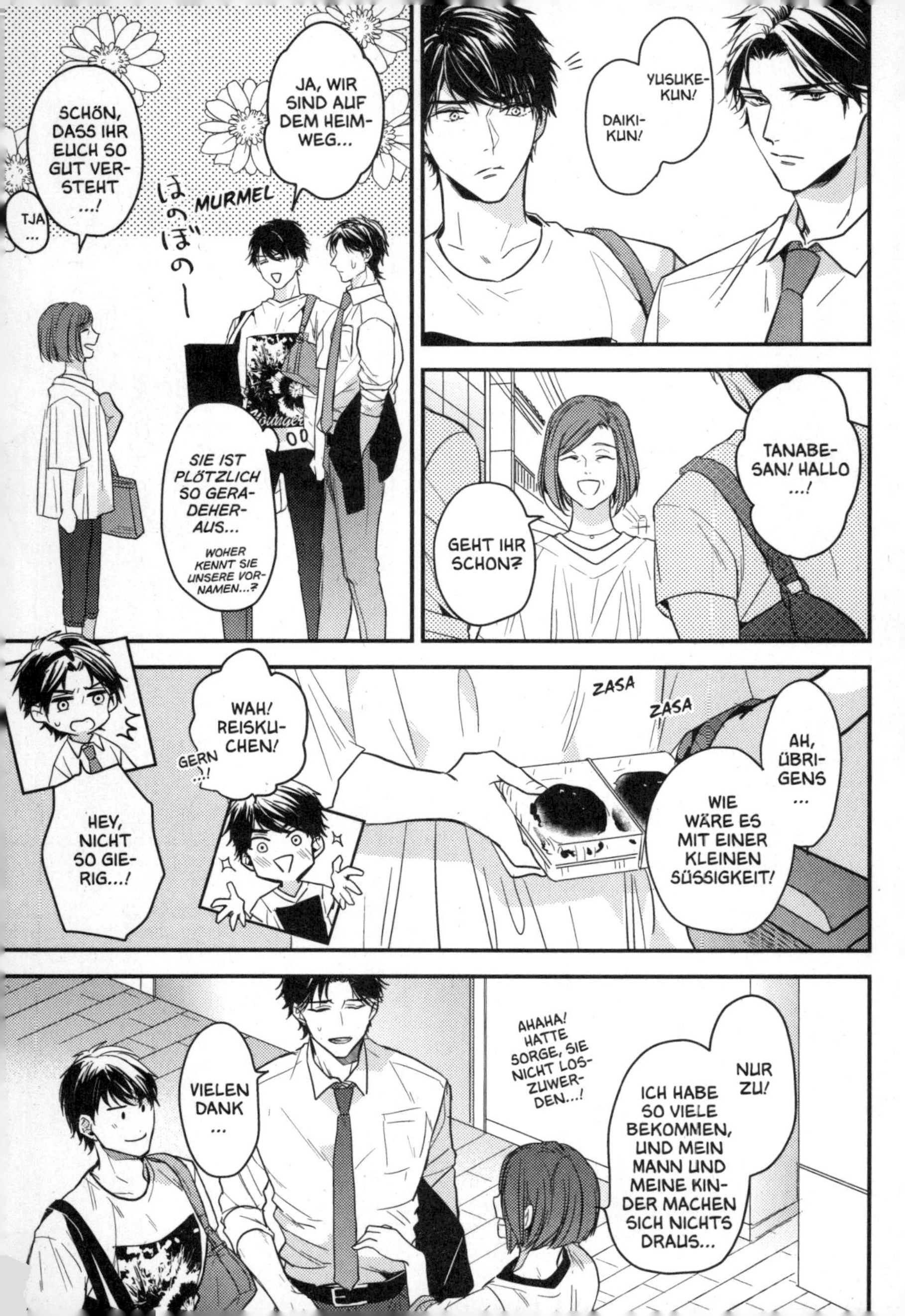

YUSUKE-KUN!
DAIKI-KUN!
TANABE-SAN! HALLO ...!
GEHT IHR SCHON?
JA, WIR SIND AUF DEM HEIMWEG...
SCHÖN, DASS IHR EUCH SO GUT VERSTEHT ...!
TJA ...
MURMEL
ほのぼのー
SIE IST PLÖTZLICH SO GERADEHERAUS...
WOHER KENNT SIE UNSERE VORNAMEN...?
ZASA
ZASA
AH, ÜBRIGENS ...
WIE WÄRE ES MIT EINER KLEINEN SÜSSIGKEIT!
WAH! REISKUCHEN!
GERN ...!
HEY, NICHT SO GIERIG...!
NUR ZU!
ICH HABE SO VIELE BEKOMMEN, UND MEIN MANN UND MEINE KINDER MACHEN SICH NICHTS DRAUS...
AHAHA! HATTE SORGE, SIE NICHT LOSZUWERDEN...!
VIELEN DANK ...

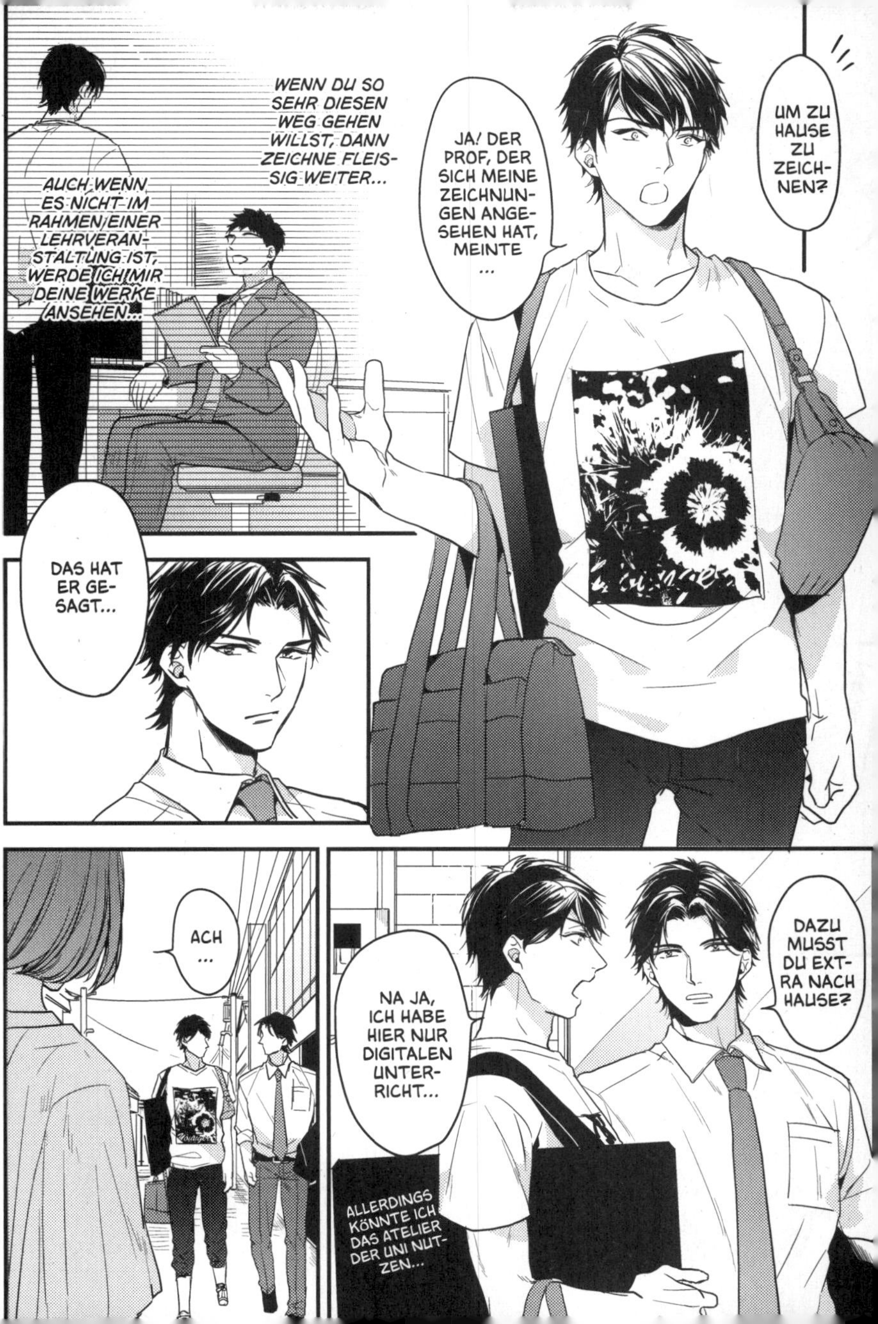
UM ZU HAUSE ZU ZEICHNEN?
JA! DER PROF, DER SICH MEINE ZEICHNUNGEN ANGESEHEN HAT, MEINTE ...
WENN DU SO SEHR DIESEN WEG GEHEN WILLST, DANN ZEICHNE FLEISSIG WEITER...
AUCH WENN ES NICHT IM RAHMEN EINER LEHRVERANSTALTUNG IST, WERDE ICH MIR DEINE WERKE ANSEHEN...
DAS HAT ER GESAGT...
DAZU MUSST DU EXTRA NACH HAUSE?
NA JA, ICH HABE HIER NUR DIGITALEN UNTERRICHT...
ALLERDINGS KÖNNTE ICH DAS ATELIER DER UNI NUTZEN...
ACH ...

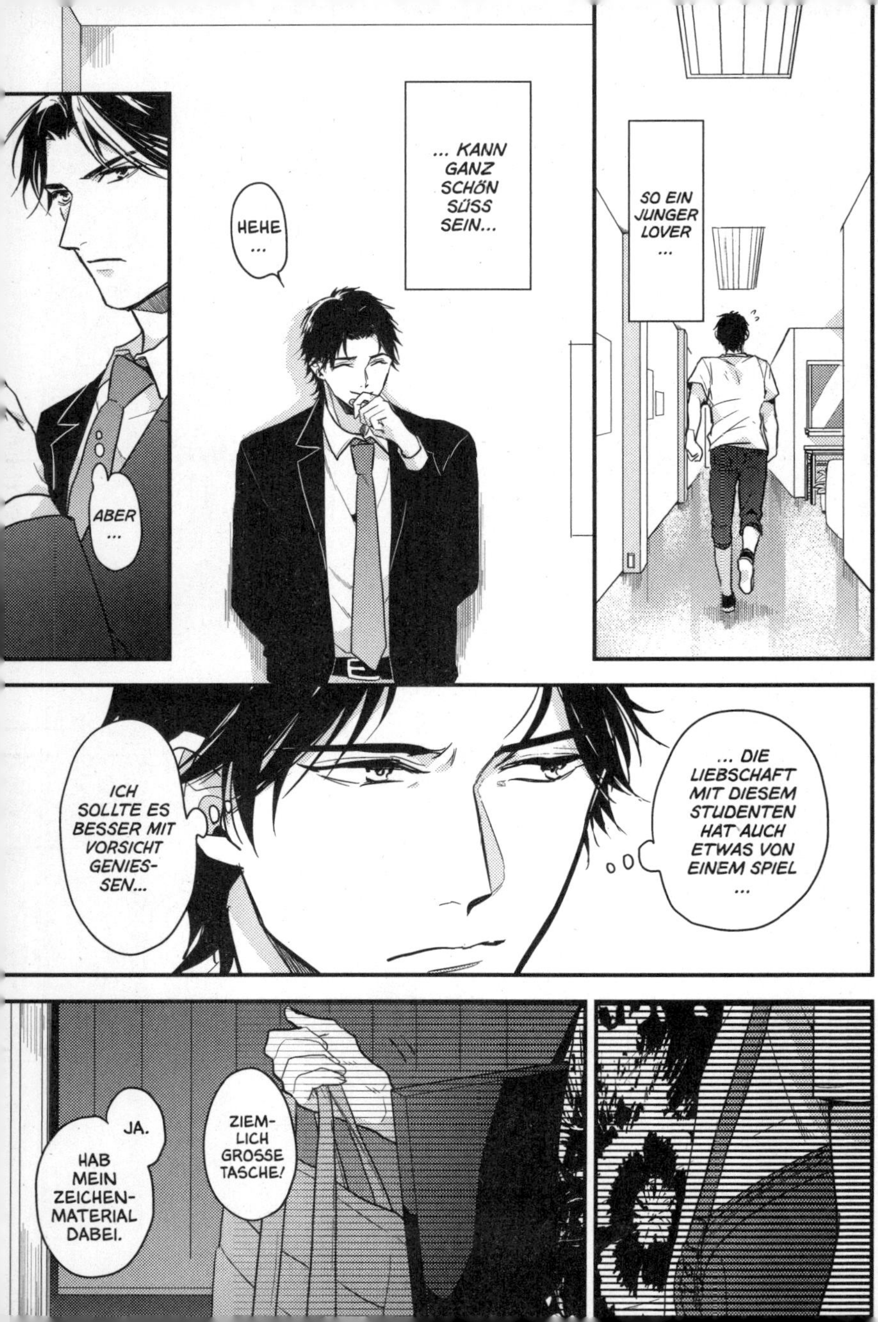

SO EIN JUNGER LOVER ...
... KANN GANZ SCHÖN SÜSS SEIN...
HEHE ...
ABER ...
... DIE LIEBSCHAFT MIT DIESEM STUDENTEN HAT AUCH ETWAS VON EINEM SPIEL ...
ICH SOLLTE ES BESSER MIT VORSICHT GENIES-SEN...
ZIEM-LICH GROSSE TASCHE!
JA.
HAB MEIN ZEICHEN-MATERIAL DABEI.

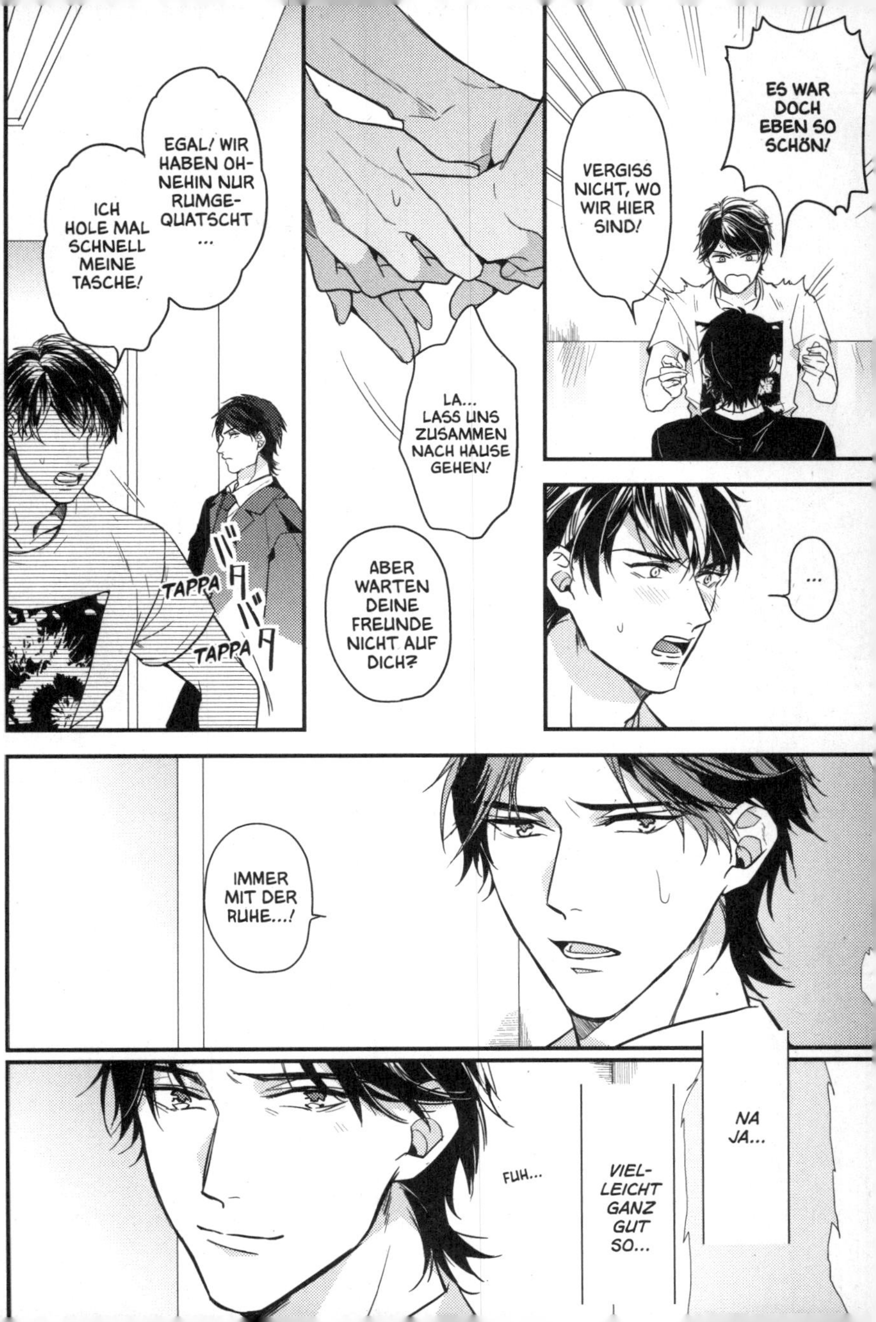
ES WAR DOCH EBEN SO SCHÖN!
VERGISS NICHT, WO WIR HIER SIND!
LA... LASS UNS ZUSAMMEN NACH HAUSE GEHEN!
...
ABER WARTEN DEINE FREUNDE NICHT AUF DICH?
EGAL! WIR HABEN OH-NEHIN NUR RUMGE-QUATSCHT ...
ICH HOLE MAL SCHNELL MEINE TASCHE!
バタバタ
TAPPA
TAPPA
IMMER MIT DER RUHE...!
NA JA...
VIEL-LEICHT GANZ GUT SO...
FUH...

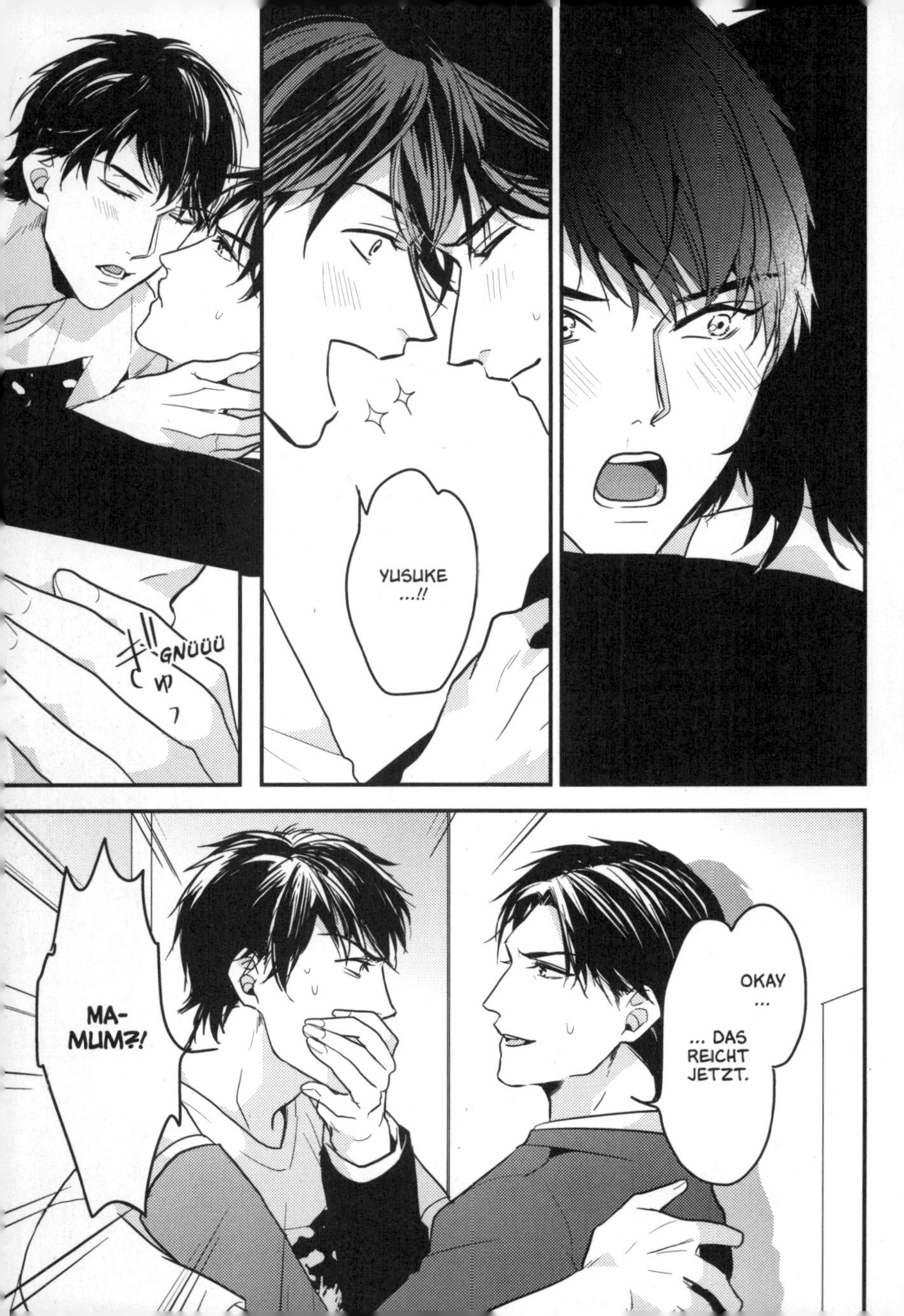
YUSUKE ...!!
GNÜÜÜ
OKAY ... ... DAS REICHT JETZT.
MA-MUM?!

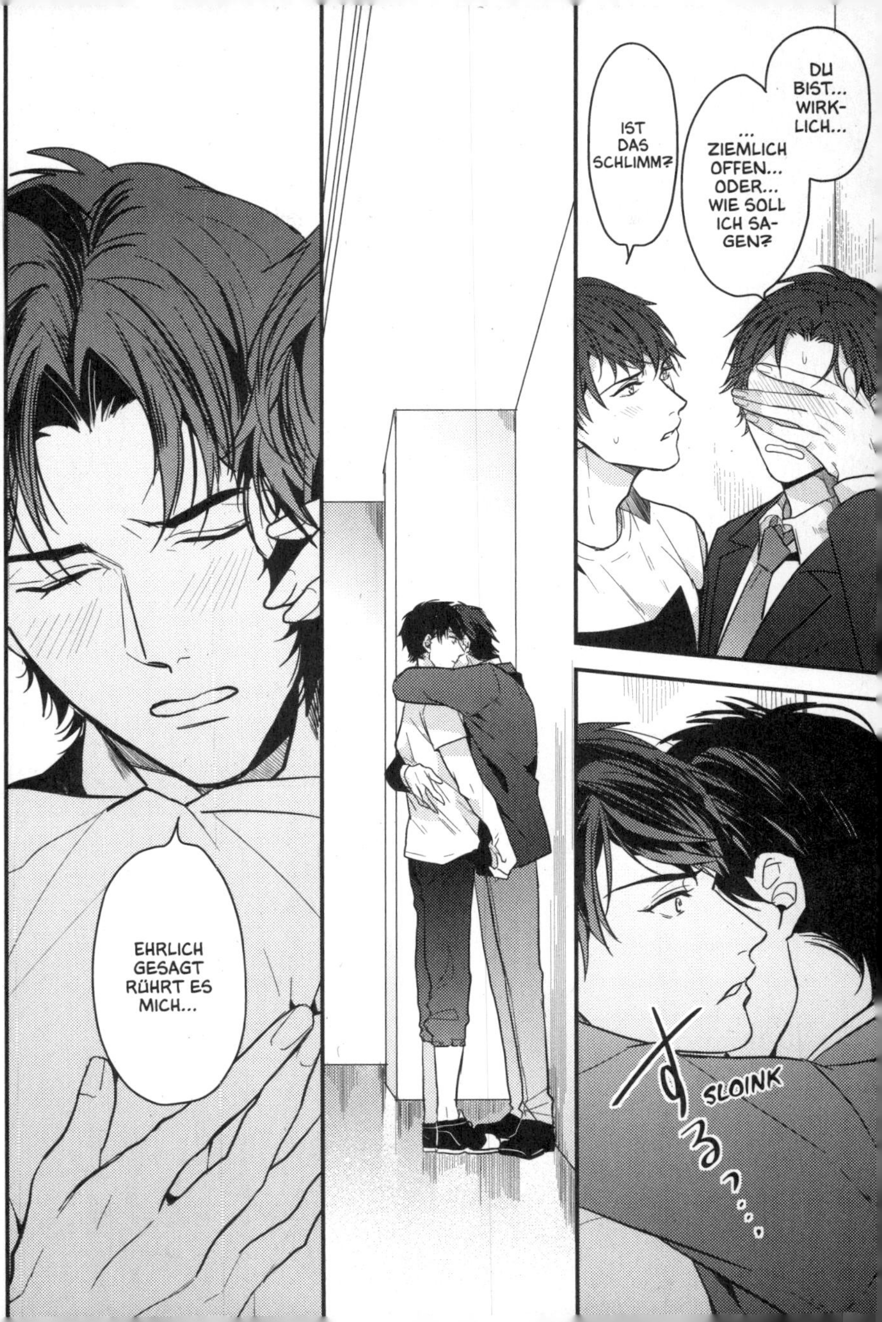
DU BIST... WIRKLICH...
... ZIEMLICH OFFEN... ODER... WIE SOLL ICH SAGEN?
IST DAS SCHLIMM?
SLOINK
EHRLICH GESAGT RÜHRT ES MICH...

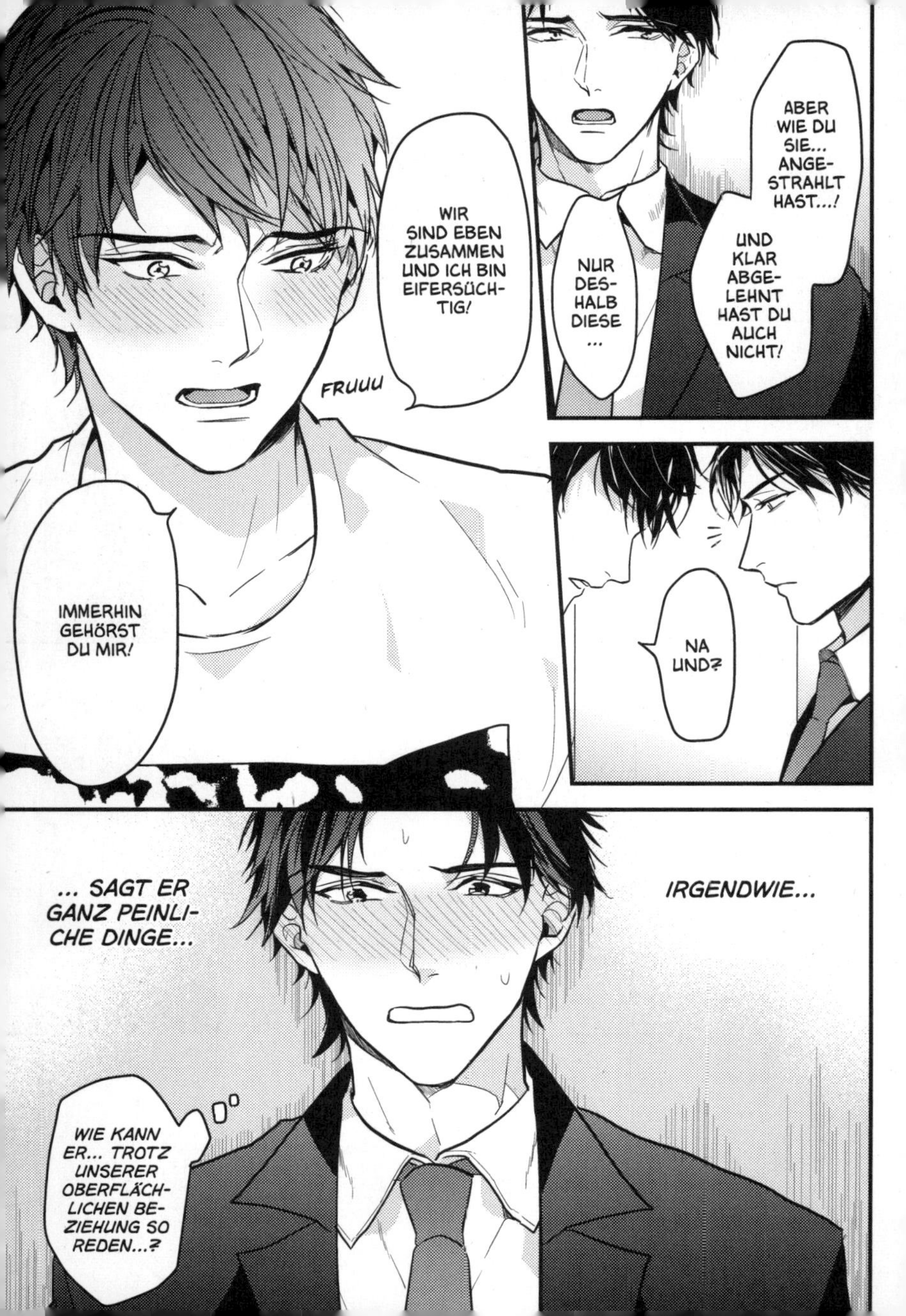
ABER WIE DU SIE... ANGE-STRAHLT HAST...!
UND KLAR ABGE-LEHNT HAST DU AUCH NICHT!
NUR DES-HALB DIESE ...
WIR SIND EBEN ZUSAMMEN UND ICH BIN EIFERSÜCH-TIG!
FRUUU
NA UND?
IMMERHIN GEHÖRST DU MIR!
IRGENDWIE...
... SAGT ER GANZ PEINLI-CHE DINGE...
WIE KANN ER... TROTZ UNSERER OBERFLÄCH-LICHEN BE-ZIEHUNG SO REDEN...?

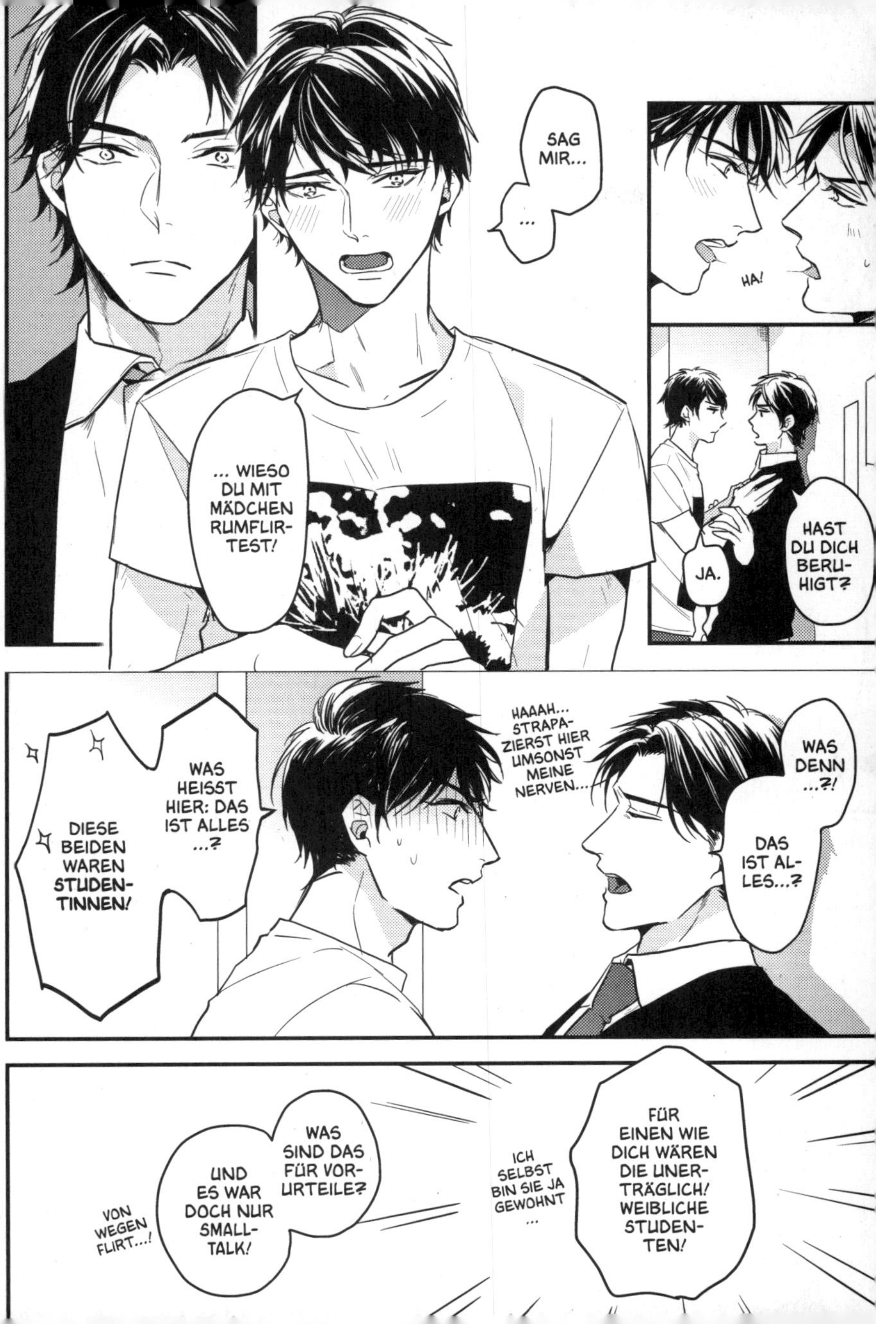
HA!
HAST DU DICH BERUHIGT?
JA.
SAG MIR...
...
... WIESO DU MIT MÄDCHEN RUMFLIRTEST!
WAS DENN ...?!
DAS IST ALLES...?
HAAAH... STRAPAZIERST HIER UMSONST MEINE NERVEN...
WAS HEISST HIER: DAS IST ALLES ...?
DIESE BEIDEN WAREN STUDENTINNEN!
FÜR EINEN WIE DICH WÄREN DIE UNERTRÄGLICH! WEIBLICHE STUDENTEN!
ICH SELBST BIN SIE JA GEWOHNT ...
WAS SIND DAS FÜR VORURTEILE?
UND ES WAR DOCH NUR SMALLTALK!
VON WEGEN FLIRT...!

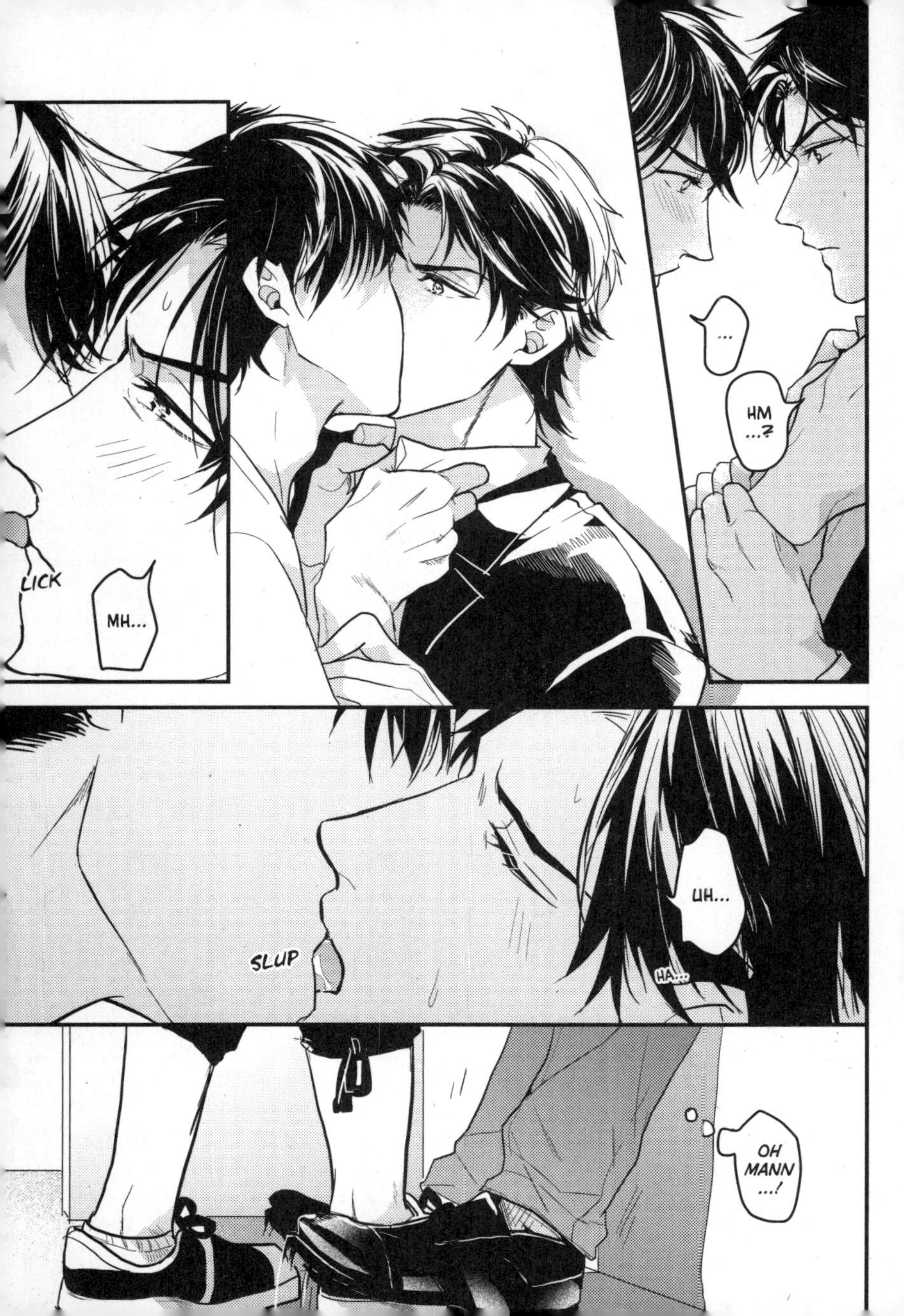
...
HM ...?
LICK
MH...
UH...
SLUP
HA...
OH MANN ...!

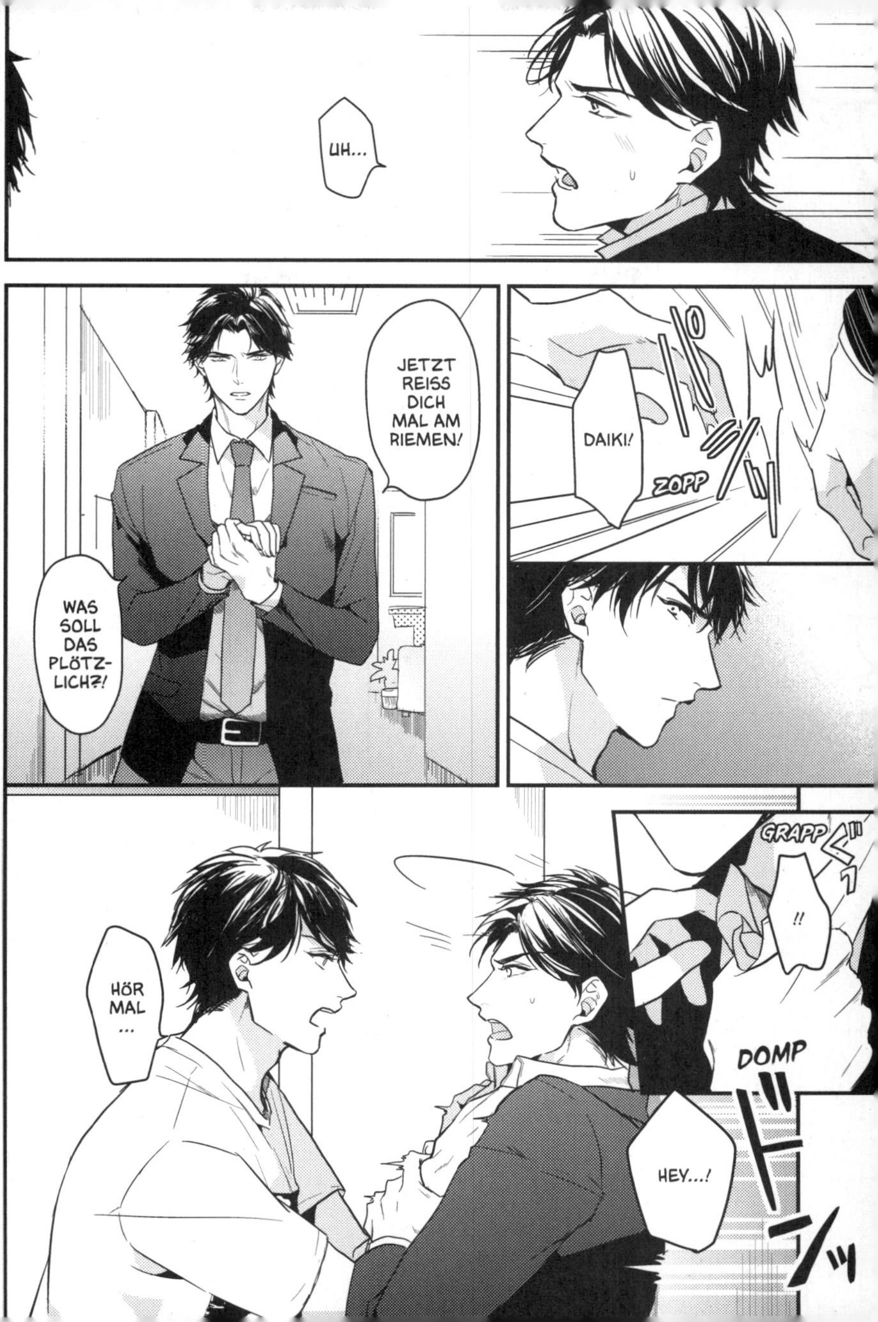

UH...
DAIKI!
ZOPP
JETZT REISS DICH MAL AM RIEMEN!
WAS SOLL DAS PLÖTZLICH?!
GRAPP
!!
DOMP
HEY...!
HÖR MAL ...

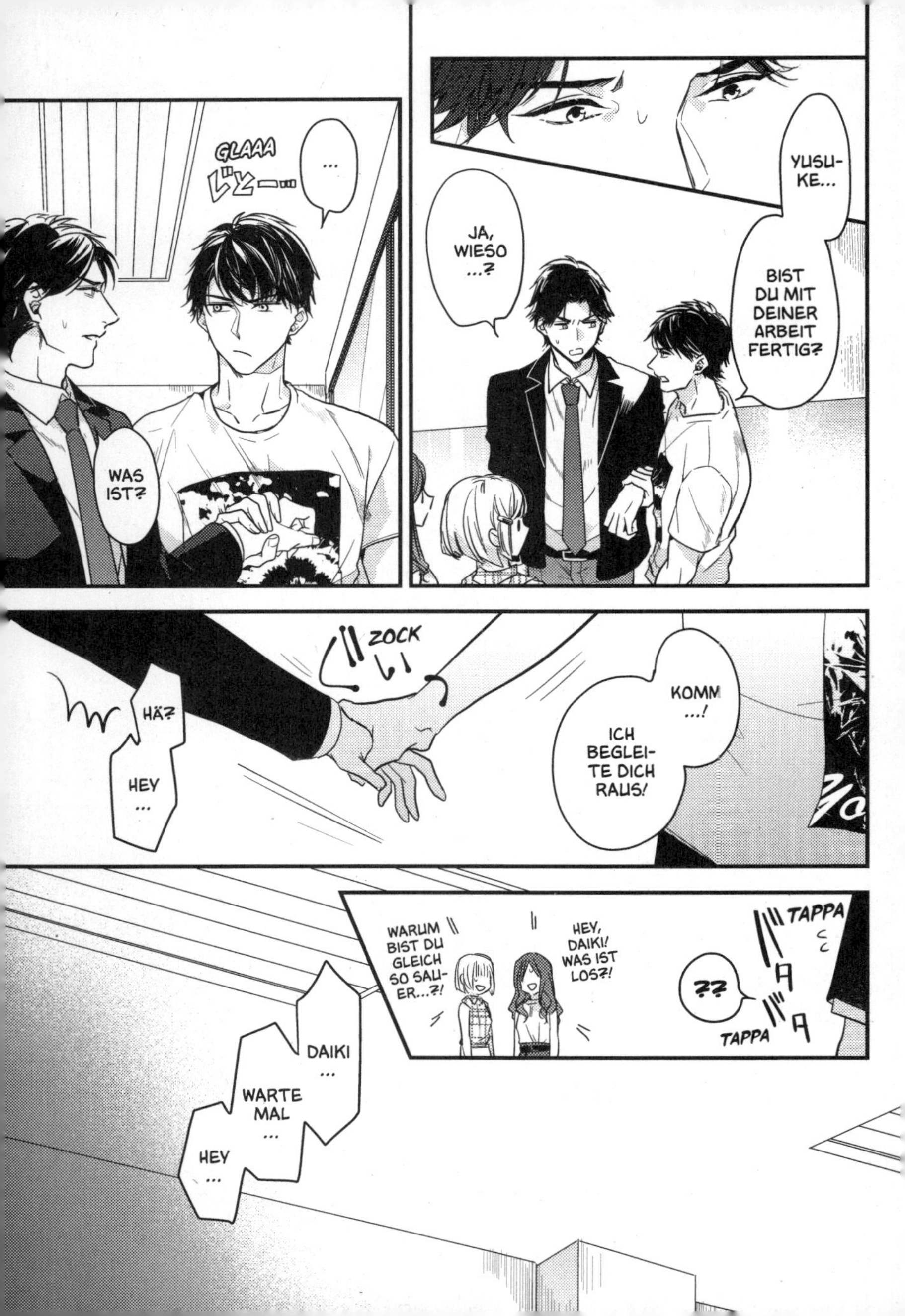
YUSU-
KE...
BIST DU MIT DEINER ARBEIT FERTIG?
JA, WIESO ...?
GLAAA
...
WAS IST?
KOMM ...!
ICH BEGLEI-
TE DICH RAUS!
ZOCK
HÄ?
HEY ...
TAPPA
TAPPA
??
HEY, DAIKI! WAS IST LOS?!
WARUM BIST DU GLEICH SO SAU-
ER...?!
DAIKI ...
WARTE MAL ...
HEY ...

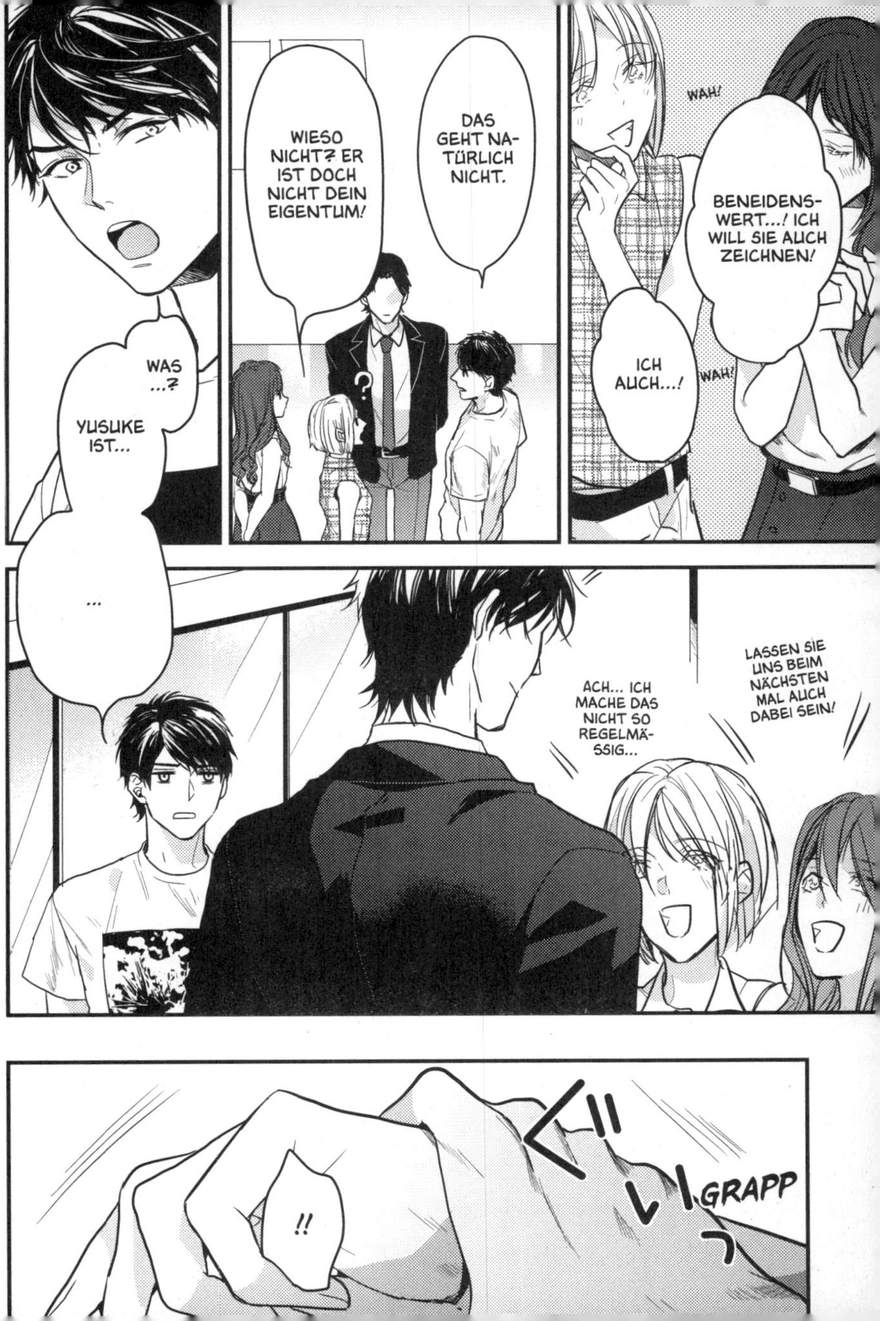
WAH!
BENEIDENSWERT...! ICH WILL SIE AUCH ZEICHNEN!
ICH AUCH...!
WAH!
DAS GEHT NATÜRLICH NICHT.
WIESO NICHT⁈ ER IST DOCH NICHT DEIN EIGENTUM!
?
WAS ...?
YUSUKE IST...
...
LASSEN SIE UNS BEIM NÄCHSTEN MAL AUCH DABEI SEIN!
ACH... ICH MACHE DAS NICHT SO REGELMÄSSIG...
GRAPP
!!

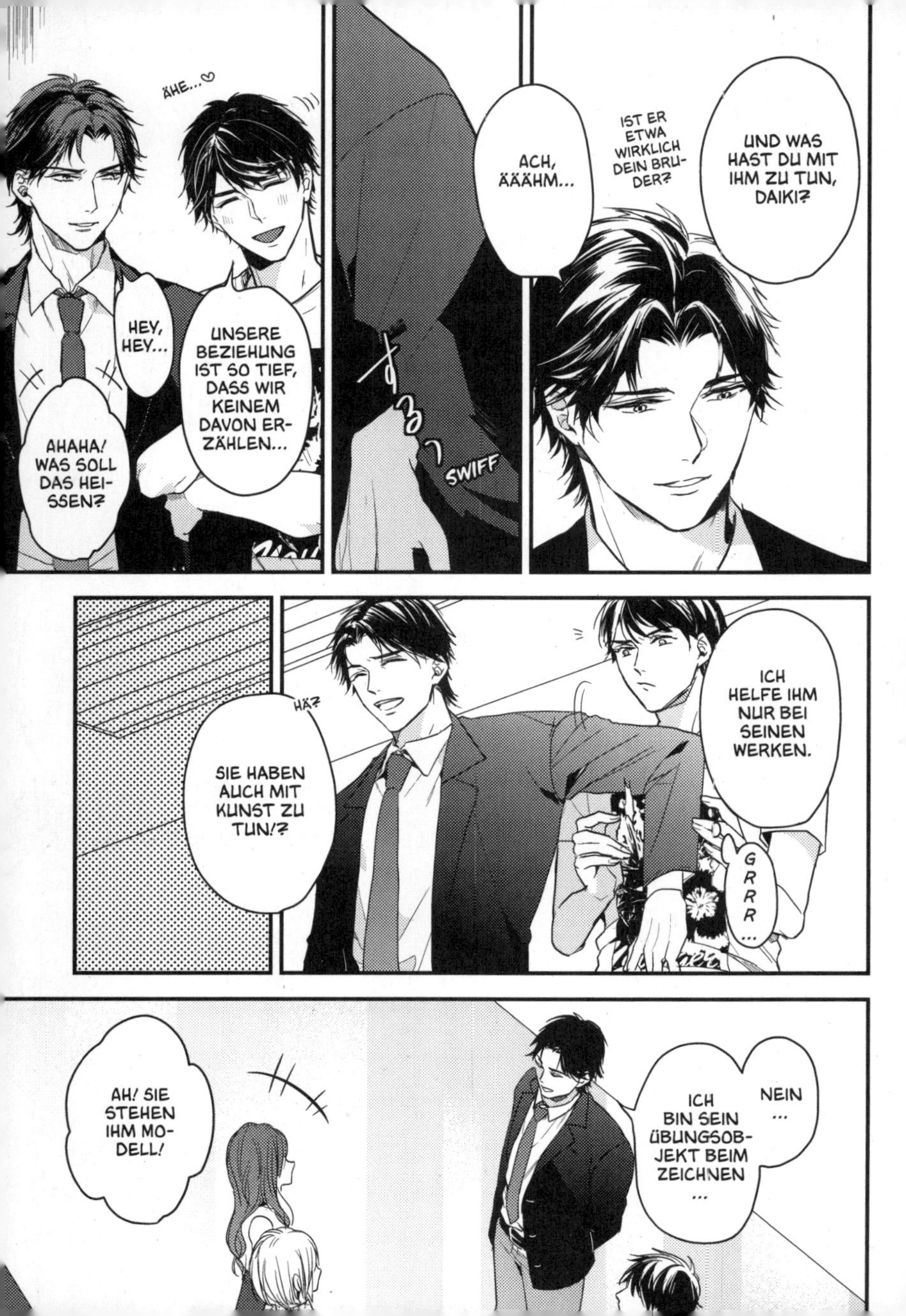
UND WAS HAST DU MIT IHM ZU TUN, DAIKI?
IST ER ETWA WIRKLICH DEIN BRUDER?
ACH, ÄÄÄHM...
SWIFF
ÄHE...♡
UNSERE BEZIEHUNG IST SO TIEF, DASS WIR KEINEM DAVON ERZÄHLEN...
HEY, HEY...
AHAHA! WAS SOLL DAS HEISSEN?
ICH HELFE IHM NUR BEI SEINEN WERKEN.
GRRR...
HÄ?
SIE HABEN AUCH MIT KUNST ZU TUN!?
NEIN ...
ICH BIN SEIN ÜBUNGSOBJEKT BEIM ZEICHNEN ...
AH! SIE STEHEN IHM MODELL!

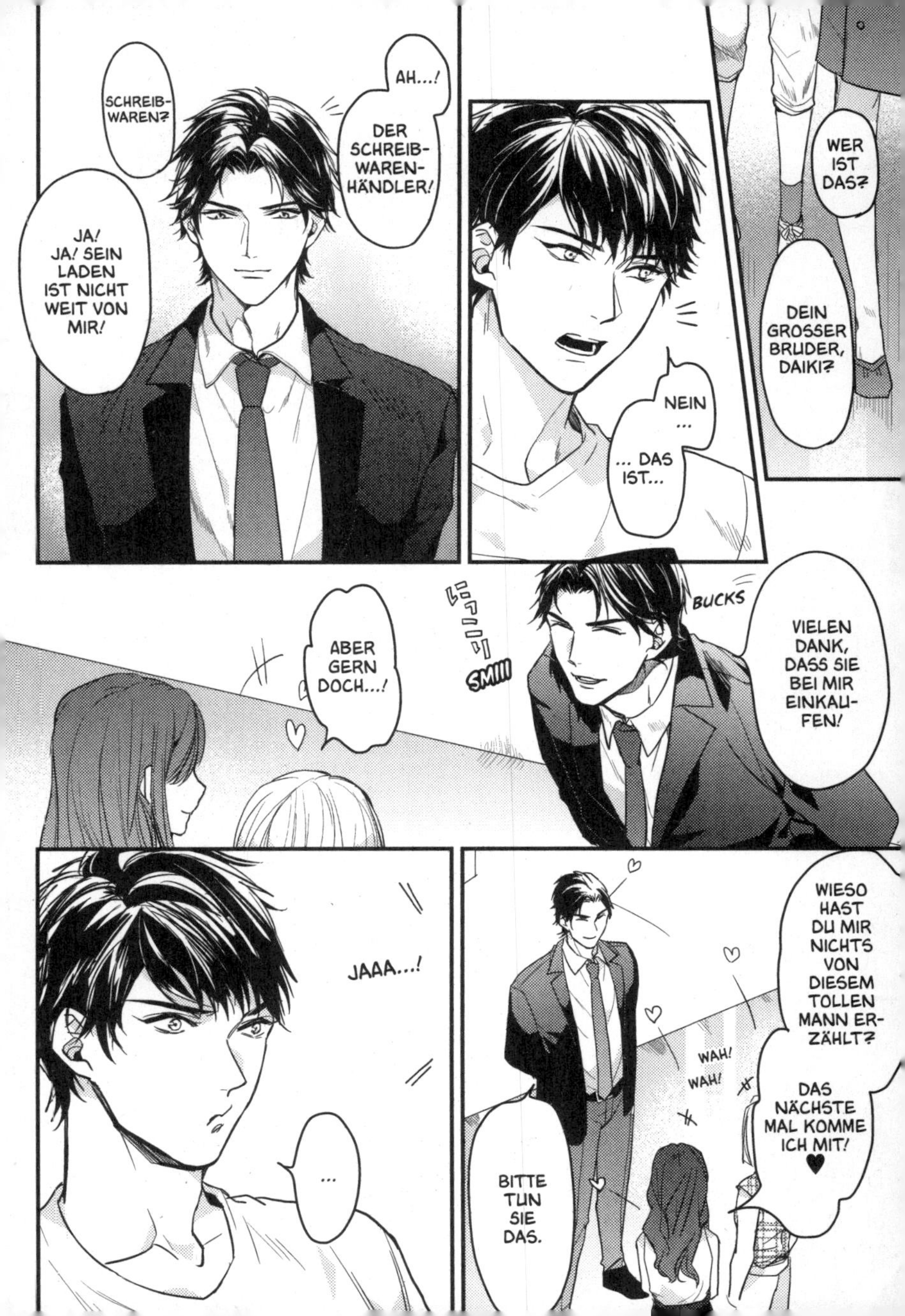
WER IST DAS?
DEIN GROSSER BRUDER, DAIKI?
NEIN ...
... DAS IST...
AH...!
DER SCHREIB-WAREN-HÄNDLER!
SCHREIB-WAREN?
JA! JA! SEIN LADEN IST NICHT WEIT VON MIR!
BUCKS
VIELEN DANK, DASS SIE BEI MIR EINKAU-FEN!
SMIII
ABER GERN DOCH...!
WIESO HAST DU MIR NICHTS VON DIESEM TOLLEN MANN ER-ZÄHLT?
DAS NÄCHSTE MAL KOMME ICH MIT!
WAH!
WAH!
BITTE TUN SIE DAS.
JAAA...!
...

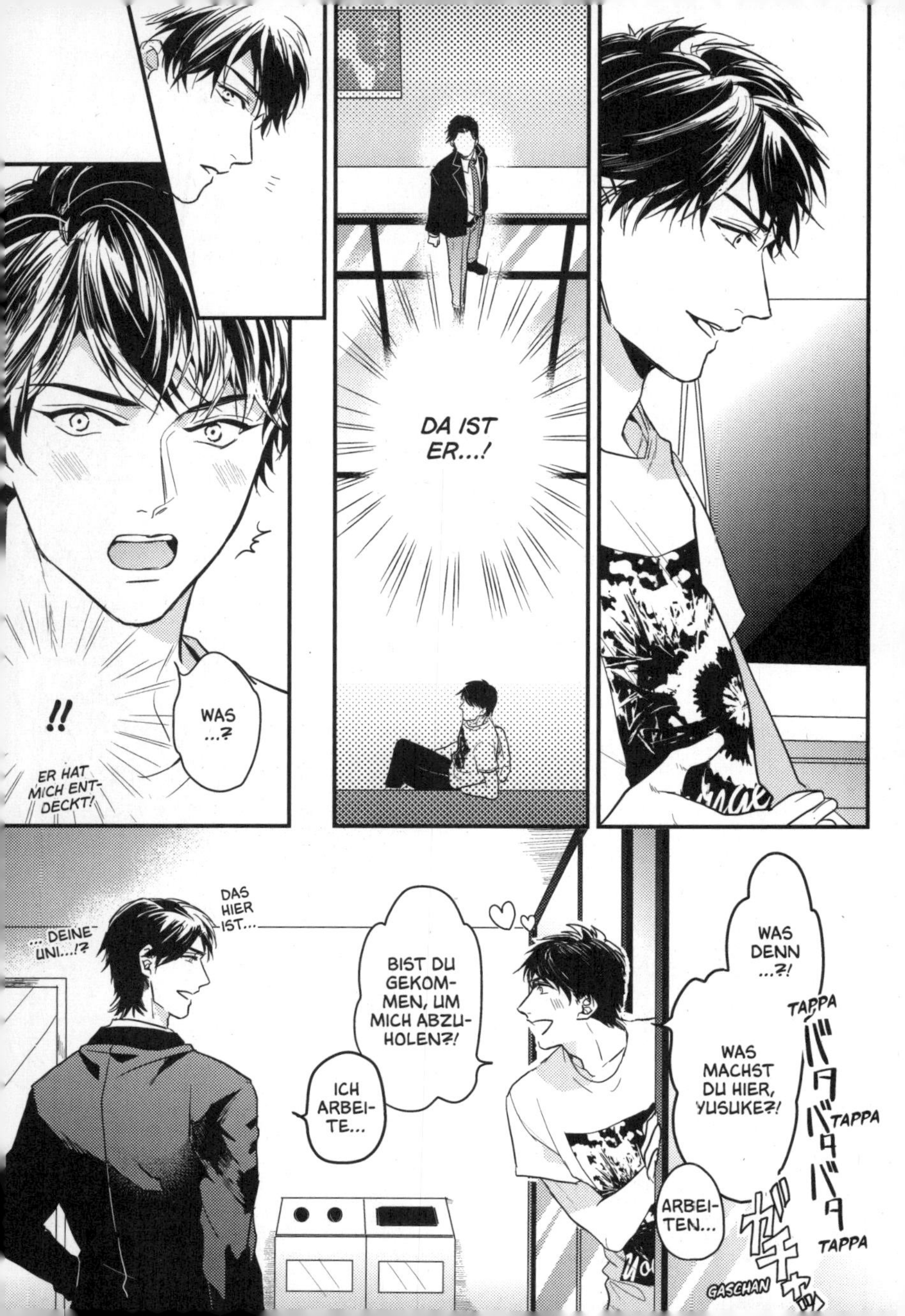
DA IST ER...!
WAS ...?!
!!
ER HAT MICH ENT-DECKT!
WAS DENN ...?!
TAPPA
TAPPA
TAPPA
WAS MACHST DU HIER, YUSUKE?!
ARBEITEN...
GASCHAN
BIST DU GEKOMMEN, UM MICH ABZUHOLEN?!
ICH ARBEITE...
DAS HIER IST...
... DEINE UNI...!?

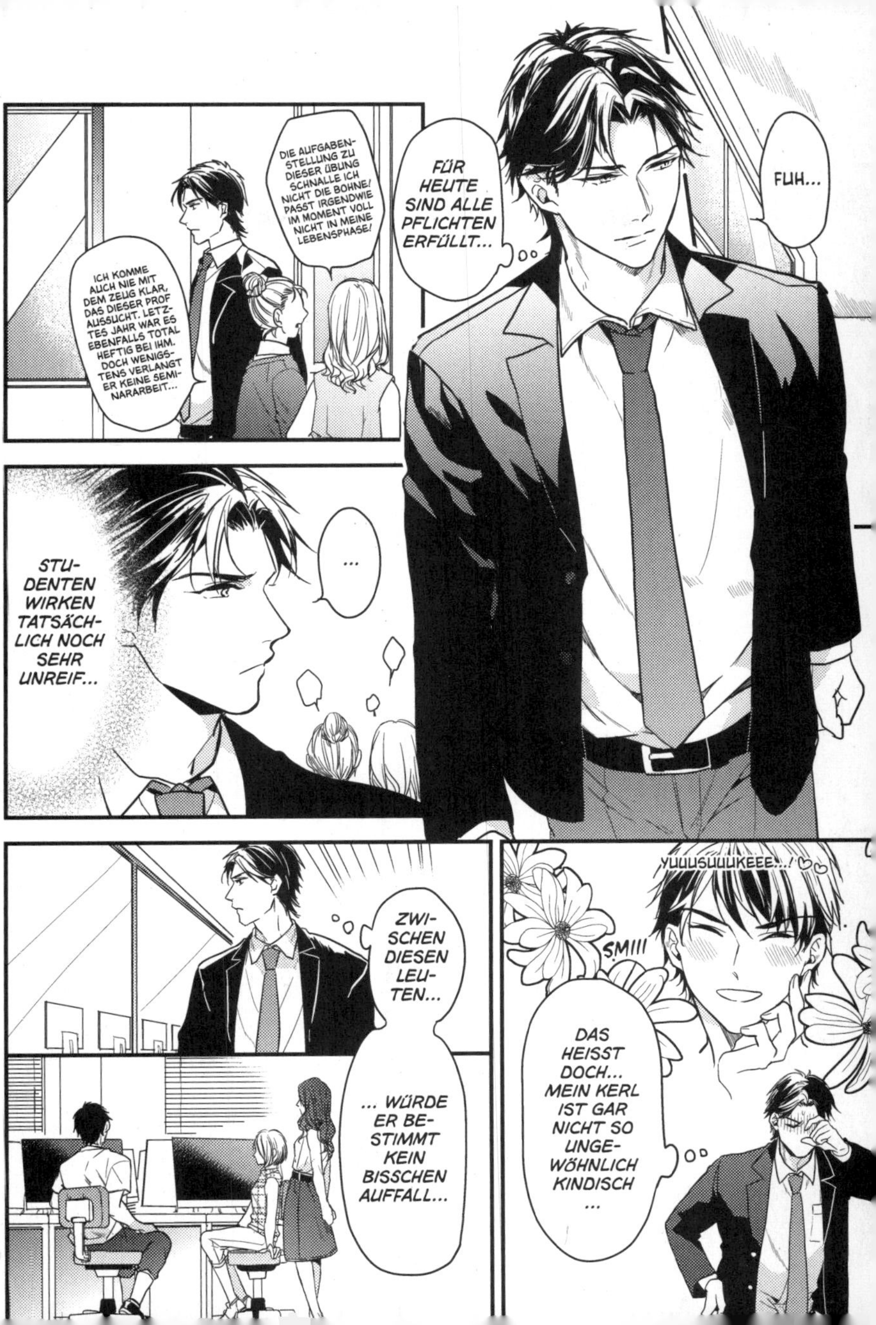
FUH...
FÜR HEUTE SIND ALLE PFLICHTEN ERFÜLLT...
DIE AUFGABENSTELLUNG ZU DIESER ÜBUNG SCHNALLE ICH NICHT DIE BOHNE! PASST IRGENDWIE IM MOMENT VOLL NICHT IN MEINE LEBENSPHASE!
ICH KOMME AUCH NIE MIT DEM ZEUG KLAR, DAS DIESER PROF AUSSUCHT. LETZTES JAHR WAR ES EBENFALLS TOTAL HEFTIG BEI IHM. DOCH WENIGSTENS VERLANGT ER KEINE SEMINARARBEIT...
...
STUDENTEN WIRKEN TATSÄCHLICH NOCH SEHR UNREIF...
ZWISCHEN DIESEN LEUTEN...
... WÜRDE ER BESTIMMT KEIN BISSCHEN AUFFALL...
YUUUSUUUKEEE...!
SMIII
DAS HEISST DOCH... MEIN KERL IST GAR NICHT SO UNGEWÖHNLICH KINDISCH ...

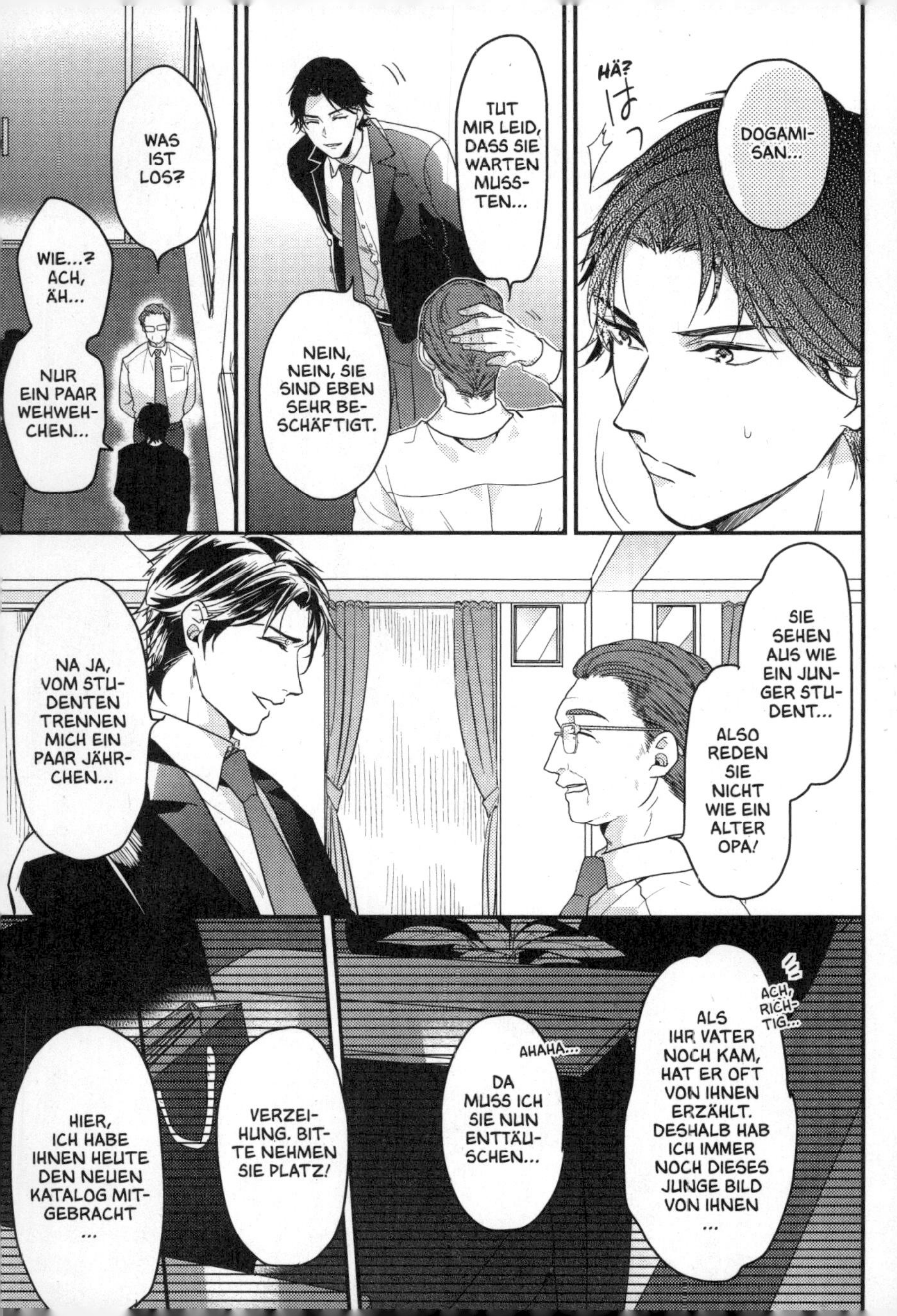
HÄ?
はっ
DOGAMI-SAN...
TUT MIR LEID, DASS SIE WARTEN MUSSTEN...
NEIN, NEIN, SIE SIND EBEN SEHR BESCHÄFTIGT.
WAS IST LOS?
WIE...? ACH, ÄH... NUR EIN PAAR WEHWEHCHEN...
SIE SEHEN AUS WIE EIN JUNGER STUDENT... ALSO REDEN SIE NICHT WIE EIN ALTER OPA!
NA JA, VOM STUDENTEN TRENNEN MICH EIN PAAR JÄHRCHEN...
ACH, RICHTIG...
ALS IHR VATER NOCH KAM, HAT ER OFT VON IHNEN ERZÄHLT. DESHALB HAB ICH IMMER NOCH DIESES JUNGE BILD VON IHNEN ...
AHAHA...
DA MUSS ICH SIE NUN ENTTÄUSCHEN...
VERZEIHUNG. BITTE NEHMEN SIE PLATZ!
HIER, ICH HABE IHNEN HEUTE DEN NEUEN KATALOG MITGEBRACHT ...

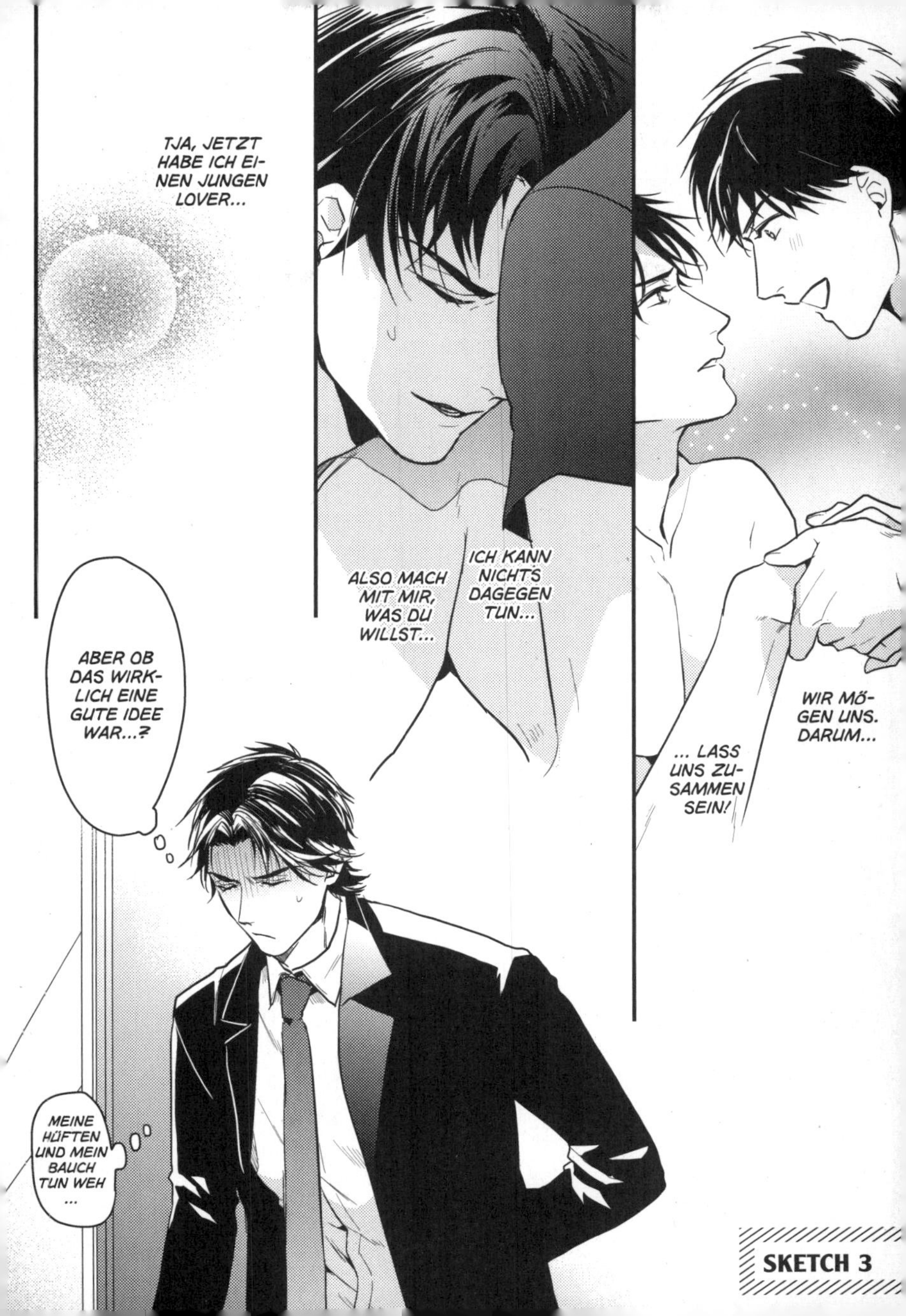
WIR MÖGEN UNS. DARUM...
... LASS UNS ZUSAMMEN SEIN!
ICH KANN NICHTS DAGEGEN TUN...
ALSO MACH MIT MIR, WAS DU WILLST...
TJA, JETZT HABE ICH EINEN JUNGEN LOVER...
ABER OB DAS WIRKLICH EINE GUTE IDEE WAR...?
MEINE HÜFTEN UND MEIN BAUCH TUN WEH ...
SKETCH 3

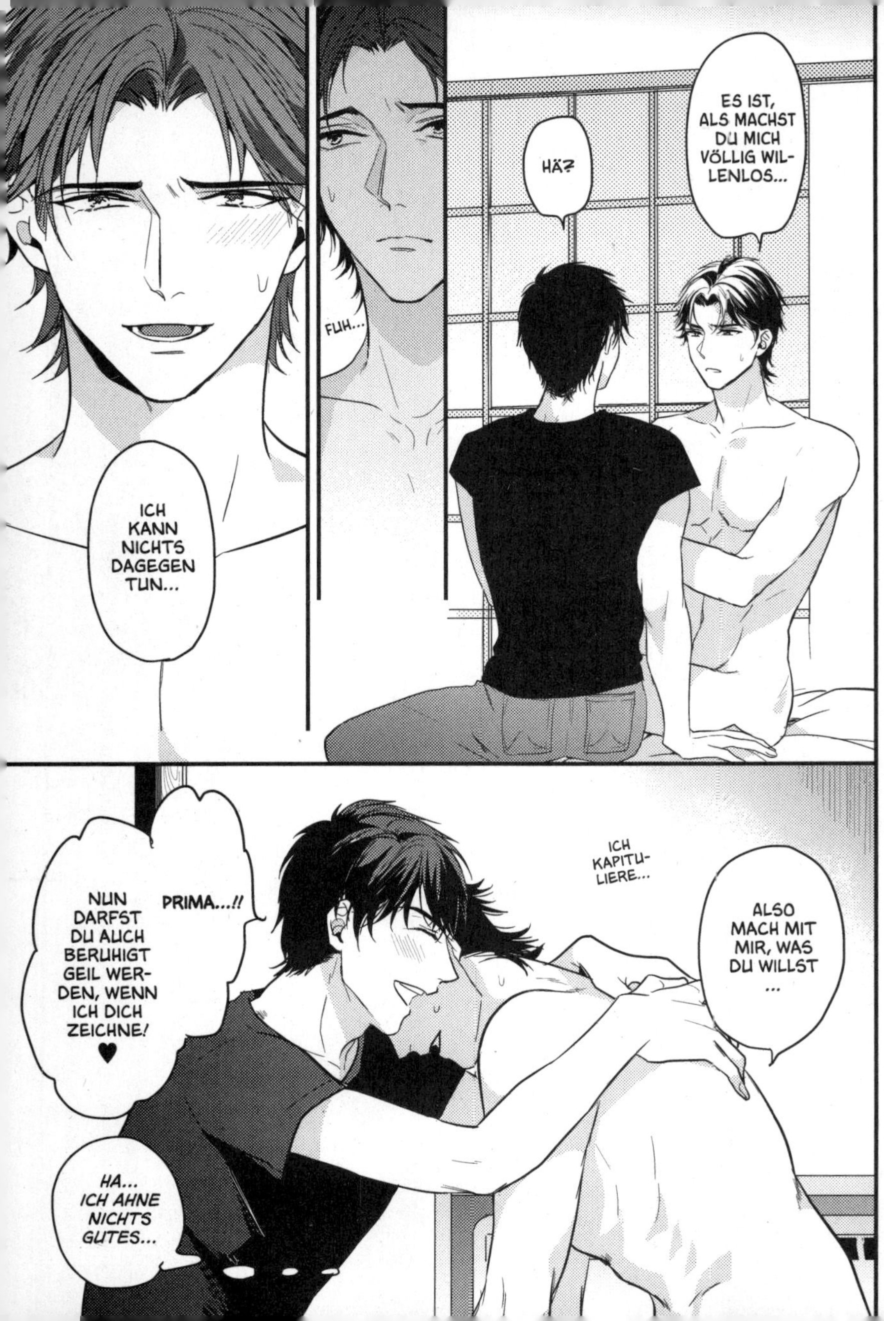
ES IST, ALS MACHST DU MICH VÖLLIG WILLENLOS...
HÄ?
FUH...
ICH KANN NICHTS DAGEGEN TUN...
ICH KAPITULIERE...
ALSO MACH MIT MIR, WAS DU WILLST ...
PRIMA...!!
NUN DARFST DU AUCH BERUHIGT GEIL WERDEN, WENN ICH DICH ZEICHNE! ♥
HA... ICH AHNE NICHTS GUTES...

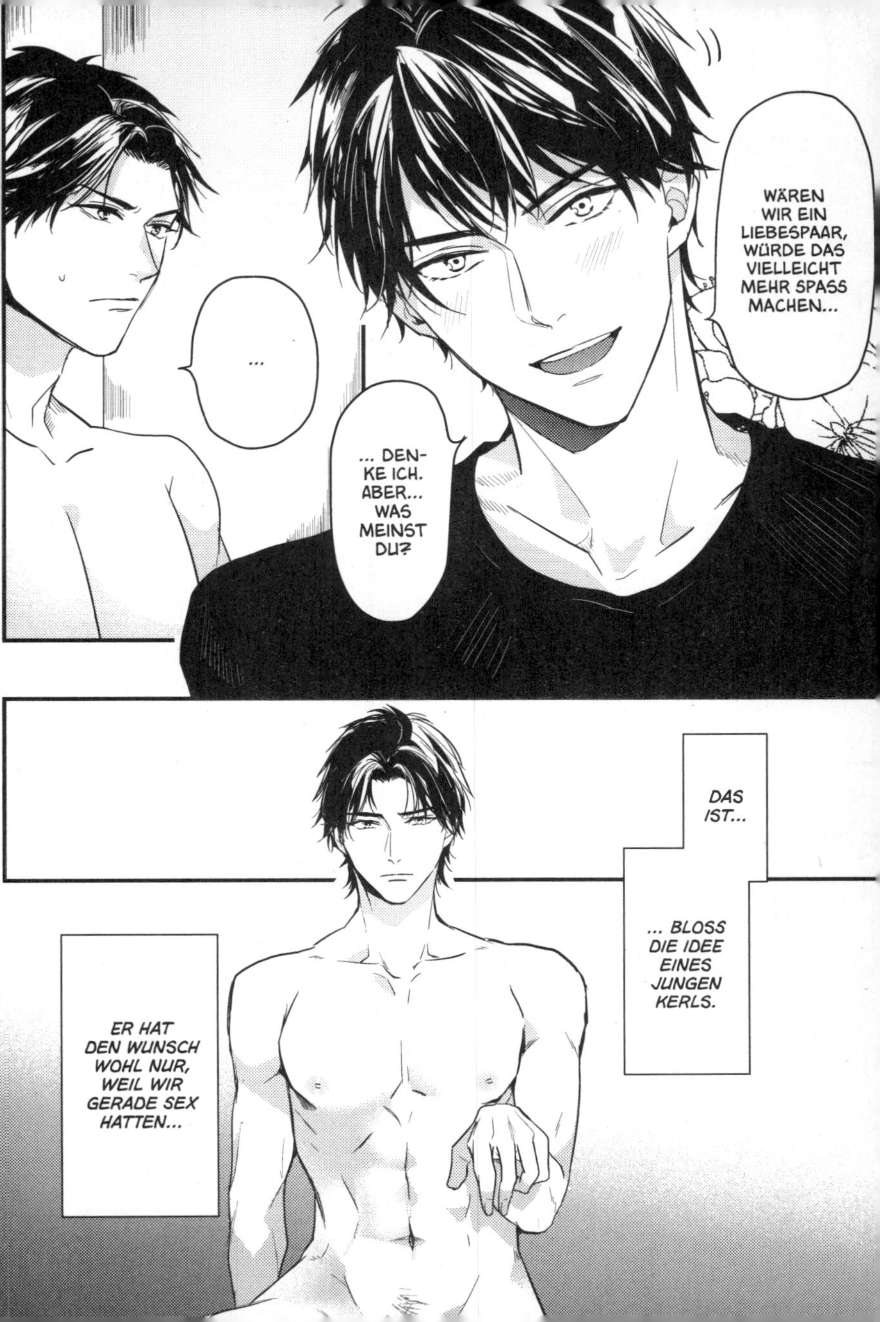
WÄREN WIR EIN LIEBESPAAR, WÜRDE DAS VIELLEICHT MEHR SPASS MACHEN...
... DENKE ICH. ABER... WAS MEINST DU?
...
DAS IST...
... BLOSS DIE IDEE EINES JUNGEN KERLS.
ER HAT DEN WUNSCH WOHL NUR, WEIL WIR GERADE SEX HATTEN...

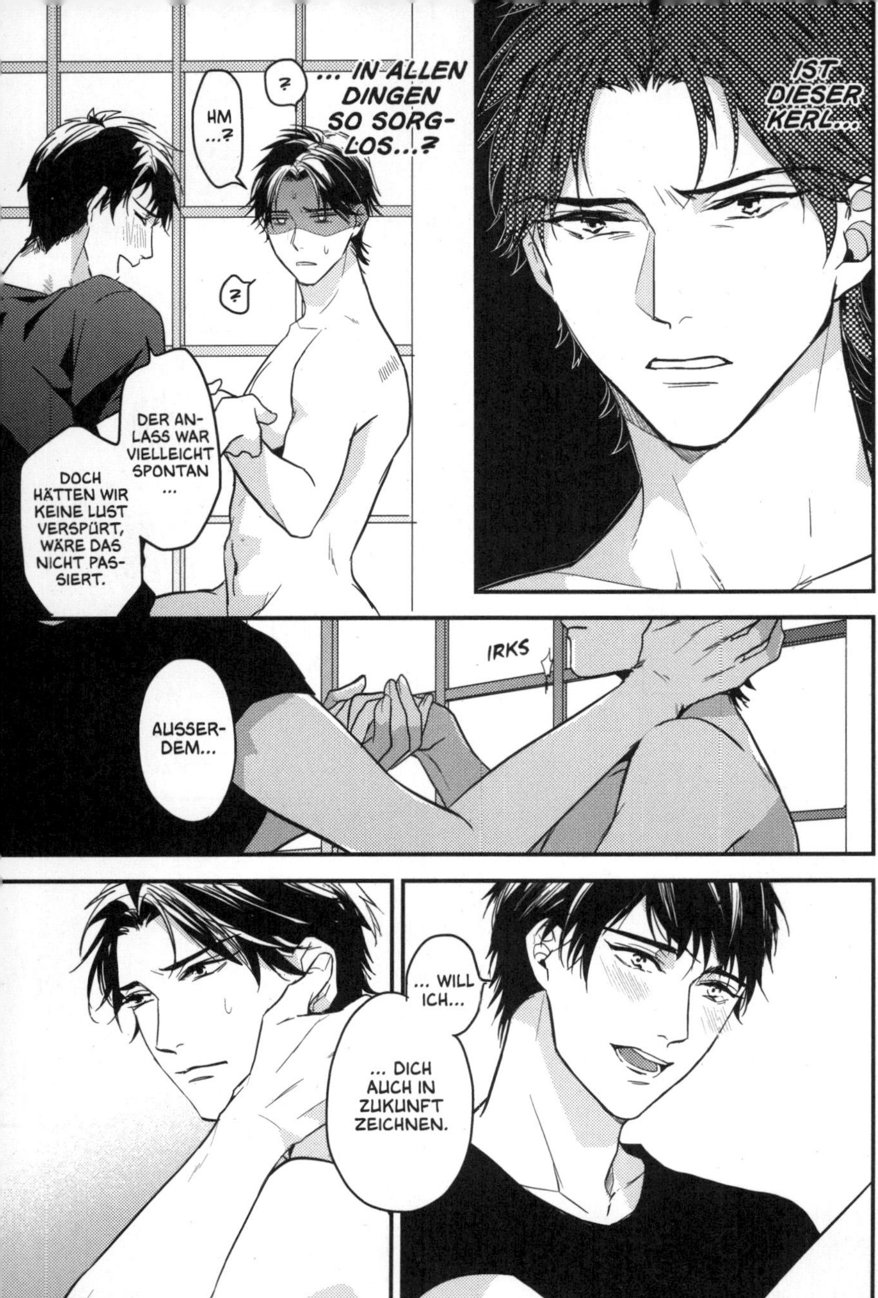
IST DIESER KERL...
... IN ALLEN DINGEN SO SORG-LOS...?
?
HM ...?
?
DER AN-LASS WAR VIELLEICHT SPONTAN ...
DOCH HÄTTEN WIR KEINE LUST VERSPÜRT, WÄRE DAS NICHT PAS-SIERT.
IRKS
AUSSER-DEM...
... WILL ICH...
... DICH AUCH IN ZUKUNFT ZEICHNEN.

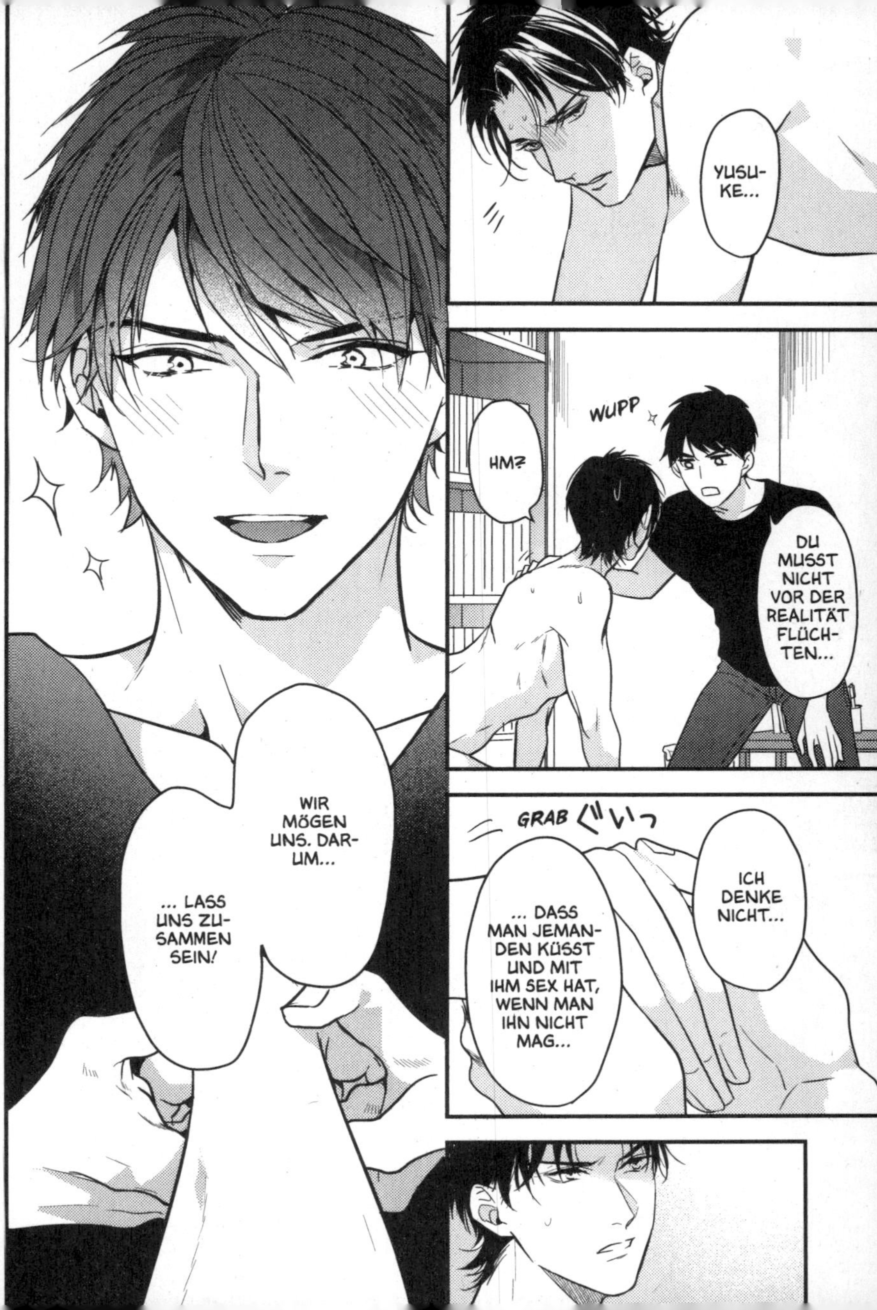
YUSU-KE...
WUPP
DU MUSST NICHT VOR DER REALITÄT FLÜCH-TEN...
HM?
GRAB
ICH DENKE NICHT...
... DASS MAN JEMAN-DEN KÜSST UND MIT IHM SEX HAT, WENN MAN IHN NICHT MAG...
WIR MÖGEN UNS. DAR-UM...
... LASS UNS ZU-SAMMEN SEIN!

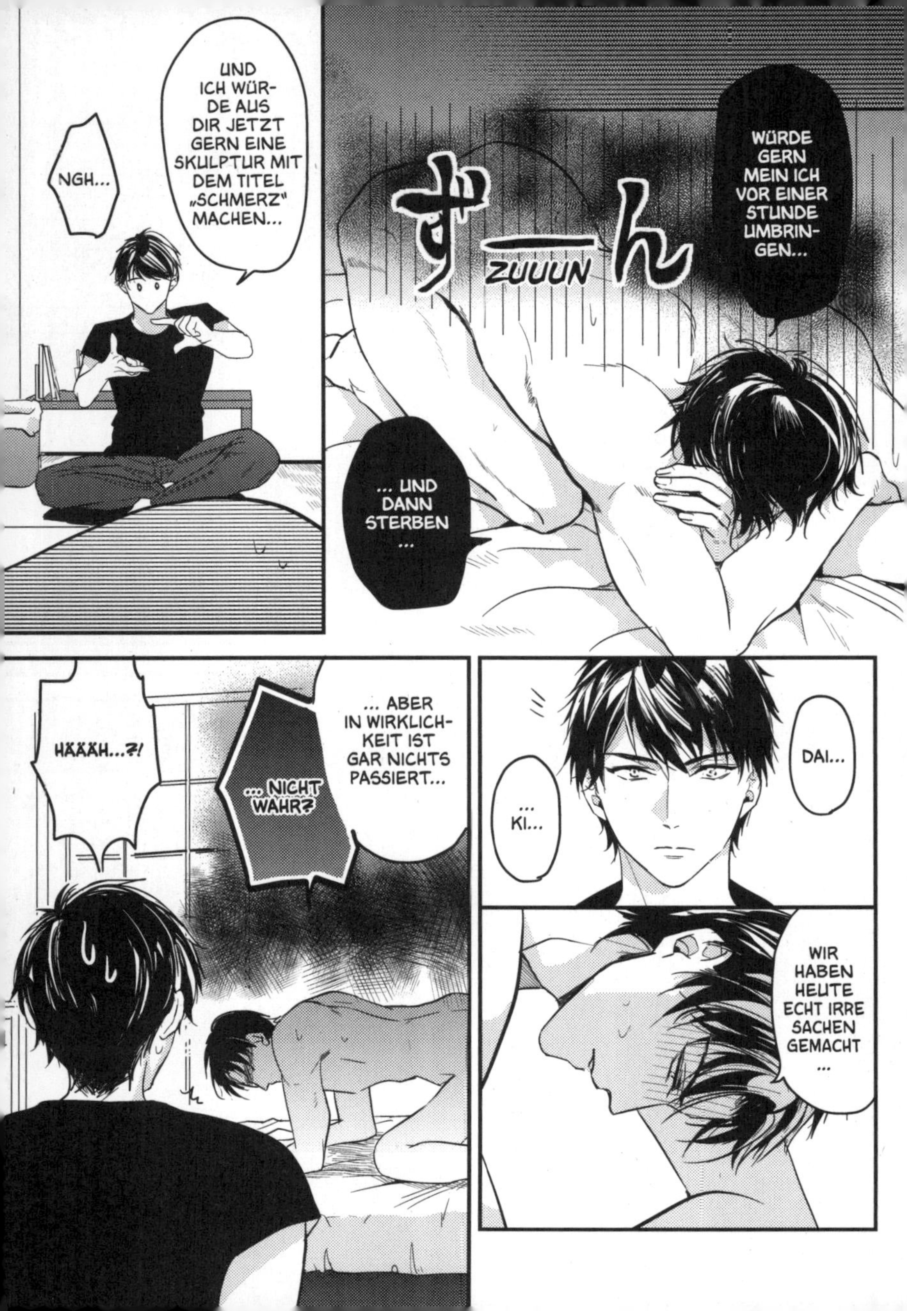
WÜRDE GERN MEIN ICH VOR EINER STUNDE UMBRINGEN...
ずーん
ZUUUN
... UND DANN STERBEN ...
UND ICH WÜRDE AUS DIR JETZT GERN EINE SKULPTUR MIT DEM TITEL „SCHMERZ" MACHEN...
NGH...
DAI...
... KI...
WIR HABEN HEUTE ECHT IRRE SACHEN GEMACHT ...
... ABER IN WIRKLICHKEIT IST GAR NICHTS PASSIERT...
... NICHT WAHR?
HÄÄÄH...?!

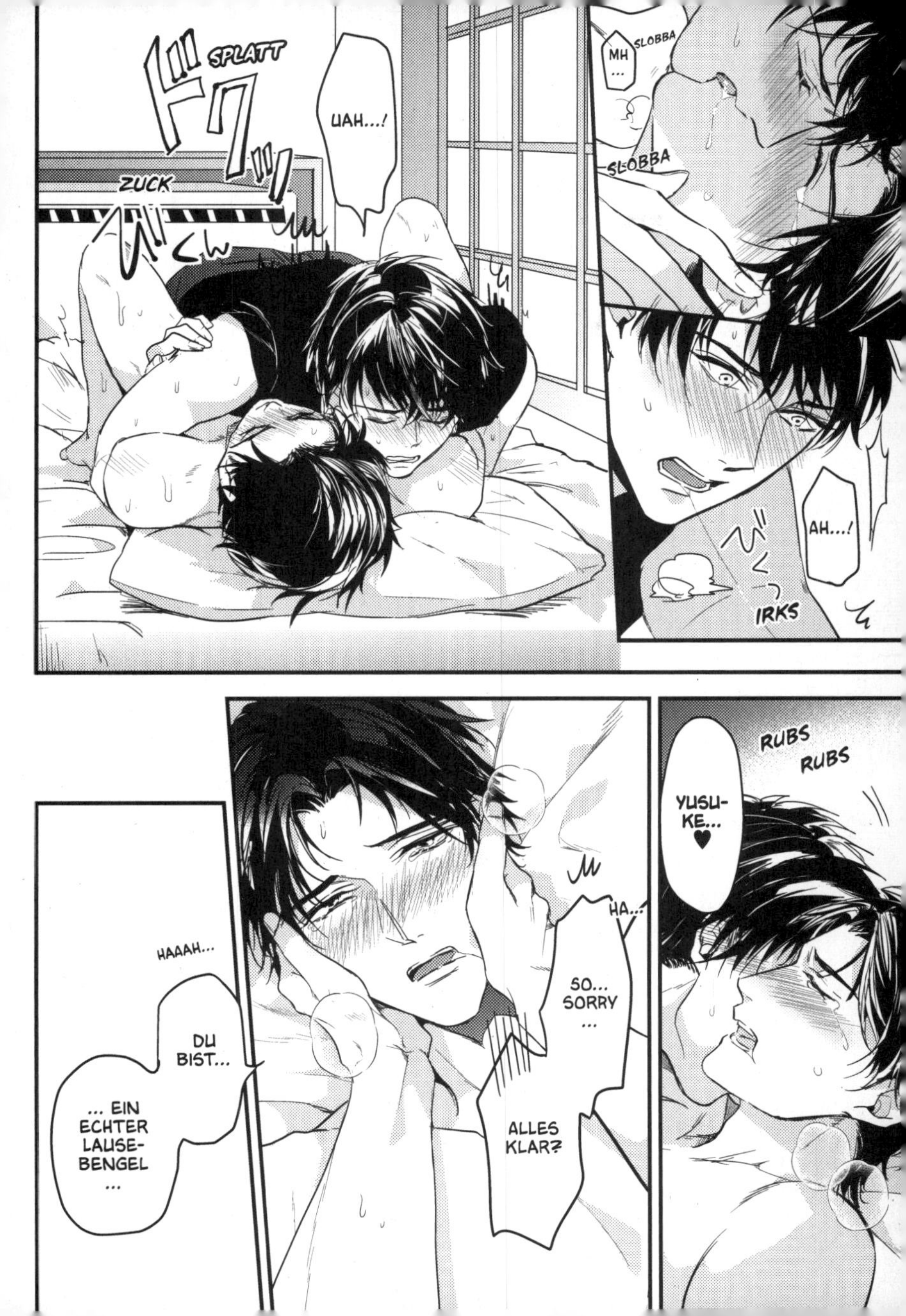
MH ...
SLOBBA
SLOBBA
AH...!
IRKS
SPLATT
UAH...!
ZUCK
RUBS
RUBS
YUSU-KE... ♥
HA...
SO... SORRY ...
ALLES KLAR?
HAAAH...
DU BIST...
... EIN ECHTER LAUSE-BENGEL ...

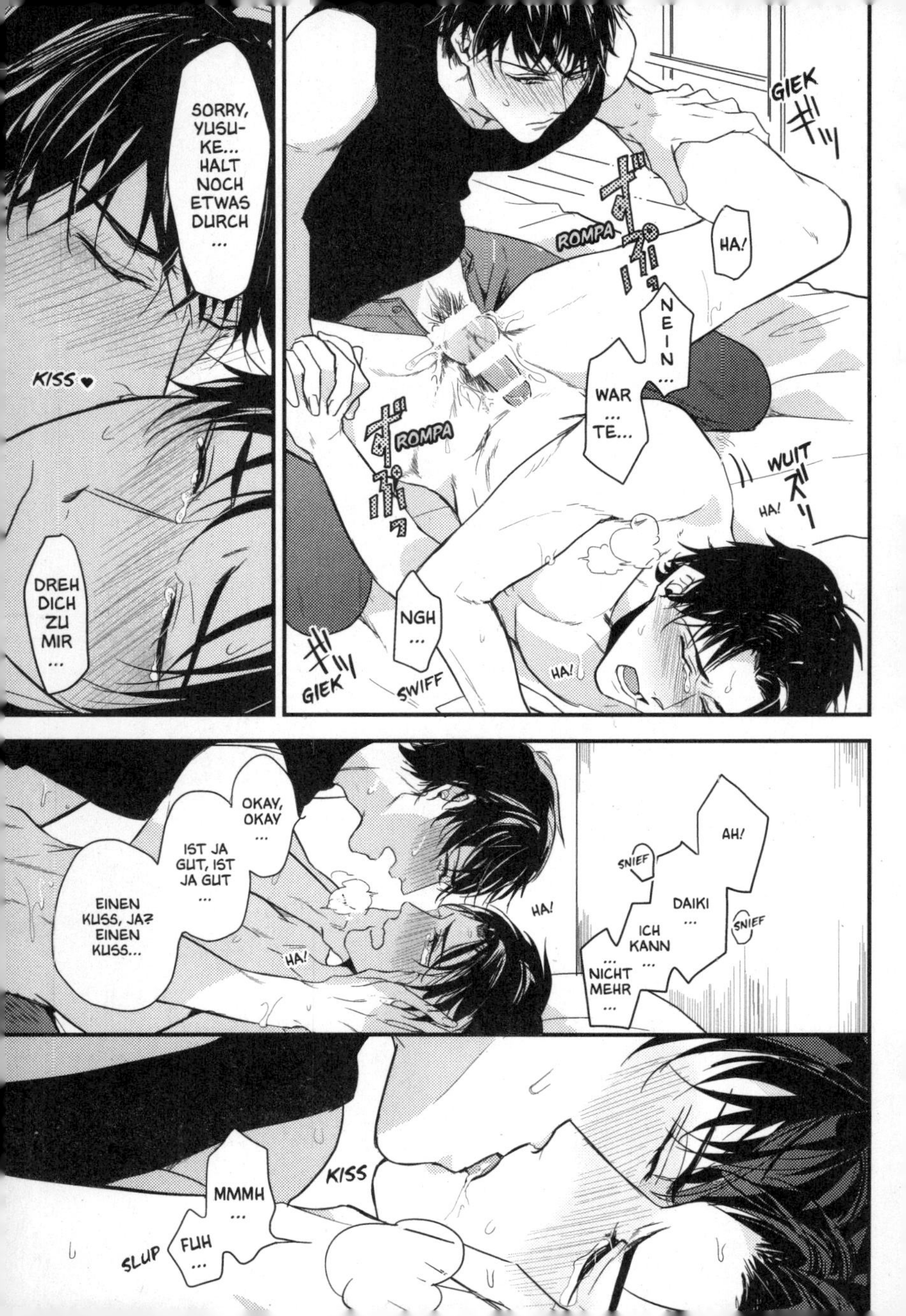
GIEK
ROMPA
HA!
NEIN...
WAR... TE...
ROMPA
WUIT
HA!
NGH...
GIEK
SWIFF
HA!
SORRY, YUSUKE... HALT NOCH ETWAS DURCH...
KISS ♥
DREH DICH ZU MIR...
AH!
SNIEF
DAIKI...
ICH KANN...
... NICHT MEHR...
SNIEF
HA!
OKAY, OKAY...
IST JA GUT, IST JA GUT...
EINEN KUSS, JA? EINEN KUSS...
HA!
KISS
MMMH...
FUH...
SLUP

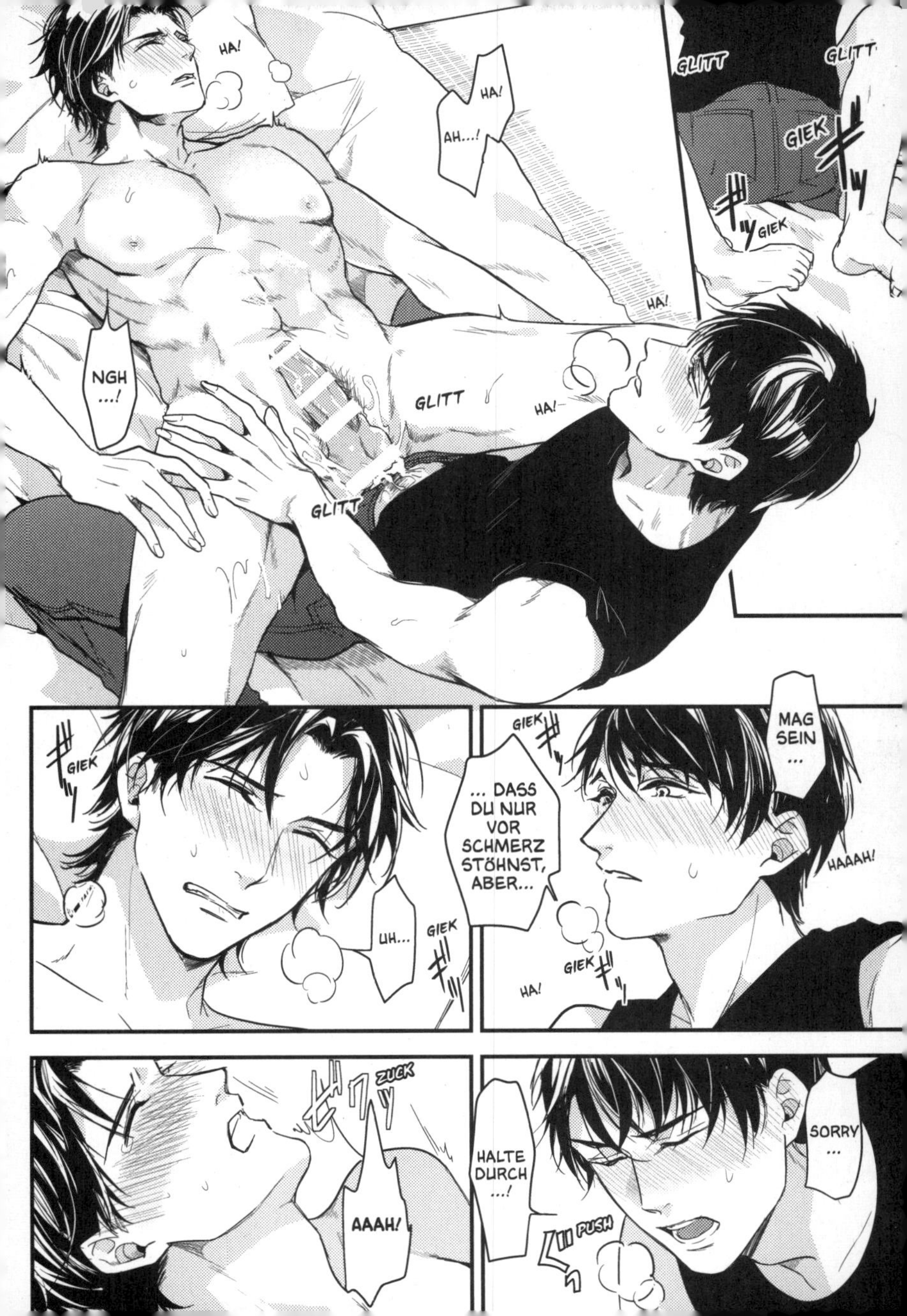
GLITT
GLITT
GIEK
GIEK
HA!
HA!
AH...!
HA!
HA!
NGH ...!
GLITT
GLITT
MAG SEIN ...
... DASS DU NUR VOR SCHMERZ STÖHNST, ABER...
HAAAH!
GIEK
GIEK
HA!
GIEK
UH...
GIEK
SORRY ...
HALTE DURCH ...!
PUSH
ZUCK
AAAH!

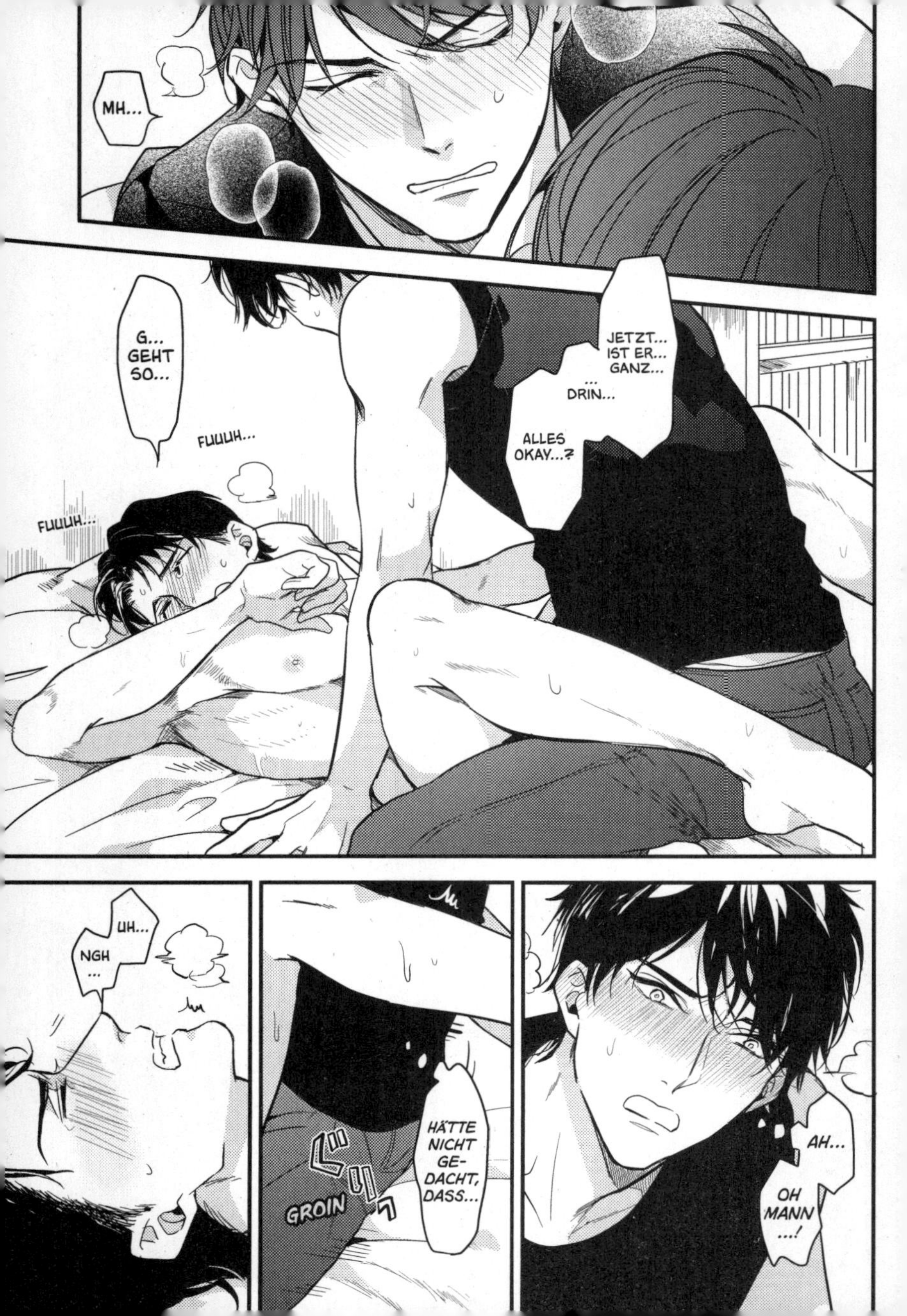
MH...
JETZT... IST ER... GANZ...
... DRIN...
ALLES OKAY...?
G... GEHT SO...
FUUUH...
FUUUH...
AH...
OH MANN ...!
HÄTTE NICHT GE-DACHT, DASS...
GROIN
UH...
NGH ...

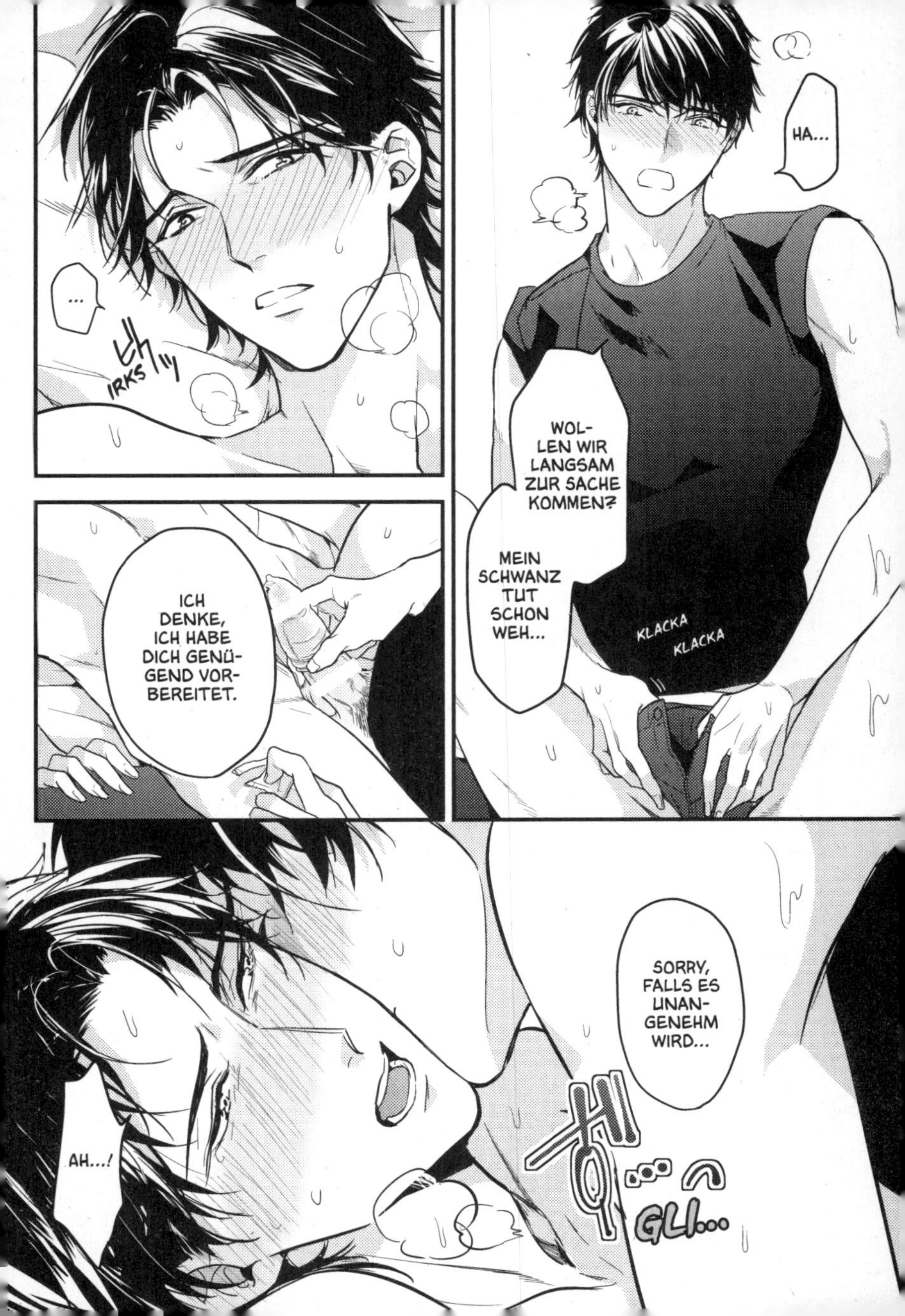
HA...
WOL-LEN WIR LANGSAM ZUR SACHE KOMMEN?
MEIN SCHWANZ TUT SCHON WEH...
KLACKA
KLACKA
...
IRKS
ICH DENKE, ICH HABE DICH GENÜ-GEND VOR-BEREITET.
SORRY, FALLS ES UNAN-GENEHM WIRD...
GLI...
AH...!

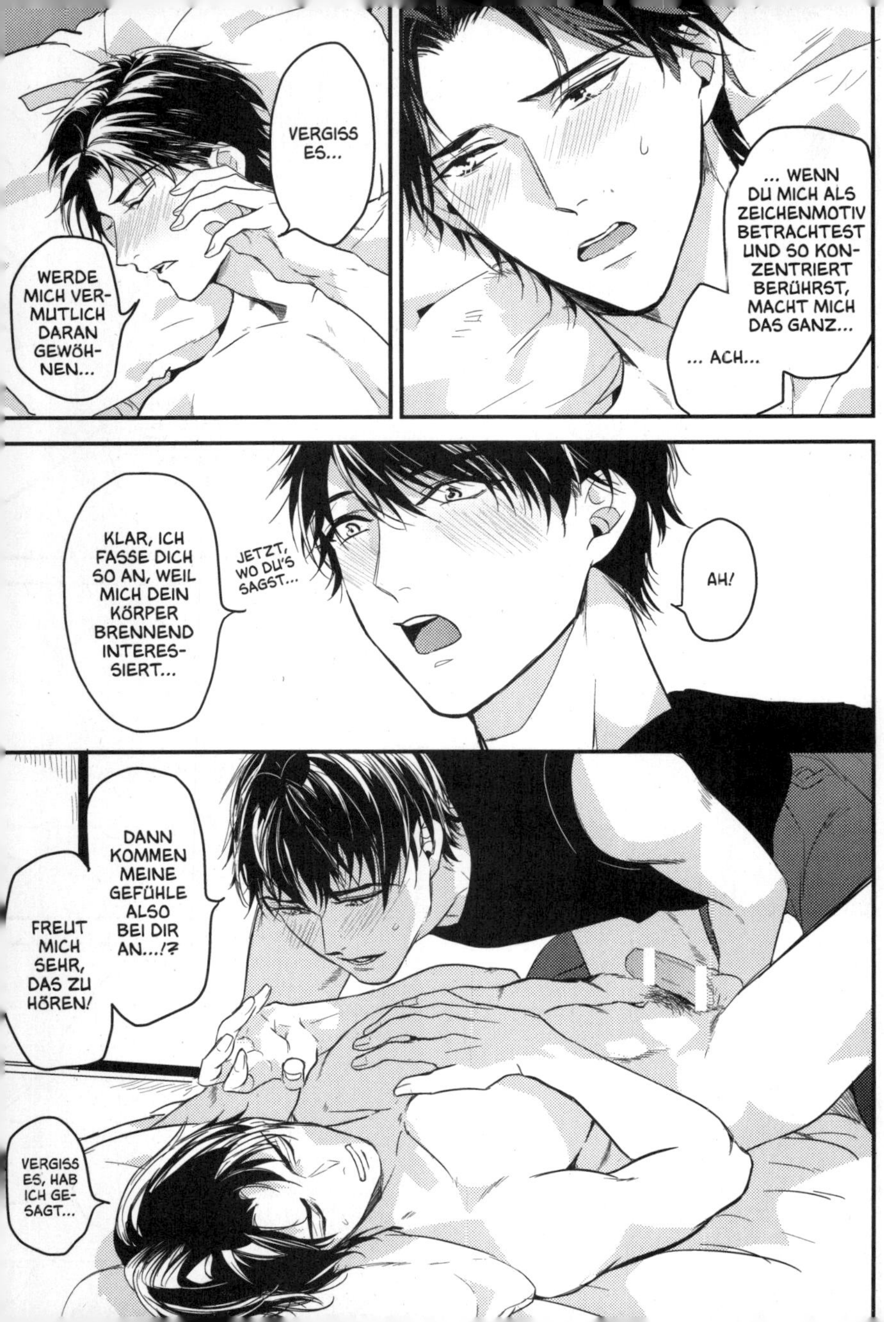
... WENN DU MICH ALS ZEICHENMOTIV BETRACHTEST UND SO KONZENTRIERT BERÜHRST, MACHT MICH DAS GANZ...
... ACH...
VERGISS ES...
WERDE MICH VERMUTLICH DARAN GEWÖHNEN...
AH!
JETZT, WO DU'S SAGST...
KLAR, ICH FASSE DICH SO AN, WEIL MICH DEIN KÖRPER BRENNEND INTERESSIERT...
DANN KOMMEN MEINE GEFÜHLE ALSO BEI DIR AN...!?
FREUT MICH SEHR, DAS ZU HÖREN!
VERGISS ES, HAB ICH GESAGT...

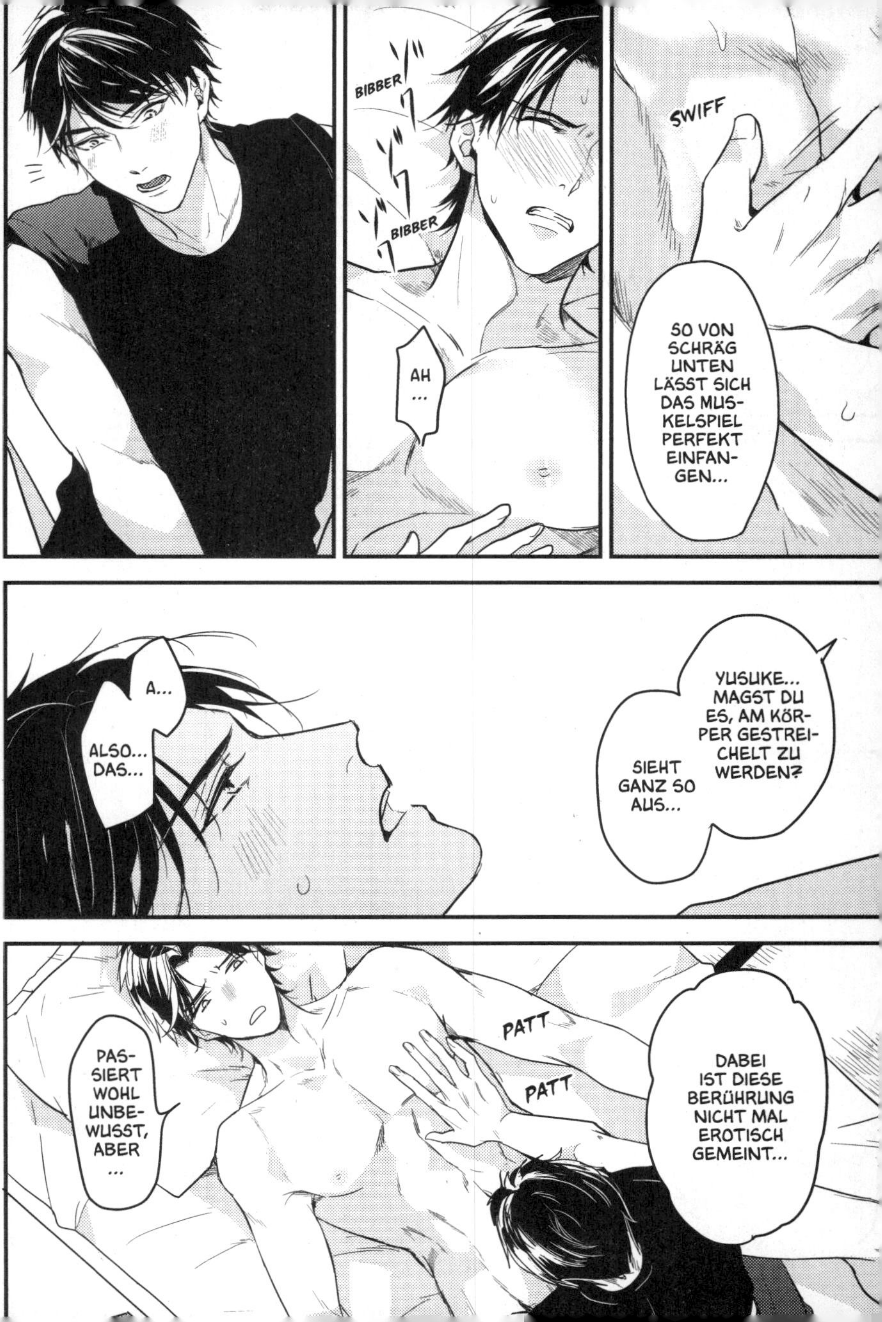
SWIFF
SO VON SCHRÄG UNTEN LÄSST SICH DAS MUSKELSPIEL PERFEKT EINFANGEN...
BIBBER
BIBBER
AH ...
YUSUKE... MAGST DU ES, AM KÖRPER GESTREICHELT ZU WERDEN?
SIEHT GANZ SO AUS...
A...
ALSO... DAS...
DABEI IST DIESE BERÜHRUNG NICHT MAL EROTISCH GEMEINT...
PATT
PATT
PASSIERT WOHL UNBEWUSST, ABER ...

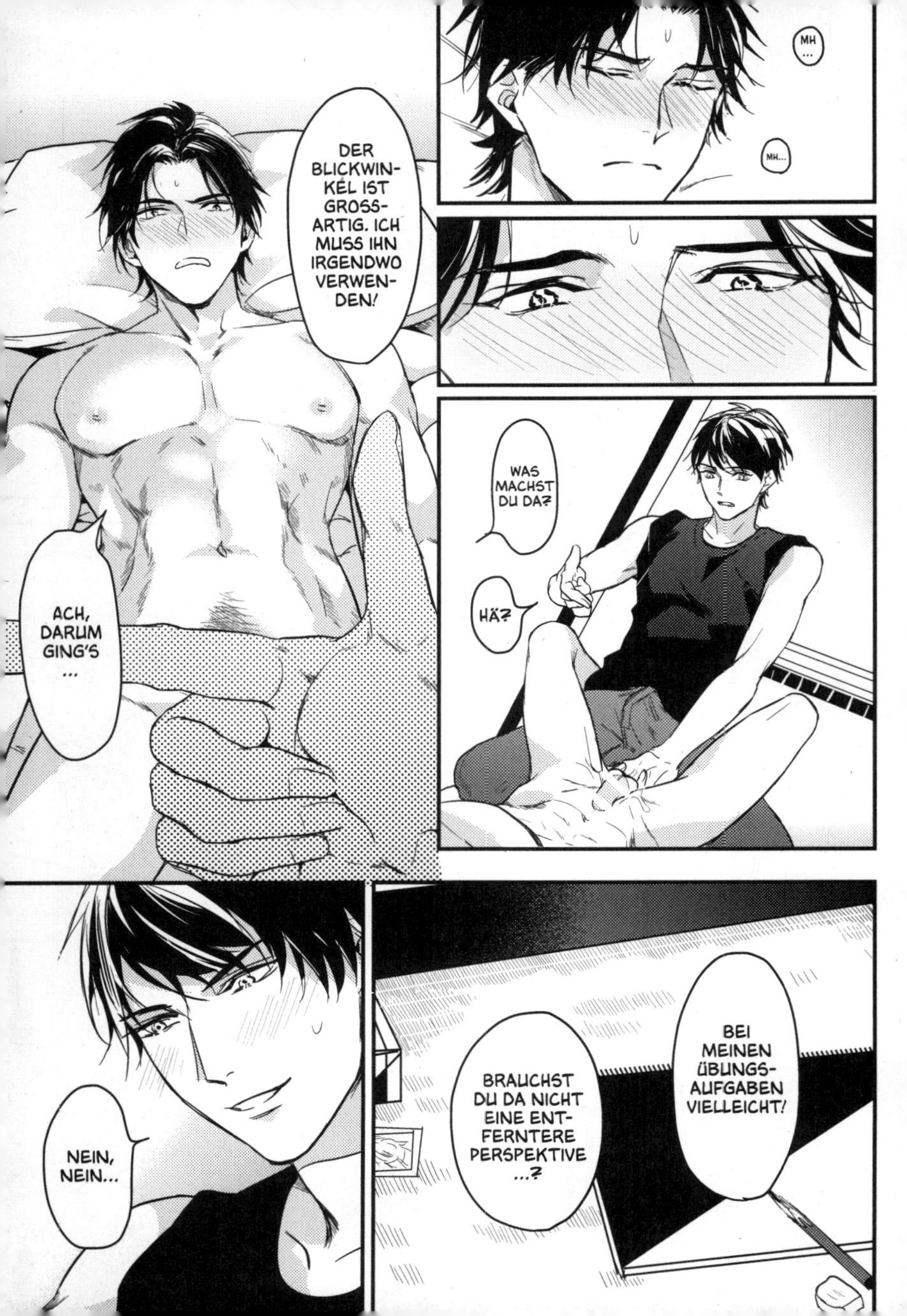

MH ...
MH...
WAS MACHST DU DA?
HÄ?
DER BLICKWINKEL IST GROSSARTIG. ICH MUSS IHN IRGENDWO VERWENDEN!
ACH, DARUM GING'S ...
BEI MEINEN ÜBUNGSAUFGABEN VIELLEICHT!
BRAUCHST DU DA NICHT EINE ENTFERNTERE PERSPEKTIVE ...?
NEIN, NEIN...

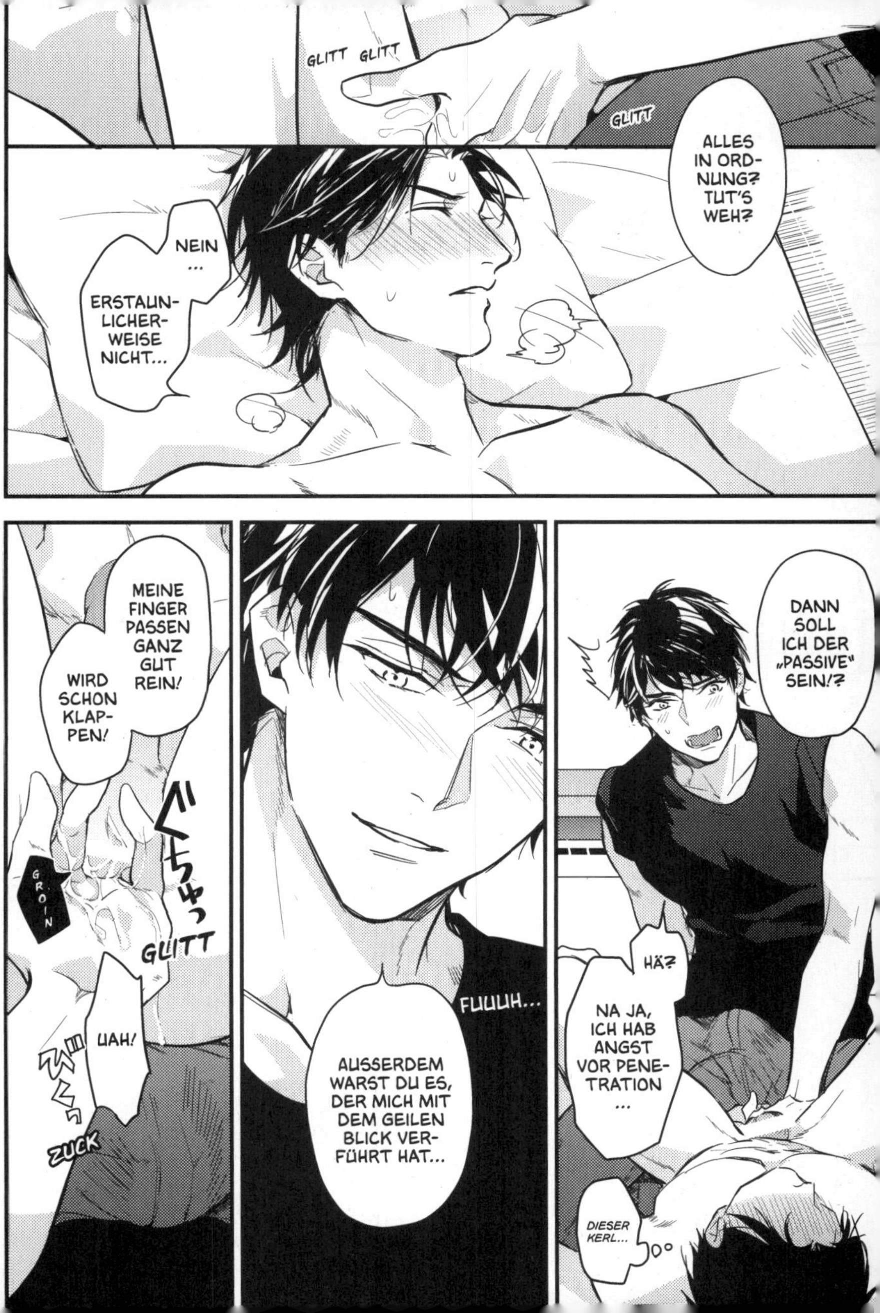
GLITT GLITT
GLITT
ALLES IN ORDNUNG? TUT'S WEH?
NEIN ...
ERSTAUNLICHERWEISE NICHT...
DANN SOLL ICH DER „PASSIVE" SEIN!?
HÄ?
NA JA, ICH HAB ANGST VOR PENETRATION ...
DIESER KERL...
FUUUH...
AUSSERDEM WARST DU ES, DER MICH MIT DEM GEILEN BLICK VERFÜHRT HAT...
MEINE FINGER PASSEN GANZ GUT REIN!
WIRD SCHON KLAPPEN!
GROIN
GLITT
UAH!
ZUCK

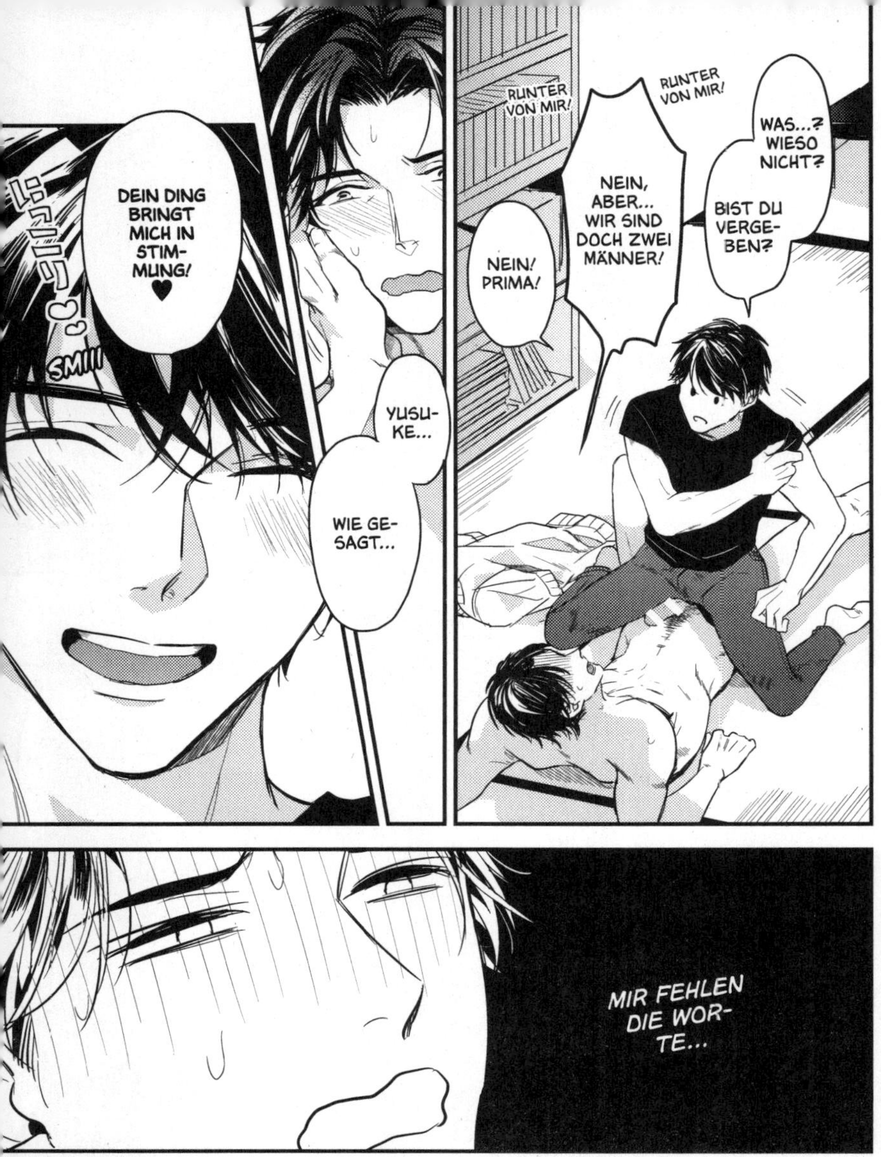
WAS...? WIESO NICHT?
BIST DU VERGEBEN?
RUNTER VON MIR!
NEIN, ABER... WIR SIND DOCH ZWEI MÄNNER!
RUNTER VON MIR!
NEIN! PRIMA!
YUSUKE...
WIE GESAGT...
DEIN DING BRINGT MICH IN STIMMUNG! ♥
SMIII
MIR FEHLEN DIE WORTE...

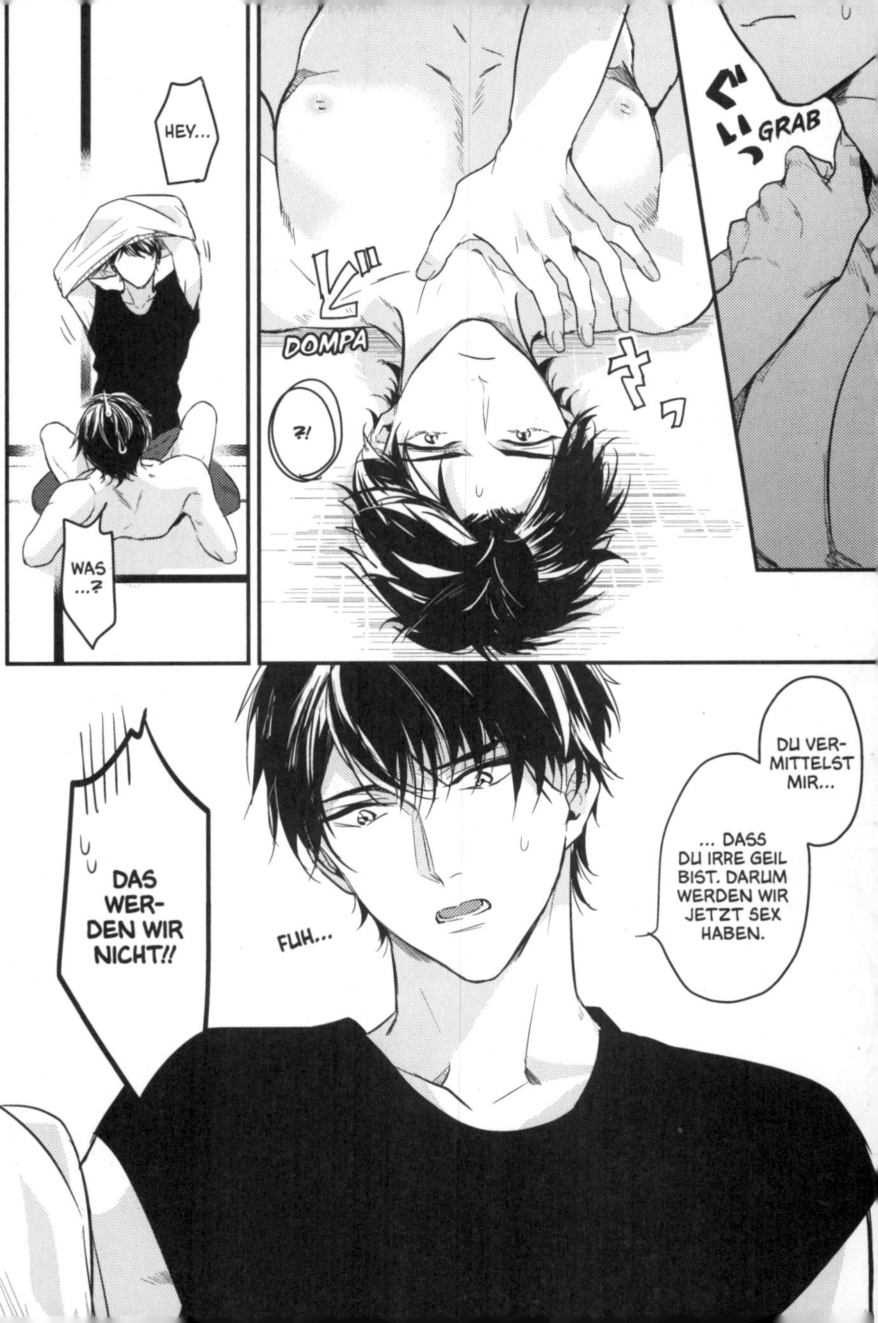
GRAB
DOMPA
?!
HEY...
WAS ...?
DU VER-MITTELST MIR...
... DASS DU IRRE GEIL BIST. DARUM WERDEN WIR JETZT SEX HABEN.
FUH...
DAS WER-DEN WIR NICHT!!

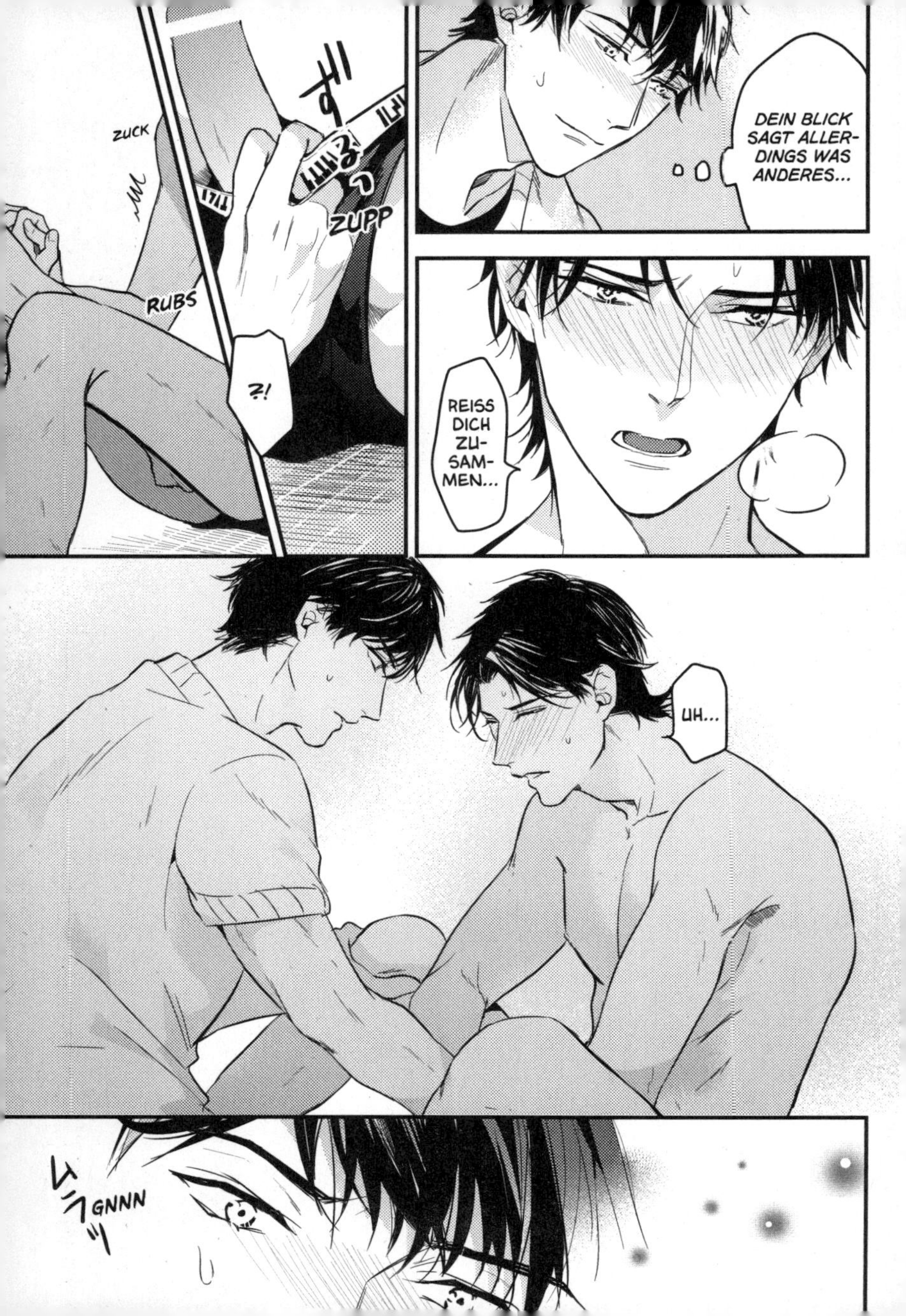
DEIN BLICK SAGT ALLERDINGS WAS ANDERES...
ZUCK
ZUPP
RUBS
?!
REISS DICH ZUSAMMEN...
UH...
GNNN

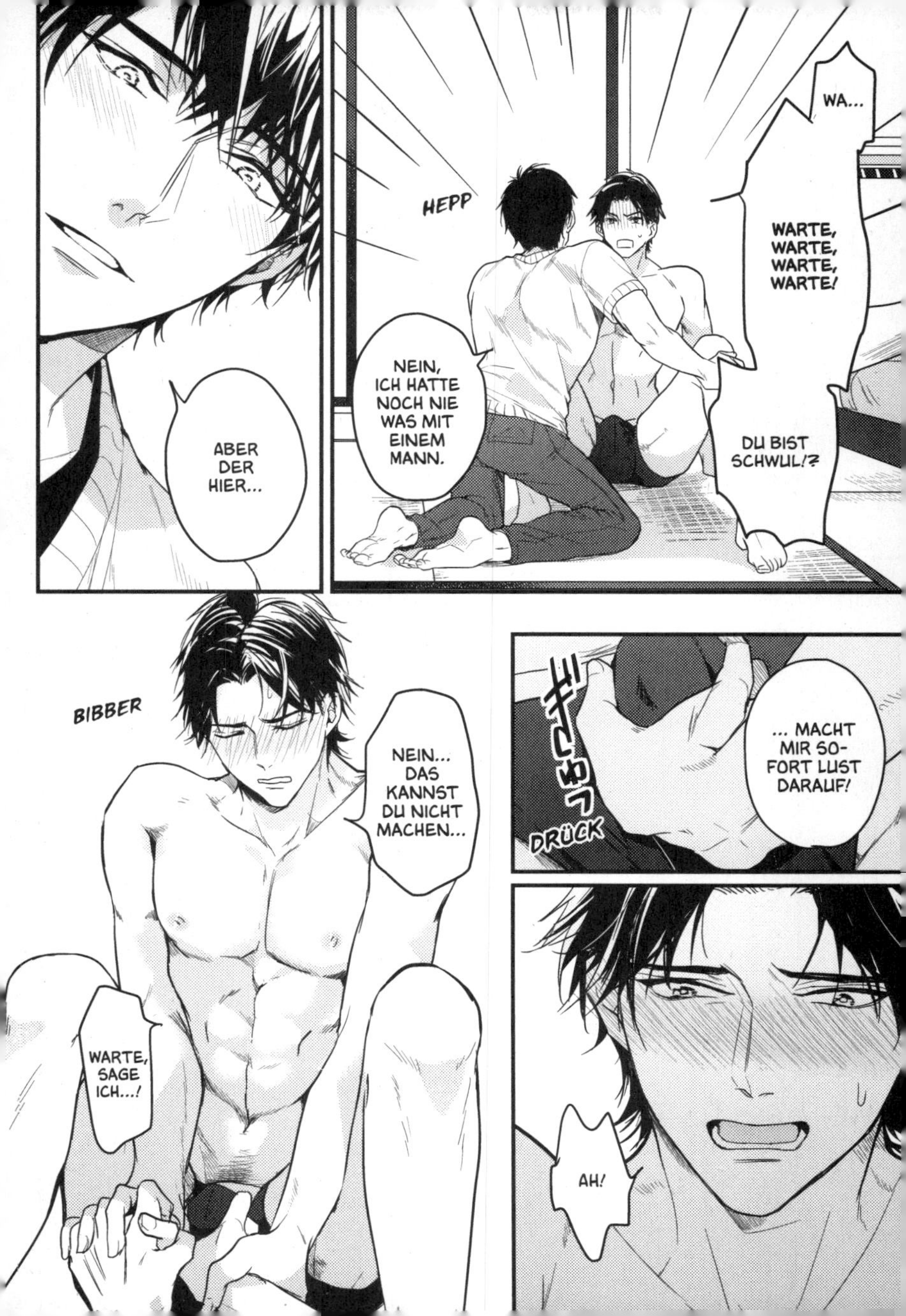
WA...
WARTE, WARTE, WARTE, WARTE!
DU BIST SCHWUL!?
HEPP
NEIN, ICH HATTE NOCH NIE WAS MIT EINEM MANN.
ABER DER HIER...
... MACHT MIR SOFORT LUST DARAUF!
ぎゅっ
DRÜCK
AH!
BIBBER
NEIN... DAS KANNST DU NICHT MACHEN...
WARTE, SAGE ICH...!

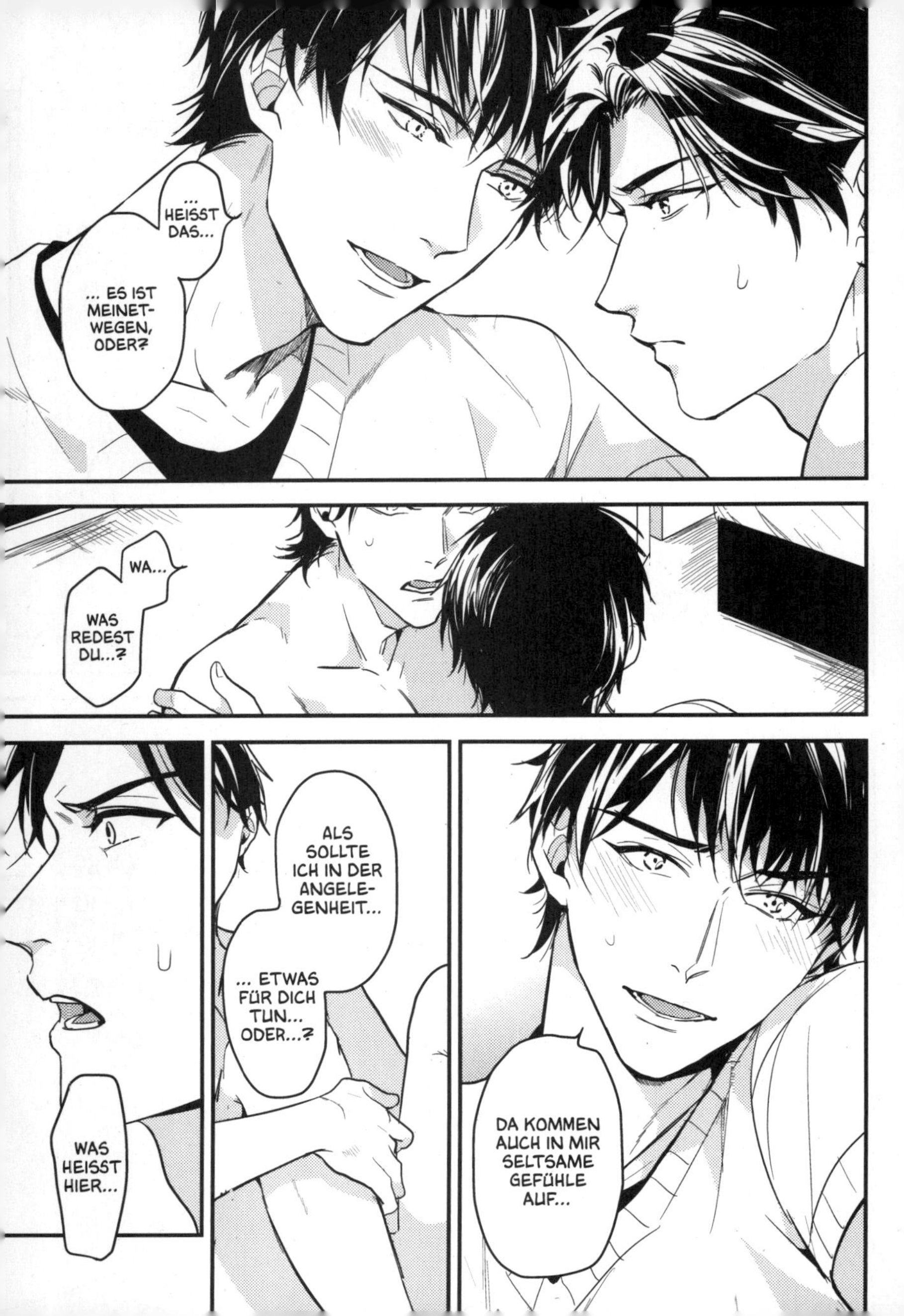
... HEISST DAS...
... ES IST MEINETWEGEN, ODER?
WA...
WAS REDEST DU...?
DA KOMMEN AUCH IN MIR SELTSAME GEFÜHLE AUF...
ALS SOLLTE ICH IN DER ANGELEGENHEIT...
... ETWAS FÜR DICH TUN... ODER...?
WAS HEISST HIER...

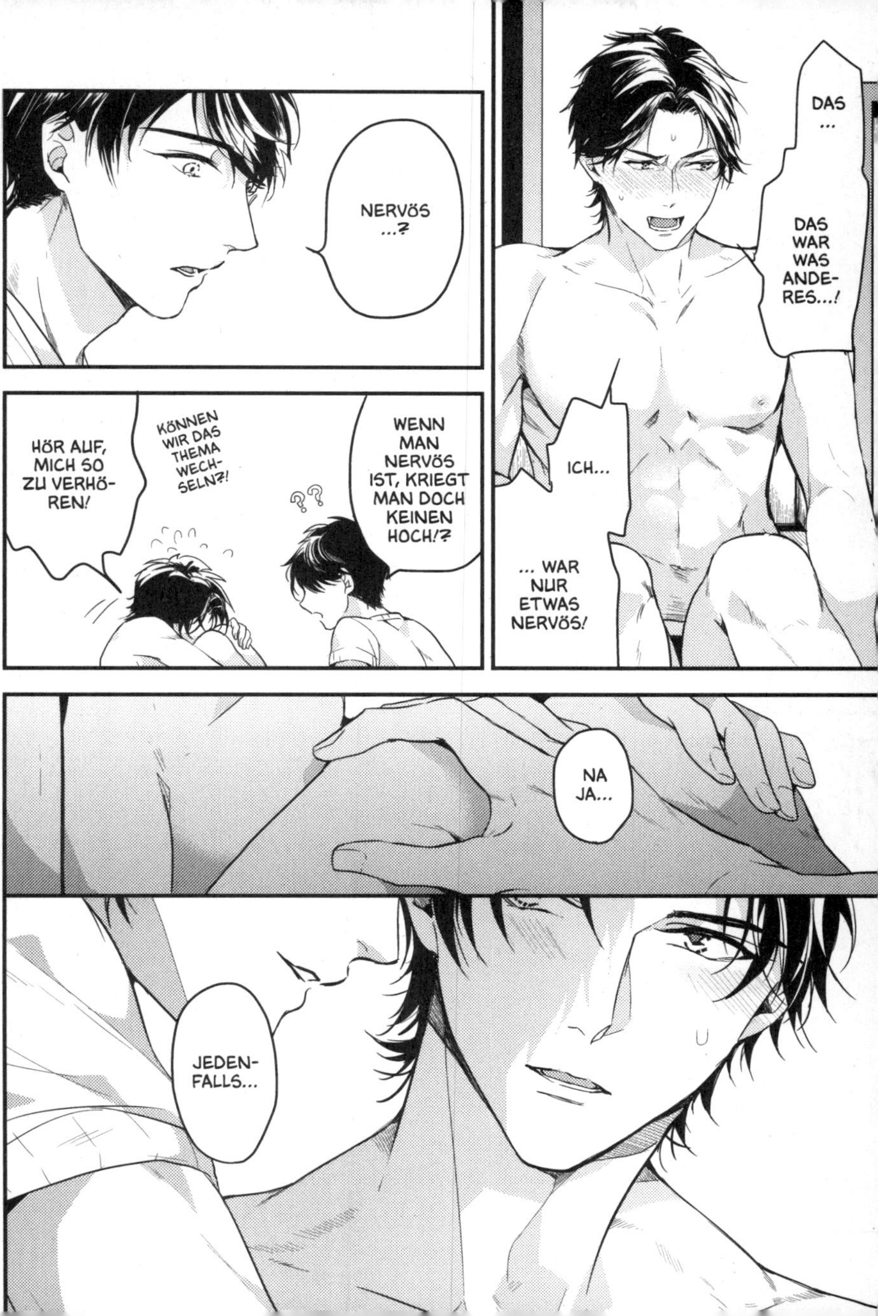
DAS ...
DAS WAR WAS ANDERES...!
ICH...
... WAR NUR ETWAS NERVÖS!
NERVÖS ...?
WENN MAN NERVÖS IST, KRIEGT MAN DOCH KEINEN HOCH!?
KÖNNEN WIR DAS THEMA WECHSELN?!
HÖR AUF, MICH SO ZU VERHÖREN!
NA JA...
JEDENFALLS...

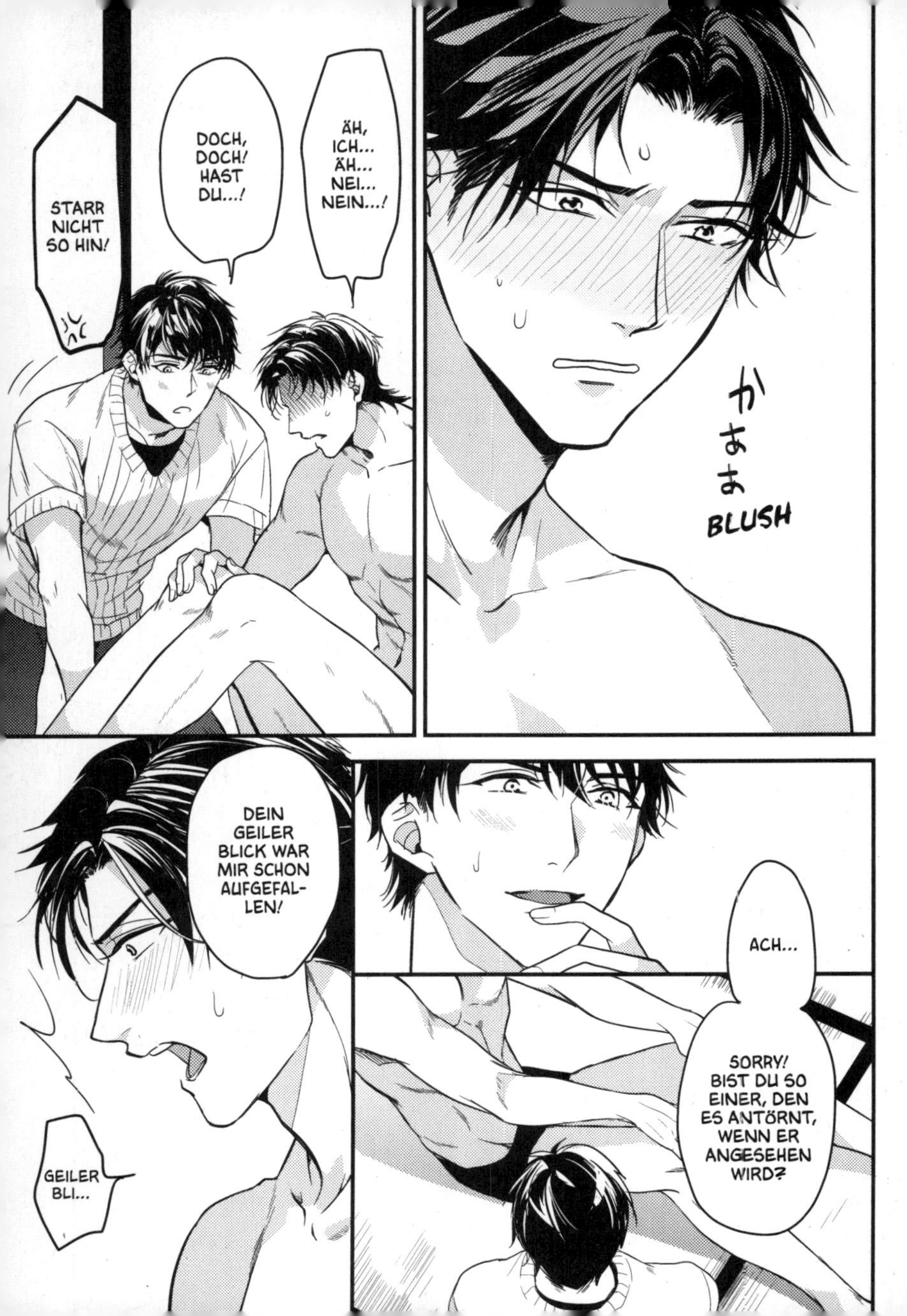
ÄH, ICH... ÄH... NEI... NEIN...!
DOCH, DOCH! HAST DU...!
STARR NICHT SO HIN!
かぁぁ
BLUSH
ACH...
SORRY! BIST DU SO EINER, DEN ES ANTÖRNT, WENN ER ANGESEHEN WIRD?
DEIN GEILER BLICK WAR MIR SCHON AUFGEFAL-LEN!
GEILER BLI...

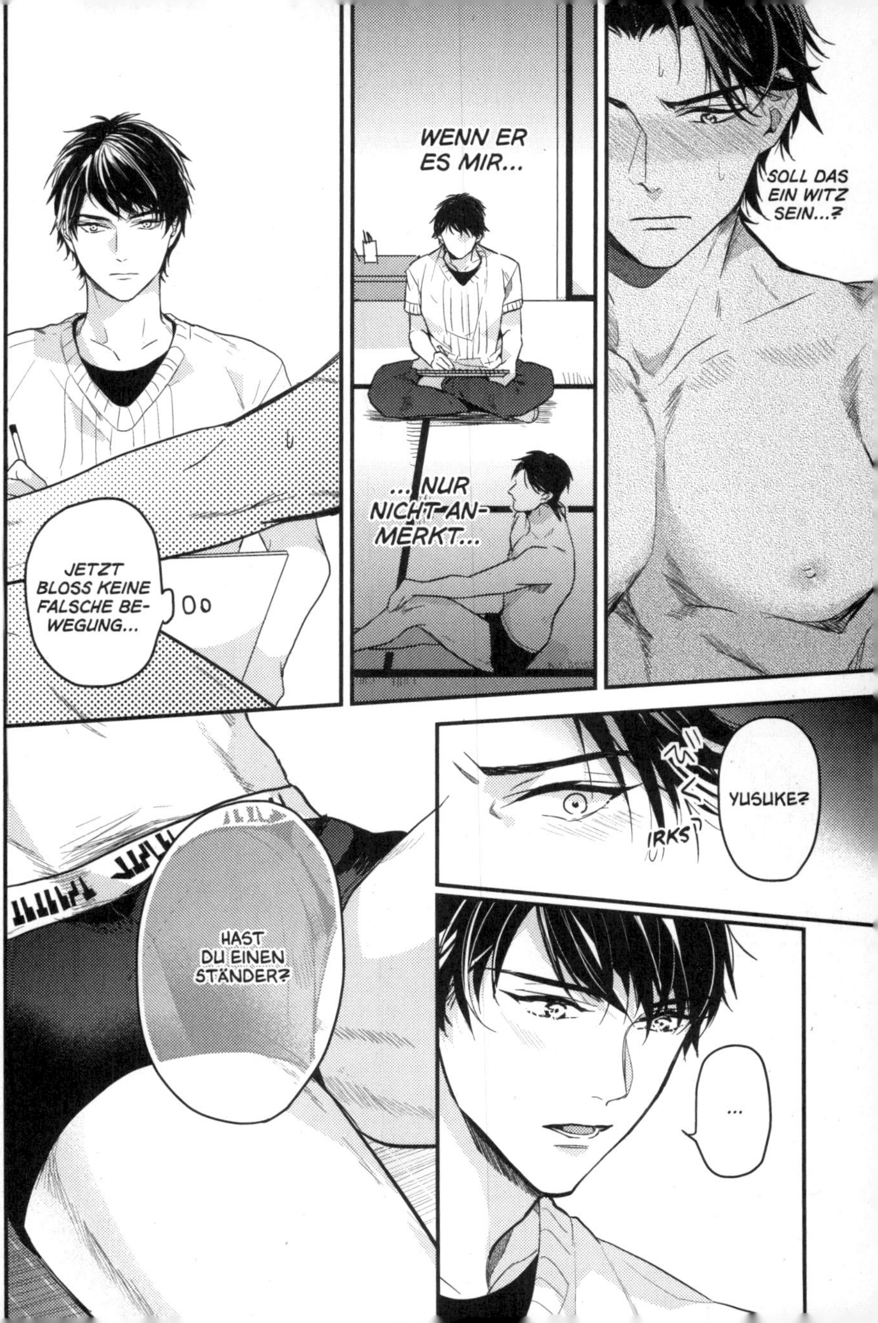
SOLL DAS EIN WITZ SEIN...?
WENN ER ES MIR...
...NUR NICHT AN-MERKT...
JETZT BLOSS KEINE FALSCHE BE-WEGUNG...
YUSUKE?
IRKS
HAST DU EINEN STÄNDER?
...

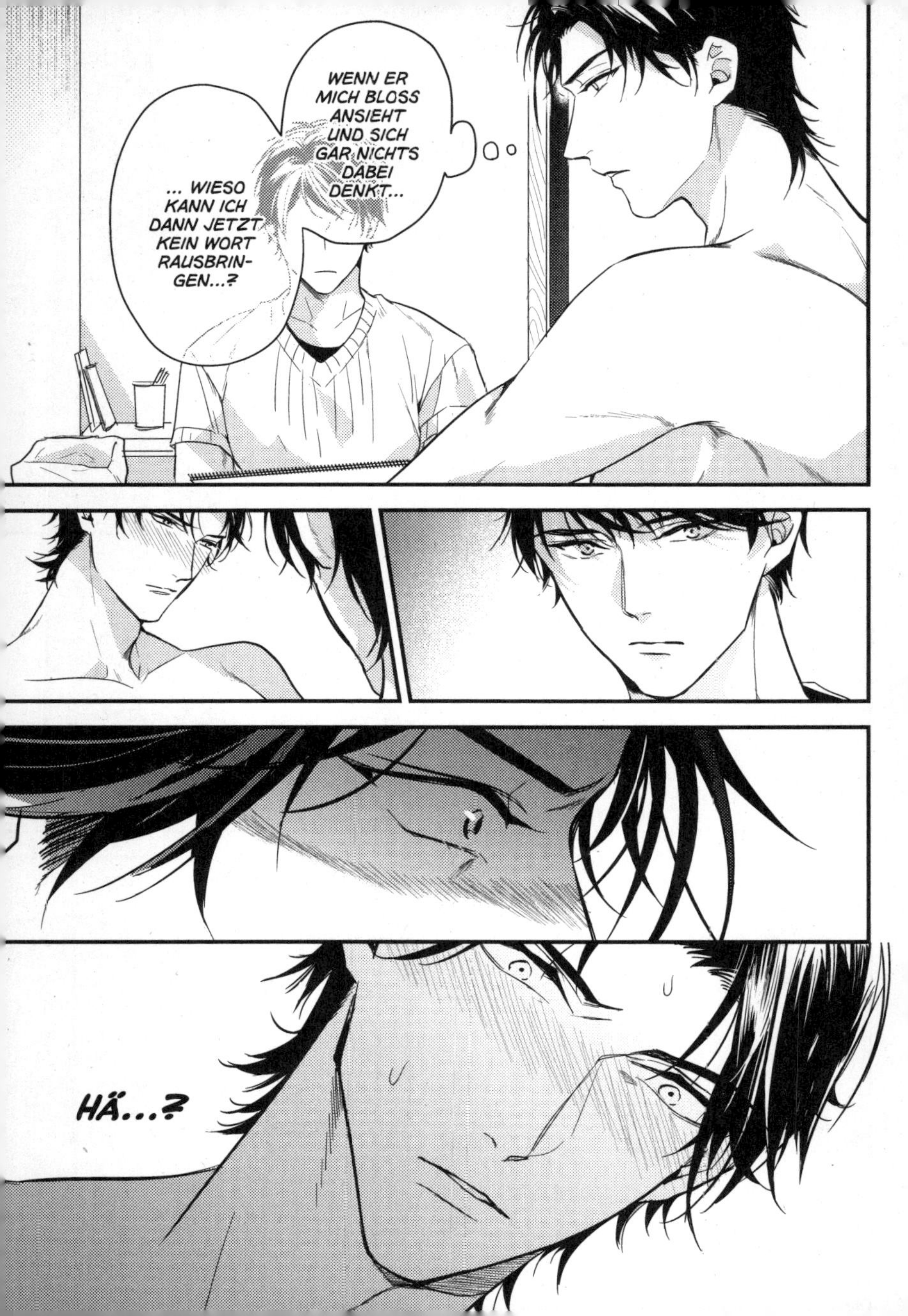
WENN ER MICH BLOSS ANSIEHT UND SICH GAR NICHTS DABEI DENKT...
... WIESO KANN ICH DANN JETZT KEIN WORT RAUSBRIN-GEN...?
HÄ...?

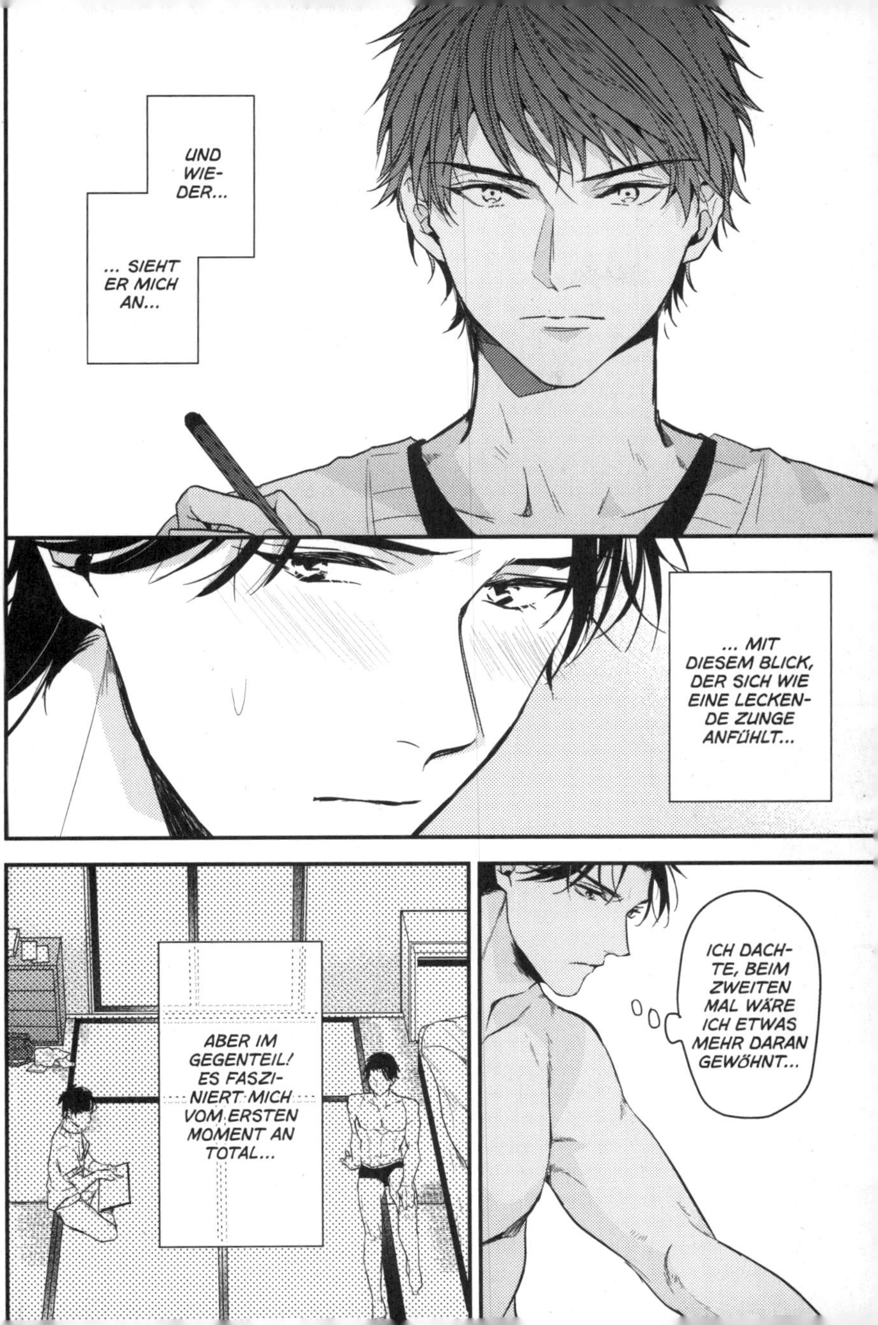
UND WIEDER...
... SIEHT ER MICH AN...
... MIT DIESEM BLICK, DER SICH WIE EINE LECKENDE ZUNGE ANFÜHLT...
ICH DACHTE, BEIM ZWEITEN MAL WÄRE ICH ETWAS MEHR DARAN GEWÖHNT...
ABER IM GEGENTEIL! ES FASZINIERT MICH VOM ERSTEN MOMENT AN TOTAL...

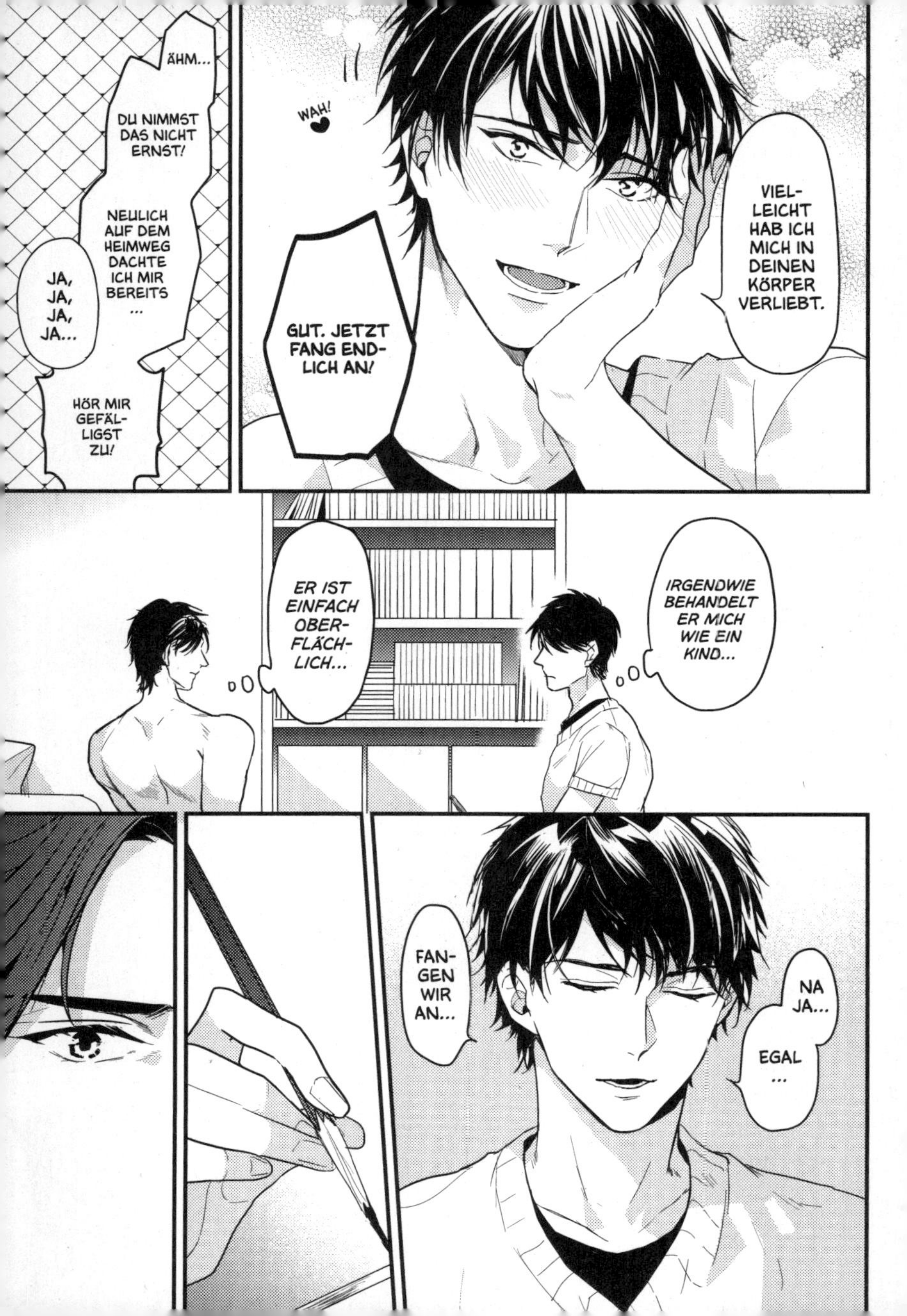
VIELLEICHT HAB ICH MICH IN DEINEN KÖRPER VERLIEBT.
WAH!
GUT. JETZT FANG ENDLICH AN!
ÄHM...
DU NIMMST DAS NICHT ERNST!
NEULICH AUF DEM HEIMWEG DACHTE ICH MIR BEREITS ...
JA, JA, JA, JA...
HÖR MIR GEFÄLLIGST ZU!
IRGENDWIE BEHANDELT ER MICH WIE EIN KIND...
ER IST EINFACH OBERFLÄCHLICH...
NA JA... EGAL ...
FANGEN WIR AN...

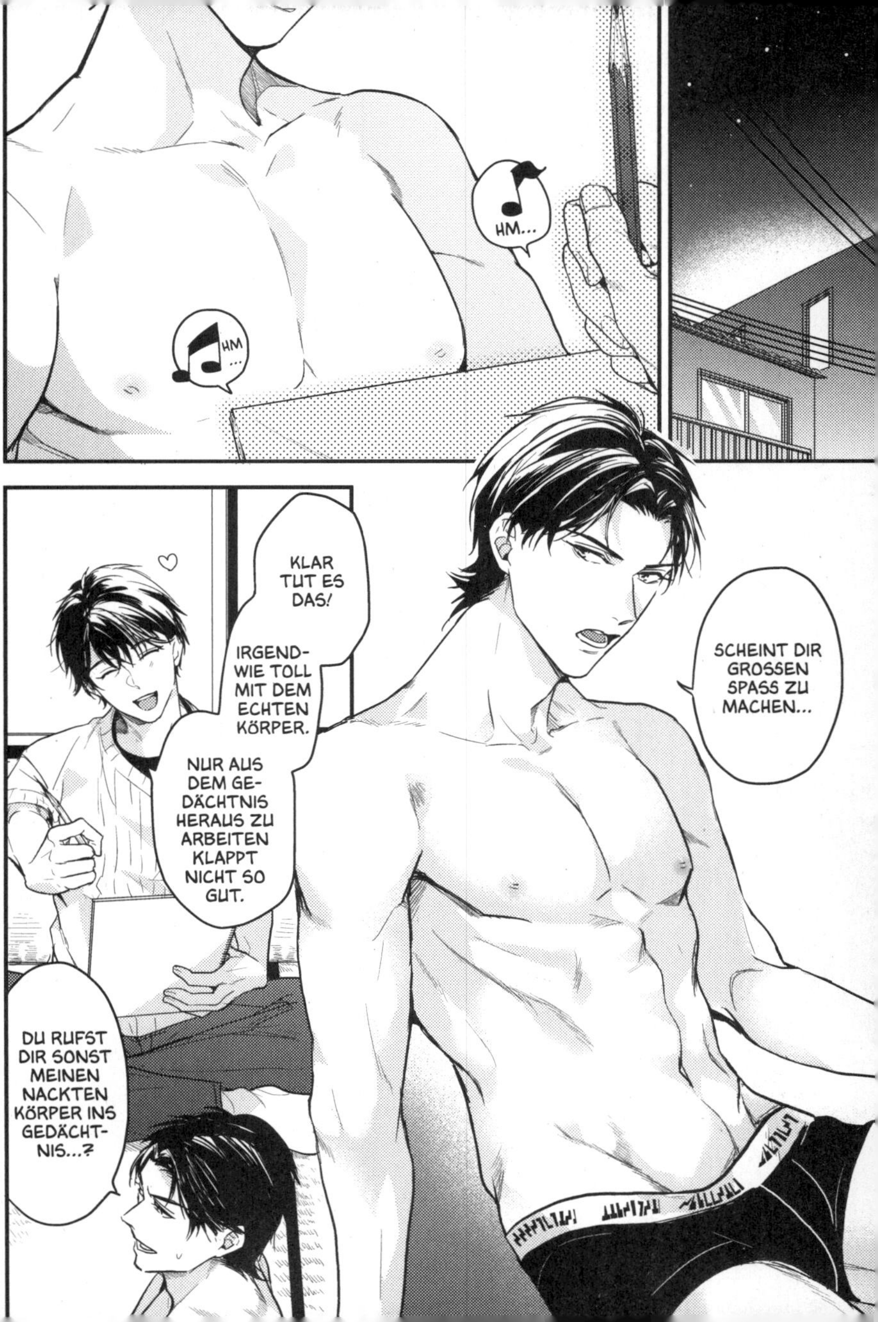
HM…
HM…
SCHEINT DIR GROSSEN SPASS ZU MACHEN…
KLAR TUT ES DAS!
IRGEND-WIE TOLL MIT DEM ECHTEN KÖRPER.
NUR AUS DEM GE-DÄCHTNIS HERAUS ZU ARBEITEN KLAPPT NICHT SO GUT.
DU RUFST DIR SONST MEINEN NACKTEN KÖRPER INS GEDÄCHT-NIS…?

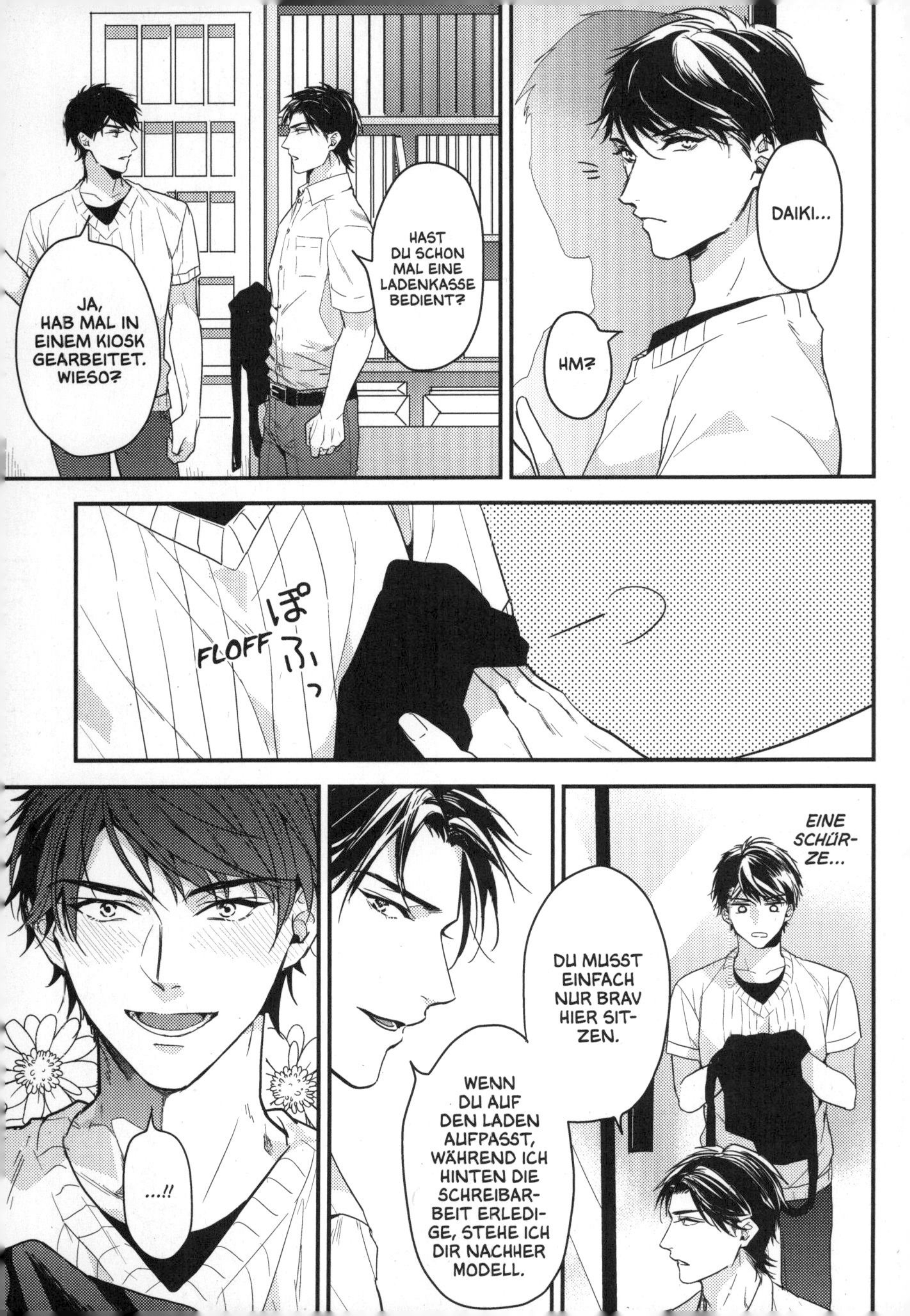
DAIKI…
HM?
HAST DU SCHON MAL EINE LADENKASSE BEDIENT?
JA, HAB MAL IN EINEM KIOSK GEARBEITET. WIESO?
ぽふっ
FLOFF
EINE SCHÜRZE…
DU MUSST EINFACH NUR BRAV HIER SITZEN.
WENN DU AUF DEN LADEN AUFPASST, WÄHREND ICH HINTEN DIE SCHREIBARBEIT ERLEDIGE, STEHE ICH DIR NACHHER MODELL.
…!!

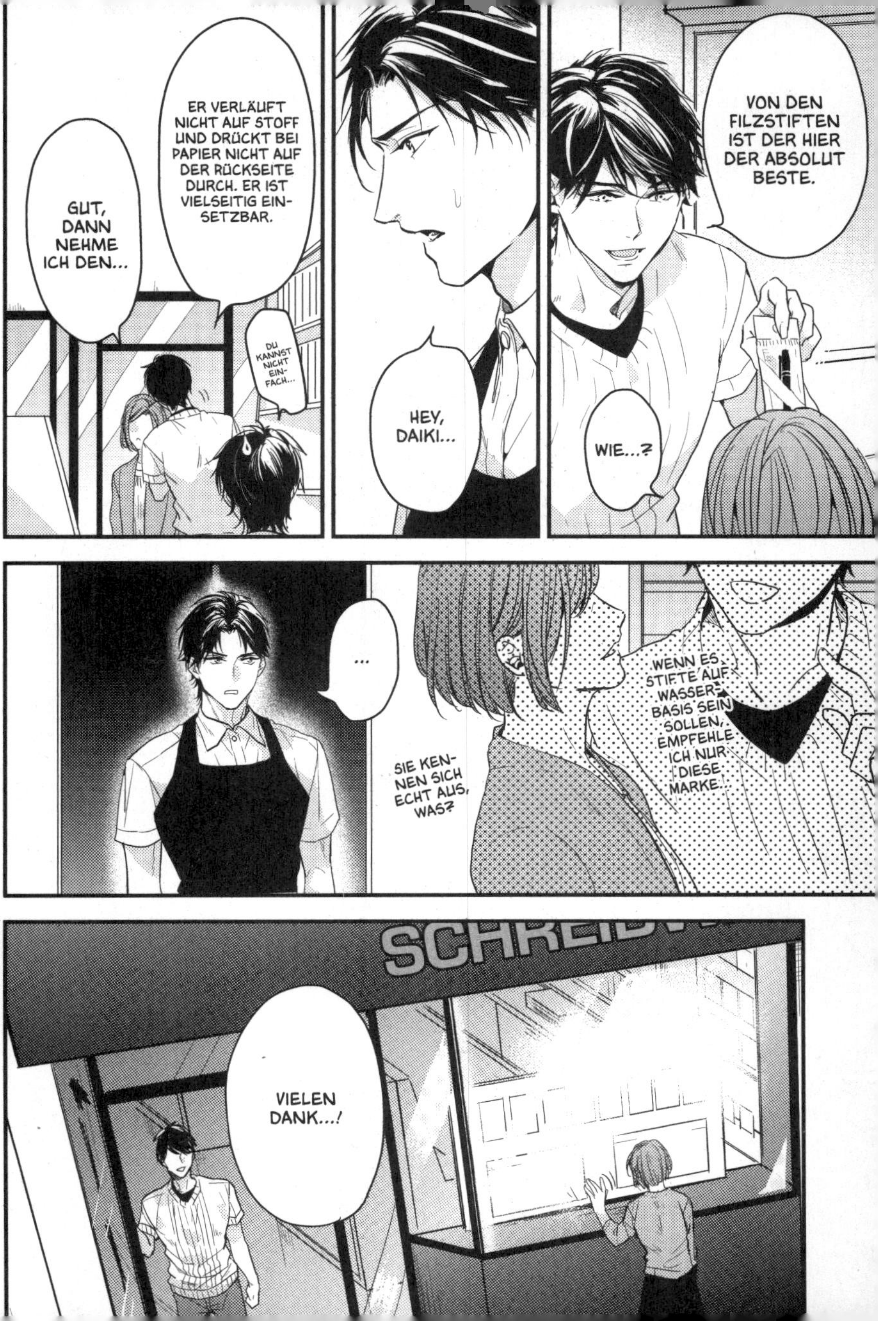
VON DEN FILZSTIFTEN IST DER HIER DER ABSOLUT BESTE.
WIE...?
HEY, DAIKI...
ER VERLÄUFT NICHT AUF STOFF UND DRÜCKT BEI PAPIER NICHT AUF DER RÜCKSEITE DURCH. ER IST VIELSEITIG EIN-SETZBAR.
GUT, DANN NEHME ICH DEN...
DU KANNST NICHT EIN-FACH...
WENN ES STIFTE AUF WASSER-BASIS SEIN SOLLEN, EMPFEHLE ICH NUR DIESE MARKE.
SIE KEN-NEN SICH ECHT AUS, WAS?
...
SCHREIB
VIELEN DANK...!

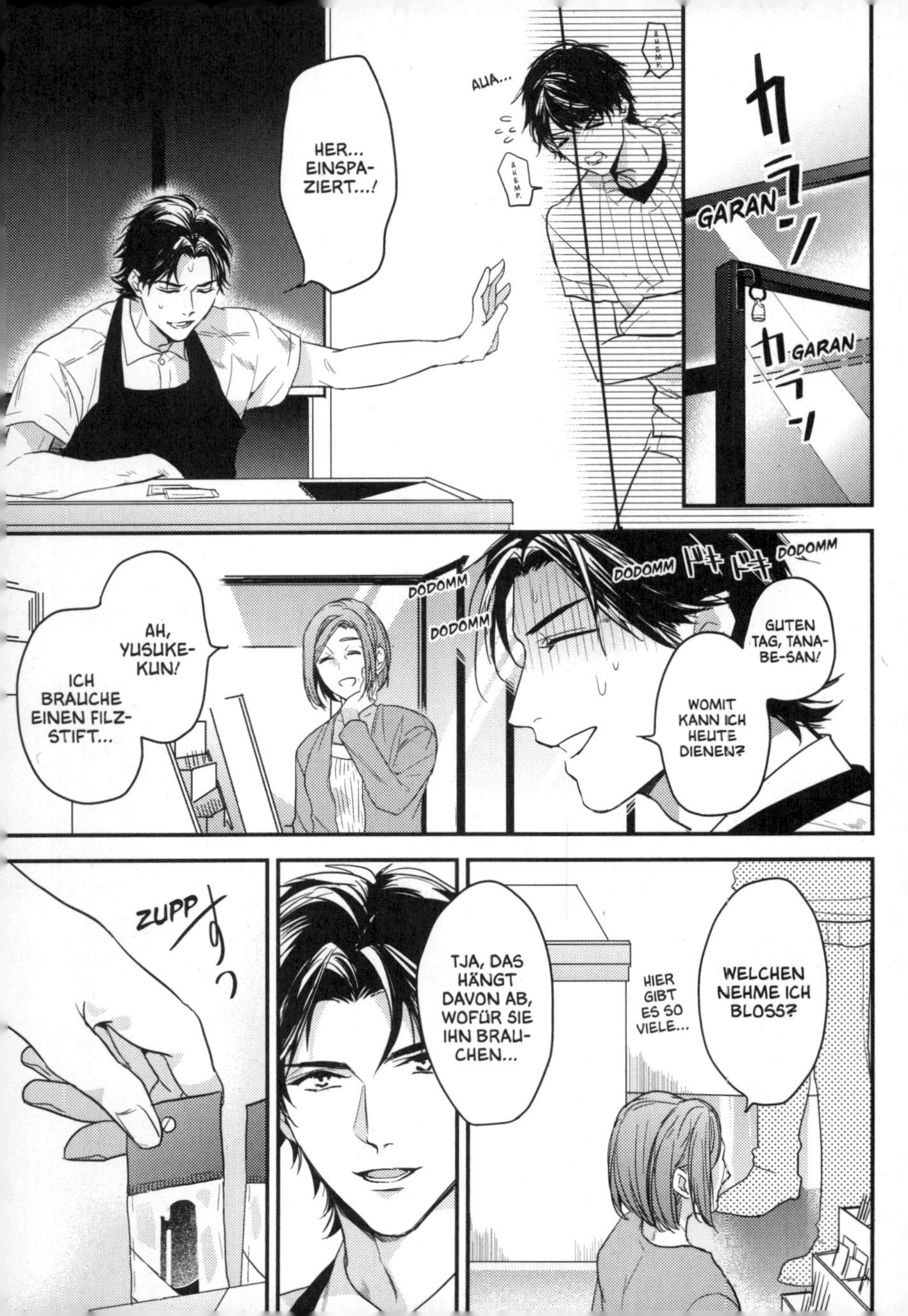

カラン
GARAN
カラン
GARAN
ÄHEMP.
AUA...
ÄHEMP.
HER... EINSPAZIERT...!
ドキドキ
DODOMM
DODOMM
GUTEN TAG, TANABE-SAN!
WOMIT KANN ICH HEUTE DIENEN?
DODOMM
DODOMM
AH, YUSUKE-KUN!
ICH BRAUCHE EINEN FILZSTIFT...
WELCHEN NEHME ICH BLOSS?
HIER GIBT ES SO VIELE...
TJA, DAS HÄNGT DAVON AB, WOFÜR SIE IHN BRAUCHEN...
ZUPP
すっ

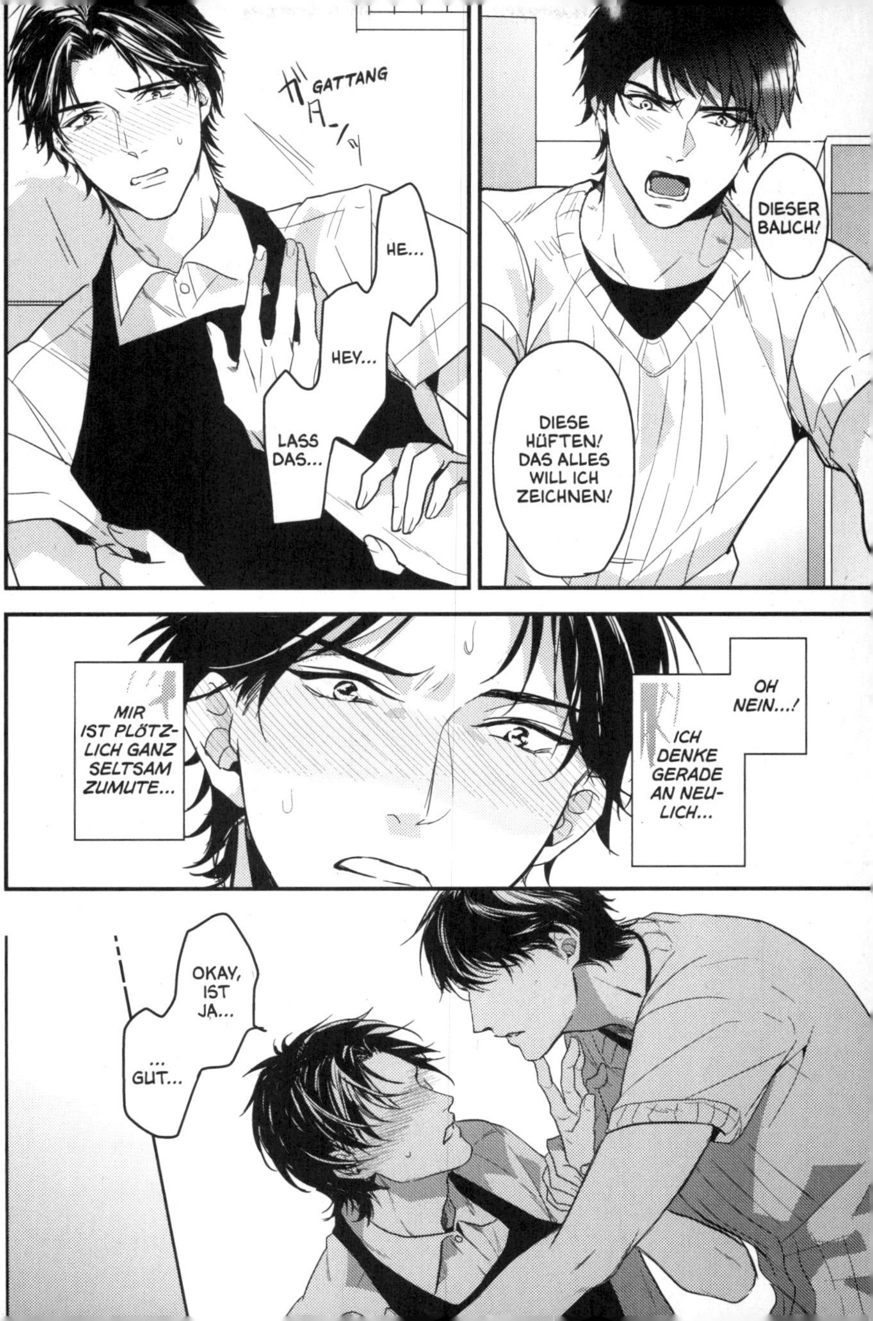
DIESER BAUCH!
DIESE HÜFTEN! DAS ALLES WILL ICH ZEICHNEN!
GATTANG
HE...
HEY...
LASS DAS...
OH NEIN...!
ICH DENKE GERADE AN NEU-LICH...
MIR IST PLÖTZ-LICH GANZ SELTSAM ZUMUTE...
OKAY, IST JA...
... GUT...

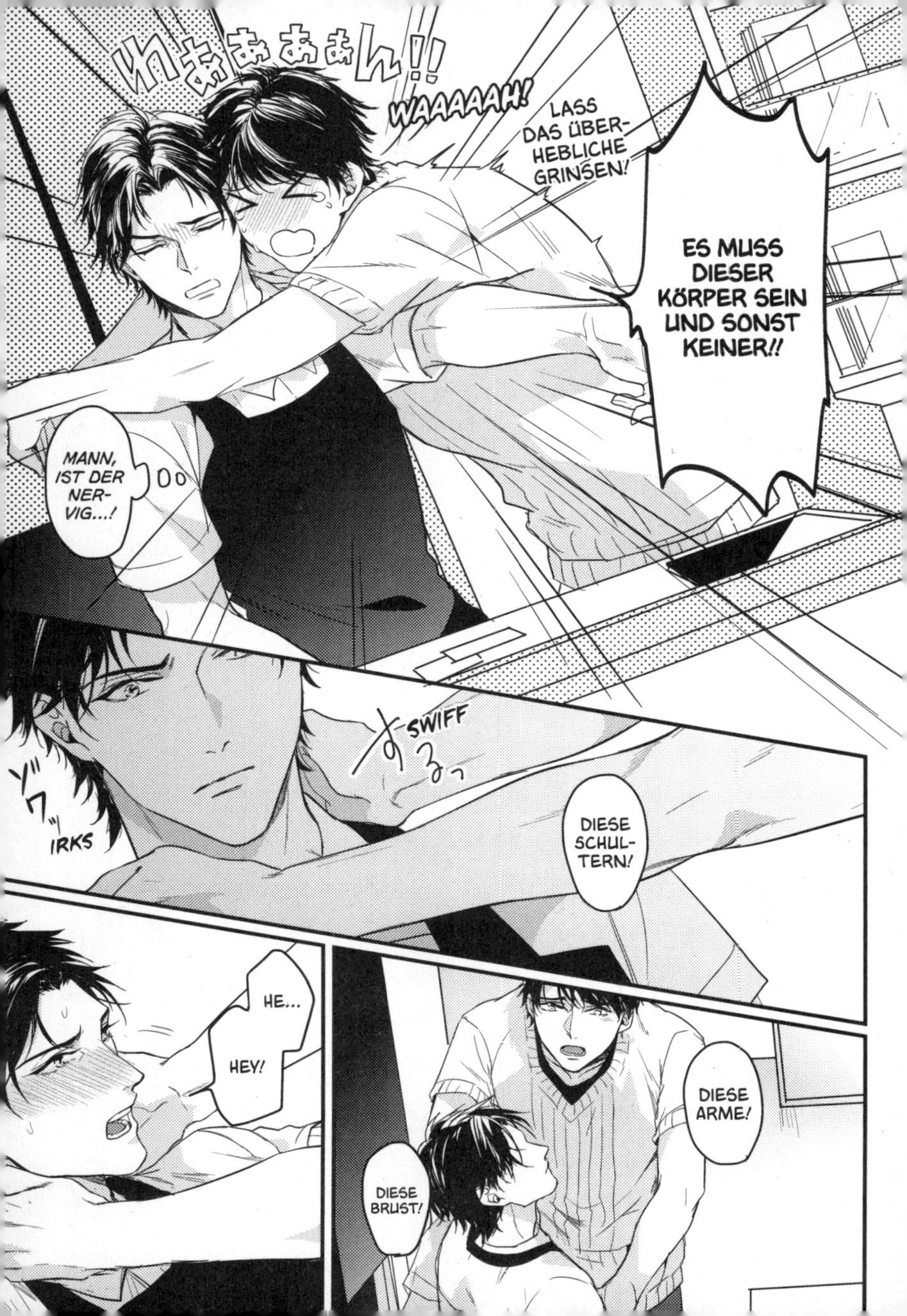

WAAAAAH!
LASS DAS ÜBER-HEBLICHE GRINSEN!
ES MUSS DIESER KÖRPER SEIN UND SONST KEINER!!
MANN, IST DER NER-VIG...!
SWIFF
DIESE SCHUL-TERN!
IRKS
DIESE ARME!
DIESE BRUST!
HE...
HEY!

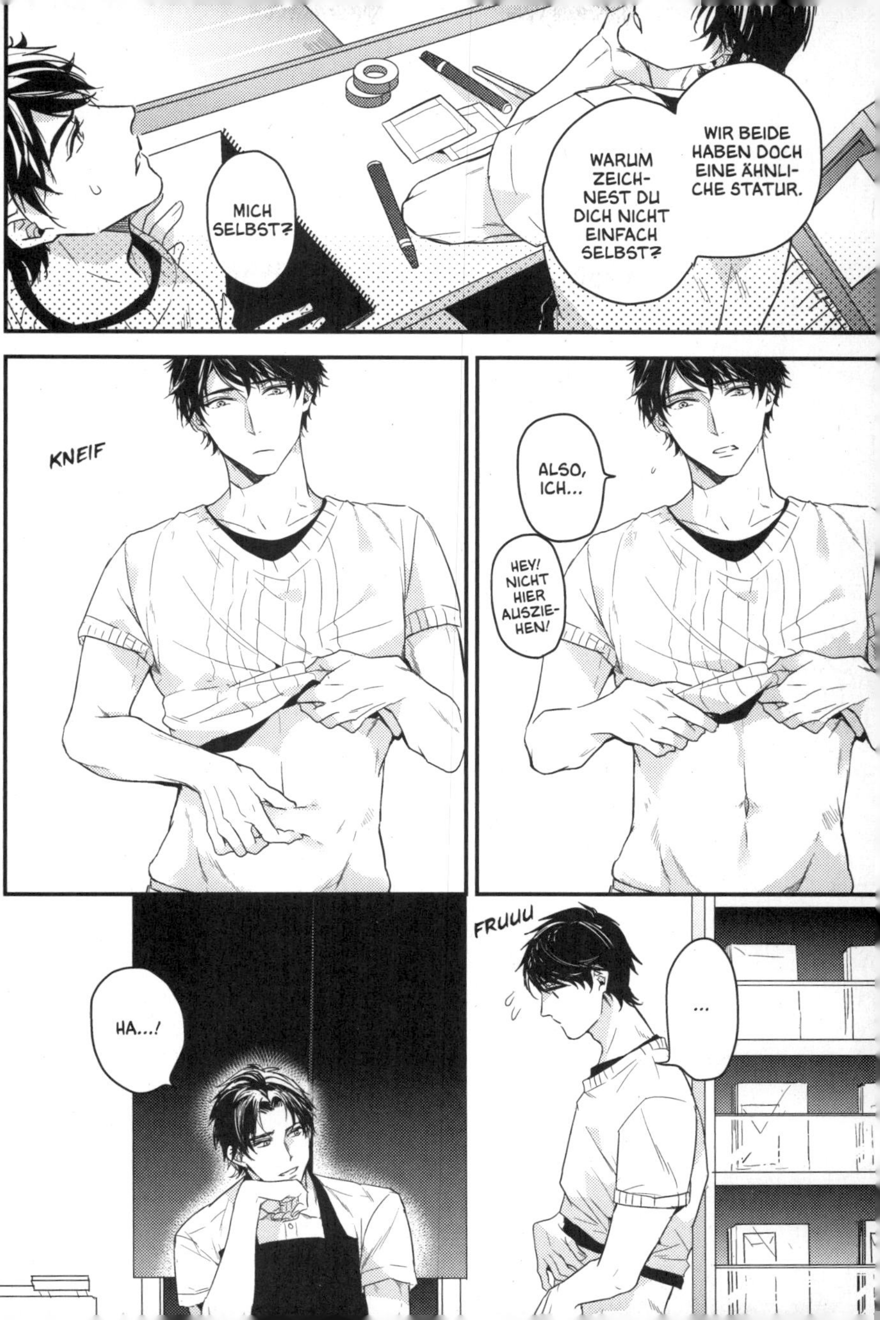
WIR BEIDE HABEN DOCH EINE ÄHNLICHE STATUR.
WARUM ZEICHNEST DU DICH NICHT EINFACH SELBST?
MICH SELBST?
ALSO, ICH...
HEY! NICHT HIER AUSZIEHEN!
KNEIF
FRUUU
...
HA...!

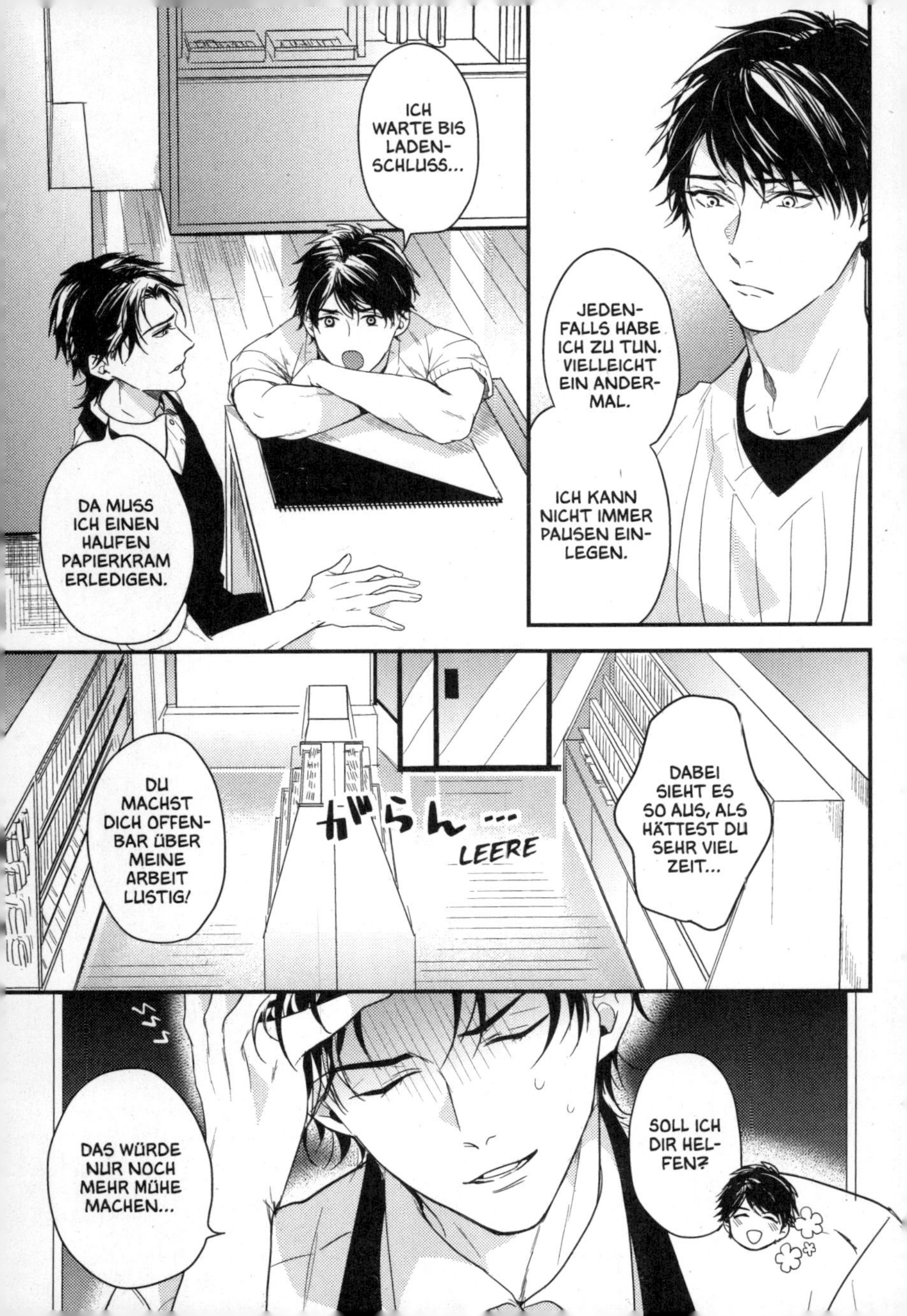
JEDEN-FALLS HABE ICH ZU TUN. VIELLEICHT EIN ANDER-MAL.
ICH KANN NICHT IMMER PAUSEN EIN-LEGEN.
ICH WARTE BIS LADEN-SCHLUSS...
DA MUSS ICH EINEN HAUFEN PAPIERKRAM ERLEDIGEN.
DABEI SIEHT ES SO AUS, ALS HÄTTEST DU SEHR VIEL ZEIT...
がらん…
LEERE
DU MACHST DICH OFFEN-BAR ÜBER MEINE ARBEIT LUSTIG!
SOLL ICH DIR HEL-FEN?
DAS WÜRDE NUR NOCH MEHR MÜHE MACHEN...

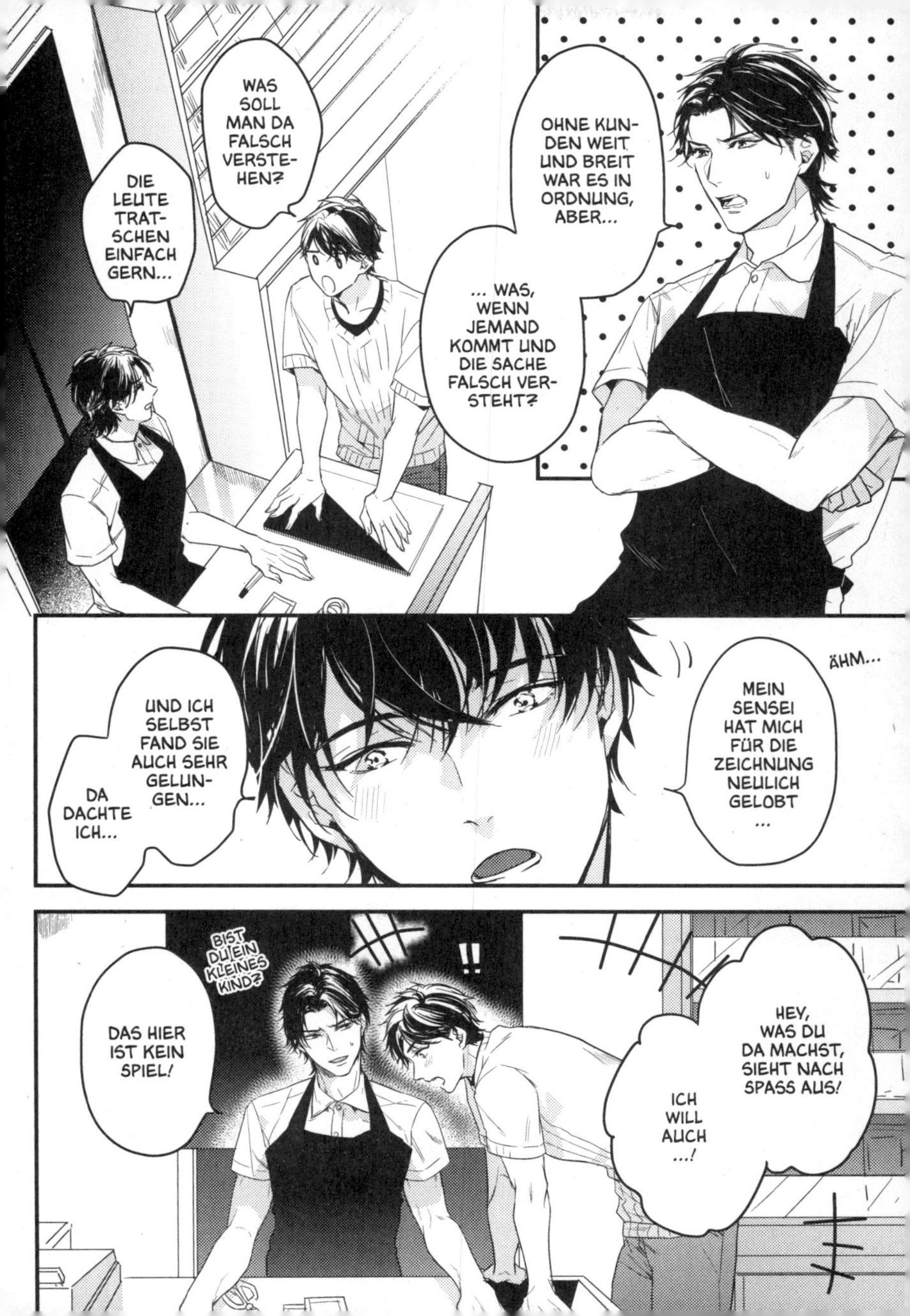
OHNE KUNDEN WEIT UND BREIT WAR ES IN ORDNUNG, ABER...
... WAS, WENN JEMAND KOMMT UND DIE SACHE FALSCH VERSTEHT?
WAS SOLL MAN DA FALSCH VERSTEHEN?
DIE LEUTE TRATSCHEN EINFACH GERN...
ÄHM...
MEIN SENSEI HAT MICH FÜR DIE ZEICHNUNG NEULICH GELOBT ...
UND ICH SELBST FAND SIE AUCH SEHR GELUNGEN...
DA DACHTE ICH...
HEY, WAS DU DA MACHST, SIEHT NACH SPASS AUS!
ICH WILL AUCH ...!
!!
DAS HIER IST KEIN SPIEL!
BIST DU EIN KLEINES KIND?

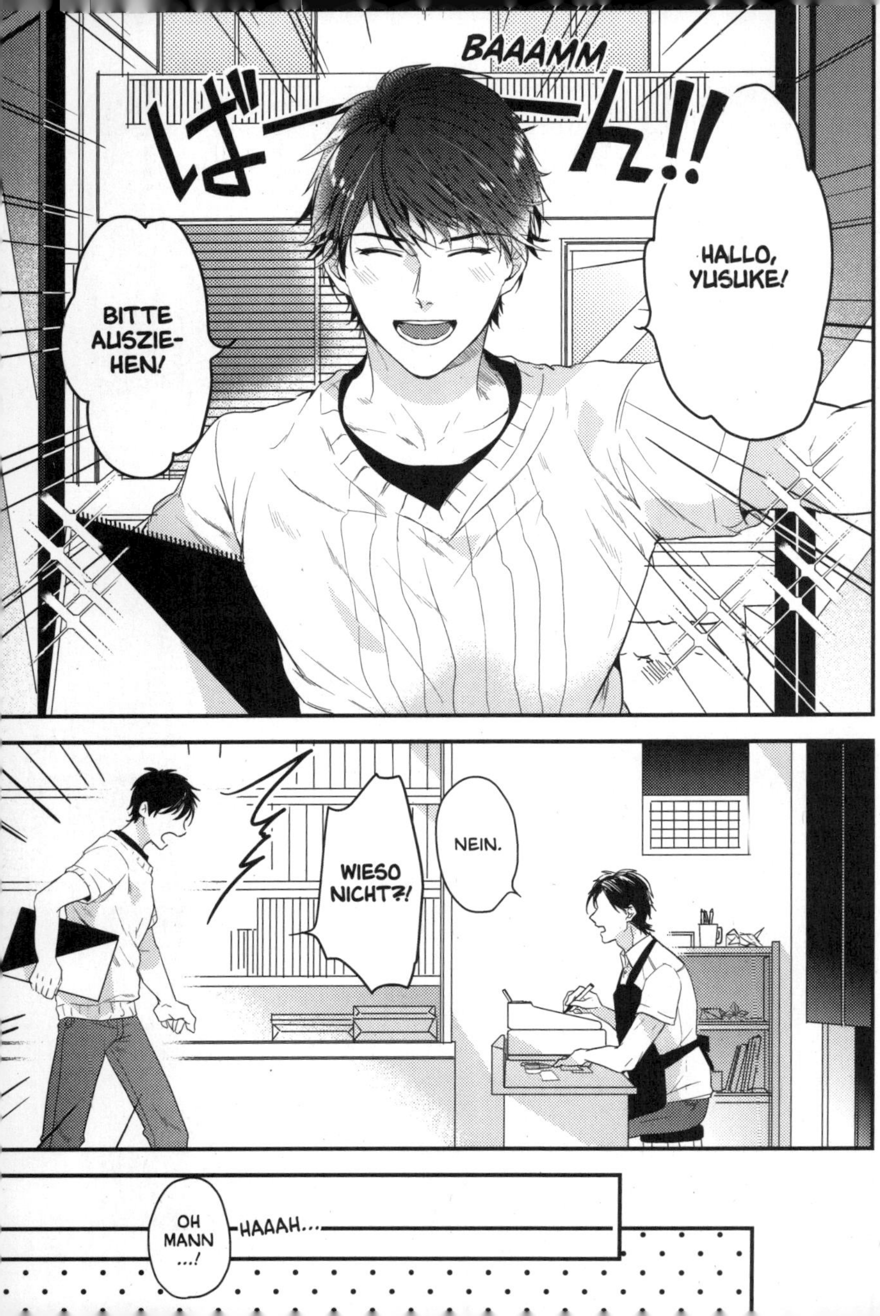
BAAAMM
ばーーん!!
HALLO, YUSUKE!
BITTE AUSZIE-HEN!
NEIN.
WIESO NICHT?!
OH MANN ...!
-HAAAH...

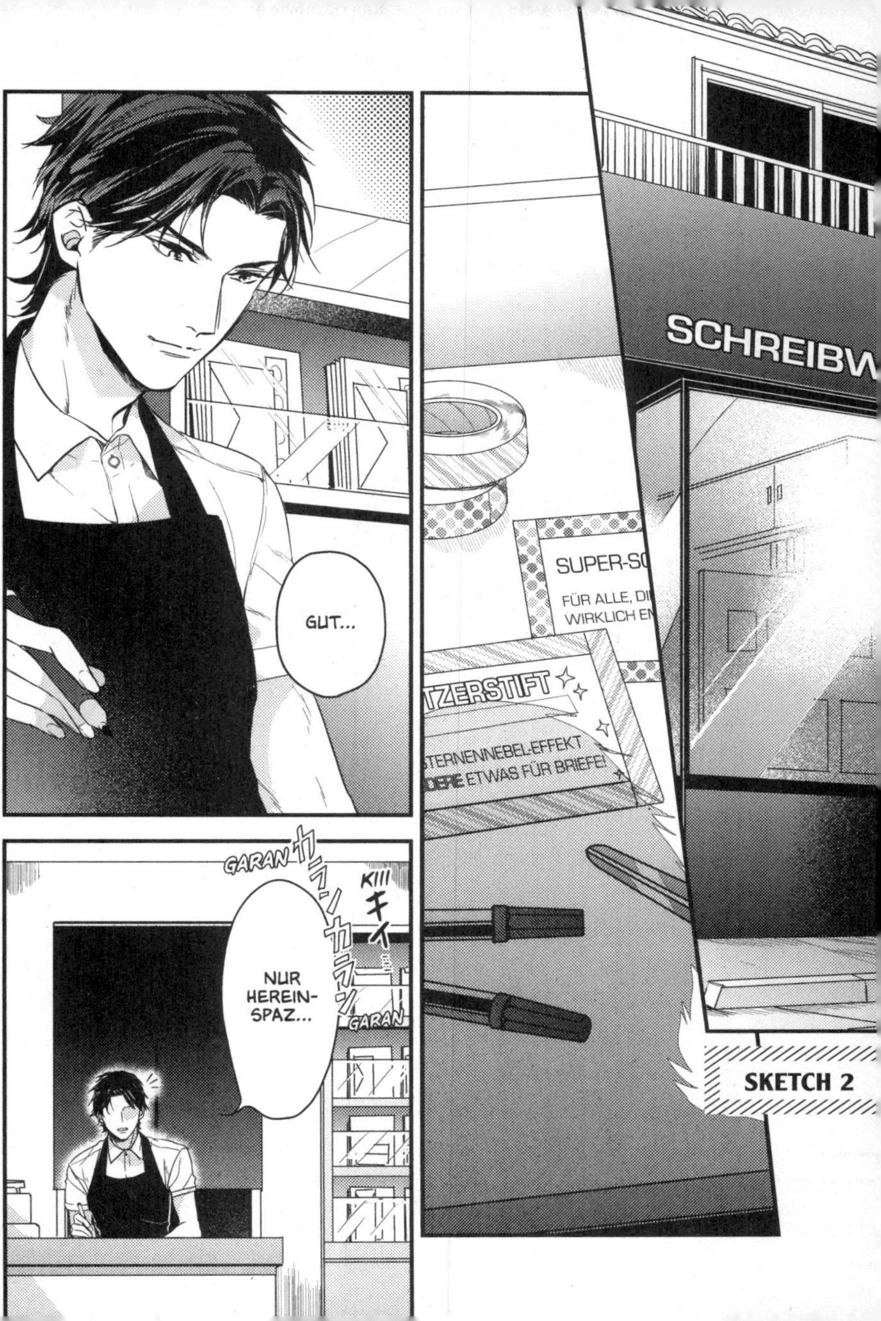

SCHREIBW
SKETCH 2
SUPER-SC
FÜR ALLE, DI
WIRKLICH EN
TZERSTIFT
STERNENNEBEL-EFFEKT
DERE ETWAS FÜR BRIEFE!
GUT...
GARAN
KIII
NUR HEREIN-SPAZ...
GARAN

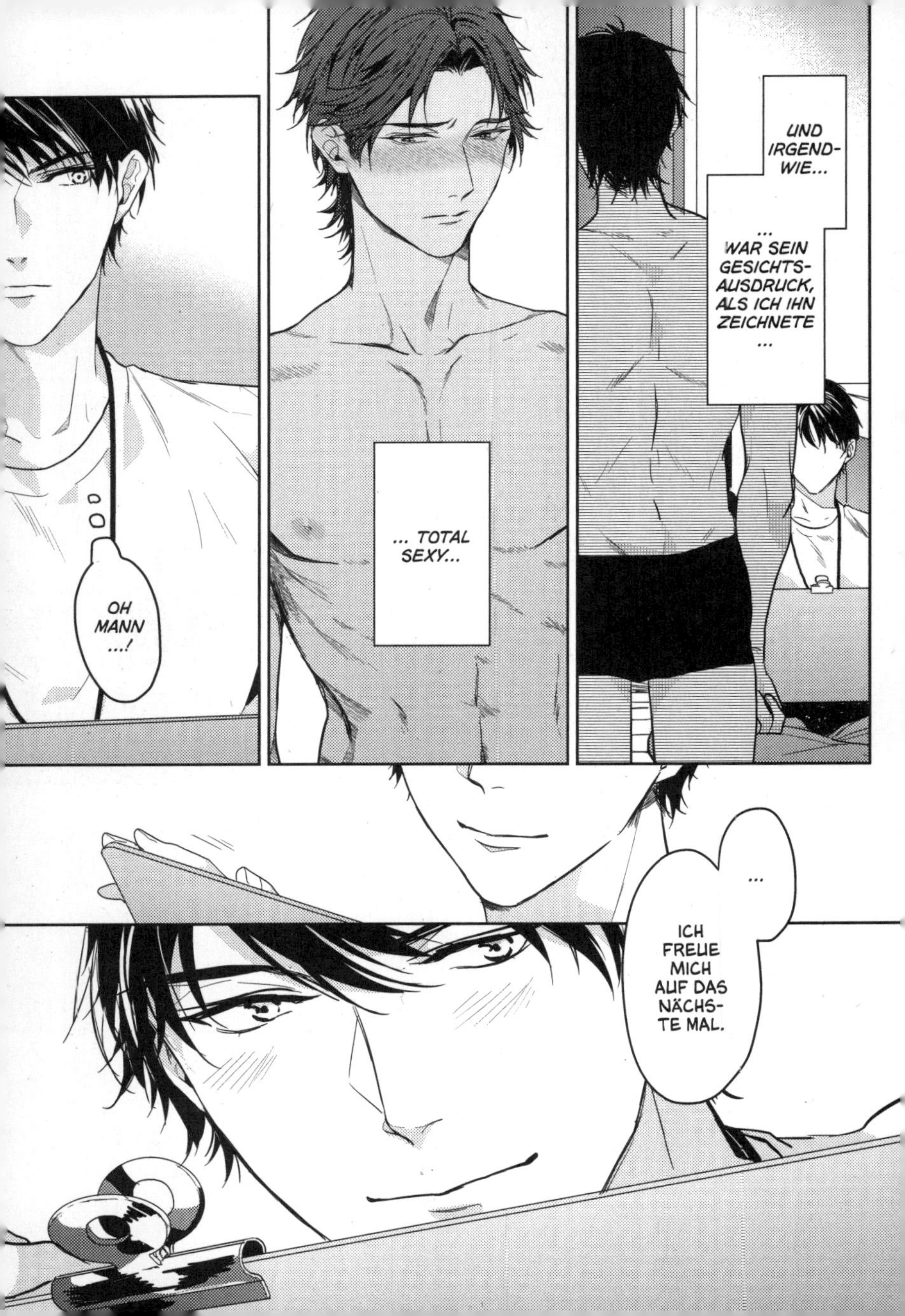
UND IRGENDWIE...
... WAR SEIN GESICHTSAUSDRUCK, ALS ICH IHN ZEICHNETE ...
... TOTAL SEXY...
OH MANN ...!
... ICH FREUE MICH AUF DAS NÄCHSTE MAL.

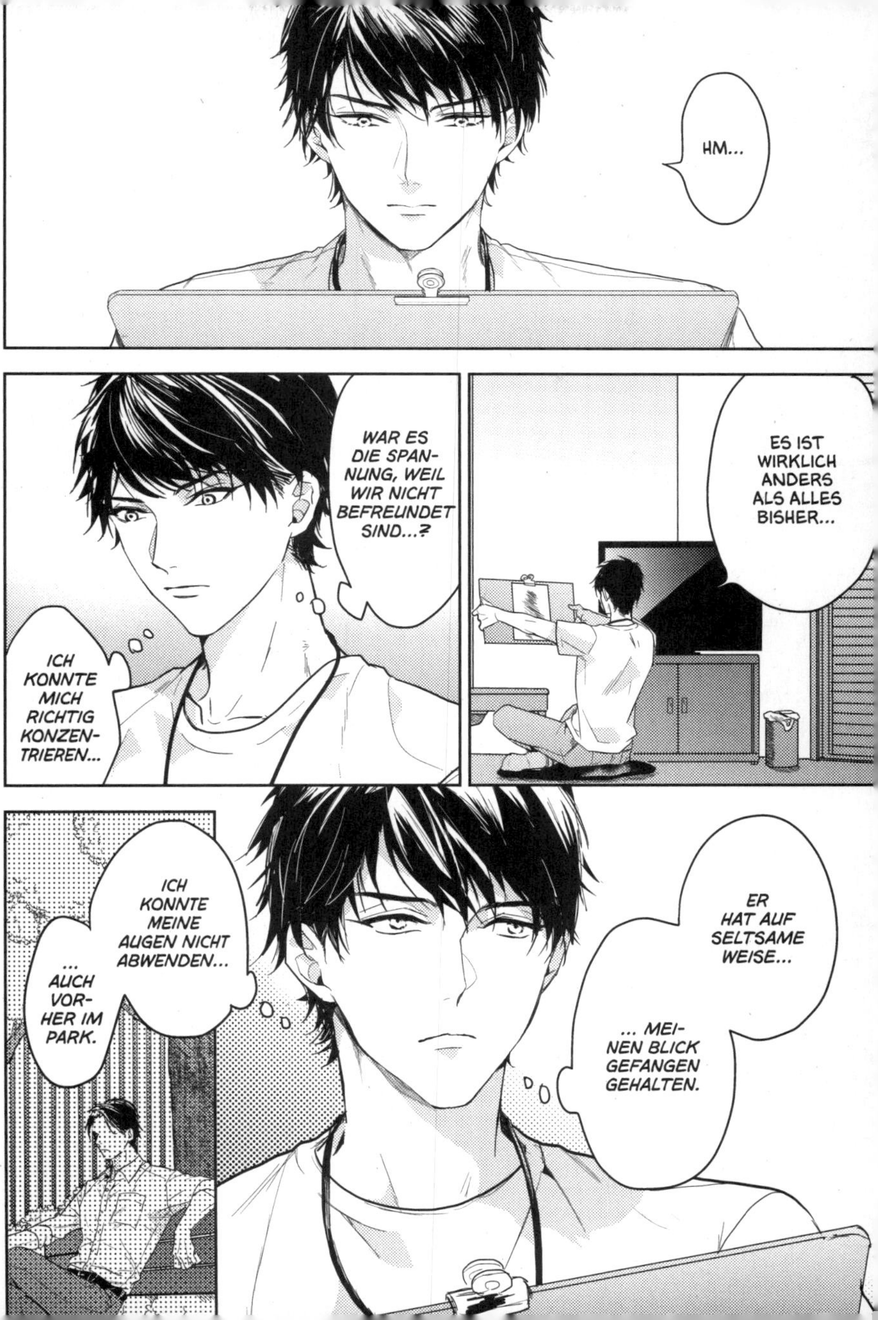
HM...
ES IST WIRKLICH ANDERS ALS ALLES BISHER...
WAR ES DIE SPANNUNG, WEIL WIR NICHT BEFREUNDET SIND...?
ICH KONNTE MICH RICHTIG KONZENTRIEREN...
ER HAT AUF SELTSAME WEISE...
... MEINEN BLICK GEFANGEN GEHALTEN.
ICH KONNTE MEINE AUGEN NICHT ABWENDEN...
... AUCH VORHER IM PARK.

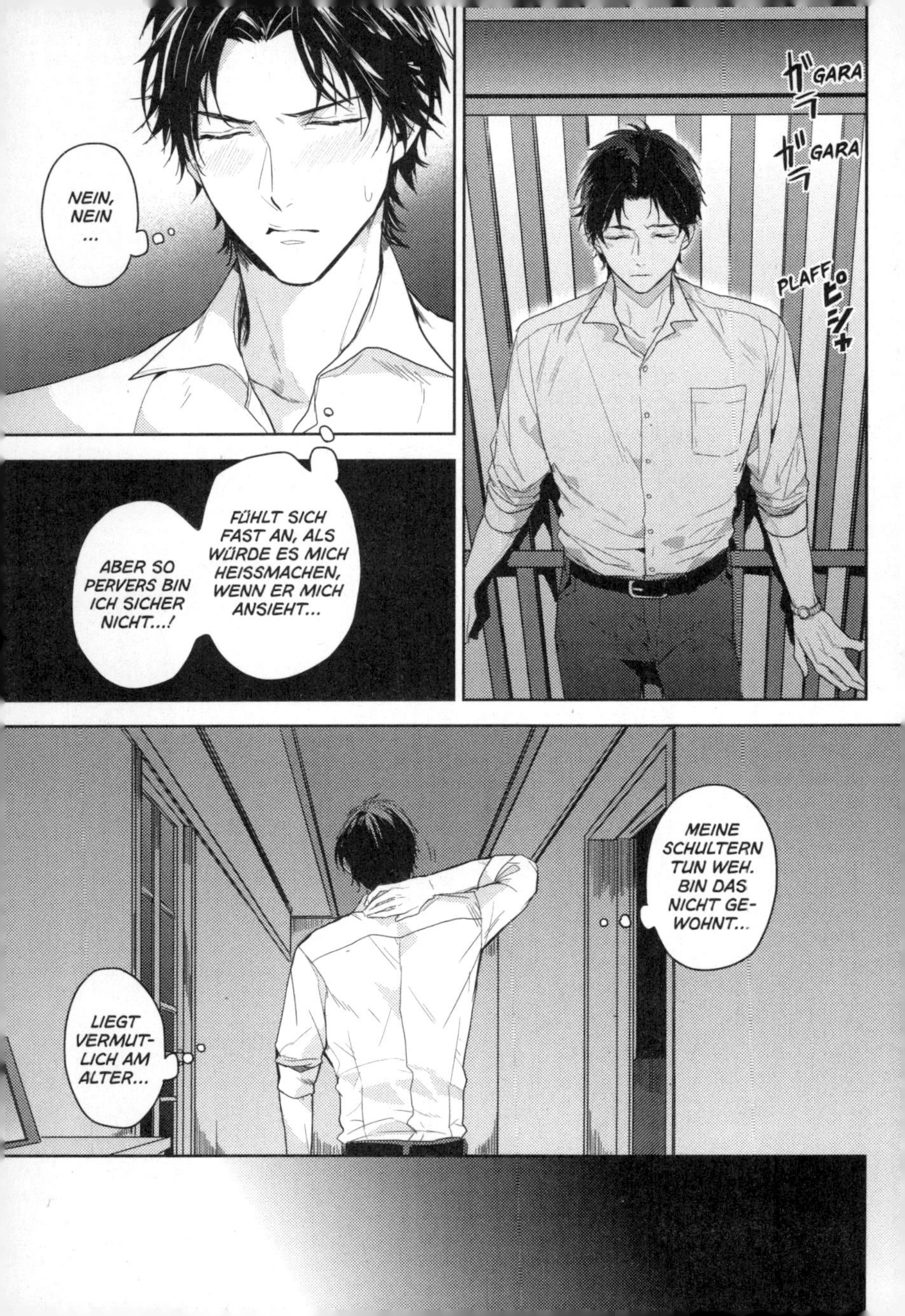
GARA
GARA
PLAFF
NEIN, NEIN ...
FÜHLT SICH FAST AN, ALS WÜRDE ES MICH HEISSMACHEN, WENN ER MICH ANSIEHT...
ABER SO PERVERS BIN ICH SICHER NICHT...!
MEINE SCHULTERN TUN WEH. BIN DAS NICHT GE-WOHNT...
LIEGT VERMUT-LICH AM ALTER...

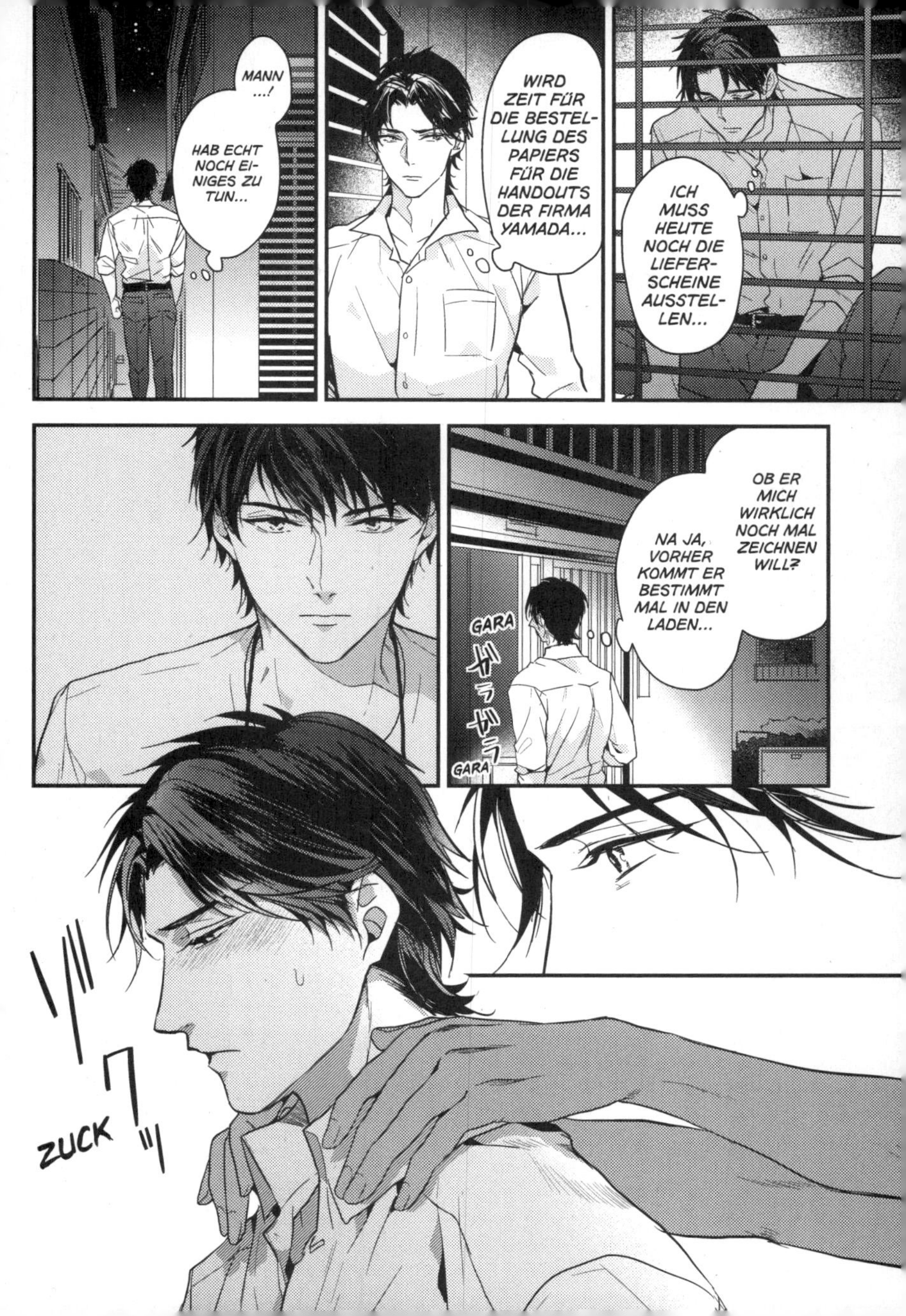
ICH MUSS HEUTE NOCH DIE LIEFERSCHEINE AUSSTELLEN...
WIRD ZEIT FÜR DIE BESTELLUNG DES PAPIERS FÜR DIE HANDOUTS DER FIRMA YAMADA...
MANN ...!
HAB ECHT NOCH EINIGES ZU TUN...
OB ER MICH WIRKLICH NOCH MAL ZEICHNEN WILL?
NA JA, VORHER KOMMT ER BESTIMMT MAL IN DEN LADEN...
GARA
ガラガラ
GARA
ZUCK

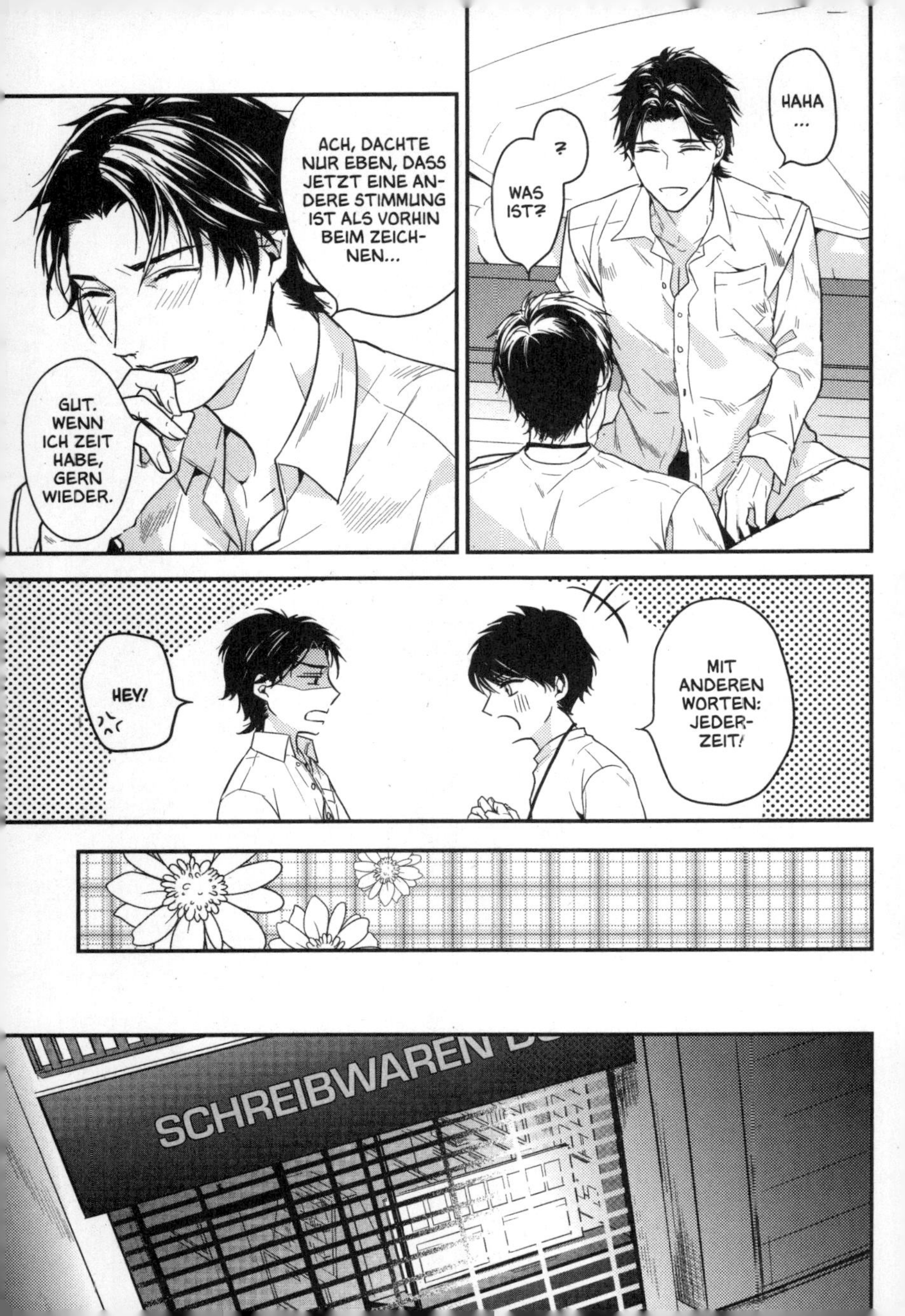
HAHA ...
WAS IST?
ACH, DACHTE NUR EBEN, DASS JETZT EINE ANDERE STIMMUNG IST ALS VORHIN BEIM ZEICHNEN...
GUT. WENN ICH ZEIT HABE, GERN WIEDER.
MIT ANDEREN WORTEN: JEDERZEIT!
HEY!
SCHREIBWAREN

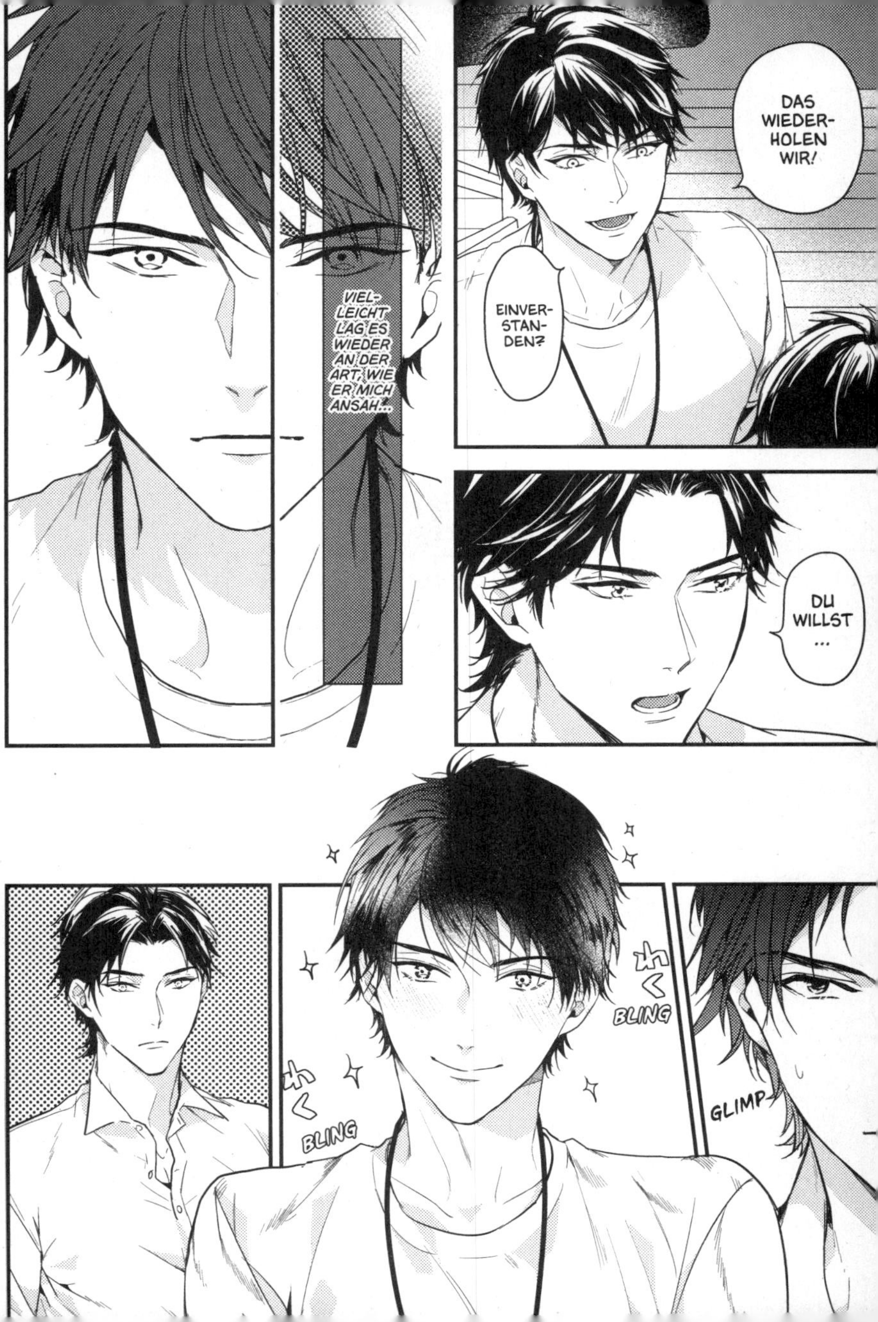
DAS WIEDER-HOLEN WIR!
EINVER-STAN-DEN?
DU WILLST ...
VIEL-LEICHT LAG ES WIEDER AN DER ART, WIE ER MICH ANSAH...
GLIMP
BLING
BLING

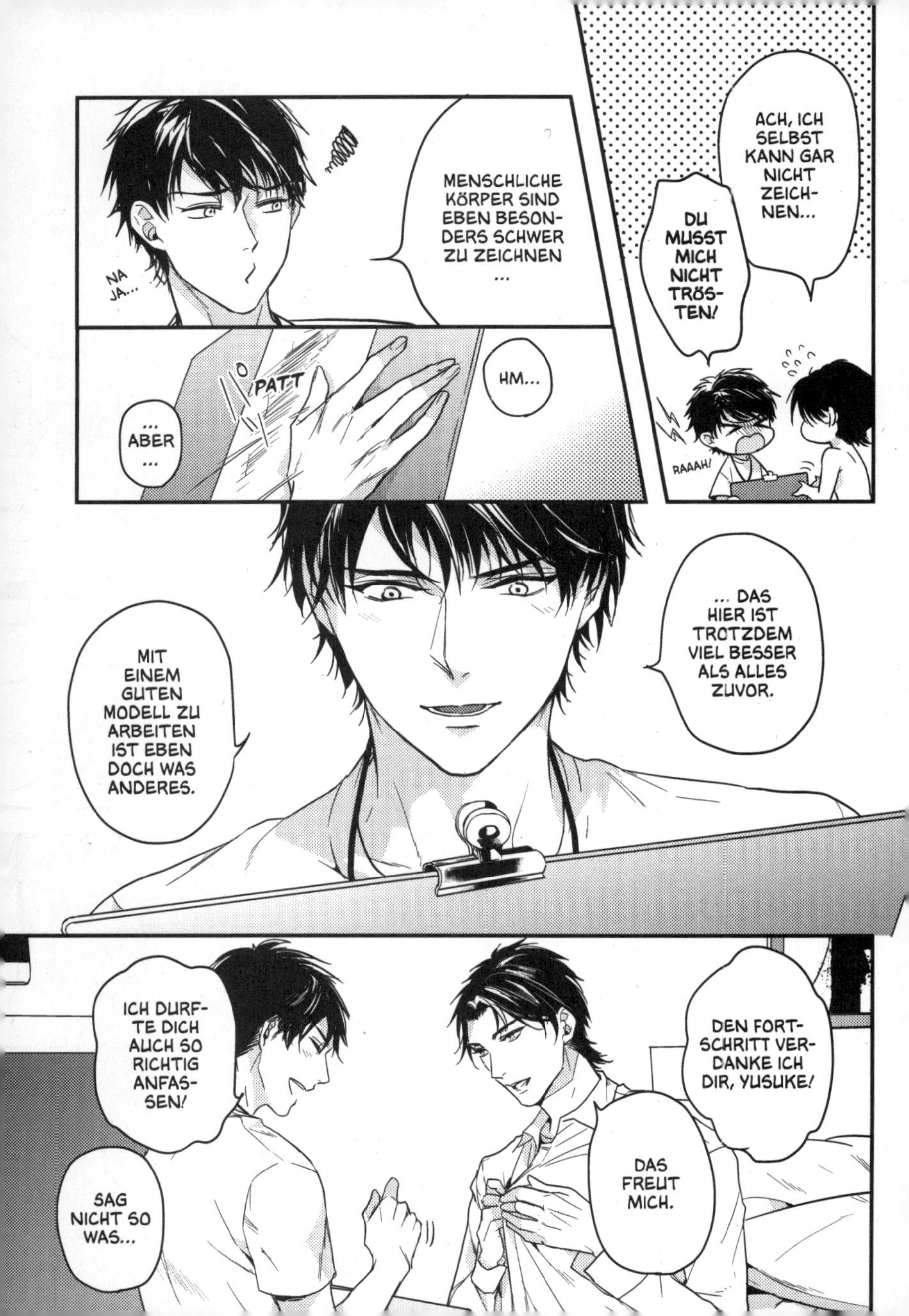
NA JA...
MENSCHLICHE KÖRPER SIND EBEN BESONDERS SCHWER ZU ZEICHNEN ...
ACH, ICH SELBST KANN GAR NICHT ZEICHNEN...
DU MUSST MICH NICHT TRÖSTEN!
RAAAH!
HM...
PATT
... ABER ...
... DAS HIER IST TROTZDEM VIEL BESSER ALS ALLES ZUVOR.
MIT EINEM GUTEN MODELL ZU ARBEITEN IST EBEN DOCH WAS ANDERES.
DEN FORTSCHRITT VERDANKE ICH DIR, YUSUKE!
DAS FREUT MICH.
ICH DURFTE DICH AUCH SO RICHTIG ANFASSEN!
SAG NICHT SO WAS...

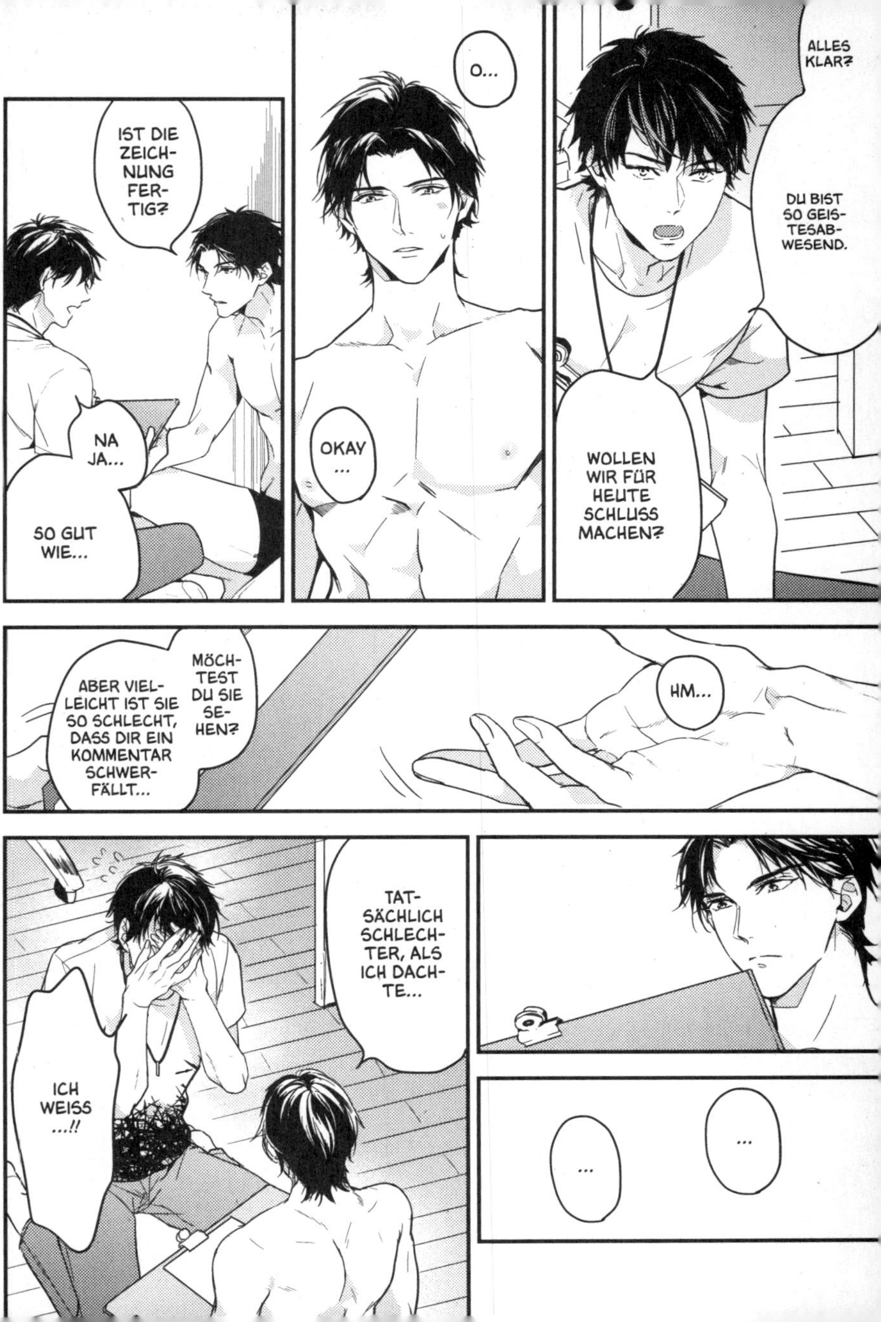
ALLES KLAR?
DU BIST SO GEISTESABWESEND.
WOLLEN WIR FÜR HEUTE SCHLUSS MACHEN?
O...
OKAY ...
IST DIE ZEICHNUNG FERTIG?
NA JA...
SO GUT WIE...
HM...
MÖCHTEST DU SIE SEHEN?
ABER VIELLEICHT IST SIE SO SCHLECHT, DASS DIR EIN KOMMENTAR SCHWERFÄLLT...
...
...
TATSÄCHLICH SCHLECHTER, ALS ICH DACHTE...
ICH WEISS ...!!

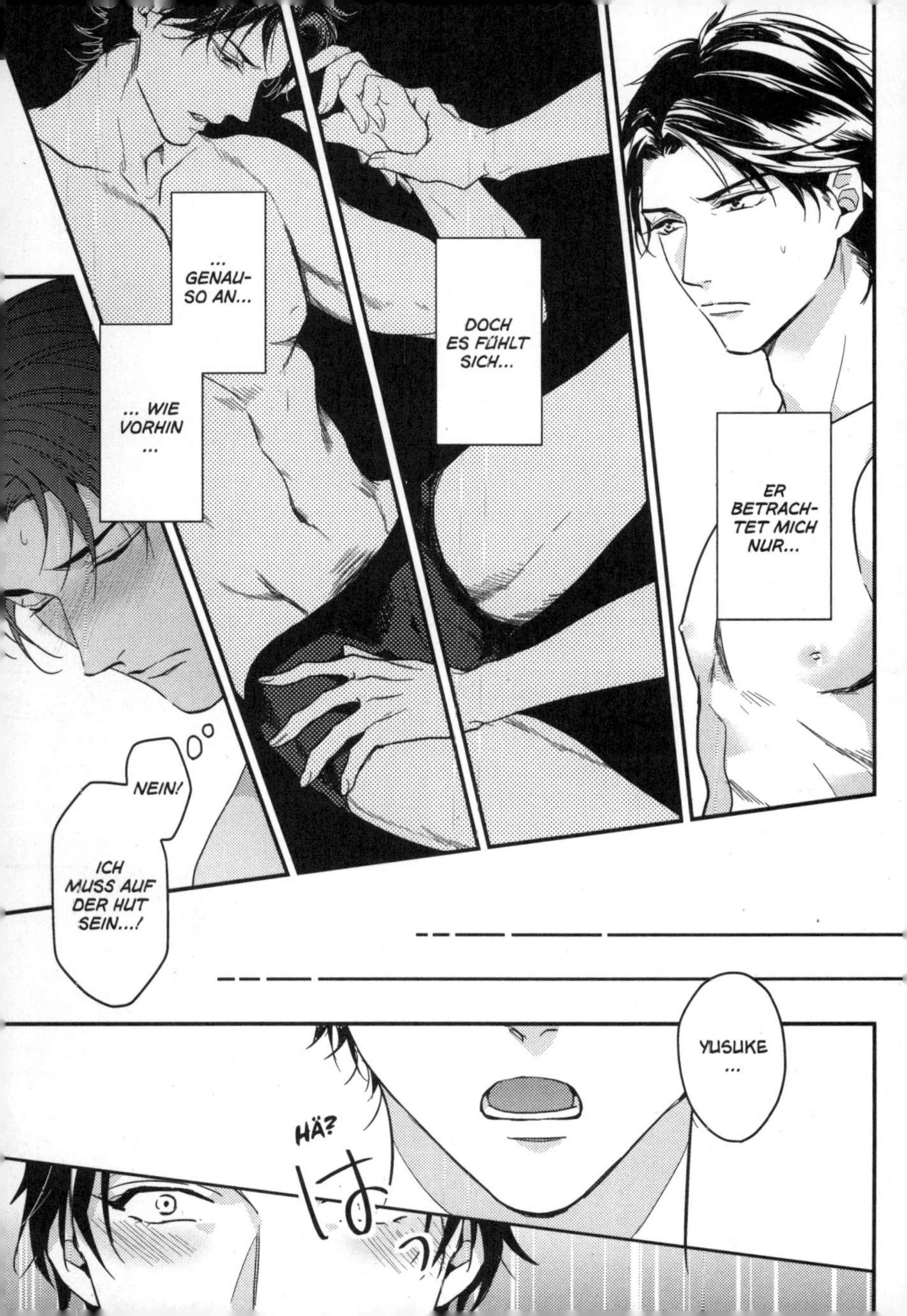
ER BETRACHTET MICH NUR...
DOCH ES FÜHLT SICH...
... GENAU-SO AN...
... WIE VORHIN ...
NEIN!
ICH MUSS AUF DER HUT SEIN...!
YUSUKE ...
HÄ?
はっ

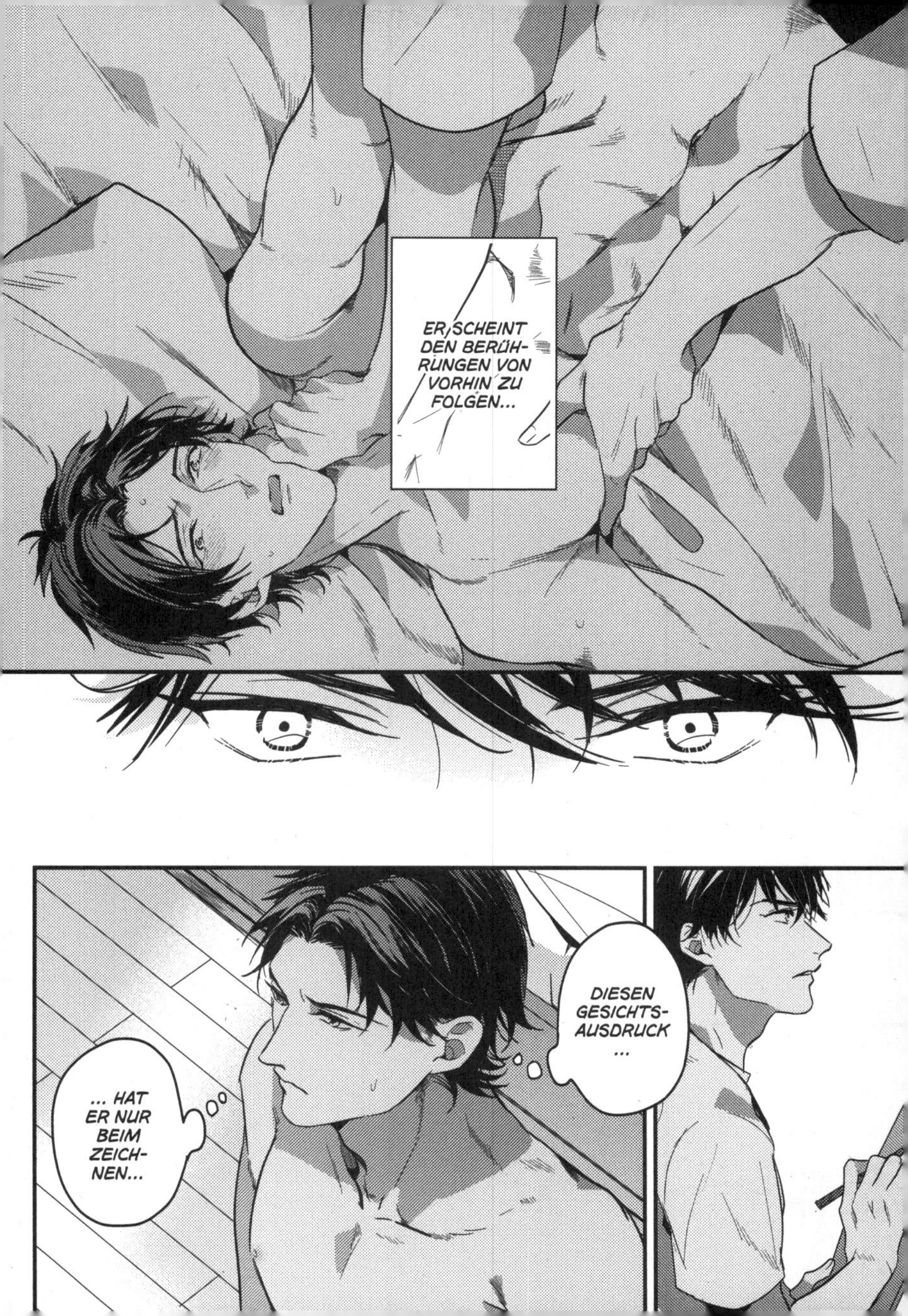
ER SCHEINT DEN BERÜHRUNGEN VON VORHIN ZU FOLGEN...
DIESEN GESICHTSAUSDRUCK ...
... HAT ER NUR BEIM ZEICHNEN...

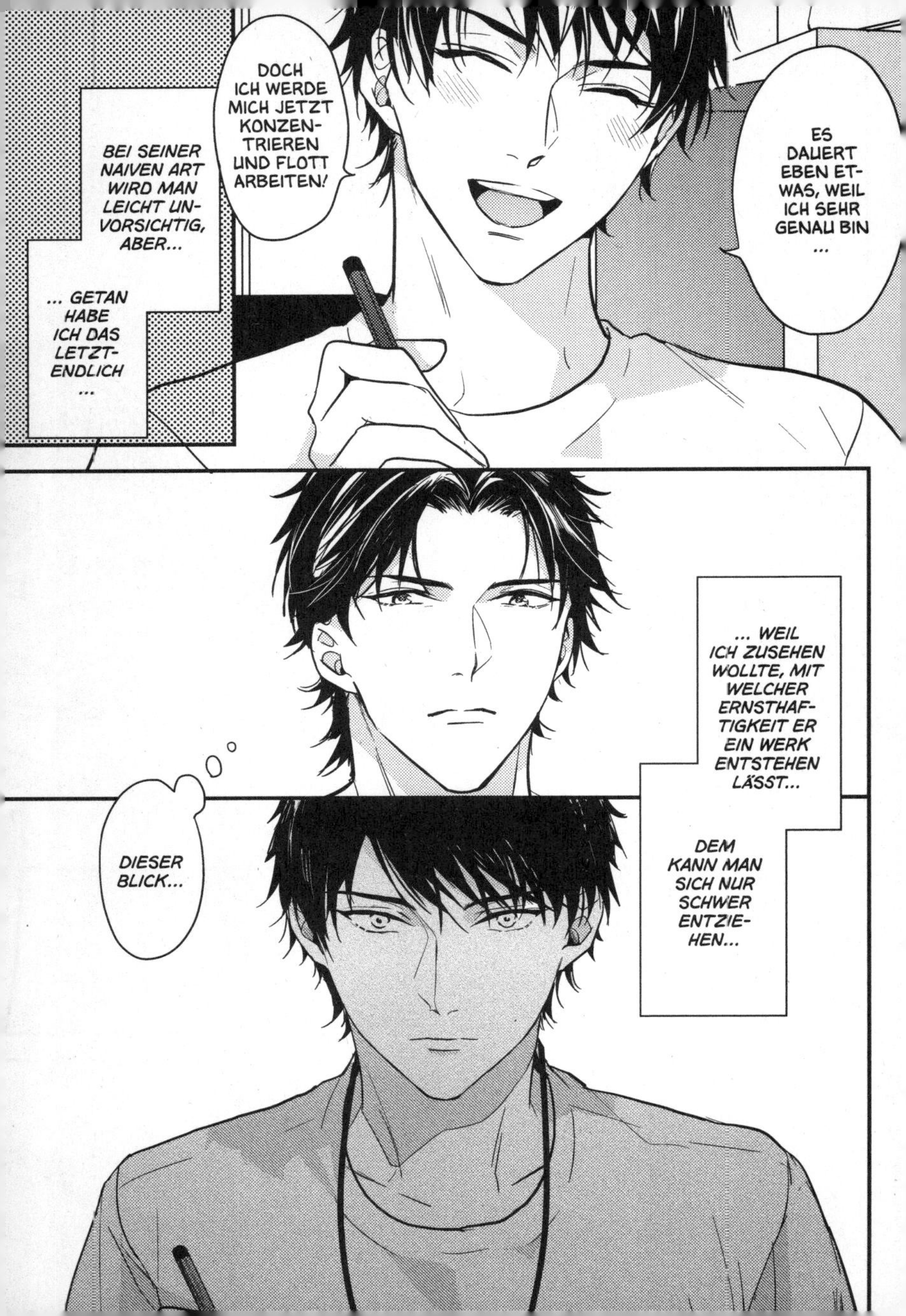

ES DAUERT EBEN ETWAS, WEIL ICH SEHR GENAU BIN ...
DOCH ICH WERDE MICH JETZT KONZENTRIEREN UND FLOTT ARBEITEN!
BEI SEINER NAIVEN ART WIRD MAN LEICHT UNVORSICHTIG, ABER...
... GETAN HABE ICH DAS LETZTENDLICH ...
... WEIL ICH ZUSEHEN WOLLTE, MIT WELCHER ERNSTHAFTIGKEIT ER EIN WERK ENTSTEHEN LÄSST...
DEM KANN MAN SICH NUR SCHWER ENTZIEHEN...
DIESER BLICK...

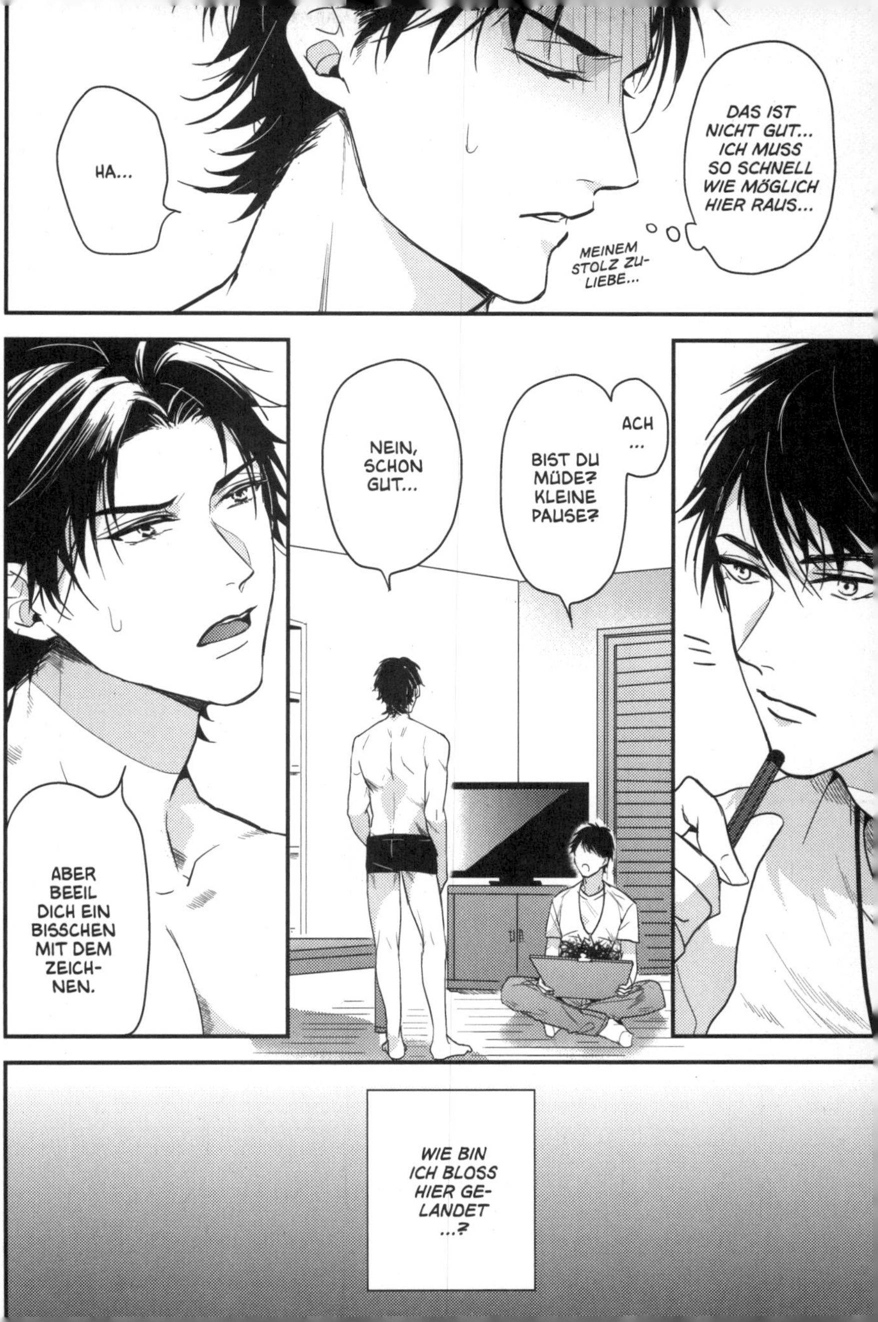
DAS IST NICHT GUT... ICH MUSS SO SCHNELL WIE MÖGLICH HIER RAUS...
MEINEM STOLZ ZU-LIEBE...
HA...
ACH ...
BIST DU MÜDE? KLEINE PAUSE?
NEIN, SCHON GUT...
ABER BEEIL DICH EIN BISSCHEN MIT DEM ZEICH-NEN.
WIE BIN ICH BLOSS HIER GE-LANDET ...?

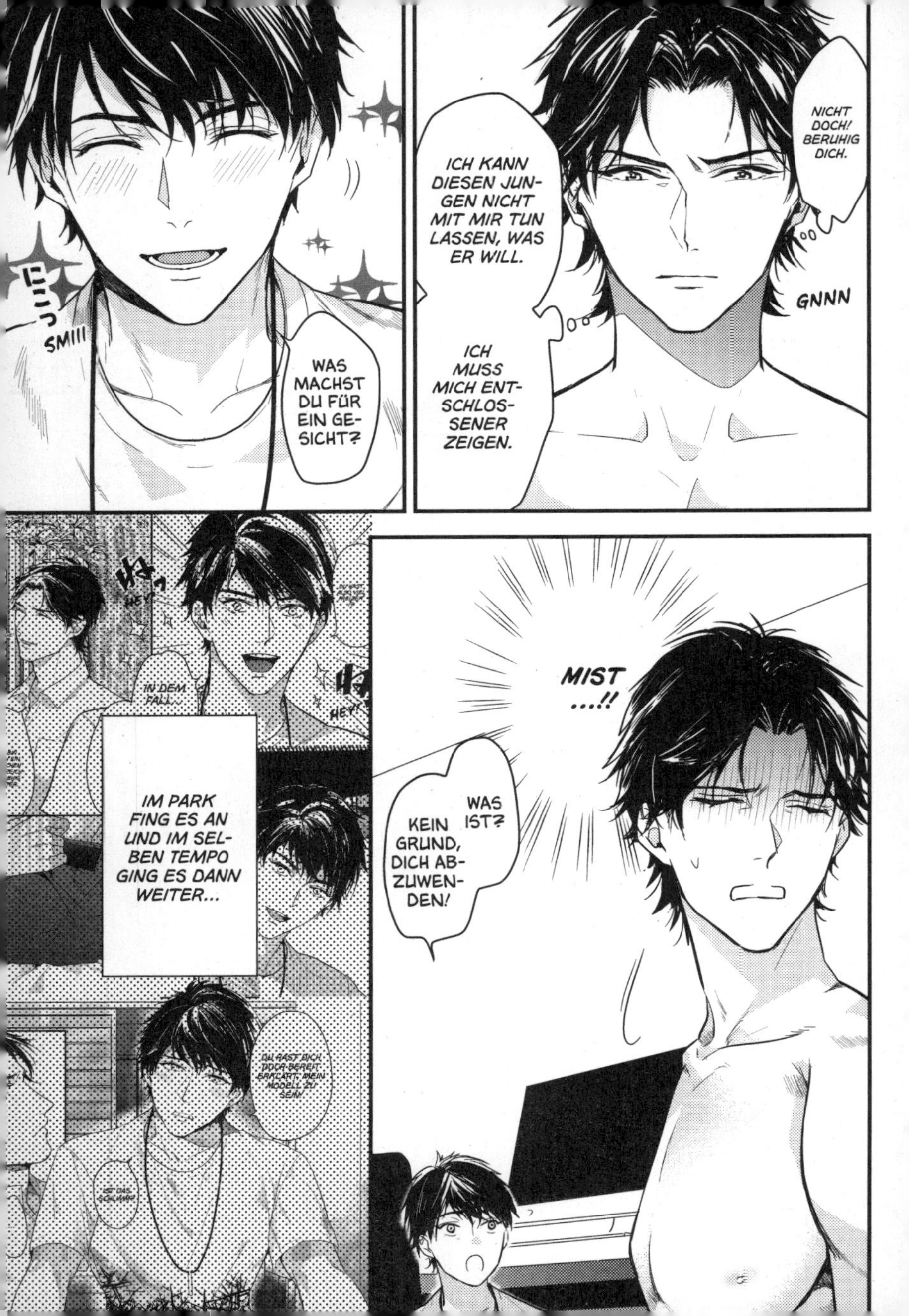
NICHT DOCH! BERUHIG DICH.
GNNN
ICH KANN DIESEN JUNGEN NICHT MIT MIR TUN LASSEN, WAS ER WILL.
ICH MUSS MICH ENTSCHLOSSENER ZEIGEN.
にこっ
SMIII
WAS MACHST DU FÜR EIN GESICHT?
MIST ...!!
WAS IST?
KEIN GRUND, DICH ABZUWENDEN!
HEY!
HEY!
IN DEM FALL...
IM PARK FING ES AN UND IM SELBEN TEMPO GING ES DANN WEITER...
DU HAST DICH DOCH BEREIT ERKLÄRT, MEIN MODELL ZU SEIN!
IST DAS SCHLIMM?

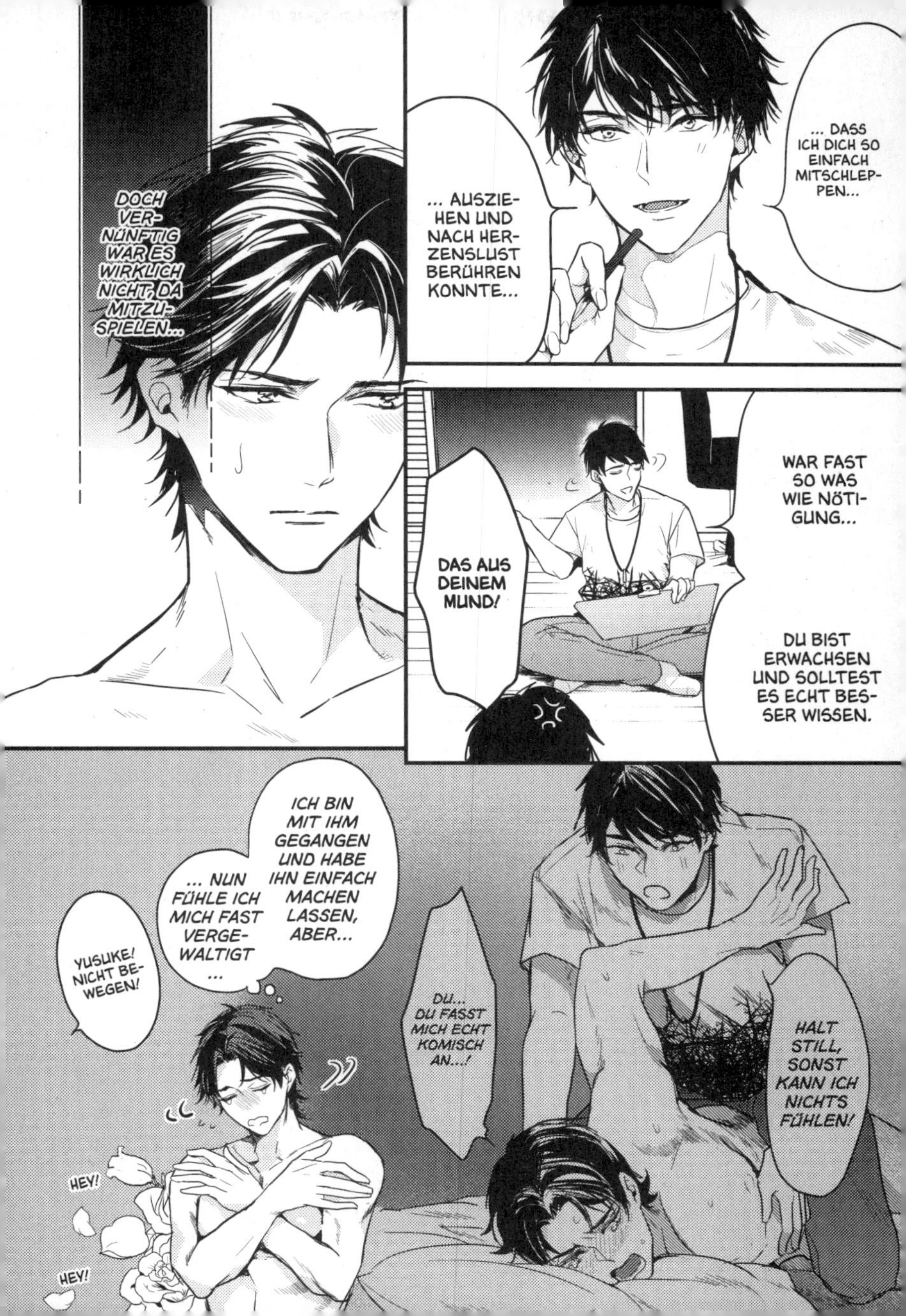

... DASS ICH DICH SO EINFACH MITSCHLEPPEN...
... AUSZIEHEN UND NACH HERZENSLUST BERÜHREN KONNTE...
DOCH VERNÜNFTIG WAR ES WIRKLICH NICHT, DA MITZUSPIELEN...
WAR FAST SO WAS WIE NÖTIGUNG...
DU BIST ERWACHSEN UND SOLLTEST ES ECHT BESSER WISSEN.
DAS AUS DEINEM MUND!
HALT STILL, SONST KANN ICH NICHTS FÜHLEN!
DU... DU FASST MICH ECHT KOMISCH AN...!
ICH BIN MIT IHM GEGANGEN UND HABE IHN EINFACH MACHEN LASSEN, ABER...
... NUN FÜHLE ICH MICH FAST VERGEWALTIGT ...
YUSUKE! NICHT BEWEGEN!
HEY!
HEY!

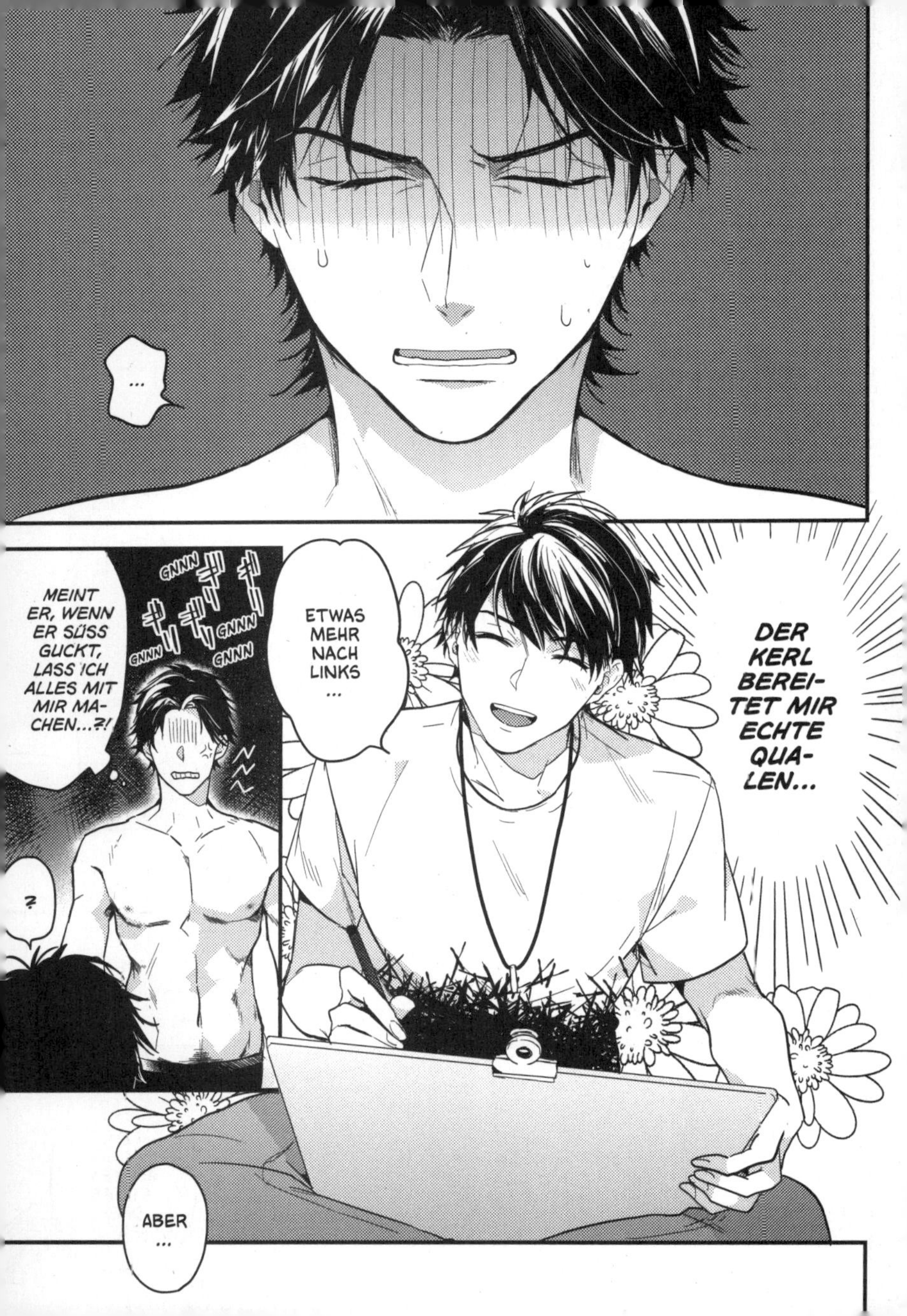
...
DER KERL BEREI-TET MIR ECHTE QUA-LEN...
ETWAS MEHR NACH LINKS ...
GNNN GNNN GNNN GNNN
MEINT ER, WENN ER SÜSS GUCKT, LASS ICH ALLES MIT MIR MA-CHEN...?!
?
ABER ...

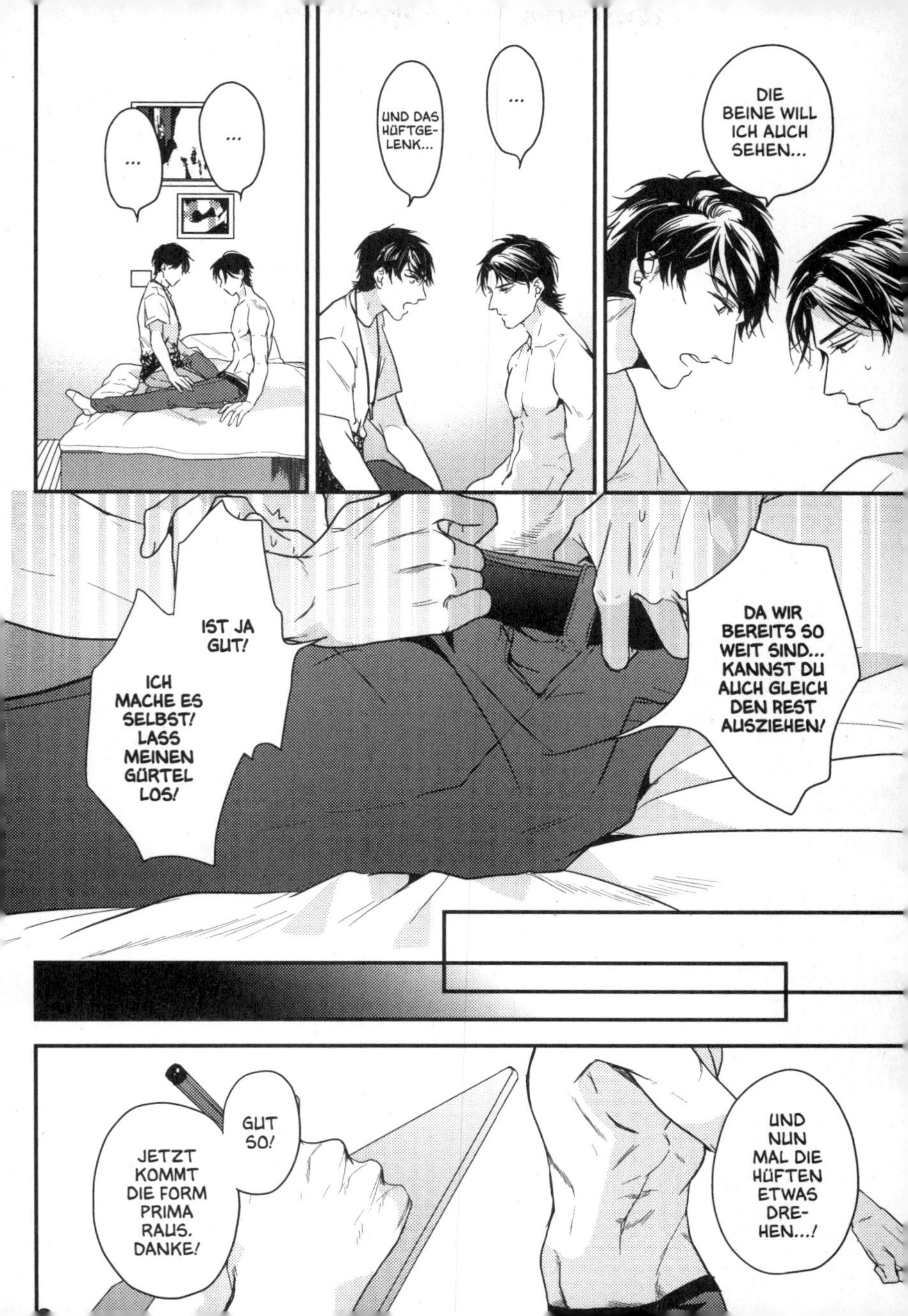
DIE BEINE WILL ICH AUCH SEHEN...
...
UND DAS HÜFTGELENK...
...
...
DA WIR BEREITS SO WEIT SIND... KANNST DU AUCH GLEICH DEN REST AUSZIEHEN!
IST JA GUT!
ICH MACHE ES SELBST! LASS MEINEN GÜRTEL LOS!
UND NUN MAL DIE HÜFTEN ETWAS DREHEN...!
GUT SO!
JETZT KOMMT DIE FORM PRIMA RAUS. DANKE!

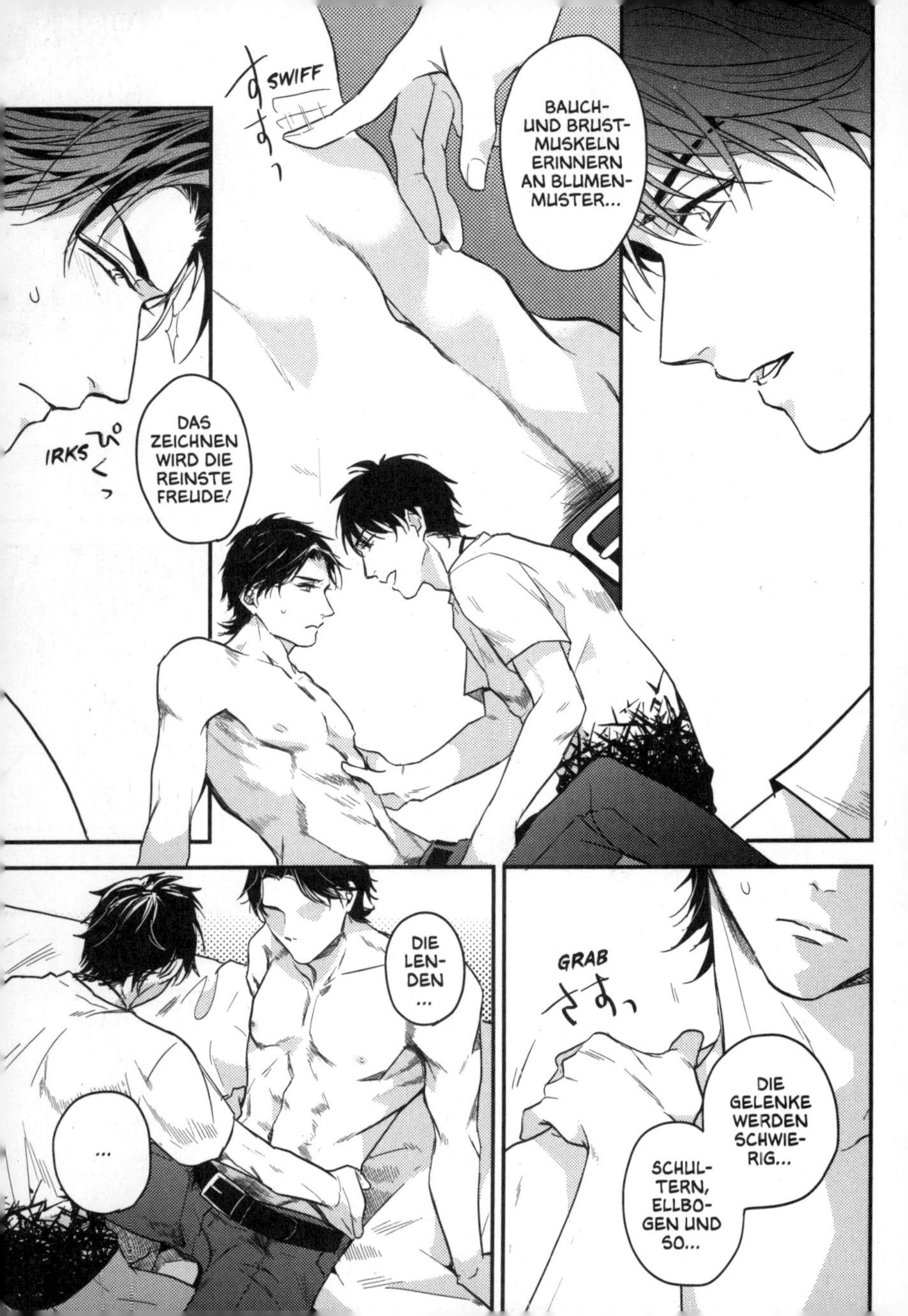
BAUCH- UND BRUST- MUSKELN ERINNERN AN BLUMEN- MUSTER...
SWIFF
すすっ
DAS ZEICHNEN WIRD DIE REINSTE FREUDE!
IRKS
ぴくっ
GRAB
さすっ
DIE GELENKE WERDEN SCHWIE- RIG...
SCHUL- TERN, ELLBO- GEN UND SO...
DIE LEN- DEN ...
...

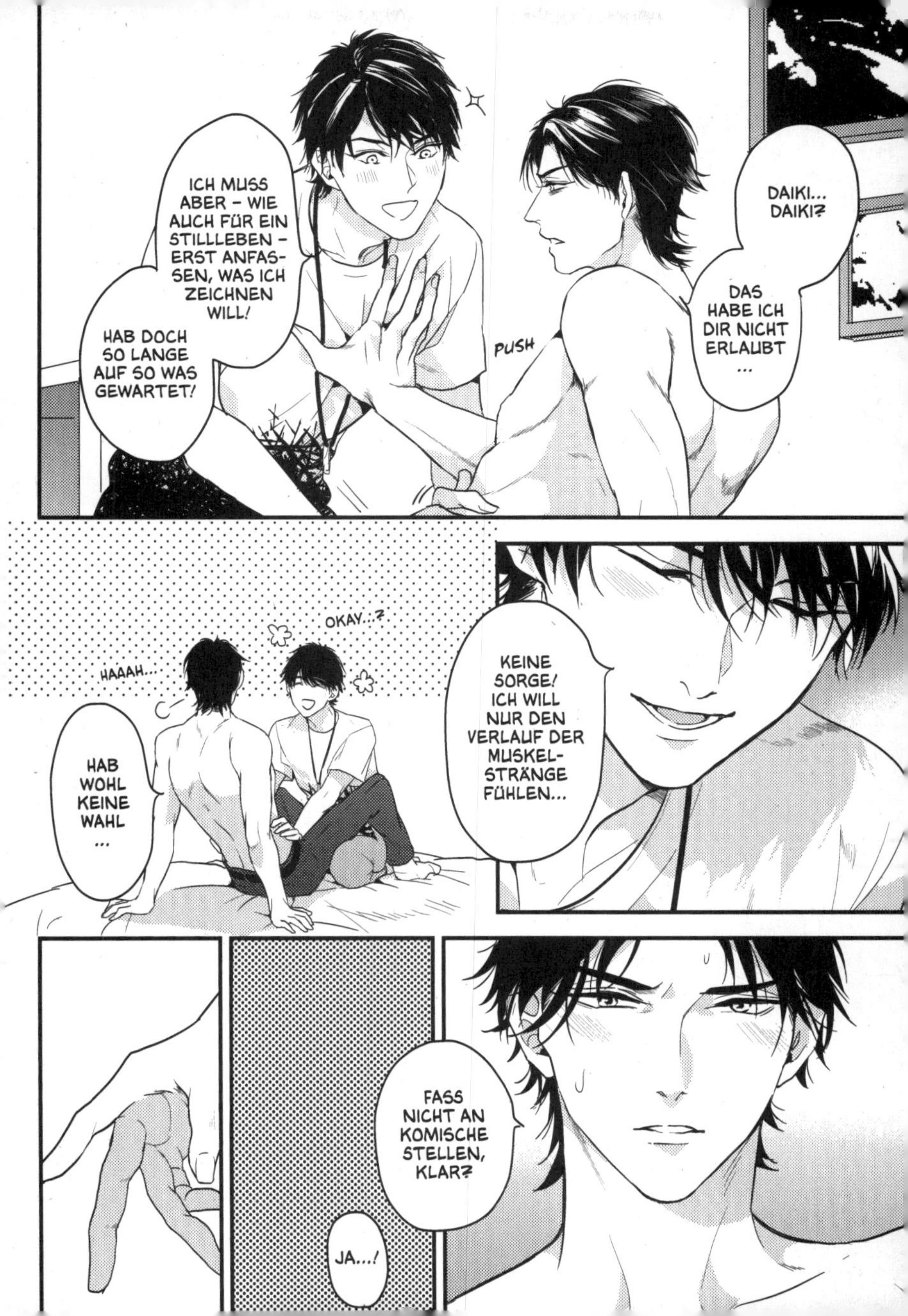
DAIKI... DAIKI?
DAS HABE ICH DIR NICHT ERLAUBT ...
PUSH
ICH MUSS ABER – WIE AUCH FÜR EIN STILLLEBEN – ERST ANFASSEN, WAS ICH ZEICHNEN WILL!
HAB DOCH SO LANGE AUF SO WAS GEWARTET!
KEINE SORGE! ICH WILL NUR DEN VERLAUF DER MUSKELSTRÄNGE FÜHLEN...
OKAY...?
HAAAH...
HAB WOHL KEINE WAHL ...
FASS NICHT AN KOMISCHE STELLEN, KLAR?
JA...!

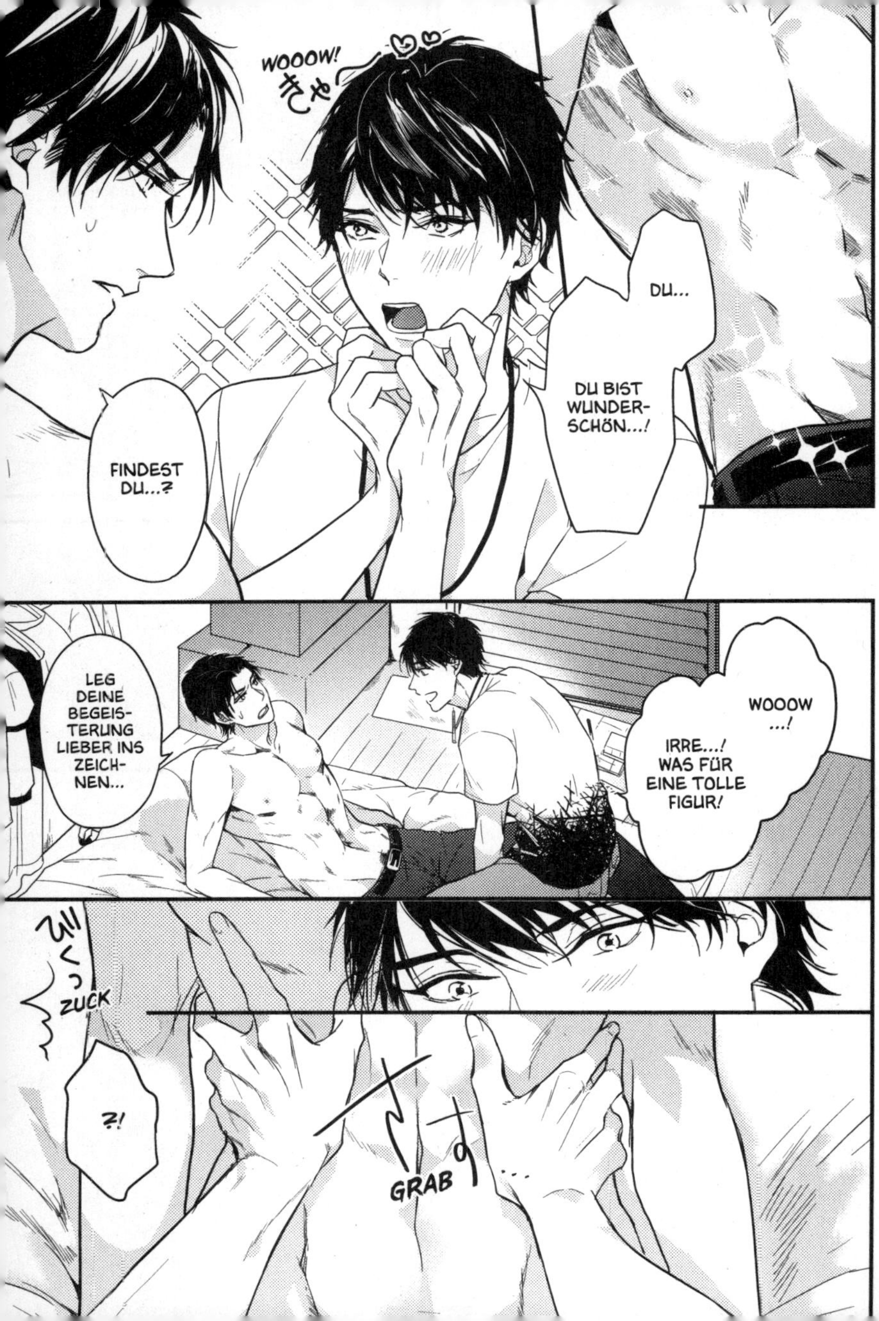
WOOOW!
きゃ
DU...
DU BIST WUNDER-SCHÖN...!
FINDEST DU...?
WOOOW ...!
IRRE...! WAS FÜR EINE TOLLE FIGUR!
LEG DEINE BEGEISTERUNG LIEBER INS ZEICHNEN...
ZUCK
?!
GRAB

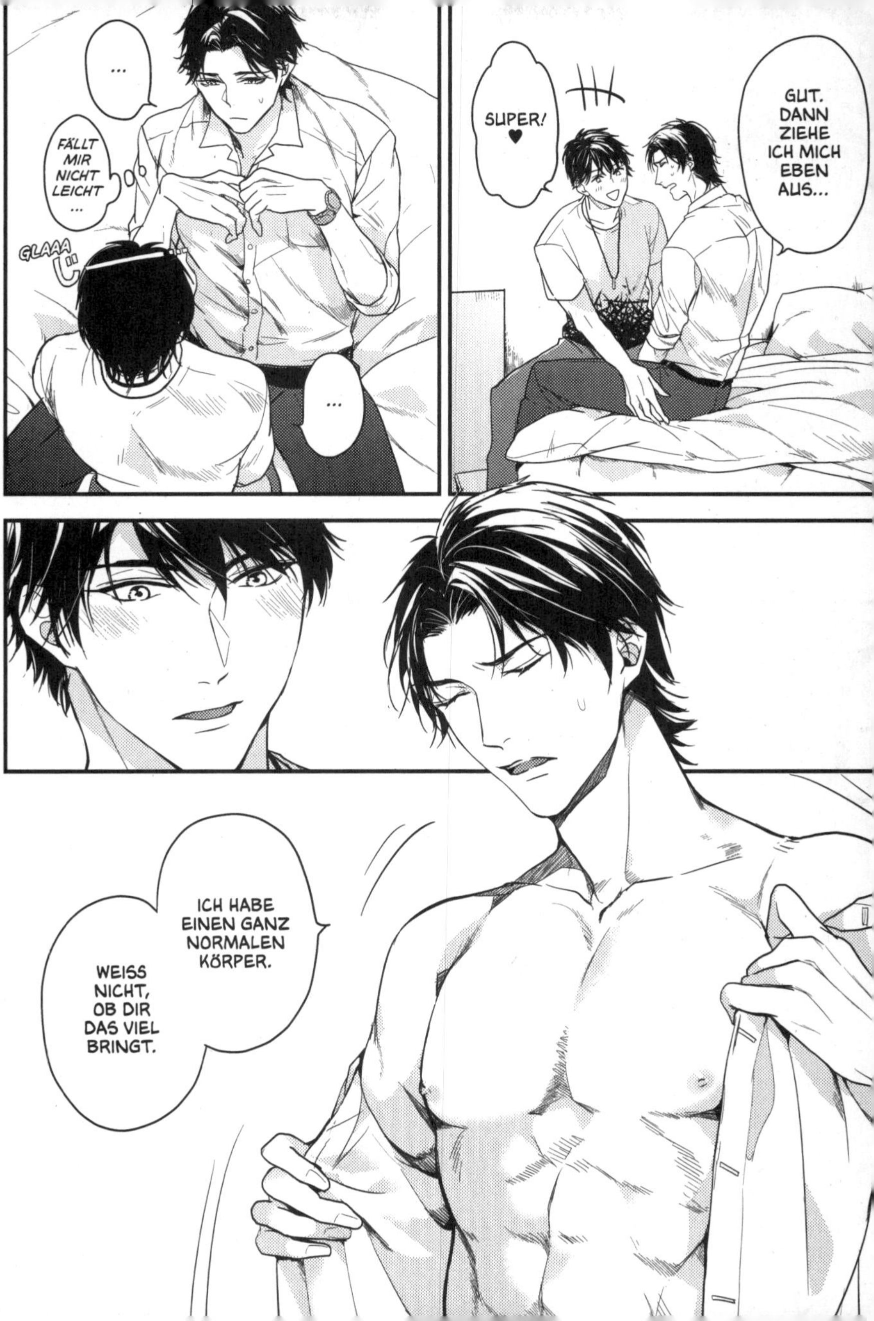
GUT. DANN ZIEHE ICH MICH EBEN AUS...
SUPER! ♥
...
FÄLLT MIR NICHT LEICHT ...
GLAAA
...
ICH HABE EINEN GANZ NORMALEN KÖRPER.
WEISS NICHT, OB DIR DAS VIEL BRINGT.

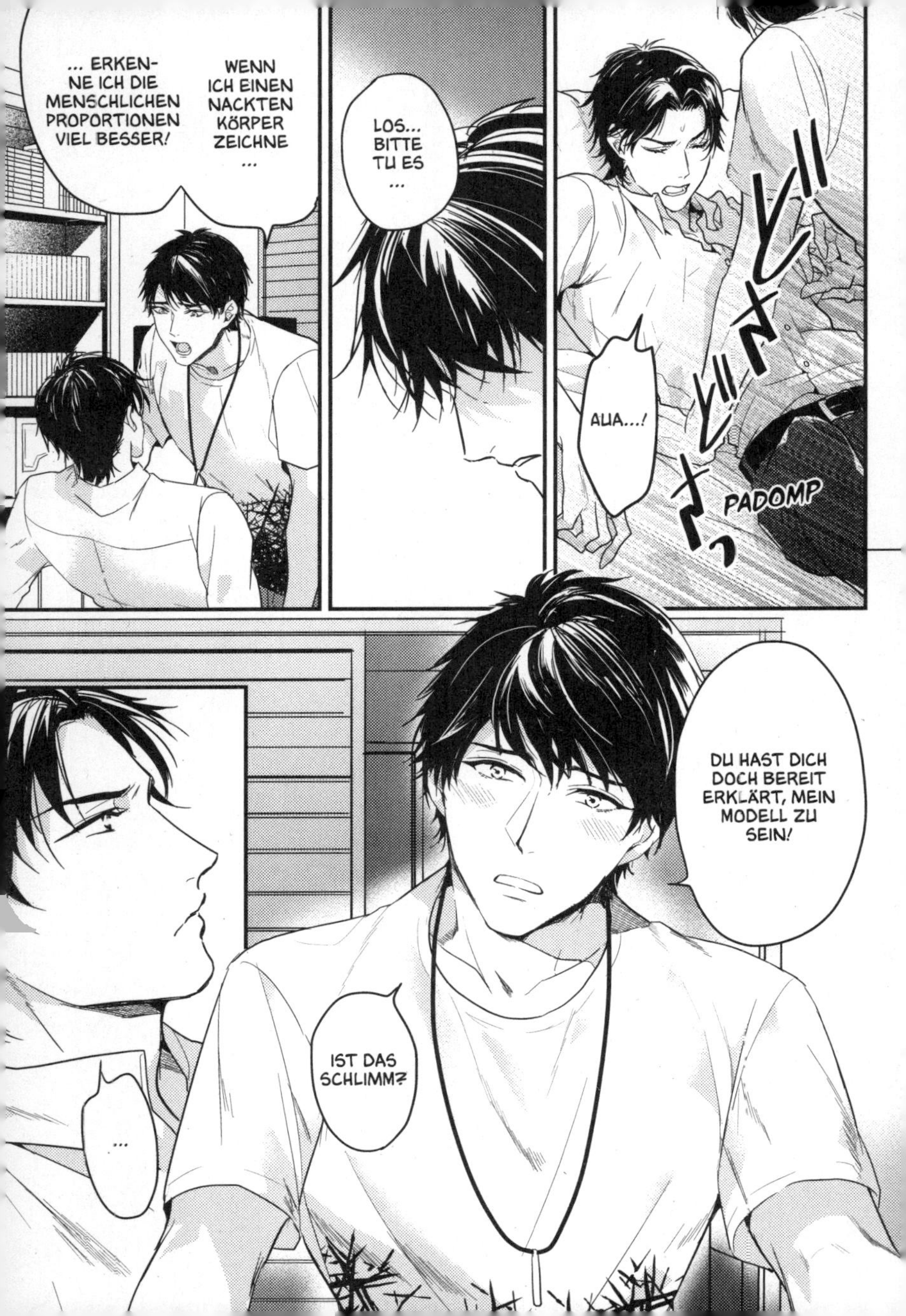

AUA...!
PADOMP
LOS... BITTE TU ES ...
WENN ICH EINEN NACKTEN KÖRPER ZEICHNE ...
... ERKENNE ICH DIE MENSCHLICHEN PROPORTIONEN VIEL BESSER!
DU HAST DICH DOCH BEREIT ERKLÄRT, MEIN MODELL ZU SEIN!
IST DAS SCHLIMM?
...

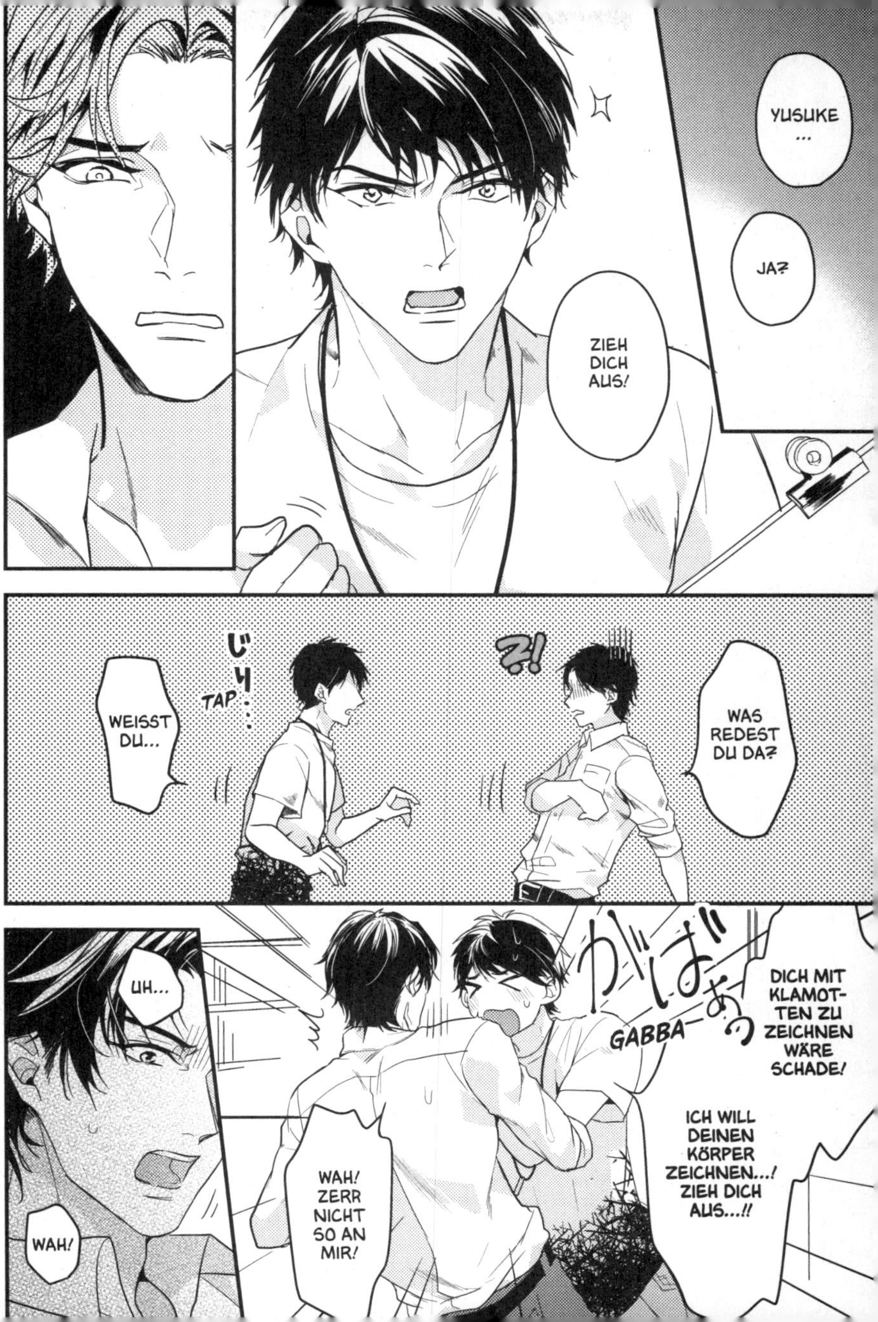
YUSUKE ...
JA?
ZIEH DICH AUS!
?!
WAS REDEST DU DA?
じり
TAP...
WEISST DU...
DICH MIT KLAMOTTEN ZU ZEICHNEN WÄRE SCHADE!
ICH WILL DEINEN KÖRPER ZEICHNEN...! ZIEH DICH AUS...!!
がばぁっ
GABBA
WAH! ZERR NICHT SO AN MIR!
UH...
WAH!

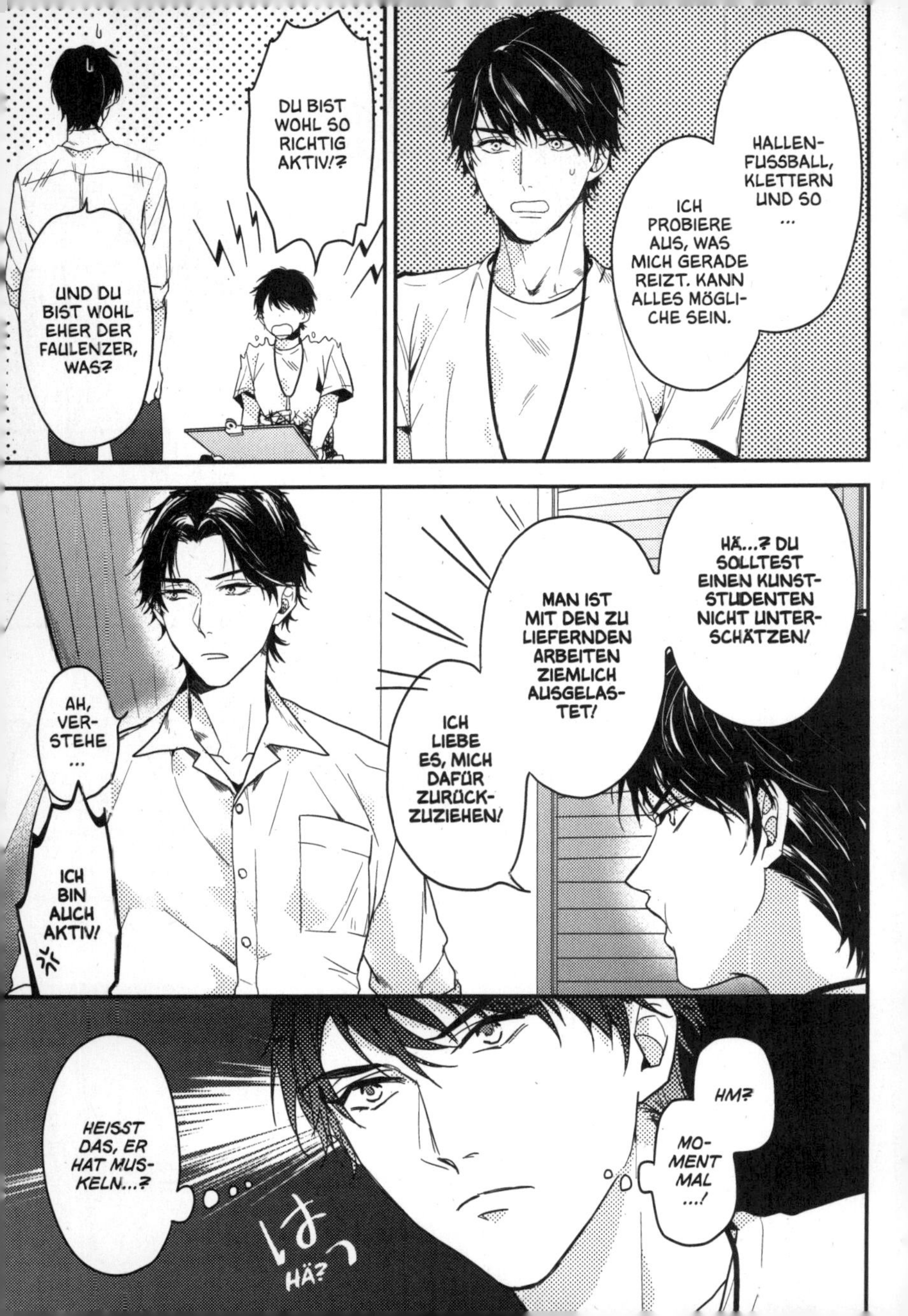
HALLEN-FUSSBALL, KLETTERN UND SO ...
ICH PROBIERE AUS, WAS MICH GERADE REIZT. KANN ALLES MÖGLICHE SEIN.
DU BIST WOHL SO RICHTIG AKTIV!?
UND DU BIST WOHL EHER DER FAULENZER, WAS?
HÄ...? DU SOLLTEST EINEN KUNSTSTUDENTEN NICHT UNTERSCHÄTZEN!
MAN IST MIT DEN ZU LIEFERNDEN ARBEITEN ZIEMLICH AUSGELASTET!
ICH LIEBE ES, MICH DAFÜR ZURÜCKZUZIEHEN!
AH, VERSTEHE ...
ICH BIN AUCH AKTIV!
HM?
MOMENT MAL ...!
HEISST DAS, ER HAT MUSKELN...?
はっ
HÄ?

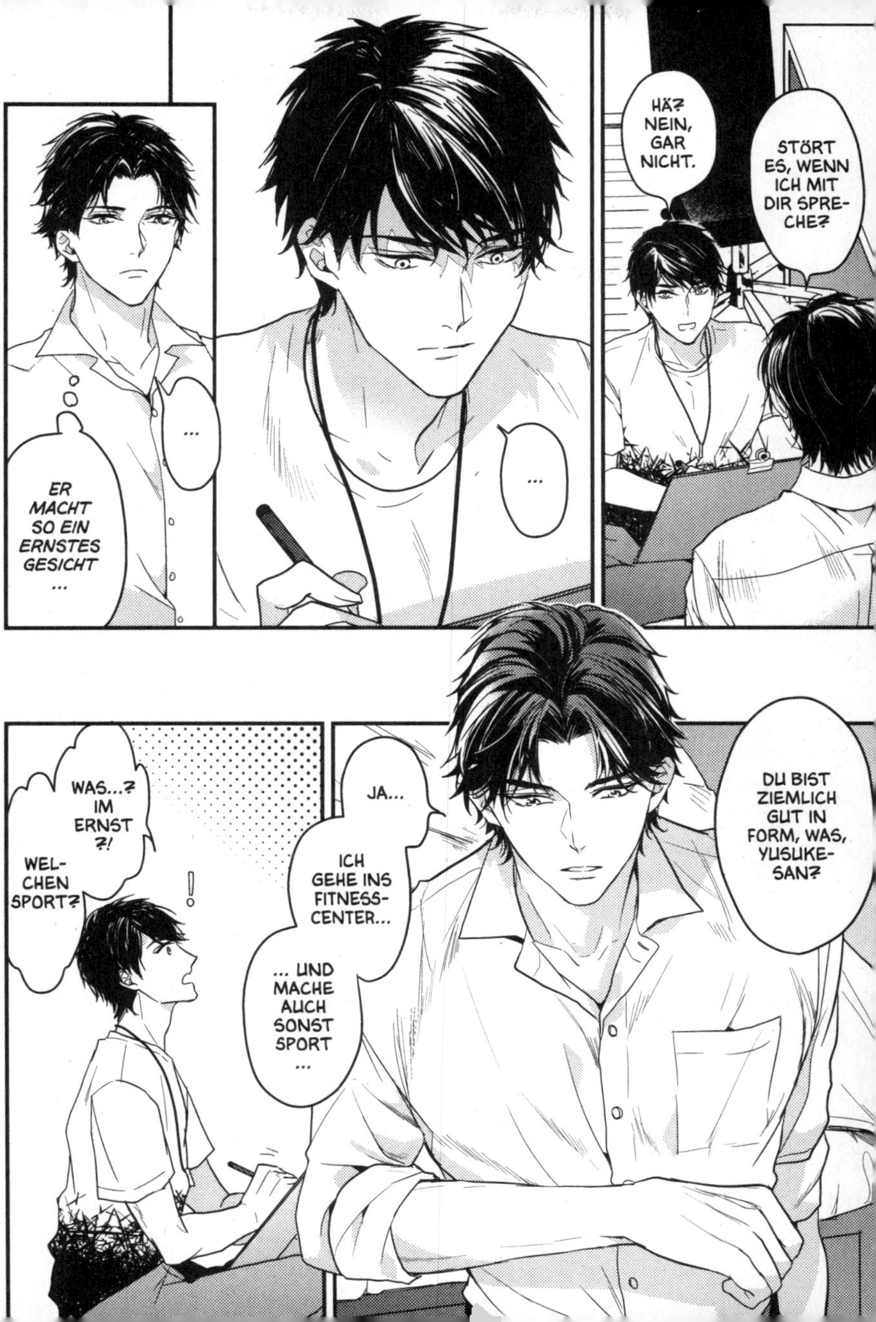
STÖRT ES, WENN ICH MIT DIR SPRE-CHE?
HÄ? NEIN, GAR NICHT.
...
...
ER MACHT SO EIN ERNSTES GESICHT ...
DU BIST ZIEMLICH GUT IN FORM, WAS, YUSUKE-SAN?
JA...
ICH GEHE INS FITNESS-CENTER...
... UND MACHE AUCH SONST SPORT ...
!
WAS...? IM ERNST?!
WEL-CHEN SPORT?

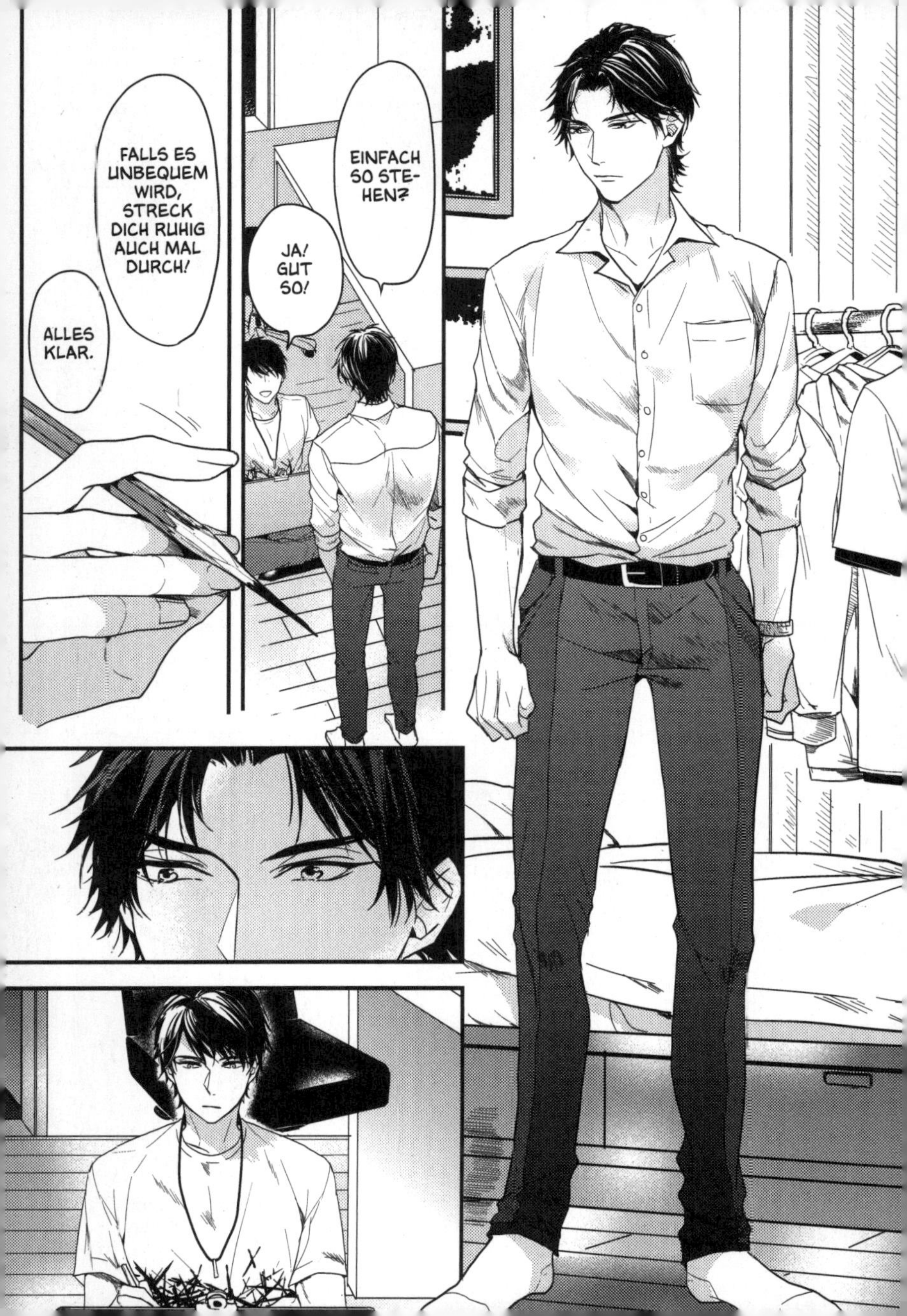
EINFACH SO STE-HEN?
JA! GUT SO!
FALLS ES UNBEQUEM WIRD, STRECK DICH RUHIG AUCH MAL DURCH!
ALLES KLAR.

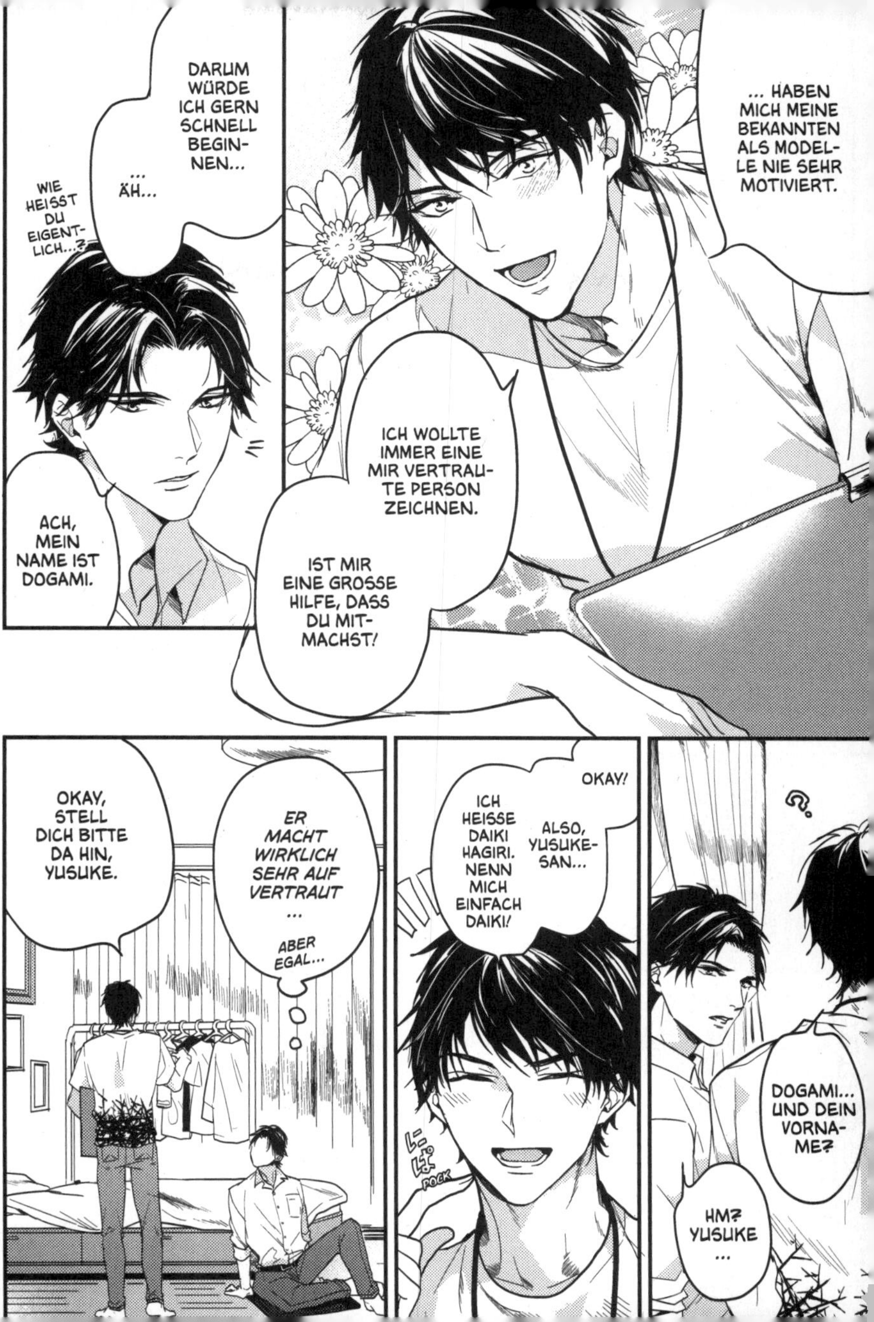
... HABEN MICH MEINE BEKANNTEN ALS MODELLE NIE SEHR MOTIVIERT.
ICH WOLLTE IMMER EINE MIR VERTRAUTE PERSON ZEICHNEN.
IST MIR EINE GROSSE HILFE, DASS DU MITMACHST!
DARUM WÜRDE ICH GERN SCHNELL BEGINNEN...
... ÄH...
WIE HEISST DU EIGENTLICH...?
ACH, MEIN NAME IST DOGAMI.
?
DOGAMI... UND DEIN VORNAME?
HM? YUSUKE ...
OKAY!
ALSO, YUSUKE-SAN...
ICH HEISSE DAIKI HAGIRI. NENN MICH EINFACH DAIKI!
POCK
ER MACHT WIRKLICH SEHR AUF VERTRAUT ... ABER EGAL...
OKAY, STELL DICH BITTE DA HIN, YUSUKE.

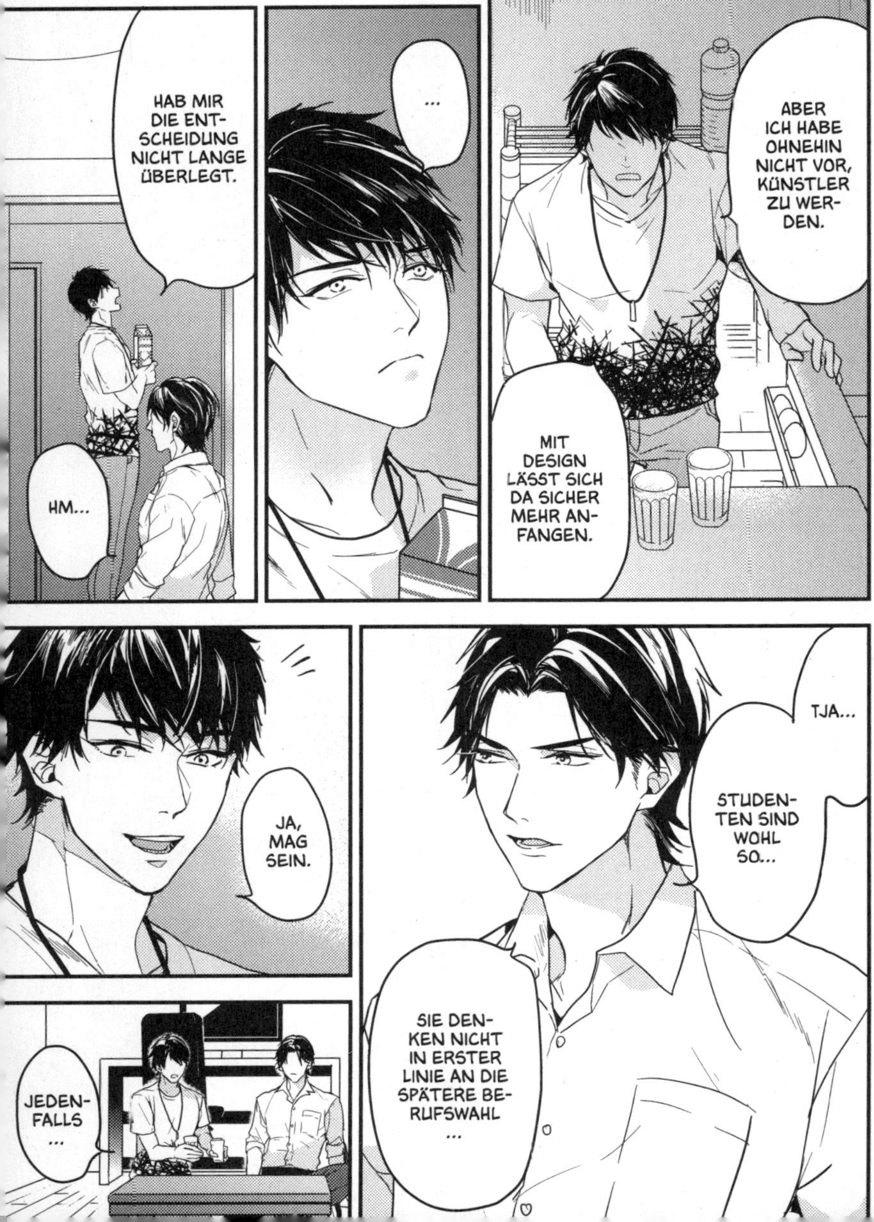
ABER ICH HABE OHNEHIN NICHT VOR, KÜNSTLER ZU WERDEN.
MIT DESIGN LÄSST SICH DA SICHER MEHR ANFANGEN.
...
HAB MIR DIE ENTSCHEIDUNG NICHT LANGE ÜBERLEGT.
HM...
TJA...
STUDENTEN SIND WOHL SO...
SIE DENKEN NICHT IN ERSTER LINIE AN DIE SPÄTERE BERUFSWAHL ...
JA, MAG SEIN.
JEDENFALLS ...

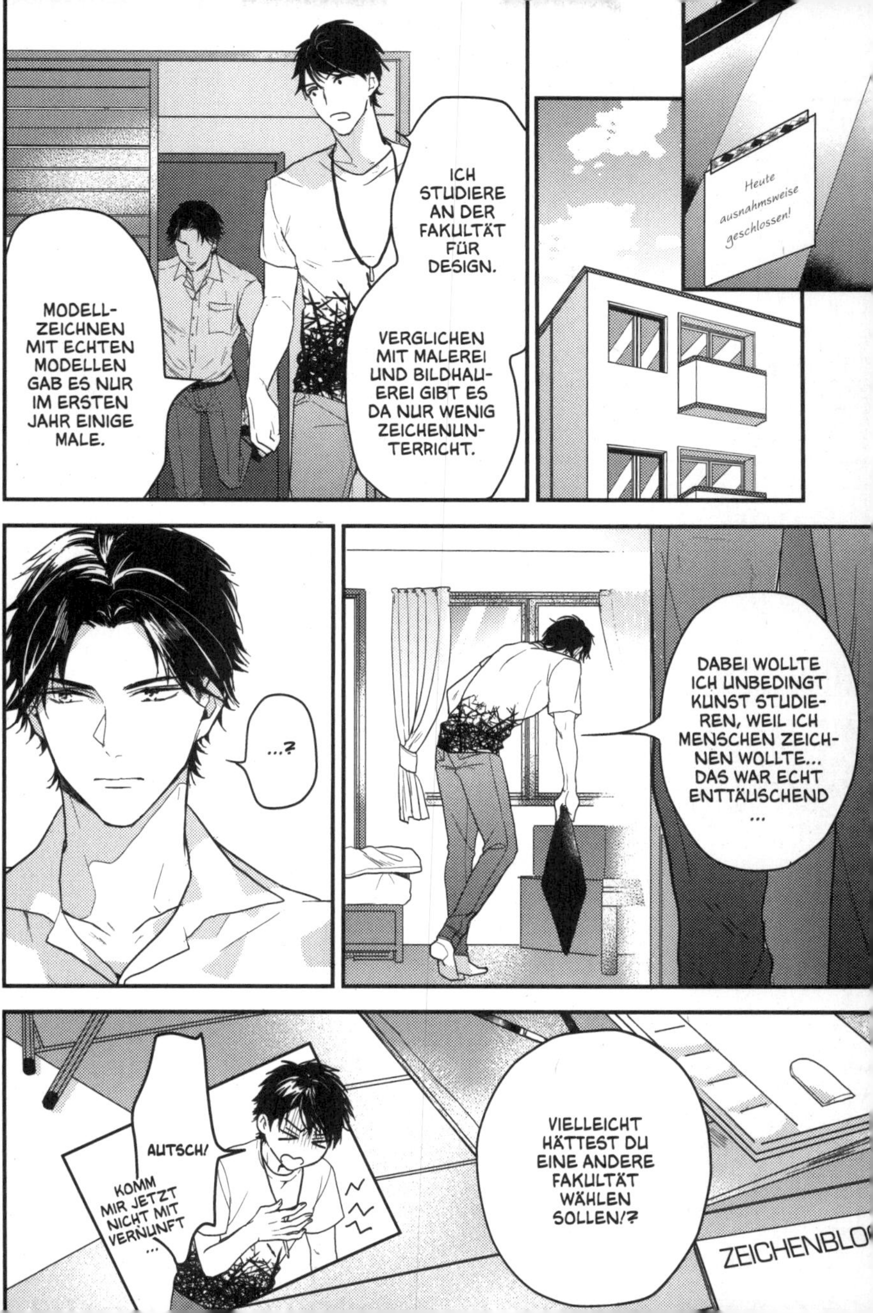
Heute ausnahmsweise geschlossen!
ICH STUDIERE AN DER FAKULTÄT FÜR DESIGN.
VERGLICHEN MIT MALEREI UND BILDHAUEREI GIBT ES DA NUR WENIG ZEICHENUNTERRICHT.
MODELL-ZEICHNEN MIT ECHTEN MODELLEN GAB ES NUR IM ERSTEN JAHR EINIGE MALE.
DABEI WOLLTE ICH UNBEDINGT KUNST STUDIEREN, WEIL ICH MENSCHEN ZEICHNEN WOLLTE... DAS WAR ECHT ENTTÄUSCHEND ...
...?
VIELLEICHT HÄTTEST DU EINE ANDERE FAKULTÄT WÄHLEN SOLLEN!?
AUTSCH!
KOMM MIR JETZT NICHT MIT VERNUNFT ...
ZEICHENBLO

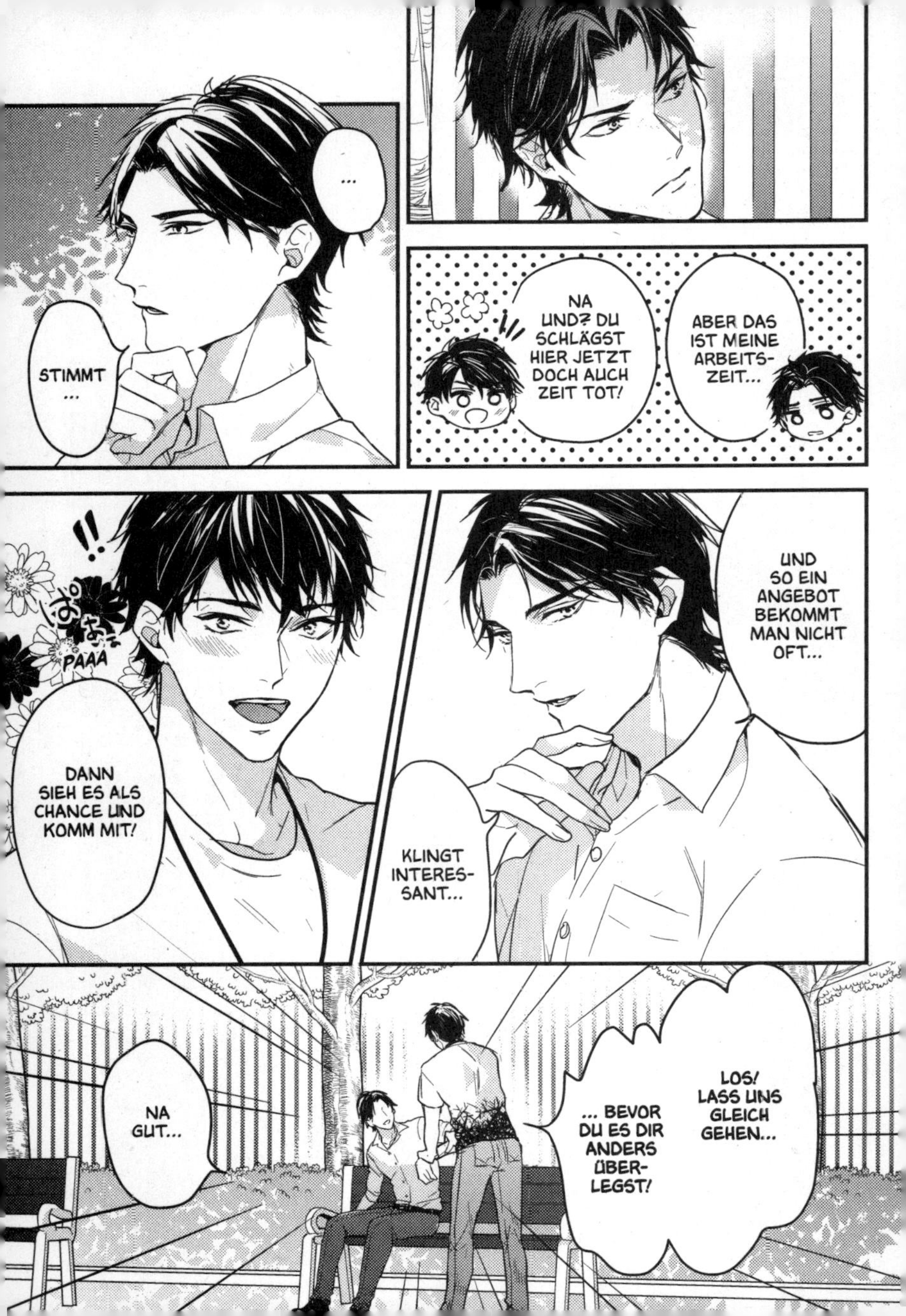

ABER DAS IST MEINE ARBEITS-ZEIT...
NA UND? DU SCHLÄGST HIER JETZT DOCH AUCH ZEIT TOT!
...
STIMMT ...
UND SO EIN ANGEBOT BEKOMMT MAN NICHT OFT...
KLINGT INTERES-SANT...
PAAA
DANN SIEH ES ALS CHANCE UND KOMM MIT!
LOS! LASS UNS GLEICH GEHEN...
... BEVOR DU ES DIR ANDERS ÜBER-LEGST!
NA GUT...

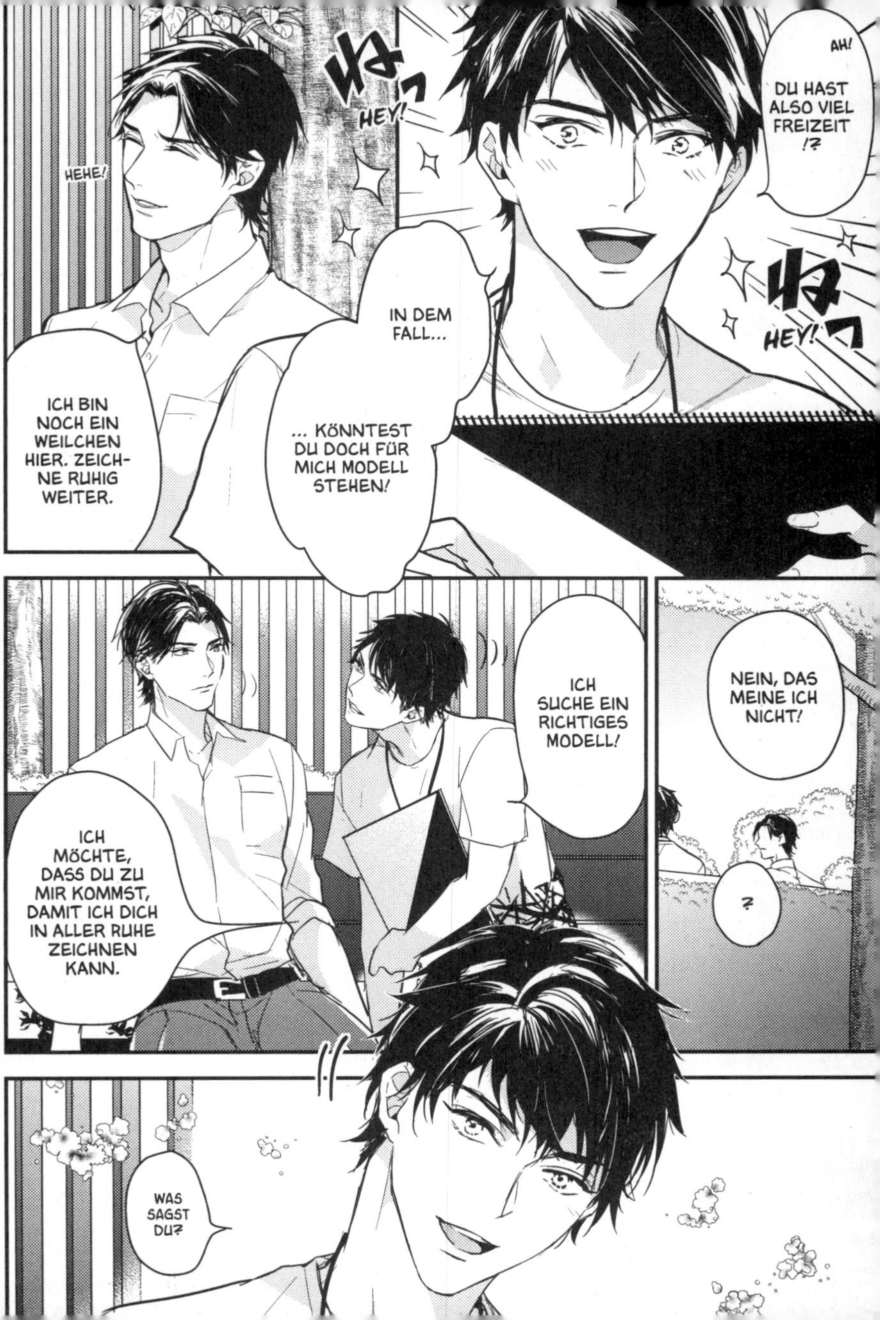
HEHE!
ICH BIN NOCH EIN WEILCHEN HIER. ZEICHNE RUHIG WEITER.
HEY!
HEY!
AH!
DU HAST ALSO VIEL FREIZEIT !?
IN DEM FALL...
... KÖNNTEST DU DOCH FÜR MICH MODELL STEHEN!
NEIN, DAS MEINE ICH NICHT!
?
ICH SUCHE EIN RICHTIGES MODELL!
ICH MÖCHTE, DASS DU ZU MIR KOMMST, DAMIT ICH DICH IN ALLER RUHE ZEICHNEN KANN.
WAS SAGST DU?

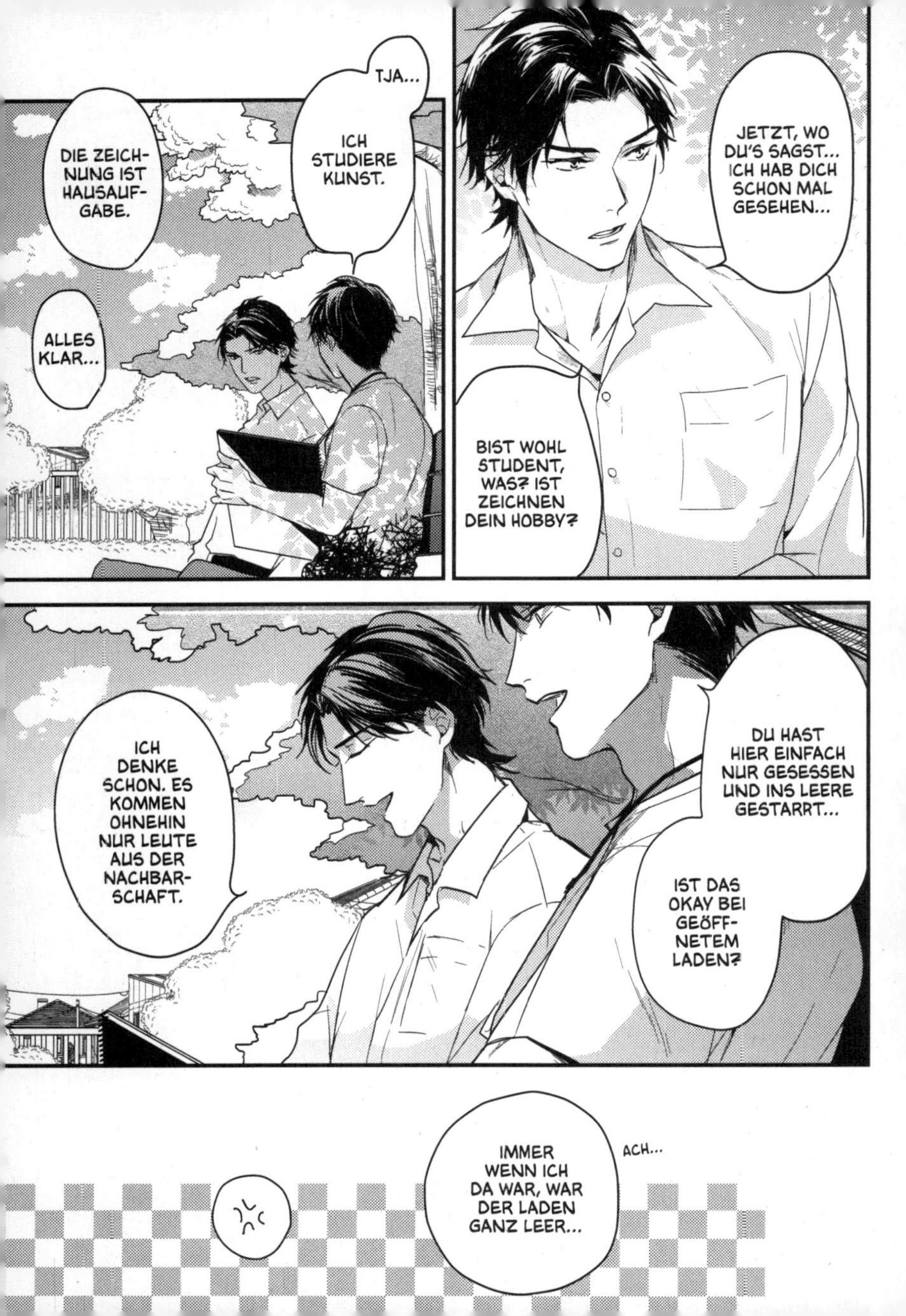
JETZT, WO DU'S SAGST... ICH HAB DICH SCHON MAL GESEHEN...
BIST WOHL STUDENT, WAS? IST ZEICHNEN DEIN HOBBY?
TJA...
ICH STUDIERE KUNST.
DIE ZEICHNUNG IST HAUSAUFGABE.
ALLES KLAR...
DU HAST HIER EINFACH NUR GESESSEN UND INS LEERE GESTARRT...
IST DAS OKAY BEI GEÖFFNETEM LADEN?
ICH DENKE SCHON. ES KOMMEN OHNEHIN NUR LEUTE AUS DER NACHBARSCHAFT.
ACH...
IMMER WENN ICH DA WAR, WAR DER LADEN GANZ LEER...

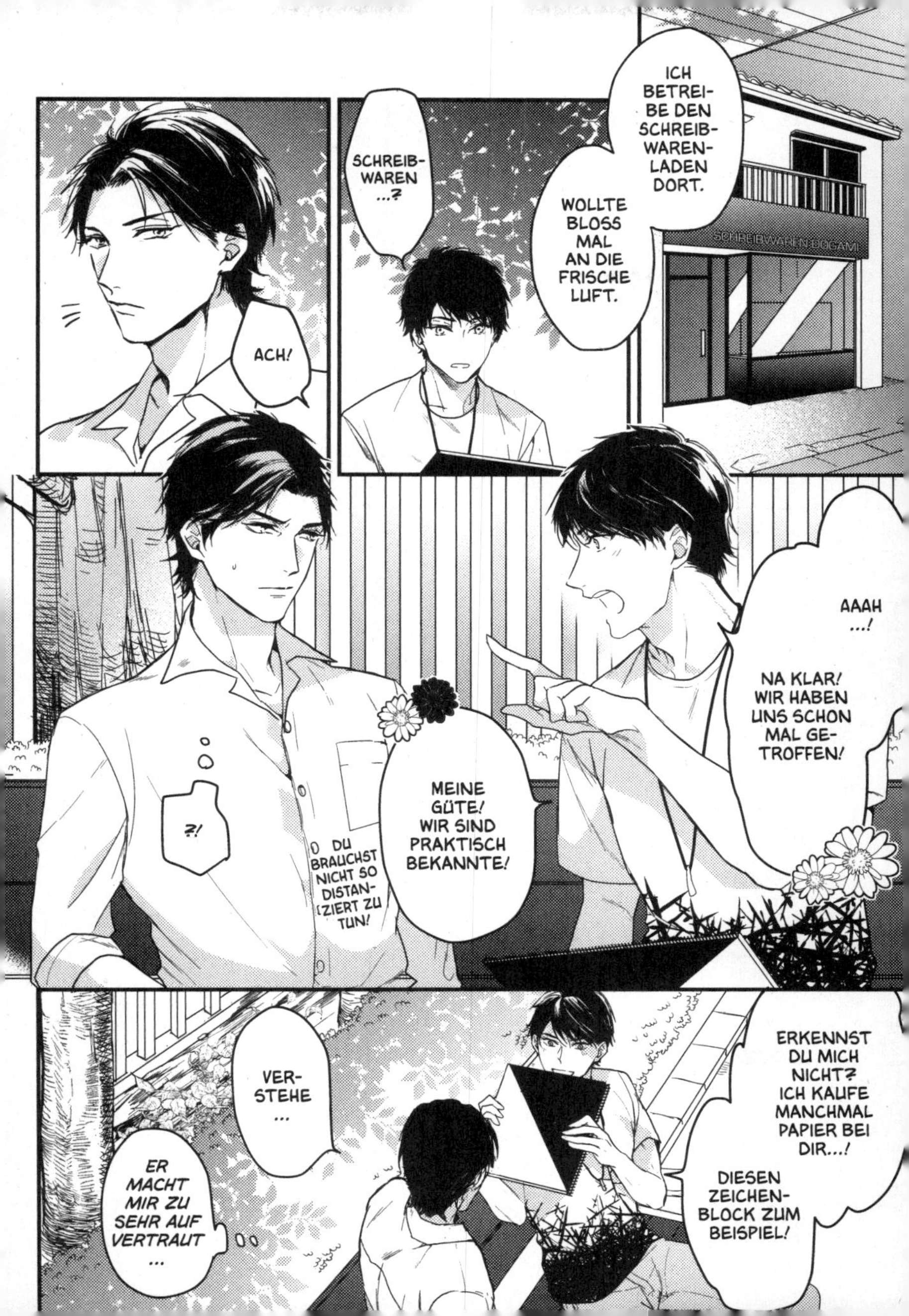
ICH BETREIBE DEN SCHREIBWARENLADEN DORT.
WOLLTE BLOSS MAL AN DIE FRISCHE LUFT.
SCHREIBWAREN DOGAMI
SCHREIBWAREN ...?
ACH!
AAAH ...!
NA KLAR! WIR HABEN UNS SCHON MAL GETROFFEN!
MEINE GÜTE! WIR SIND PRAKTISCH BEKANNTE!
DU BRAUCHST NICHT SO DISTANZIERT ZU TUN!
?!
ERKENNST DU MICH NICHT? ICH KAUFE MANCHMAL PAPIER BEI DIR...!
DIESEN ZEICHENBLOCK ZUM BEISPIEL!
VERSTEHE ...
ER MACHT MIR ZU SEHR AUF VERTRAUT ...

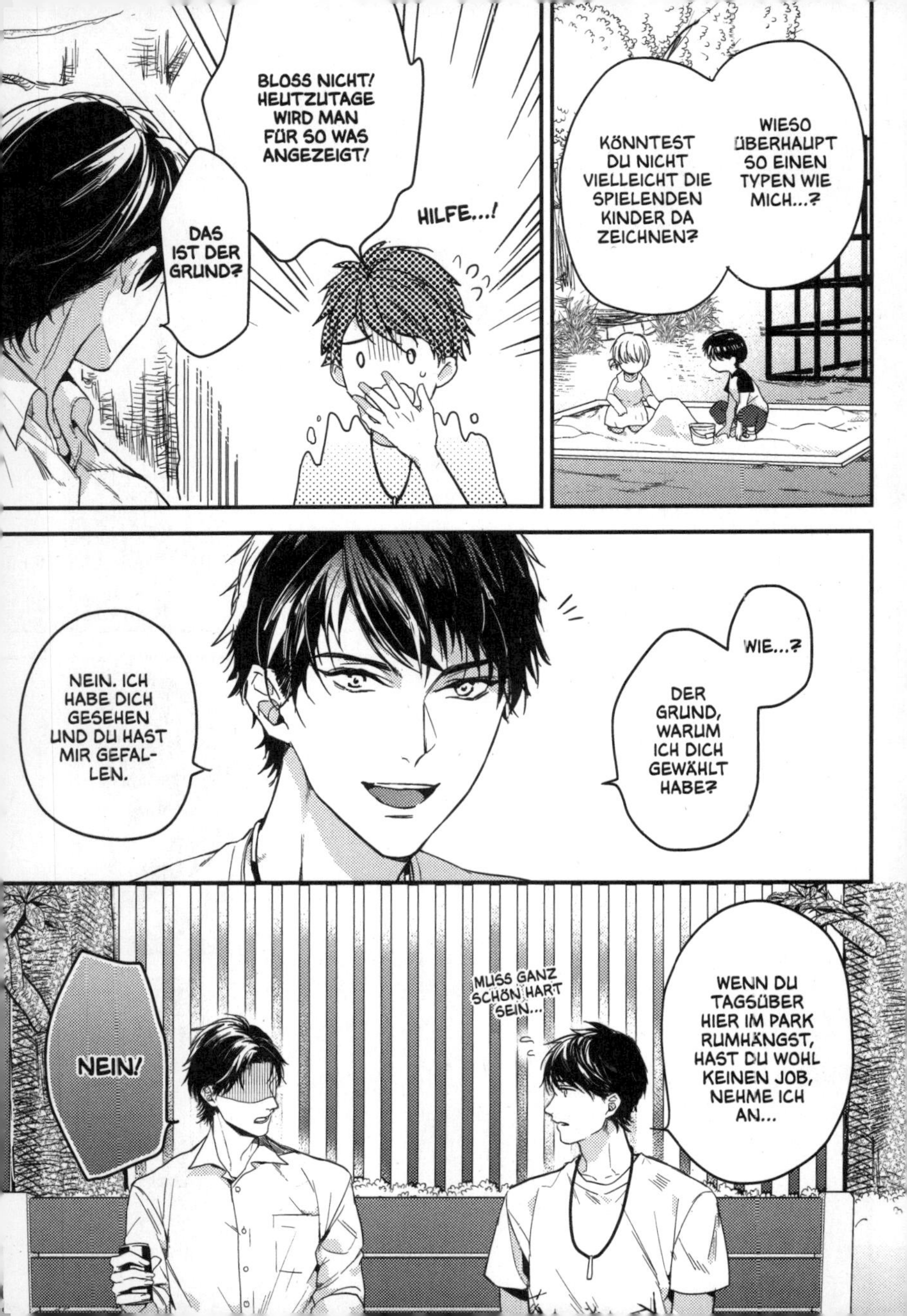
WIESO ÜBERHAUPT SO EINEN TYPEN WIE MICH...?
KÖNNTEST DU NICHT VIELLEICHT DIE SPIELENDEN KINDER DA ZEICHNEN?
BLOSS NICHT! HEUTZUTAGE WIRD MAN FÜR SO WAS ANGEZEIGT!
HILFE...!
DAS IST DER GRUND?
WIE...?
DER GRUND, WARUM ICH DICH GEWÄHLT HABE?
NEIN. ICH HABE DICH GESEHEN UND DU HAST MIR GEFALLEN.
WENN DU TAGSÜBER HIER IM PARK RUMHÄNGST, HAST DU WOHL KEINEN JOB, NEHME ICH AN...
MUSS GANZ SCHÖN HART SEIN...
NEIN!

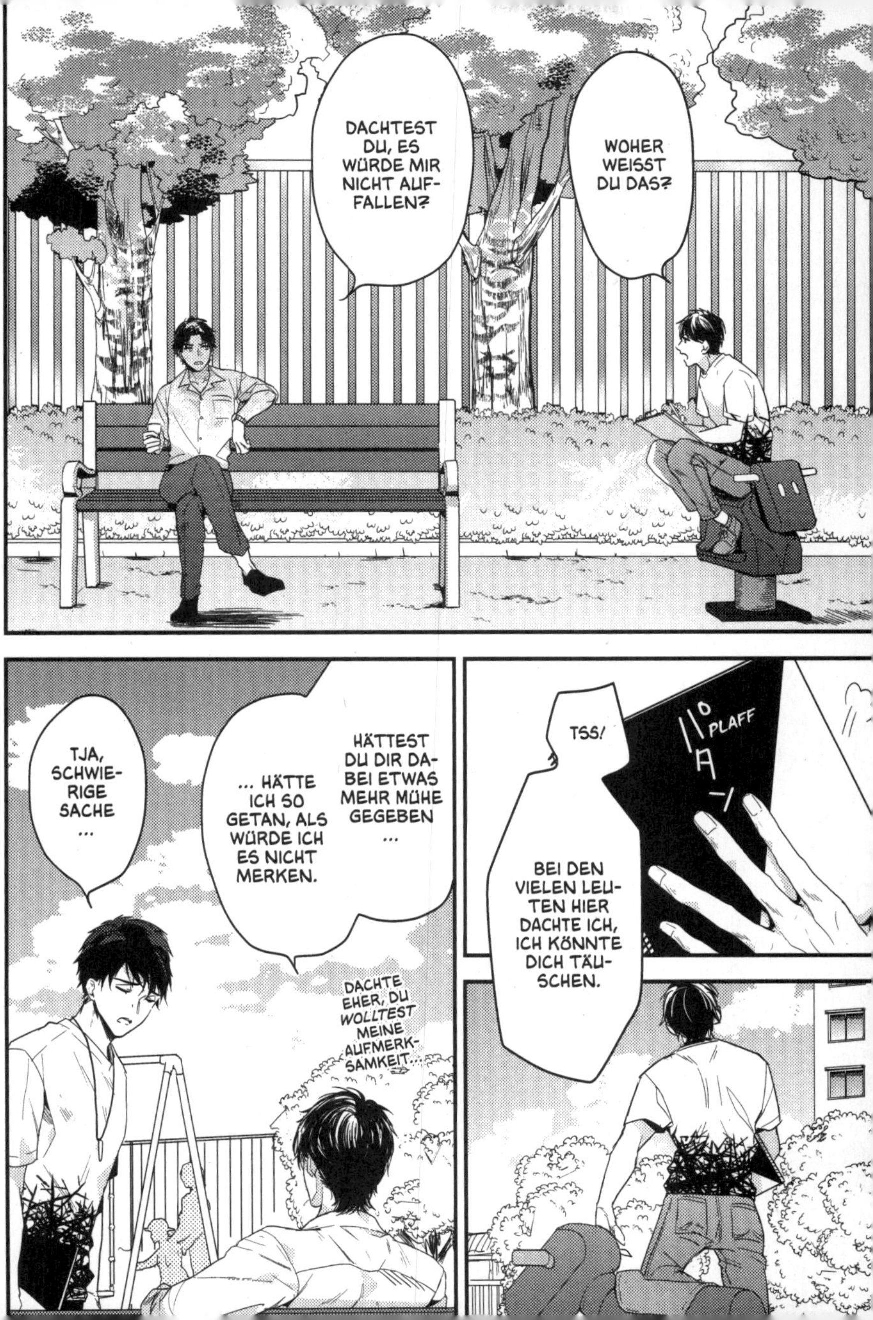
WOHER WEISST DU DAS?
DACHTEST DU, ES WÜRDE MIR NICHT AUFFALLEN?
TSS!
PLAFF
BEI DEN VIELEN LEUTEN HIER DACHTE ICH, ICH KÖNNTE DICH TÄUSCHEN.
HÄTTEST DU DIR DABEI ETWAS MEHR MÜHE GEGEBEN ...
... HÄTTE ICH SO GETAN, ALS WÜRDE ICH ES NICHT MERKEN.
TJA, SCHWIERIGE SACHE ...
DACHTE EHER, DU *WOLLTEST* MEINE AUFMERKSAMKEIT...

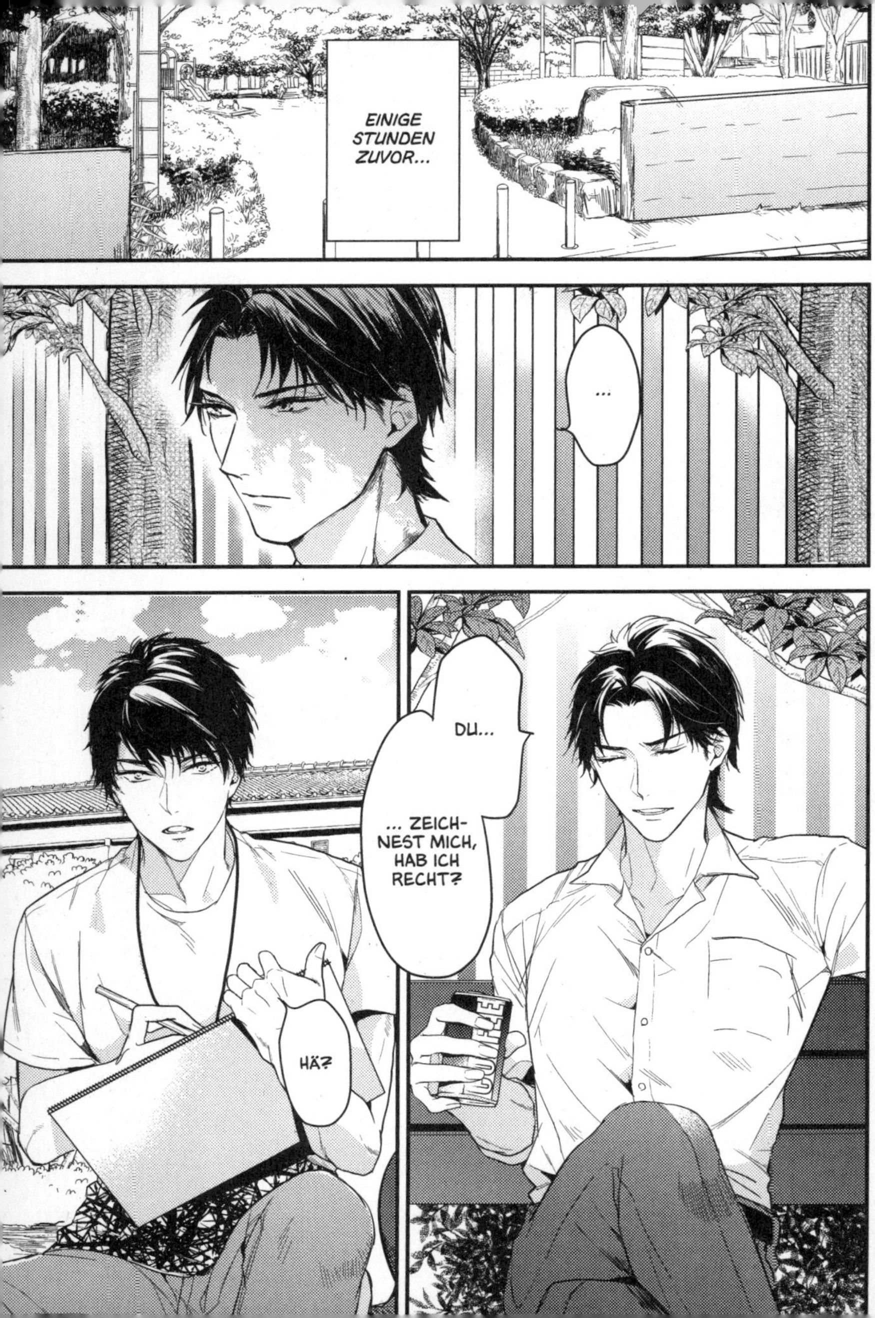
EINIGE STUNDEN ZUVOR...
...
DU...
... ZEICHNEST MICH, HAB ICH RECHT?
HÄ?

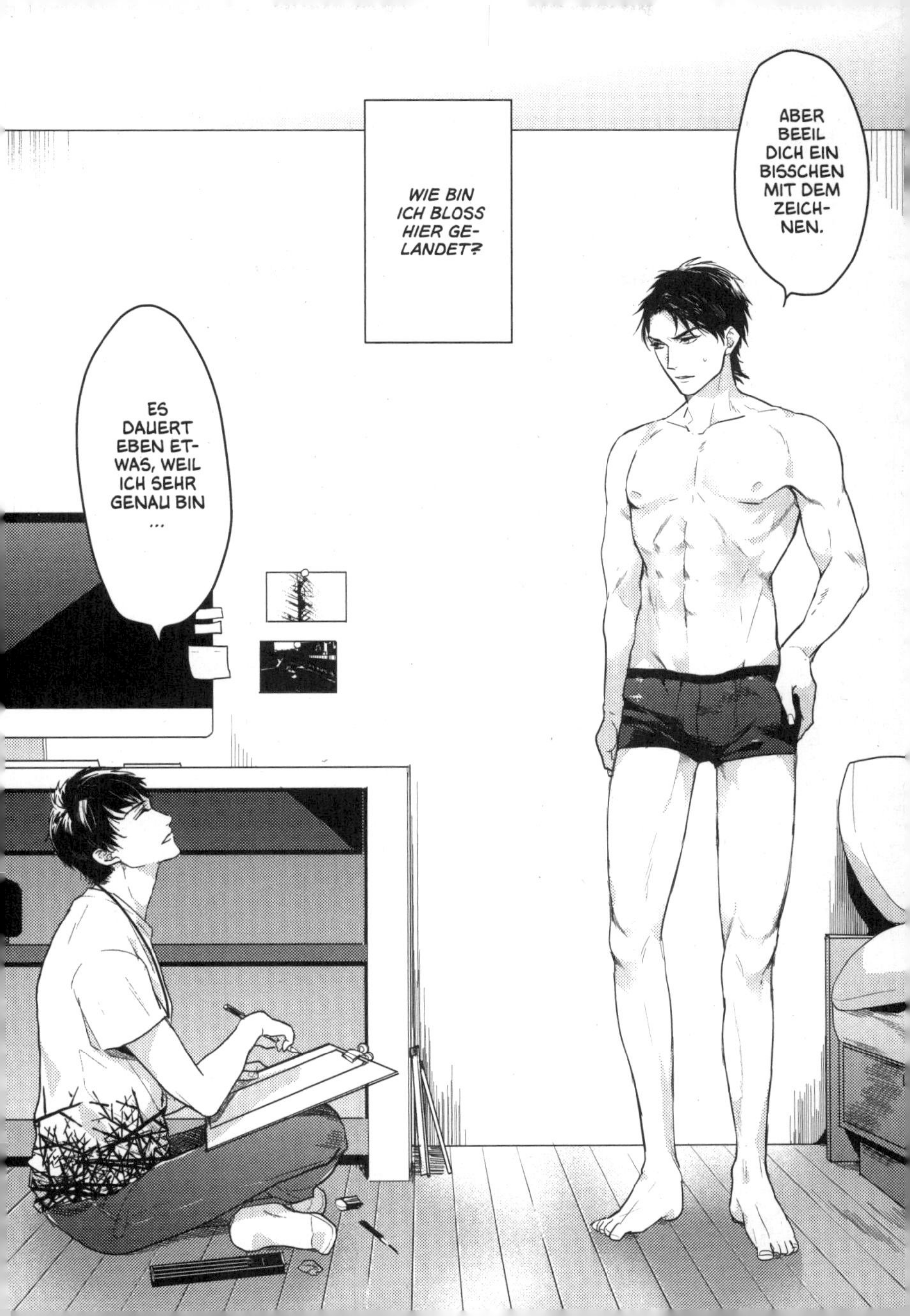
ABER BEEIL DICH EIN BISSCHEN MIT DEM ZEICHNEN.
WIE BIN ICH BLOSS HIER GELANDET?
ES DAUERT EBEN ETWAS, WEIL ICH SEHR GENAU BIN ...

SKETCH 1

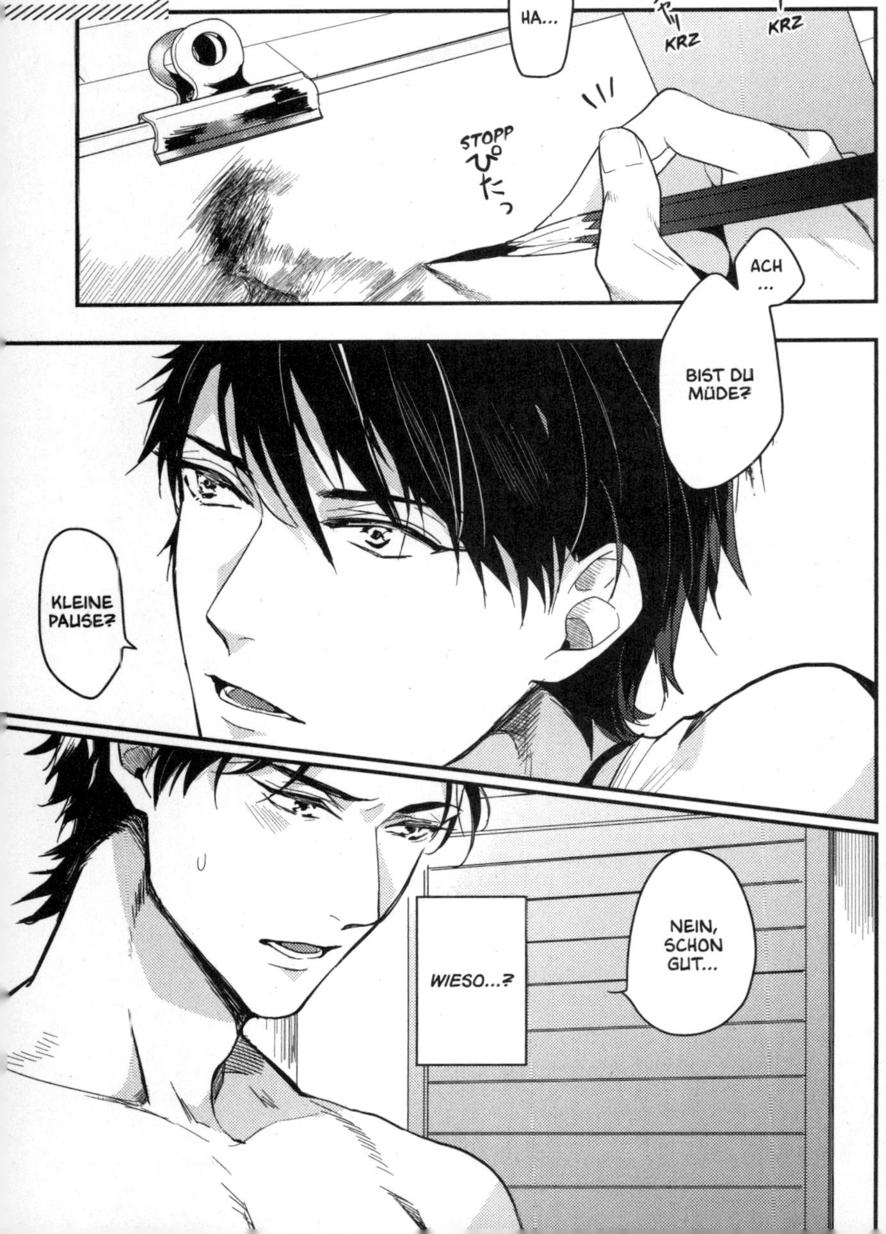
KRZ
KRZ
HA...
STOPP
ぴたっ
ACH ...
BIST DU MÜDE?
KLEINE PAUSE?
NEIN, SCHON GUT...
WIESO...?

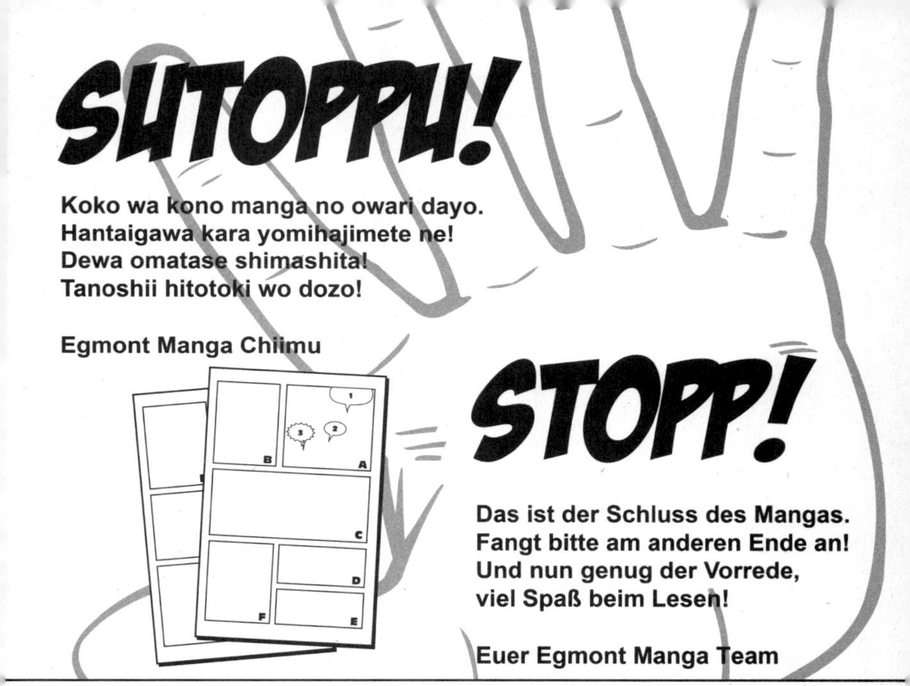

„Passion Drawing" von Hitsuji Sakura
Aus dem Japanischen von Monika Hammond
Originaltitel: „Netsujou Drawing"

Originalausgabe:
Netsujou Drawing

First published in Japan in 2017 by SHINSHOKAN CO., Ltd. Tokyo
German version published by EGMONT Verlagsgesellschaften mbH under license from SHINSHOKAN CO., Ltd.

Deutschsprachige Ausgabe:
2020 Egmont Manga
verlegt durch Egmont Verlagsgesellschaften mbH,
Alte Jakobstr. 83, 10179 Berlin

1. Auflage

Verantwortliche Redakteurin: Luisa Steinhäuser
Textbearbeitung: Etsche Hoffmann-Mahler
Printed in the EU
Gestaltung: Laura Bartels
Koordination: Angelika Schönhuber
ISBN 978-3-7704-2655-3

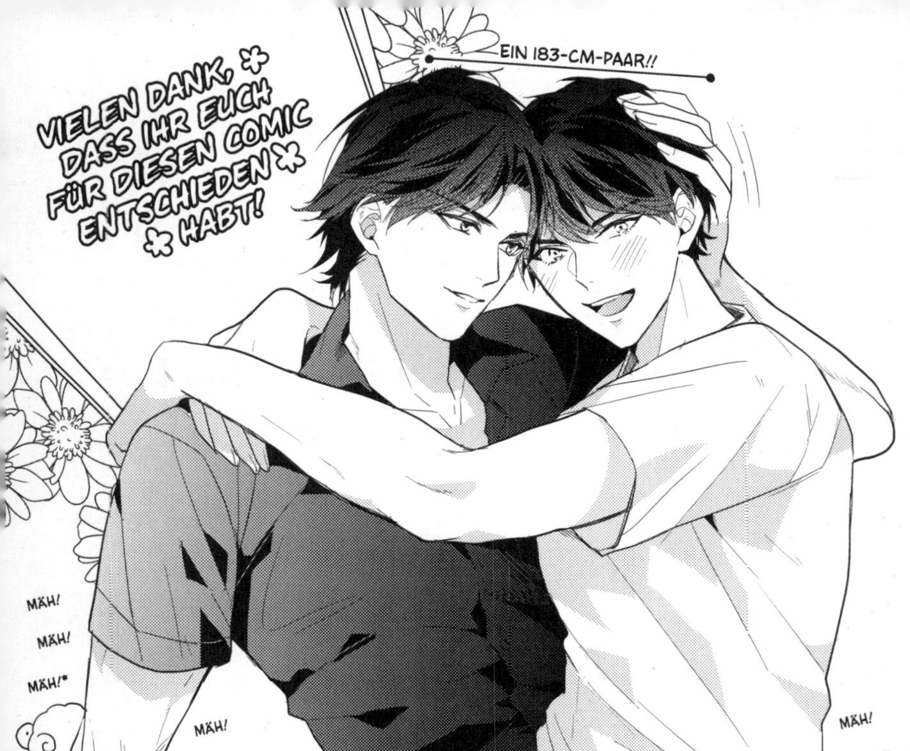

„EIN NAIVER, EIGENSINNIGER, JUNGER RABAUKE UND EIN SERIÖS WIRKENDER ERWACHSENER MANN, DIE AUFEINANDER LUST HABEN OHNE ENDE"… MIT DIESER IDEE IM KOPF HABE ICH EINFACH REINGEPACKT, WAS GEHT!

DAIKI IST VON DER SIMPLEN, GERADLINIGEN SORTE: „WENN WIR UNS MÖGEN, HÄNGEN WIR ZUSAMMEN AB! WENN WIR GEIL SIND, HABEN WIR SEX! WENN WIR SEX HABEN, LIEBEN WIR UNS! WENN WIR UNS LIEBEN, LASS UNS EIN PAAR SEIN! WENN WIR EIN PAAR SIND, TURTELN WIR UND LIEBEN UNS NOCH MEHR!" YUSUKE LÄSST DAIKI SEINE KINDLICHE ART AUSLEBEN, BEOBACHTET IHN ABER AUCH MIT DER KRITISCHEN DISTANZ EINES ERWACHSENEN. IRGENDWANN IST DAIKI VON YUSUKES DISTANZIERTER ART SO IRRITIERT, DASS ER AUF DIREKTE KONFRONTATION GEHT. UND IRGENDWANN LÄSST YUSUKE SICH NICHT MEHR BLOSS MITREISSEN, SONDERN ENTWICKELT ECHTE GEFÜHLE FÜR DAIKI… ICH HOFFE, IHR WART AN DIESEN STELLEN RICHTIG ERGRIFFEN!

ICH WOLLTE ES MIT DIESER ART SETTING VERSUCHEN, WEIL ICH GERN KÖRPER ZEICHNE. „JACKPOT!", DENN ICH HATTE REICHLICH GELEGENHEIT DAZU! DAIKI HAT ZWAR EINEN VERGLEICHSWEISE WEICHEN UND GLATTEN KÖRPER, ALLE BEIDE SIND JEDOCH SEHR GROSSE KERLE, UND ES HAT MIR RIESIGEN SPASS GEMACHT, SO VIEL MÄNNLICHKEIT ZU ZEICHNEN. ZUSAMMEN FALLEN SIE ZIEMLICH AUF UND SORGEN BESTIMMT FÜR REICHLICH GESPRÄCHSSTOFF IN DER NACHBARSCHAFT! (HIHI!)

ICH HOFFE SEHR, IHR HATTET SPASS AM LAUTSTARKEN HIN UND HER ZWISCHEN DEN BEIDEN!

DANKE FÜR EUER INTERESSE!

HITSUJI SAKURA

* HITSUJI, DER NAME DER AUTORIN, BEDEUTET „SCHAF".